Ludwig Thoma
Andreas Vöst

SERIE PIPER
Band 806

Zu diesem Buch

Für »Andreas Vöst«, seinen ersten, 1905 erschienenen Roman, verwendet Ludwig Thoma einen Fall aus seiner Anwaltspraxis: Ein Dachauer Bauer wehrt sich gegen die Verleumdung durch seinen Pfarrer. Dies verflicht Thoma mit den sozialpolitischen Spannungen um die Jahrhundertwende, vor allem mit der Gründung des Bayerischen Bauernbundes, der gegen die Wirtschaftspolitik von Bismarcks Nachfolger kämpfte und mit Zentrum und Kirche in Konflikt geriet. Eine dritte Handlung soll der jungen Generation zum Vorbild dienen: Ein Student entscheidet sich gegen den geistlichen und für einen weltlichen Beruf.

Im Mittelpunkt steht der Bauer Andreas Vöst. Sein Schicksal verquickt sich mit den politischen Wirren der Zeit. Aus dem Unrecht, das ihm geschieht, findet er keinen anderen Ausweg als die Gewalttat.

Zeitbild, Polemik gegen eine politisch gewordene Kirche und die Tragödie eines leidenschaftlichen Charakters fügen sich so zu einer dramatischen Erzählung, die hier mit Hilfe der ungedruckten Werkhandschriften und Tagebücher Thomas literarhistorisch und sozialgeschichtlich neu erschlossen wird.

Ludwig Thoma (1867–1921) studierte in München und Erlangen Rechtswissenschaft und ließ sich zunächst in Dachau, später in München als Rechtsanwalt nieder. Nebenbei begann er zu schreiben; erste Erzählungen erschienen in der *Augsburger Abendzeitung* und in der *Jugend.* 1899 wurde Thoma Redakteur der satirischen Zeitschrift *Simplicissimus.* Seine Satiren und Erzählungen, seine Romane und Theaterstücke zeigen ihn als einen genauen Beobachter der menschlichen Gesellschaft und des bäuerlichen Lebens seiner Heimat. Heute gilt Thoma als der bedeutendste bayerische Schriftsteller des 20. Jahrhunderts.

Ludwig Thoma

ANDREAS VÖST

Bauernroman

Textrevision und Nachwort
von Bernhard Gajek

Piper
München Zürich

Die Originalausgabe erschien 1906
im Albert Langen Verlag, München

Von Ludwig Thoma liegen in der Serie Piper
bereits vor:

Heilige Nacht (262)
Moral (297)
Der Wilderer und andere Jägergeschichten (321)
Münchnerinnen (339)
Tante Frieda (379)
Magdalena (428)
Josef Filsers Briefwexel (464)
Agricola (487)
Hochzeit (501)
Der Ruepp (543)
Der Münchner im Himmel (684)

Das Thoma Buch. Von und über Ludwig Thoma in Texten und Bildern (641)

Weitere Werke sind in Vorbereitung.

ISBN 3-492-10806-7
Neuausgabe 1988
4. Auflage, 80.–85. Tausend März 1988
(1. Auflage, 1.–6. Tausend dieser Ausgabe)

Umschlag: Federico Luci,
unter Verwendung einer Zeichnung von Ignatius Taschner
Gesamtherstellung: Clausen & Bosse, Leck
Printed in Germany

INHALT

Andreas Vöst 7

Nachwort von Bernhard Gajek 275
- Die Lebensphase 277
- Wirklichkeit und Roman 279
- Deutung 318
- Die Entstehung 331
- Der Druck 340
- Zum Text 341
- *Abkürzungen und Siglen* 343
- *Sekundärliteratur* 344
- *Anmerkungen* 345

ERSTES KAPITEL

Es war ein schöner Herbsttag.

Die Sonne war gelb wie eine Butterblume und sah freundlich auf die abgeräumten Felder herunter, als betrachte sie behaglich die Arbeit, welche sie den Sommer über getan hatte.

Und die war nicht gering. Selten war eine Ernte besser geraten, und die Sonne hatte an vielen Tagen ihre Strahlen herunterschicken müssen, bis die schweren Ähren gereift waren. Und wieder hatte es Wochen gedauert, bis die Halme am Boden lagen und bis die hochbeladenen Wagen ihre Lasten in die Scheunen gebracht hatten.

Nun war es geschehen, und in allen Tennen schlugen die Dreschflegel den Takt; hier und dort trotteten geduldige Pferde an den Göpeln im Kreise herum, und im Hofe des Hierangl fauchte und pfiff eine Dampfmaschine. Überall war fleißiges Treiben, und wenn die Sonne mit einem freundlichen Stolze darüber lachte, so hatte sie recht, denn es war ihr Werk, und es war ihr Verdienst.

Die Dorfstraße von Erlbach lag still und verlassen; die Menschen hatten keine Zeit zum Spazierengehen, und die Hühner liefen als kluge Tiere um die Scheunen herum, wo sie manches Weizenkorn fanden.

Einige Gänse saßen am Weiher, streckten die Hälse und stießen laute Schreie aus; das taten sie, weil sich die Türe eines kleinen Hauses öffnete und zwei Männer heraustraten.

Der vordere trug einen Pickel auf der Schulter, der andere eine Schaufel, und sie gingen gegen die Kirche zu, in den Friedhof.

Die eiserne Gittertür kreischte und fiel klirrend ins Schloß. Nun konnte es jeder wissen, daß die beiden Totengräber waren, und daß an diesem schönen Tage, mitten in dem emsigen Leben, ein Mensch gestorben war.

Die zwei blieben nicht im Friedhof, sie stiegen über die niedrige Mauer und fingen neben derselben in einem verwahrlosten, kleinen Grasflecke zu graben an.

Das war ungeweihte Erde, in die man Selbstmörder und ungetaufte Kinder legt. Es hatte sich aber kein Erlbacher selbst entleibt, sondern das neugeborene Kind des Schullerbauern Andreas Vöst war unter den Händen der Hebamme gestorben.

Diese Person hatte nicht die Geistesgegenwart, sogleich die Nottaufe zu vollziehen; die Mutter war bewußtlos, und sonst war niemand anwesend, denn alle Hände waren zur Arbeit aufgeboten.

So geschah es, daß die kleine Vöst nicht in den Schoß der heiligen Kirche gelangte und als Heidin nach einem viertelstündigen Leben verstarb.

Ich weiß nicht, ob der liebe Gott den unchristlichen Zustand eines Kindleins so hart beurteilt wie seine Geistlichen, aber das eine ist gewiß, daß es nicht in geweihter Erde ruhen darf, worein nur Christen liegen; darunter manche sonderbare.

Also deswegen warf der Totengräber Kaspar Tristl mit seinem Sohne neben der Kirchhofmauer die Grube auf.

Er nahm den Hut ab; jedoch nicht aus Ehrfurcht, sondern weil es ihm warm wurde.

Er wischte sich mit dem Hemdärmel über die Stirn und sagte:

»Wenn er g'scheit g'wen waar, hätt er g'sagt, daß er eahm selm g'schwind d'Nottauf geben hat.«

Er meinte den Schuller.

»Ja no«, sagte der Sohn und schaufelte gleichmütig weiter.

Der Alte spuckte in die Hände und brummte:

»Eigentli is's dumm.«

Dann arbeitete er wieder darauf los, und nach einer Weile war das Grab fertig. Es war klein und unansehnlich. Und da die Erde nicht sorgfältig daneben aufgeschichtet war, sondern mit Grasstücken untermengt herumlag, sah es recht jämmerlich aus.

Tristl dachte wohl, daß es für ein Heidenkind schön genug sei, und er stieg bedächtig über die Mauer zurück. Es war spät geworden; die kleinen Holzkreuze der Armen lagen im Schatten, aber auf die hohen Grabsteine schien die Abendsonne, und die goldenen Buchstaben glänzten schier heller als am Tage.

Die Reichen haben es überall besser.

Der Totengräber ging mit seinem Sohne durch den Friedhof.

Als er draußen war, sah er einen Mann mit raschen Schritten gegen den Pfarrhof zueilen.

»Aha!« sagte er, »der Schuller geht zum Pfarrer. Dös werd eahm weng helfen.«

Und er setzte hinzu: »Eigentli is's dumm, daß a jeder Spitzbua drin liegen derf, und an unschuldig's Kind net.«

Der Pfarrhof von Erlbach ist ein schönes, stattliches Gebäude, zwei Stockwerke hoch, jedes mit sechs Fenstern nach der Straße hinaus. An der hellgetünchten Mauer rankt üppiger Klematis hinauf und gibt dem Hause ein freundliches Aussehen.

Davor liegt ein Blumengarten; so bunt, wie es der Geschmack hierzulande liebt. Rote und gelbe Georginen, blasse Malven, dazu Astern in allen Farben sind in reichlicher Fülle da.

Die Beete sind mit Reseden eingefaßt, und am Zaune bemerkt man auch eine Blume mit braunem Sammetkleide. Man heißt sie die schwäbische Hoffahrt.

In der Mitte des Kiesweges, welcher zur Türe führt, ist ein Springbrunnen; daraus steigt ein Wasserstrahl in die Höhe, nicht dicker als eine Stricknadel, und fällt mit einem kaum vernehmlichen Plätschern nieder. Es ist ein Ort der Beschaulichkeit. Und darüber liegt eine Ruhe, welche dem heiligen Charakter des Hauses angemessen ist.

Der Pfarrer wandelt hier mit ruhigen Schritten, während er im Gebete versunken ist; und der Kooperator geht so leise herum, daß man das Schmatzen seiner Lippen hört, wenn er sein Brevier liest. Ein gottseliges Wesen ist in der Luft und dringt durch die Fenster und Schlüssellöcher. Unsichtbare Englein fliegen herum, durch keinen rauhen Lärm verscheucht.

Alle Türen klinken leise ein, und die fleischlichen Menschen schlürfen auf Pantoffeln durch den gewölbten Gang.

An allen Wänden ist Frömmigkeit, nichts als Frömmigkeit.

Hier hängt das Bild des Erlösers mit der Dornenkrone.

Dicke, rotgemalte Blutstropfen stehen auf seiner Stirne und rinnen über den goldgestickten Krönungsmantel herab; dort ist Maria zu erblicken, die ihr Antlitz schmerzlich zum Himmel richtet. Aus ihren Augen fließen reichliche Tränen, und in ihre Brust sind spitzige Schwerter eingebohrt.

Darunter steht: »Heilige Maria, Mutter des Weltheilands. Meines Herzens sehnlichster Wunsch und Gebet ist, daß mein Volk selig werde. Amen.« Über einer anderen Tür ist ein großes Herz gemalt, und wieder fallen Blutstropfen hernieder über die helle Wand. In großen Buchstaben liest man geschrieben: »Süßes Herz Jesu, sei meine Liebe!«

Neben der Treppe ist ein kleiner Altar aufgebaut; davor leuchtet eine rote Ampel still und feierlich in dem Frieden dieses Hauses.

Aber heute wurde es mit einem Male laut. Jemand riß heftig an der Glocke, daß sie durch den Gang schrillte, und als die Köchin Maria Lechner beim Öffnen der Türe den Ruhestörer zurechtweisen wollte, stapfte er schon an ihr vorbei auf genagelten Stiefeln.

Die Schritte hallten an den Wänden wider, und bei dem ungewohnten Lärm zitterten die Heiligenbilder in ihren Rahmen, und die Englein flüchteten erschrocken durch das geöffnete Fenster.

Auch Fräulein Lechner war aus ihrem Gleichmaße gebracht; während sie sonst, wenn Besuch kam, die Hände sittsam zum Gebete faltete, stemmte sie diesmal die Arme in die Seiten und fragte mit fetter Stimme: »Was ist denn das für ein Lümmel?«

Es war Andreas Vöst, der Schullerbauer von Erlbach, und er stieß jetzt an alle Stufen an, daß die alte Stiege krachte und seufzte. Denn sie war an solche Tritte nicht gewöhnt.

Oben unterbrach der Kooperator sein Gebet und schaute entsetzt auf den Gang hinaus. »Gelobt sei Jesus Christus!« sagte er; der Schuller achtete nicht darauf und ging weiter bis zur vordersten Türe.

Er hatte kein Empfinden für die Heiligkeit dieses Hauses, er klopfte mit groben Knöcheln an und wartete kaum auf das »Herein«. Und drinnen stand er breitbeinig vor seinem Seelsorger und sah ihn mit Blicken an, die keine Demut verrieten.

Herr Georg Baustätter, Pfarrer in Erlbach und Kämmerer des Kapitels Berghofen, ging ihm entgegen und lächelte. Aber es lag Trauer in diesem Lächeln.

Und er sagte: »Ich weiß, warum Ihr kommt, Vöst.«

»Dös is net schwaar zum derraten«, erwiderte der Schullerbauer, »also is's jetzt soweit, daß ma dös kloa Kind eigrabt, als wia r' an Hund?«

»Es ist die Vorschrift unserer heiligen Religion.«

»So, heilig is dös?«

»Werdet nicht heftig!« sagte der Pfarrer und sah auf seine gefalteten Hände nieder, »ich bin doch heute morgen bei Euch gewesen und habe Euch alles auseinandergesetzt.«

»Ja, aba i hab gmoant, es kunnt no anderst wer'n. Jetzt hat da Kaspar scho 's Loch aufgraben. Mei Knecht hat'n g'sehg'n.«

»Wir dürfen über die Gesetze unserer Kirche nicht murren; wir müssen bedenken, daß sie unsere Mutter ist und unser Bestes will...«

»Und mi müaßten ins no bedanka...«

»Unterbrecht mich nicht! Es geht Euch wie dem Sohne, der die Strenge der Mutter fühlt, aber nicht sieht, daß sie heilsam ist.«

»Also is jetzt da gar nix mehr z'macha?«

»Wir wollen hoffen, daß Gott dieses Kindlein in den Vorhof der Seligkeiten gelangen läßt; wir wollen darum beten, aber es steht nicht in unserer Macht, dasselbe in geweihter Erde zu begraben.«

»Aba sinscht grabt's an jeden ei, und bal oana köpft werd, nacha grabt's 'n aa 'r ei, und bal...«

»Ihr versündigt Euch, aber ich will es verzeihen, weil Ihr schmerzlich bewegt seid.«

»I hab koan Schmerz durchaus gar net«, sagte der Schuller und zog seinen ledernen Geldbeutel aus der Tasche. »I hab durchaus koan Schmerz net. Was koscht's, bal 's Kind in Freithof a richtig's Grab kriagt?«

»Es sind Worte genug geredet, Vöst. Geht jetzt heim!«

Die Stimme des Pfarrers klang noch immer sanft, aber seine Augen waren zornig.

Der Schullerbauer achtete es nicht.

»Wos?« sagte er, »ös mögt's mei Geld aa net? Dös muaß des erscht Mal sei, daß a Bauernmensch sei Geld net o'bringt.«

»Geht heim, Vöst! Ich sage es zum letztenmal. Eure Gesinnung ist mir nicht unbekannt; ich weiß wohl, in welchem Hause die schlechtesten Reden geführt werden, und wo der Geist der Auflehnung waltet.«

Der geistliche Hirte war heftig geworden, und er hatte alle Sanftmut verloren. Er hielt seine Hände nicht mehr gefaltet, sondern streckte die Rechte gebieterisch gegen die Türe aus. Der Schuller blickte ihn an.

Nicht ängstlich und nicht zornig. Die Ruhe kam über ihn; gerade, als wäre er zufrieden damit, daß die geistliche Milde verschwunden war.

Und er redete ohne Aufregung.

»I geh' scho, Herr Pfarra. Sie hamm g'sagt, daß's mi kenna. I kenn Eahna 'r aa, recht guat kenn i Eahna. Und i woaß aa, warum's g'rad bei mein Kind so hoakli is mit da Tauf.«

Er ging zur Türe und hatte schon die Klinke in der Hand. Da drehte er sich noch einmal um.

»Dös möcht' i no sag'n, Herr Pfarra. I bin net z'wegen meiner da herganga. Es is g'rad weg'n der Bäuerin g'wen. Sinscht hät's mi wohl net g'sehg'n.«

Und nach diesen Worten ging er. Als er auf den Gang hinaustrat, stand der Kooperator wenige Schritte entfernt, und Fräulein Lechner huschte eilig in ein Zimmer.

Vöst merkte es nicht, weil ihm zuviel im Kopfe herumging. Und so entging ihm leider auch die Frömmigkeit des Herrn Kooperators, welcher eifrig in seinem Gebetbüchlein las und mit halblauter Stimme den Inhalt vor sich hin sagte.

»Beschämung meiner selbst... Unglückseliges Gedächtnis! Wie viele boshafte Gedanken hast du zugelassen! Unglückseliger Wille! Wie viele unordentliche Begierden hast du ausgekocht! O Sünde! Wie lieblich scheinest du, da man dich begeht! Wie bitter und abscheulich bist du, nachdem du geschehen!... Ja... ich schäme mich...«

Den anderen Tag in aller Frühe wurde das Heidenkind begraben. Keine Glocke läutete, und kein Priester sprach ein Gebet.

Die Hebamme trug den kleinen Sarg; hinterdrein gingen der Schullerbauer, der alte Weiß und der Haberlschneider.

Sonst war niemand dabei.

Der Totengräber Kaspar legte den Sarg ohne viele Umstände in die Grube und warf Erde und Gras darauf.

»Koa Kreuz derf ma net hi'stecken?« fragte der Schuller.

»Na«, sagte Kaspar, »dös geht gar it. Was moanst denn?«

»Nacha net. Jetzt is scho gleich. Geaht's zua! Mi hamm da nix mehr z'toa.« Vöst drehte sich um und ging. Die anderen folgten ihm.

In Erlbach redete man ohne große Aufregung über die Begebenheit. Die Weiber hatten Bedauernis mit der Schullerin, weil ihr das Kind so unversehens weggestorben war, und bloß ein paar recht Fromme wußten es zu tadeln.

Am ärgsten die Bäcker Ulrich Marie; aber die konnte sich nie genug tun mit der Frömmigkeit. Sie war bei der Bruderschaft vom blauen Skapulier und beim Verein der heiligen Kindheit, und machte jeden Montag den heldenmütigen Liebesakt für die armen Seelen.

Da mußte ihr das Heidnische weh tun.

Die Männer in der Gemeinde dachten nicht viel darüber nach, wie es mit dem Kinde im Jenseits bestellt sei.

Ihnen lag das Weltliche im Sinn, und sie meinten, daß es zuwider sei für einen achtbaren Mann, wenn eines so ohne Sang und Klang und neben hinaus begraben wird. Mancher glaubte, der Pfarrer hätte es nicht mit jedem so streng gemacht.

Man wußte, daß er eine heimliche Feindschaft gegen den Schuller hatte. Die stammte von der Zeit her, wo der Pfarrer einen neuen Kirchturm bauen wollte. Er hatte den alten Linnersteffel und den Hanrieder überredet, daß sie etliche tausend Mark für den Bau ins Testament einsetzten. Aber es langte nicht, und da wollte er die Gemeinde überreden, daß sie Geld für den Bau hergebe. Selbiges Mal redete der Schuller dagegen; er sagte auch, dem Linnersteffel sein Sohn hätte das Geld wohl brauchen können, das der Alte auf dem Sterbbett herschenkte.

Der Pfarrer wurde rot über das ganze Gesicht, und wieder schneeweiß. Er sagte, daß es schlecht aussehen müsse in dem Herzen eines Mannes, der den Priesterstand verunehre. Aber er wolle es verzeihen, wenn nur das gute Werk gelinge.

Das gelang jedoch nicht, denn durch den Einfluß des Schuller fiel der Antrag durch. Hernach probierte es der Pfarrer auf andere Weise. Er ließ keine Glocke mehr läuten, und schrieb an das Bezirksamt, daß er auf dem Verbot bestehen müsse, weil der alte Turm so baufällig wäre. Es gab eine lange Streiterei hin und her. Die Gemeinde blieb fest, und der Schuller führte das Wort. Er sagte bei Lebzeiten des alten Pfarrers Held, der doch erst ein Jahr vorher gestorben sei, da habe nie etwas verlautet von der Baufälligkeit. Weil man aber einen neuen Turm wolle und die Mittel nicht gutwillig kriege, wäre der alte Turm auf einmal wacklig geworden.

Wenn es jedem recht traurig vorkomme, daß keine Glocke mehr auf Mittag und Abend läute, wäre die Gemeinde leichter bereit, das viele Geld herzugeben. So meinte der Herr Pfarrer, aber die Erlbacher meinten es anders. Nach langen Schreibereien entschied das Bezirksamt, daß der alte Turm keinen Schaden aufweise und das Läuten ertragen könne.

Der Pfarrer war geschlagen und mußte seine Angst überwinden. Er ließ sich den Zorn nicht ankennen, aber im geheimen hatte er sich seine Feinde gemerkt, und dem Schuller trug er es nach und freute sich, daß er Gelegenheit hatte, ihm eines auszuwischen.

ZWEITES KAPITEL

Den Sonntag vor Michaelis fand wie alle Jahre in Webling der Ball der freiwilligen Feuerwehr statt.

Von Erlbach gingen viele hinüber; die jungen Leute schon bald nach dem Essen, die älteren nach dem Rosenkranz.

Der Weg zieht sich eine leichte Stunde über einen Hügel durch das Schneiderhölzl; man sieht schon von weitem den Weblinger Kirchturm und den Maibaum, der vor dem Wirtshause steht. Der Weg sah heute bunt aus.

Die Erlbacher Mädel gingen in Scharen zu vieren und mehr miteinander. Ihre Kopftücher leuchteten lustig über die Felder, und wenn sie beim hohen Kreuz am Waldsaum waren, kam der Wind in die Tücher und blähte sie auf.

Die Zipfel flatterten wie Fahnen und verschwanden hinter der Höhe.

Die Burschen hielten sich auch zusammen und marschierten an den Mädeln vorbei. Sie führten laute Unterhaltung im Gehen; einer blies auf der Mundharmonika, und andere sangen:

»Dieses scheane Land,
Es üst mein Heimatland,
Dieses scheane Land …

»Jackl, heunt sauf'n ma r' ins grad gnua.«

»Da Peter isch Zechmoasta. Hast as Geld bei dir, des ma z'samm g'legt hamm?«

»I scho. Dös g'langt überall'n hi. Bal no an Wirt 's Bier net ausgeht.«

»Herrschaftseiten! Und Juhu! Jui!«

»Dieses scheane Land,
Es üst mei Heimatland.«

»Toni, spiel auf!«

Wenn Sie an den Mädeln vorbeigingen, rückten sie ihre Hüte und schnackelten. Die Lustigsten sprangen in die Höhe, pfiffen und schrieen.

Das Weibervolk drängte sich zusammen und lachte und stieß sich mit den Ellenbogen an.

»Hoscht an Kistler Hans g'sehg'n?«

»Ah, dös is oana! Und da Christl!«

»Jessas na!«

Und die Burschen freuten sich wieder, wenn sie den Eindruck sahen.

So ging es über die Felder und durch den Wald.

Der Lärm wurde durch den Wind fortgetragen und steckte die Scharen an, die hinterdrein kamen.

Einer von den Letzten war der Xaver, der Sohn vom Hierangl-bauern, ein junger Mensch, der sich mehr auf sein Geld einbildete, als gut war.

Wenn er bei einer Unterhaltung mittat, gab er sich ein Ansehen, als müßten sich die anderen geehrt wissen. Deswegen ging er auch heute abseits und hielt sich zurück, daß niemand glauben konnte, dem Hierangl Xaver wäre es um das Tanzen zu tun.

Holten ihn seine Kameraden ein, dann gab er ihnen den Gruß zurück, und wenn sie ihn aufforderten, mitzugehen, sagte er, daß er noch früh genug nach Webling komme. Den Mädeln rief er keine Scherzreden zu, und er gab sich keine Mühe, ihnen zu gefallen. Als die Ursula vom Schullerbauern mit zwei anderen vorbeiging, redete sie ihn an:

»Xaverl, geahscht it am Tanzboden?«

»Vielleicht kimm i; vielleicht net aa.«

Sie drehte den Kopf nach ihm um und lachte verlegen. Er gab ihr nicht an und blieb zurück.

Als er zum Feldkreuz kam, stand sie auf einmal neben ihm. Sie hatte im Walde gewartet und rückte jetzt verlegen an ihrem Kopftüchel.

»Daß d' gar nimmer kimmst, Xaverl? Seit guatding drei Wocha hoscht di nimma sehg'n lassen.«

»Unter der Arndt hon i koa Zeit auf dös.«

»Sinscht host d'a wohl Zeit g'numma.«

»Jetzt is halt net ganga.«

Sie ging schweigend ein paar Schritte neben ihm her.

Dann fragte sie: »Hoscht d'as dahoam scho g'sagt?«

»Ob i was g'sagt hab?«

»Frag' it a so! Hoscht nix g'sagt, daß i in der Hoffnung bin?«

»Dös geht do bei mir dahoam neamd was o! De wern sie nix bekümmern um dös.«

»Hoscht ma's du it g'hoaßen, daß d' mi heiratst?«

»Da is mir nix bekannt.«

»So redst du jetzt? A so tatst ma's du macha? Hoscht d' ma's it g'hoaßen? Hoscht it g'sagt, du brauchst durchaus koan Angst it z'hamm?«

»Geh du dein Weg und laß mir mei Ruah!«

»Jetzt tat'st di weglaugna, du ganz Schlechter! Aba du derfst di zahl'n grad gnua!«

»Des werd si aufweisen; da sand anderne aa no beteiligt.«

»Dös ko'st du net mit Wahrheit behaupten.«

»Jetzt geh mir aus'n Weg! I ho mit dir nix mehr z'reden.«

Die Ursula kam das Weinen an. Dicke Tränen liefen ihr über die Backen, und sie wischte sich mit den schwieligen Händen über das Gesicht, daß es um und um naß wurde.

Sie wollte reden, aber die Worte kamen nur ruckweise heraus. »Wie'st dös erstmal... Wie'st an's Fenschta kemma bist ... do hoscht g'sagt, i brauch mi nix bekümmern, hoscht g'sagt, und's Heiraten is ma g'wiß... und jetzt gangst mit solchene Lugen um, und bei da Hollastauden hiebei, da hoscht g'sagt, i brauch mi durchaus nix bekümmern, und jetzt brach'st d'as so für, als wenn anderne beteiligt g'wen war'n – –

»Dös werd si aufweisen«, sagte der Hierangl Xaver und ging weg.

Es war ihm nicht mitleidig zumute, und er sah sich nicht um nach der Ursula, die mit den Ärmeln ihre Tränen trocknete und nicht wußte, sollte sie stehen bleiben oder dem Xaver nachlaufen. Weil sie aber sah, daß er schnell dahinging, dachte sie, daß ihr alles Reden nichts helfen würde.

Sie richtete das Kopftüchel zurecht und öffnete ihren Handkorb. Auf der Innenseite des Deckels war ein Spiegel angebracht, und Ursula betrachtete ihr Bild darin.

Es sah nicht vorteilhaft aus. Über das sommersprossige Gesicht waren schwärzliche Streifen gezogen; sie kamen von den Tränen und den schmutzigen Fingern.

Auf zehn Schritte wäre es zu sehen gewesen, daß sie geflennt hatte; deswegen spuckte sie in ihr Taschentuch und verwischte die Spuren. Und dann ging sie langsam ihren Weg, auf den Tanzboden.

Der Weblinger Wirt hatte einen guten Tag. Saal und Stuben waren gefüllt, und im Nebenzimmer saßen alle Honoratioren, auf die er gerechnet hatte.

Die Herren Lehrer aus der Umgebung, der Förster von Pellheim, der Verwalter von Hohenzell und der Stationskommandant Hermann. Unter der Türe erschien ein junger Mann. Er grüßte freundlich und wurde von allen willkommen geheißen. »Bei mir ist noch Platz«, sagte der Lehrer Stegmüller von Erlbach. »Darf ich die Herrschaften miteinander bekannt machen? Herr Mang, Kandidat der Theologie – Fräulein entschuldigen, jetzt hab ich den Namen vergessen...

»Sporner«, sagte das hübsche Mädchen, welches neben ihm saß.

»Fräulein Sporner, die Nichte des Herrn Collega von Aufhausen. Den kennen Sie ja schon?«

»Gewiß habe ich schon die Ehre gehabt. Wenn die Herrschaften erlauben, dann bin ich so frei«, sagte der Kandidat der Theologie und setzte sich mit linkischer Bescheidenheit nieder.

Er hatte ein hübsches Gesicht und lustige braune Augen; seine Bewegungen verrieten Kraft und Geschmeidigkeit, aber er war nicht frei von der angelernten Würde, die man für den geistlichen Beruf braucht. Dazu kam noch einige Schüchternheit im Verkehr mit Damen, und Fräulein Sporner war ein schönes Mädchen, vor dem ein junger Studiosus wohl erröten konnte.

Darum war es nicht verwunderlich, daß Sylvester Mang sich einige Male durch die Locken fuhr und keinen rechten Platz für die Hände fand, und daß er nach längerem Besinnen sagte, es sei heute ein schöner Herbsttag.

»Wundervoll«, meinte Fräulein Sporner, »es ist überhaupt so hübsch hier.«

»Fräulein sind noch nicht länger da?«

»Nein.«

»Wir haben gerade von Ihnen geredet, Herr Mang«, sagte der Lehrer von Aufhausen. »Am nächsten Sonntag haben wir ein Hochamt, und da könnten wir einen guten Tenor brauchen.«

»Wenn Sie wünschen, stehe ich gerne zu Diensten.«

»Sie tun mir einen großen Gefallen damit.«

»Sie sind Sänger?« fragte das Fräulein.

»Ja, das heißt, ein wenig. Natürlich nicht geschult.«

»Der Herr Mang hat einen prachtvollen Tenor«, unterbrach ihn Stegmüller. »Ich sag' Ihnen, Fräulein, da können Sie in der Stadt lang suchen, bis Sie einen solchen Tenor finden.«

»Da freue ich mich auf den Sonntag.«

»Wenn Sie nur nicht zu stark enttäuscht werden, Fräulein. Ich habe gar keine Übung mehr.«

»Er ist überhaupt ein musikalisches Genie«, rühmte Stegmüller. »Ein Künstler auf der Violine. Ja, wenn ich das gekonnt hätte, säß ich nicht als Schullehrer in Erlbach! Eigentlich is 's schad, daß Sie Geistlicher werden.«

»Es ist ein idealer Beruf«, sagte Sylvester.

Und er sah bei diesen Worten nicht weniger altklug aus, wie andere junge Leute, welche etwas Großes behaupten.

Fräulein Sporner nickte ernst und verständnisvoll zu seinen Worten.

»Die Kunst, das wär mein Fall gewesen«, seufzte Stegmüller. »Frei sein, wie ein Vogel in der Luft und auf niemand Obacht geben. Und leben können, wo man will.«

»Treiben Sie auch Musik, Fräulein?« fragte er.

»Klavier habe ich gelernt, aber ich hab's nicht sehr weit gebracht.«

»Sie sollten einmal den Herrn Mang begleiten.«

»Da kann ich nicht genug.«

Sylvester freute sich, daß ein Gespräch im Gange war, in dem er seinen Mann zu stellen wußte. Er stellte höfliche Fragen und rühmte alle Werke, welche das Fräulein hervorhob.

Und als sie sagte, kein Lied gefalle ihr besser, als das »Am Meer« von Schubert, fiel Sylvester leise ein:

»Das Meer erglänzte weit hinaus...«

»Auch das Gedicht ist herrlich«, lobte das Mädchen.

»Von Heine«, sagte er. »Ich hab es einmal bei einem Maifest gesungen, am Gymnasium. Der Rektor sagte aber, ich hätt' es nicht tun sollen.«

»Wenn es so schön ist!«

»Er meinte, weil Heine doch ein Gottesleugner war.«

Fräulein Sporner mußte wieder den Ernst des jungen Mannes bewundern.

An allen Tischen wurde die Unterhaltung lebhafter. Die Frauen hatten sich vieles zu erzählen; die eine hatte ihren Mann pflegen müssen, der andern war ein Kind krank geworden. Die Fleischpreise gingen in die Höhe, Schmalz und Eier wurden nicht billiger. Manche führte Klage über die Mühen ihres Eheherrn, und als vom Tanzsaal herunter schrille Musik und Stampfen vernehmlich wurden, sagte die Frau Stationskommandant: »Es wird doch hoffentlich nicht schon wieder eine Rauferei geben. Mein Mann weiß so nicht mehr wo aus, vor lauter Arbeit, und mit den jungen Gendarmen, die wir jetzt haben, ist ihm nicht viel geholfen. Gelt Karl?«

»Jawoll«, sagte der Kommandant, welcher Karten spielte, »und warum gehen S' denn nicht mit Ihrem Grasober drauf?« fragte er, »ich hab doch Trumpf ang'spielt; wenn Sie draufgehen, haben wir ein' Stich mehr. Das hamm Sie nicht gut g'spielt, Herr Hilfslehrer.«

»Jetzt kommt die Hofdam'«, sagte der Förster von Pellheim, und warf die Schellenaß auf den Tisch. »Ham S' no a Schell'n? Macht siebenundsechzig; is schon g'wonnen.«

»Sie müssen doch mit dem Grasober draufgehen und Eichel nachbringen. Ich trumpf und bring noch den König heim. Was gibt's, Herr Wirt?«

»Es waar guat, wenn's a bissel raufschaueten, Herr Kommandant. Mit de Hochazeller Burschen hat's des recht' net.«

»Gleich komm ich«, sagte der Kommandant und schnallte das Seitengewehr um. »Vielleicht gehen Sie mit, Herr Verwalter, weil Sie die Burschen kennen?«

Sie hörten schon auf der Stiege schreiende Stimmen.

»Hoscht du net auf ins hertanzt?«

»Ös habt's überhaupts koa Recht! Mir ham zahlt!«

Im Tanzsaal drängten sich die Burschen zusammen; das Licht der Petroleumlampe glühte rötlich durch den Dunst, und der Kommandant konnte sich nicht gleich zurechtfinden. Mitten im Knäuel stand ein lang gewachsener Mensch, der auf den Hierangl Xaver einredete.

»Bischt du vo Hochazell? Hoscht du mitzahlt?«

»I tanz, bal i mag«, sagte Xaver.

»G'hörscht du zu die Hochazeller? Hoscht du vielleicht an anders Recht?«

»Du Hanswurscht, du Dappiger!« schrie ein anderer.

Der Lange packte den Hierangl beim Rockkragen, die Hintenstehenden drängten vor.

»Auslassen, sog i!« schrie Xaver, und suchte nach der Messertasche.

»Nehmt's eahms Messa!«

Der Kommandant sprang dazwischen.

»Was gibt's da? Auseinander da! Lassen S' sofort los!«

»Das er ma's Messa nei'rennt!« schrie der Lange.

»Nach'n Messa hat a g'langt!« wiederholten die Burschen.

»Das geben S' einmal sofort her, Hierangl!«

Xaver wehrte sich noch immer wütend gegen den Langen und wollte sich losreißen. Ein anderer packte seinen Arm, und der Kommandant zog ihm das Messer aus der Tasche.

»Im Griff feststehend«, sagte er; »das werden wir noch kriegen. Und jetzt stellen S' Ihnen ruhig hin, sonst verhaft ich Ihnen vom Platz weg! Was hat's denn geben?« fragte er den Langen.

»Mir Hochazella ham ins oan aufspiel'n lassen; da tanzet er mit, und glei waar er auf mi herg'rumpelt aa no und hätt mi ani g'stessen.«

»Nur nicht so schreien! Das können Sie ja ruhiger auch sagen!«

»Is ja wohr! Wia 'r ihn g'stellt hab, hätt' er glei nach'n Messa g'langt!«

»Wie heißen Sie denn?«

»Joseph Heiß, Gütlerssohn von Hochazell.«

»Mi san allsamt Zeugen«, schrien die Hohenzeller Burschen.

»Ich brauch' nicht so viel«, sagte der Kommandant und schrieb den Heiß in sein Notizbuch.

»So, Hierangl, Sie verlassen jetzt sofort den Tanzboden und gehen ruhig heim!«

»I geh, bal i mag.«

»Nicht so frech! Gelt?«

Die Ursula drängte sich durch den Haufen.

»Geh zua, Xaverl, dös hat koan Wert it!«

»Laß ma do du mei Ruah! Mit dir will i gar nix z'toa hamm. Jetzt gehn i, aba i kimm scho wieda r'amol z'samm mit die Hochazeller.«

»Is scho recht«, schrie der Lange, »und nimm da fei wieda a Messa mit; du ko'scht dir gar it gnua kaffa.«

Alle lachten und höhnten hinter Xaver her, den seine Kameraden fortzogen.

Die Musik spielte auf, die Mädel, welche sich auf Stühle und Bänke gestellt hatten, kamen herunter, und der Tanz ging weiter.

Die Ursula tat nicht mehr mit. Sie ging die Stiege hinunter ins Freie.

Beim Wirtsstadel standen die Erlbacher Burschen, und sie konnte im Mondlicht sehen, wie sich der Xaver von ihnen losmachen wollte.

Sie hörte seine keuchende Stimme herüber.

»Laßt's mi aus! I muaß no amal eini.«

»Dös gibt's gor it. Du gehscht jetzt hoam mit ins!«

»Oaner muaß no hi sei, von de Hochazeller!«

»Geh amol zua! Du derfst nimma z'ruck!«

Die Burschen hielten ihn fest, und er ging endlich mit ihnen.

Zuweilen blieb er stehen und schimpfte.

»'s Messa bal's ma net g'numma hätt'n, nacha wurd i eahm was zoagt hamm. In aller Mitt' hätt' i 'n vonand g'schnitten.«

»Jetzt mach amal!«

Die Stimmen verloren sich in der Ferne.

Da machte sich die Ursula auf den Weg und ging hinterdrein.

Im Nebenzimmer erhob sich der Lehrer von Aufhausen und nahm seinen Hut vom Nagel.

»Wir haben einen Weg bis zum Feldkreuz«, sagte Stegmüller, »da gehen der Herr Mang und ich mit.«

Es war eine kühle Nacht. Der Herbstnebel zog über die Felder hin und sah sich im Mondlicht an wie ein silberner Schleier.

Vom Weblinger Holze herüber wehte ein frischer Wind.

Da zitterten die Blätter an den Bäumen, als käme sie ein Frösteln an, und die Schatten, welche sie über die helle Straße warfen, kamen in Bewegung.

»Es ist etwas Poetisches, so eine Mondnacht«, sagte Mang.

Er kämpfte mit einem harten Entschlusse. Er wollte etwas unternehmen, was er noch nie getan hatte; er traute sich's zu, und er verzagte wieder. Und dann gab er sich einen festen Ruck.

»Fräulein Sporner ... wenn Sie erlauben ... darf ich Ihnen meinen Arm anbieten?«

Er hatte einen Augenblick geglaubt, daß sie weglaufen und ihn beschämt stehen lassen, oder daß sie ihn streng zurechtweisen würde. Aber sie lief nicht weg, und sie tadelte ihn nicht. Sie sagte überhaupt nichts, sondern schob ihren runden Arm in den seinigen.

Und da merkte er, daß es auch poetisch ist, neben einem jungen Mädchen zu wandeln. Sie gingen schweigend miteinander. Er wollte ein Gespräch beginnen und besann sich lange. Aber es fiel ihm nichts ein; darum sagte er wieder: »Es ist prachtvoll, so eine Mondnacht.«

Und Fräulein Gertraud sagte: »Wunderbar; besonders im Herbst.«

Beim Feldkreuze trennten sich ihre Wege; die beiden Alten, welche vor ihnen gingen, blieben stehen; Mang gab den Arm des Mädchens frei und verbeugte sich mehrmals und schüttelte dem Fräulein Sporner immer wieder die Hand, wenn er vorher dem Onkel gute Nacht gesagt hatte.

»Also am Sonntag zum Hochamt«, mahnte der Lehrer von Aufhausen.

»Gewiß; Sie können sich darauf verlassen.«

»Und pünktlich um acht Uhr. Gute Nacht, Herr Mang.«

»Recht gute Nacht, Herr Lehrer! Angenehme Ruhe, Fräulein Sporner!«

Er sah den beiden nach; da fiel ihm ein, daß sie ein schönes

Lied gelobt hatte; und er vergaß alle Bedenken, welche der Rektor von Freising dagegen hatte. Mit wohlklingender Stimme setzte er ein:

»Das Meer erglänzte weit hinaus...«

Als er schwieg, tönte von drüben eine freundliche Mädchenstimme: »Gute Nacht!«

Er holte mit raschen Schritten den alten Lehrer ein.

Herr Stegmüller überdachte seine Reden, die er im Wirtshaus gehalten hatte. Es kam ihm so vor, als wär er zu stark ins Schwärmen geraten; die kühle Nachtluft ernüchterte ihn.

Und er sagte: »Sie müssen nicht glauben, Herr Mang, daß ich vielleicht etwas habe gegen die Geistlichkeit. Ich redete bloß so von der Kunst, weil Sie einen schönen Tenor haben und überhaupt. Natürlich haben Sie ganz recht, mit ihrem Beruf. Er ist schon wirklich ideal.«

»Ja, ja«, erwiderte Sylvester; »Herr Lehrer, wie lang bleibt eigentlich Fräulein Sporner in Aufhausen?«

DRITTES KAPITEL

Die nächsten Wochen brachten viel Arbeit. Nach der Trockenheit war ein guter Regen gekommen, und der Pflug faßte wieder an.

Auf allen Höhen sah man Menschen und Pferde sich langsam bewegen, und hinter ihnen fraßen sich dunkle Furchen in die gelben Stoppelfelder ein.

Vom Dorfe hinauf bis zum Walde zogen sich gerade Linien; die lustigen Farben verschwanden, und die Gegend hatte ein ernstes Aussehen.

Der Schuller war fleißig hinter den Knechten her und hatte selber die Hand am Pfluge, den ganzen Tag.

Es traf ihn viel, weil sein Ältester als Soldat in Ingolstadt diente, und wenn er des Mittags heimkam, streckte er die Füße schwerfällig unter den Tisch. Und wenn er heimkam, war noch ein müder Mensch in der Stube; müde von einem langen Leben, in dem es kein Ausrasten gibt.

Das war die Mutter des Schullerbauern. Sie zählte noch nicht siebzig Jahre, und in der Stadt gibt es viele, die in dem Alter noch aufrecht gehen. Aber Bauernarbeit bricht vorzeitig die Kraft.

Die Alte saß auf der Ofenbank und schaute vor sich hin.

Die runzligen Hände faltete sie im Schoß und fand kaum die Kraft, zudringliche Fliegen abzuwehren.

»Was is's denn mit da Muatta?« fragte der Schuller seine Frau.

»Sie is schlecht beinand; seit gestern kummt sie arg von da Kraft«, erwiderte die Bäurin.

Die Alte nickte müde mit dem Kopfe und bewegte den zahnlosen Mund.

»Was hat sie g'sagt?« fragte der Bauer.

»I ho's it verstanna. Was hoscht g'sagt, Muatta?«

Die Schullerin ging zur Ofenbank und schaute die alte Mutter prüfend an.

Ruhig wie ein Mensch, der über eine Sache ins reine kommen will.

»Was hoscht g'sagt, Muatta?« fragte sie noch einmal.

Die Alte begegnete ihrem Blick; in ihren glanzlosen Augen war nichts von Angst und Sorge zu lesen. Nur Müdigkeit.

»I treib's nimmer lang«, sagte sie.

»Sie moant, sie muaß sterb'n«, wiederholte die Schullerin mit lauter Stimme. Der Bauer schnitt bedachtsam den Brotlaib an und brockte kleine Stücke in seine Suppe.

»Sie is halt scho guat bei die Jahr«, sagte er, »wie alt bischt denn jetzt, Muatta?«

Die Alte gab keine Antwort; sie schaute wieder vor sich hin, und ihr Kopf sank herunter.

»An achtasechz'g Jahr' werd sie sei, und g'arbet hat sie viel«, sagte der Sohn.

»Ja, g'arbet hat sie viel, und acht Kinder hat sie bracht; des setzt oan zua. Sie g'fallt mi aba gar net; sollt'st dennerst an Pfarra hol'n, Bauer.«

»In Pfarrhof geh' i net. Dös muaßt's scho selm toa; oder schick umi!«

»Na geh'n i selm, bal i abg'spült hab.«

Die Alte bewegte wieder die Lippen.

»Wos hascht g'sagt, Muatta?«

Die Schullerin ging zur Ofenbank und horchte aufmerksam.

»Ja, ja, Muatta! Hoscht scho recht. Sie sagt, sie is froh, bal's gar is. A so hat's koan Wert nimma, sagt sie.«

Der Bauer legte den Löffel weg und ging in den Hof hinaus.

»Andrä!«

»Wos geit's?«

»I nimm jetzt de zwoa Braun', und du spannst an Ochsen ei!«

Der Knecht führte zwei stattliche Pferde aus dem Stall; der Schuller nahm das Leitseil und ging hinter ihnen her. Am unteren Ende des Dorfes holte er den Geitner ein.

»'ß Good, Schuller!«

»'ß Good!«

»Wo geah'scht hi?«

»An Schmidlacker; Habern vorbaun.«
»Wo's d'an Klee g'habt hoscht?«
»Ja.«
»Jetzt geht's ja leicht mit'n bau'n, weil's nimma so trucka is.«
»Es tuat's.«
»Beim Kramer ham's g'sagt, daß dei Muatta schlecht dro is?«
»Ja, sie hat's kloa beinand. Oan Tag oder zwoa, länger werd's kaam mehr leb'n.«
»Wia's halt is. Die Junga könna sterb'n, und de Alt'n müassen sterb'n.«
»Da ko'scht nix macha.«
»Hoscht du nix g'hört, Schuller, wann de Bürgermoasterwahl is?«
»Na, koa Tag is no net g'setzt, wia 'r i woaß. Im November werd's halt sei.«
»Dösmal werst as du, Schuller.«
»I reiß mi net drum. Mir werd's liaba an anderner.«
»Wer denn? Da Kloiber mag nimma.«
»Vielleicht sagt er grad a so.«
»Na, dös woaß i g'wiß. Da Kloiber steht z'ruck.«
»Nacha könnt's ja an Hierangl nehma.«
»I glaab it, daß's der werd. Er hat it viel Leut' auf da Seiten; bloß de, wo eahm was schuldi san.«
»Aba da Pfarrer möcht'n.«
»Ja, weil er moant, daß er eahm helfat mit sein' Turm, und weil er überhaup's allawei z'sammspinnt damit. Aba 'r auf'n Pfarrer passen mir it auf.«
»I sag' da's schnurgrad, Geitner, mir freut's gar it. Bal i Burgermoasta waar, gang da Verdruß nimmer aus. Garaus mit'n Pfarra. Er ko mi net schmecka, dös woaßt ja. Und z' Erlbach san gnua, de wo zu eham halt'n; nacha gab's allawei Zwidrigkeiten. Nehmt's an Hierangl, dös is viel g'scheiter.«
»Mi hamm ja no Zeit, Schuller; aba dös derfst glaab'n; bals mir nachgeht, werst as du. I bin auf deiner Seiten; dös derfst g'wiß glaab'n.«
»Is scho recht. 'ß Good!«
Der Schuller ging vom Weg ab zu seinem Acker; wie er die Gäule am Pflug vorspannte, sah er dem Geitner nach und sagte

vor sich hin: »Hättst mi gern ausg'fragt, gel, Tropf schei'heiliga? Di kenn i guat. Wiah!«

Die Gäule zogen an; unter der blinkenden Pflugschar wellten sich die Schollen.

Daheim saß die alte Mutter noch immer unbeweglich in der Ofenecke und sah der Schwiegerin zu, welche die Stube aufräumte.

Das ging flink mit rüstigen Armen.

So hatte die Alte auch einmal gearbeitet und geschaltet im Hause. Dann waren langweilige Tage gekommen, und sie hatte gespürt, wie unnütz ein Leben ohne Arbeit ist.

Hohes Alter ist kein Segen. »Du sollst dein Brot verdienen im Schweiße deines Angesichts.« Das ist für die Bauernleute geschrieben, denen die Hände schwer werden beim Rasten.

Und die Alte fürchtete sich nicht vor dem Sterben; das hatte sie sich oft gewunschen, nicht aus Verzweiflung oder aus Trübsinn, sondern weil es recht ist, zu gehen, wenn das Bleiben keinen Wert hat.

Der jüngste Bub der Schullerin kam lärmend herein.

Die Bäuerin wehrte ihm ab.

»Geh aussi, Xaverl, du hoscht do herin nix z'toa. Sieg'scht it, daß d' Großmuatta krank is?«

»Muaß sie sterb'n?«

»Ja, sie muaß bald sterb'n. Aba jetzt geh zua! Du gehst uns do im Weg um.«

Der Kleine sah mit neugierigen Augen nach der Alten hin, und als er die Stube verlassen hatte, stellte er sich draußen an das Fenster und preßte das Gesicht an die Scheiben.

Die Schullerin wollte in den Stall gehen; da kam der Kooperator über den Hof, und sie blieb unter der Türe stehen.

»Es ist eine kranke Person im Hause, welche des geistlichen Trostes bedarf?«

»Ja, Hochwürden, d' Muatta is schlecht beinand. Seit mittag kimmt's ganz von da Kraft.«

»Wo ist sie?«

»Bitt schön. Hochwürden, da herin.«

Der junge Herr trat in die Stube. Ein Blick auf die Alte zeigte ihm, daß hier nur mehr die Seele, nicht aber der Körper zu retten sei, und er ging berufsfreudig an sein Werk.

»Warum habt Ihr so lange gewartet?« fragte er die Schullerin. »Ich fürchte, sie versteht meine Worte nicht mehr.«

»Es is so schnell ganga, Hochwürden. Aba sie is no beim Verstand; sie hört no ganz guat, bloß müad is sie halt.«

»Dann laßt uns jetzt allein!«

Die Bäurin ging hinaus, und der junge Mann setzte sich vor die Kranke hin. Er zog ein dickes Gebetbuch aus der Tasche und fragte mit lauter Stimme: »Hört Ihr meine Worte?«

Zwei müde Augen schauten ihn an; es lag darin mit dem Aufbieten der letzten Kraft der Ausdruck von Ehrerbietung, und die Alte versuchte mit zitternder Hand das Zeichen des Kreuzes zu machen. Ein minder frommer Mensch wäre gerührt worden durch diese schlichte Ergebung und hätte sich demütig gebeugt vor der Würde der sterbenden Greisin. Aber Herrn Sitzberger konnte nichts Irdisches überwältigen; er fühlte sich nicht klein in dieser Stunde, sondern es erhob ihn der Besitz der geistlichen Gewalt über diese Seele.

Und er sprach wieder so laut, daß ihn die Alte hören mußte: »Anastasia Vöst, Ihr seid nun an das Kreuz geheftet, und Ihr sehet der bitteren Todesstunde entgegen. Ihr müßt bedenken, daß der liebreichste Jesus für Euch ebenfalls Krankheiten getragen und Schmerzen auf sich geladen hat.

»Bittet ihn, daß er Euch wahre Geduld verleihe, und opfert ihm alle Glieder Eures Leibes auf, daß er sie strafen möge nach seinem göttlichen Wohlgefallen!«

Die Alte verstand nicht alle Worte, aber sie fühlte dunkel, daß sie die Tröstungen der Religion bildeten, in welcher sie lange und gläubig gelebt hatte. Darum hob sie mühsam den Kopf und versuchte kurze Zeit, ihre Augen offenzuhalten.

Herr Sitzberger fuhr eifrig weiter.

»Ihr sollt nicht mehr an dieser Welt hängen und Euch das Scheiden von derselben schwerfallen lassen. Ihr sollt im Gegenteil von einem innigen Verlangen nach den Wohnungen des Himmels erfüllt sein. Ihr sollt sagen, daß Eure Seele dürstet und seufzt nach den Vorhöfen des Herrn. Wenn auch immerhin die Furcht vor dem Gerichte die Vorstellungskraft beängstigt und der Anblick Eurer Sünden Euren Geist in tödliche Traurigkeit versenkt.«

Die Kranke bewegte ihre Lippen, und der Kooperator fragte:

»Was wollet Ihr sagen?«

Sie sprach kaum vernehmbar vor sich hin:

»I hab allawei gern g'arbet. Es is mir it leicht an Arbet z'viel g'wen.«

Dabei hielt die Alte die mageren Hände vor sich hin, als wollte sie die Ehrenmale der Arbeit zeigen; und ein freundliches Lächeln ging über ihr verwelktes Gesicht. Ja, wäre der liebe Gott in der Stube gesessen, dann wären ihm vielleicht die Augen naß geworden, und er hätte gesagt: »Das sind zwei ehrliche Hände, Anastasia Vöst, die du aufweisen kannst, und sie erzählen von nützlicher Arbeit. Die haben Gutes gewirkt im Leben, und mehr braucht es nicht für den Himmel.«

So hätte der liebe Gott reden müssen, aber sein Stellvertreter meinte es anders. Er zeigte Ungeduld, oder größeren Eifer, und verstärkte die Stimme. »Ihr müßt Eure Gedanken gänzlich vom Irdischen abwenden, indem die sinnliche Welt Euch bald verschwunden sein wird. Und wenn Ihr in den Bedrängnissen des Todeskampfes erseufzet, müßt Ihr Gott bitten, daß er diese Seufzer als Wirkungen einer heiligen Ungeduld, zu ihm zu gelangen, aufnimmt. Versteht Ihr meine Worte?«

Anastasia Vöst verstand sie nicht, sie hielt noch immer ihre Hände vor sich ausgestreckt und schaute sie lächelnd an. Da stand Herr Sitzberger auf und zuckte die Achseln.

Er sagte zur Schullerin, welche still hereintrat: »Ihr hättet mich früher rufen sollen, so lange sie noch bei vollem Verstande war. Ich fürchte sehr, sie hat meine Worte nicht mehr erfaßt.«

»Sie fallt so schnell z'samm, daß's gar it zum glauben is, Hochwürden. Vor an anderthalb Stunden is sie no viel frischer g'wen. Mi wer'n Zeit hamm, daß ma's no ins Bett einitragen. Und wann i bitten durft, daß Sie's versehg'n, Hochwürden.«

»Ich werde gleich zurückkommen, mit den heiligen Sakramenten«, sagte der Kooperator und ging schnell aus dem Hause.

Der Xaverl stand noch immer am Fenster, aber er sollte doch nicht sehen, wie es ist, wenn ein Mensch stirbt.

Denn die Schullerin und die Ursula trugen die Alte behutsam

in ihr Austragszimmer und schlossen die Fensterläden. Darauf zündeten sie zu Häupten des Bettes zwei Kerzen an und begannen zu beten.

In der Dorfgasse wurde es lebhaft; es war Feierabend. Die Leute kamen heim vom Acker; da blieb ein Nachbar beim andern stehen und redete davon, was man diesen Tag geschafft hatte, und was man vom nächsten erwarte.

Beim Schmied wurde noch fleißig gehämmert; ein Gaul vom Bartlbauer brauchte neue Eisen, und der Weßbrunner ließ seinen Pflug schärfen. Einige Leute standen vor der Werkstätte und schauten zu; sie lobten das Pferd und sagten, der Bartlbauer hätte beim Kaufen eine glückliche Hand gehabt.

Da kam der Meßner um das Eck herum, hinterdrein der Kooperator mit dem Allerheiligsten. Alle zogen den Hut, und der Schmied hielt mit der Arbeit ein.

»Wer werd denn versehg'n?« fragte einer.

»An Schuller sei Muatter.«

»De alt Vöstin? Um de is schad«, sagte der Zwerger und schaute dem Kooperator nach.

Einige Weiber schlossen sich dem traurigen Zug an.

Als der Priester beim Schuller angekommen war, wandte er sich um und hob den Kelch mit der heiligen Wegzehrung in die Höhe.

Die Leute knieten nieder und bekreuzten sich andächtig. Und die Bäcker Ulrich Marie betete mit lauter Stimme das Vaterunser vor.

VIERTES KAPITEL

Lieber Josepf!

Ich deile Dir zum wiesen mit, das mir vor acht Dag die Muder eingraben ham. Mir haben nichs gemeint, indem es so schnell gangen ist. Aber der Vadder ist anderst zornig, weil die Muder ein Desdament gmacht hat und schenkt der Kirch finfhundert March fier den neien Durm. Beim Notari is das Desdament gwest und mir hams nichts gewußd.

Lieber Josepf, wie get es Dir? Hofendlich get es Dir gut und darfst auf Weinachd heraus. Dem Brückl sein Fux hat umgschmiesen und eine Haksen brochen und hat in stechen müsen.

Beim Elfinger und der Haslinger ham Schtraf zalen müsen, weil die Schaf reidig warn und habens nicht angezeichd. Es kost jeden dreisig March und is der Tirarzd nicht dabei. Da kost es noch mer. Das ist fiel Geld.

Unsere Scheck hat die voring Woch ein Kalb kriegt; es ist siebsich Fund schwer und gesund. Der Woaz is gut hereinkomen, aber der Vadder schimbft wegen das Desdament.

Lieber Josepf, hofendlich get es Dir gut und schreib bald. Es grießt Dich Deine Muther.

Diesen Brief erhielt der Soldat Josef Vöst vom 12. Infanterieregiment, und er konnte daraus sehen, daß sich daheim Gutes und Böses begab.

Er dachte über beides nicht lange nach und war so wenig bekümmert, wie andere junge Leute.

Aber seinem Vater ging es im Kopfe herum, von der Früh bis zum Abend.

Er war alleweil gut mit der Mutter gefahren und hatte ihr kein böses Wort gegeben. Sie war zufrieden mit dem Austrag, und wenn sie vom Sterben redete, sagte sie oft, daß ihr ausgemachtes Vermögen beim Anwesen bleibe.

Bloß etliche hundert Mark für Seelenmessen sollten davon abgehen, und so war es auch geschrieben im ersten Testament. Aber ein paar Monate vor ihrem Tode machte sie den Nachtrag und verschrieb fünfhundert Mark für die Erbauung eines neuen Turmes.

Das war ihm unverhofft gekommen, und er hätte nicht daran gedacht.

Jetzt freilich fiel ihm manches ein, was er zuvor nicht beachtet hatte. Daß die Mutter im Sommer nach Nußbach fuhr, mitten unter der Woche, als er keine Zeit hatte zum Begleiten und die Bäuerin im Bett lag.

Und daß sie ihm keine rechte Antwort geben wollte, wenn er sie fragte, ob alles in Ordnung sei. Daß sein Bruder Lenz hinterher nicht halbpart verlangen könne, weil sie ihm doch das Ganze versprochen hatte.

Da sagte sie immer, es sei alles recht gemacht, und wie es gemacht sei, wäre es recht.

Wie der Amtsrichter das Testament vorlas, stand am Schlusse, diese Spende hätte die Mutter wohl überlegt, und die Erben sollten für sie beten, anstatt verfluchen und verwünschen.

Sie hatte schon gewußt, daß sie Verdruß damit aufhebe. Den Schuller dauerte das schöne Geld, aber das hätte er leichter verschmerzt wie den peinlichen Spott von den Leuten.

Er war der Wortführer gewesen gegen den Pfarrer, und er hatte seine Meinung durchgesetzt bei der Gemeinde.

Derweil galt sie nichts in seinem eigenen Haus, und der Pfarrer hatte seine Mutter gerade so gut überreden können wie den Linnersteffel.

Selbigesmal hatte er gesagt, daß es nicht recht sei, wenn man alte Leute zu solchen Vermächtnissen berede, und jetzt war es bei ihm das nämliche.

Der Pfarrer konnte lachen. Was brauchte er sich um die Gemeinde zu kümmern, wenn er das Geld sogar von seinen Widersachern kriegte? Da muß einer für dumm gelten, wenn er Streit anfängt mit der Geistlichkeit, und hinterher zahlt er selber so viel von der Zeche.

Der Schuller versteckte seinen Zorn nicht; er sagte den Freunden, daß er gegen die Heimlichkeiten nicht ankönne. Er habe öffentlich widerredet nach seiner Pflicht; aber wenn der Pfarrer von schwachsinnigen Weibern das Geld nehme, was ihm die Männer verweigern, hernach sei gleich ausgestritten. Da könne er sich was darauf einbilden, wenn der Turm auf die Weis' zusammengebettelt sei. Und das wäre auch noch eine besondere Kunst, ein altes Leut vor dem Sterben herumzukriegen. Solche Reden wurden weitergetragen, und der Pfarrer hörte sie bald.

Daß sie ihn nicht freuten, darf jeder glauben, aber er schimpfte nicht, und auch seine Vertrauten wußten nicht recht, wie er sich dazu stelle.

Er hörte aufmerksam, was man ihm erzählte, und er seufzte, wenn es recht dick daher kam und die Worte des Schuller ein schlechtes Gepräge trugen.

Wer das für Sanftmut hielt, war grob im Irrtum; der hochwürdige Herr hatte ein zorniges Gemüt und verzieh keine Beleidigung. Jedoch er wußte, daß man dem Feind am meisten schadet, wenn man die günstige Stunde abwartet.

Unter den Vertrauten des Pfarrers führte der Hierangl das lauteste Wort.

Seit vielen Jahren lebte er in Feindschaft mit dem Schuller; er hatte einen Prozeß gegen ihn verloren, und in der Wut darüber hatte er gesagt, daß der Schuller seine Zeugen zum Meineid verleitet habe. Deswegen wurde er wegen Beleidigung acht Tage lang eingesperrt und mußte obendrein sehen, daß ihm die achtbaren Männer in der Gemeinde nicht recht gaben. Sie wählten seinen Feind zum Beigeordneten. Seit der Zeit trat er ihm in den Weg, wo er konnte; und wie der Schuller gegen den Pfarrer antritt, war der Hierangl von selber auf der geistlichen Seite. Sein Zorn wuchs, weil er nichts ausrichten konnte, und er ließ sich ein paarmal hinreißen, daß er dem Beigeordneten schlechte Dinge nachsagte. Hinterdrein mußte er sie vor dem Bürgermeister abbitten und froh sein, wenn ihn der Schuller nicht wieder verklagte.

Jetzt, meinte der Hierangl, wäre die Zeit gekommen, daß man

die alte Schuld heimzahlen könnte, und der Pfarrer sollte mit Gericht und Advokaten über den Schuller einrücken.

Aber der hochwürdige Herr verwies ihm seine Heftigkeit und sagte, daß er mit nichten so verfahren wolle; jedoch, wenn der Schuller in seinem schlechten Sinne beharre, werde er auf andere Weise gegen ihn einschreiten und als Seelsorger bedacht sein, daß nicht die Gemeinde zu Schaden käme.

Da merkte der Hierangl gut, daß seinem Feinde nichts geschenkt bleibe.

Auch andere glaubten das, und der Haberlschneider warnte den Schuller mehr wie einmal.

»Du sollst di nit a so auslassen«, sagte er, »du kennst insern Pfarrer z' weni. Hör'n tuat er alles, und vergessen gar nix, und bal'st as amal gar it moanst, werst' as mit Schaden inne wer'n.«

»Der ko mi gar nix macha; auf den paß' i scho lang nimma auf.«

»Ja, mei Liaba, dös sagst du a so; aba du darfst it vagessen, Helfer hat er grad' g'nua, und schlauch is er aa.«

»Dös derf er scho sei. Woaßt, Haberlschneider, daß er mi it mog, dös woaß i guat gnua, aba i fürcht eahm it, und seine Helfer scho gar it.«

Das sagte der Schuller, weil er tat, was recht war. Aber er mußte bald sehen, daß man nicht Herr ist über alles, was geschieht.

Eines Abends, wie er daheim saß, rückte seine Bäuerin mit der Neuigkeit heraus. Die Ursula sei in der Hoffnung vom Hierangl Xaver.

Das erste war zuwider genug. Eine Bauerntochter soll mehr auf sich halten wie eine Dienstmagd, aber das zweite machte die Sache schlecht.

Wäre es ein anderer gewesen, der hätte geheiratet oder gezahlt, und weil die Ursula sonst ein arbeitsames Weibsbild war, hätte sie wegen dem Kind noch einen jeden heiraten können.

Aber der Hierangl hängte ihr Schande an, das war einmal gewiß. Den Jungen hetzte der Alte auf, wenn es das noch brauchte.

»Hätt'st besser aufpaßt!« schrie der Schuller, »jetzt werst sehg'n, wia's geht. Der Tropf, der ziagt ins aa no eini ins G'red.

Dem is nix z'schlecht. Daß du gor it aufpaßt? Für was bischt denn du d'Muatta?«

»Do ko'st leicht aufpassen, wann mi nix denkt. I woaß it, wia sie so dumm g'wen is; da, frag's selm!« sagte die Schullerin, weil die Ursula hereinkam.

Sie blieb an der Türe stehen und schaute verlegen darein.

»Was hat mi denn d'Muatta g'sagt?« fragte der Schuller; »daß du di mit'n Hierangl ei'lassen host? Is dir der Schlechtest g'rad recht g'wen? Hab i net allmal g'sagt, 's luschti sei verbiat i dir net, aba du muaßt wissen, bei wem d' bist?«

»So schrei do it gar a so!« wehrte die Schullerin ab; »du muaßt do auf de Deanstbot'n an Obacht hamm!«

»Hätt's ös z'erst an Obacht g'habt! Jetz is scho z'spat; de Leut wern si bald gnua vom Hierangl hör'n; hast du no net g'redt mit eahm? Hast as eahm du no net g'sagt?«

»Jo. I ho's eahm scho z'wissen g'macht.«

»Und was sagt er nacha?«

»Wegschwör'n will er si; aber dös ko er durchaus gar it.«

»Ja, do werd er di frag'n, du Lall'n, du Dappige. Geh in Stall außi, sinst schlag i dir's Kreuz o, du Herrgottsakrament!«

»Er hat mi 's Heirat'n g'hoaßen.«

»De Dumma hoaßt ma viel und lacht's aus. Host'n du net kennt, den? Host du dahoam net allawei g'hört, was des für Leut san?«

»Wann er ihr 's Heirat'n g'hoaßen hat, nacha muaß er do b'steh drauf«, mischte sich die Schullerin ein. »Gib's denn do gar koa G'setz?«

»Host ja g'hört, daß er si wegschwör'n will. Der werd si scho was z'sammlüag'n, daß sie mit Schanden dosteht. Dös hätt' si de Loas z'erscht denka kinna. Jetzt geh außi in Stall!«

Ursula brummte vor sich hin und ging.

»Du soll'st it gar a so grob sei«, sagte die Schullerin, »dös helft jetzt aa nix mehr.«

»Da host recht. Bal no was helfet, nacha tat i mi net so zürna.«

»Es is andere Leut'n aa scho passiert, vielleicht geht's besser außi, als d' moanst.«

»Ös Weiberleut seid's glei tröst. I ko dir's g'nau sag'n, wia's nausgeht. Der Hierangl suacht scho lang was geg'n mi, und jetzt hat er was g'funden. Bal si der Jung bloß weglaugna tat, dös waar no gar it des ärgst. Aba der Alt' freut si, wenn's an Prozeß gibt; der setzt oa Lug auf de ander, und des meist geht geg'n mi, net geg'n 's Madel.«

»Red'n muaßt halt do mit eahm.«

»Mit'n Junga scho; mit'n Alten it.«

Die Unterredung kam bald. Nach ein paar Tagen, als der Hierangl Xaver am Jägerbergl ackerte. Der Schuller säte nicht weit von ihm Winterroggen und ging bedächtig die Höhe hinan.

Die blaue Schürze, in welcher die Saatkörner lagen, hielt er zusammengerafft und warf bei jedem zweiten Schritte eine Handvoll über die Furchen. Er gab wohl acht, daß die Würfe nicht gegen den Wind geschahen, weil sie sonst zusammengeschoben oder verweht werden.

Als der Schurz geleert war, ließ ihn der Schuller fallen und stieg über die Schollen zum Xaver hinüber.

»Du, i ho mit dir was z'red'n«, sagte er.

Der Hierangl hielt an und fragte:

»Was denn nacha?«

»Du woaßt, wia's mit der Urschula steht. Wia is denn nacha dös?«

»Do werd it viel sei«, sagte der Xaver.

»So?«

»Na. Dös bekümmert mi gar nix.«

»Du mögst di gern weglaugna, gel?«

»I bekümmer' mir gar nix drum.«

»Du muaßt it moan, daß i di ums Heirat'n bitt'. Du müaßt erscht sehg'n, ob's mir recht waar.«

»Auf dös brauchst it wart'n, daß i um a deinige Tochta kimm.«

Der Schuller wurde zornig, wie er den frechen Burschen ansah. Der getraute sich, den gestandenen Mann zu verhöhnen und zog die Mundwinkel hinauf, als wollte er lachen.

»Du schamst di gor it?« fragte der Bauer. »Du tatst di no prahl'n damit, ha? Aber paß auf, ob's dir so nausgeht, wia's d' moanst.«

»Dös wer'n mi ja sehg'n.«

»Dös werst aa sehg'n, bal's zum Zahl'n kimmt.«

»Dös scheuch i gor it; es teilen sie grad' gnua drei, da trifft auf an jed'n nit viel.«

»Sagst du dös? Derfst du dös sag'n?«

Der Schuller packte den Burschen an der Brust und schüttelte ihn heftig.

»Laß aus!« schrie Xaver. »I laß mi vo dir it beuteln.«

»Du... du Lausbua, du ganz schlechta... derschmeißen tat i di allawei, wann'st ma net z'weni waarst.«

»Laß aus! sag' i.«

»Da... Rotzbua!«

Der Xaver bekam einen Stoß, daß er ein paar Schritte nach rückwärts stolperte, und war wieder frei.

Seine heimtückischen Augen funkelten vor Wut, aber er sagte bloß:

»Dös werd si aufweisen, ob du mi auf insern Grund o'packen derfst.«

Er trieb seine Pferde an, und der Schuller kehrte um, ohne ihm eine Antwort zu geben. Wie er auf seinem Acker stand und den Schurz wieder mit Saatkörnern füllte, hörte er laut schreien.

Der Xaver schimpfte gegen ihn herunter und drohte ihm mit der Faust.

Er konnte die Worte nicht hören, aber er wußte wohl, daß sie nicht freundlich waren.

»Jetzt schimpfst«, sagte er vor sich hin, »weil'st weit gnua weg bist, du Haderlump! Geh hoam, du paßt zu dein Vatern.«

Er schritt an und säte. Aber die Körner flogen ihm weiter, als er wollte, und zuweilen blieben sie ihm in der geballten Faust.

Es verdroß ihn, daß der halbgewachsene Bursche sich so frecht gegen ihn gestellt hatte und beinah mit ihm gerauft hätte. Was sich der traute gegen ihn! Daß man deutlich merkte, wie sein Ansehen nichts war gegen den Rotzlöffel.

Der Schuller ging zornig vom Felde heim und setzte sich zornig an den Tisch. Die Ursula hatte keine schönen Tage, und sie tat gut daran, wenn sie dem Vater aus dem Wege ging.

Der Schullerin half es wenig, daß sie beschwichtigen wollte. Es war dummes Zeug, was sie redete.

»Du muaßt halt denken, jetzt is scho, wia's is, und mit dein ganzen Verdruß kannst'as nimma anderst macha, und jetz is schon vorbei.«

Es war nicht vorbei. Freilich, die Bäuerin sah das nicht.

Aber der Schuller wußte gut, daß die Unordnung im eigenen Haus einen Mann schädigt, der für andere hinstehen will, und daß der geringste Gegner im Vorteil ist, wenn er einen wunden Fleck zum Angriff erwischt.

Er bekam schon den Sonntag darauf recht mit seiner Befürchtung.

Da predigte der Pfarrer über das Evangelium des heiligen Matthäus vom bösen Knecht.

»In derselben Zeit trug Jesus seinen Jüngern dieses Gleichnis vor. Im Himmelreich ist es wie mit einem Könige, der mit seinen Knechten abrechnen wollte. Da er zu rechnen anfing, brachte man ihm einen, der ihm zehntausend Talente schuldig war. Als dieser nichts hatte, wovon er bezahlen konnte, befahl sein Herr, ihn und sein Weib und seine Kinder und alles, was er hatte, zu verkaufen.«

Hier knüpfte der hochwürdige Herr an und sagte:

»Warum befahl der König, nicht nur den Schuldner, sondern auch sein Weib und seine Kinder zu verkaufen? Ihr Leute, das will ich euch erklären. Wo es in einem Hause schlecht geht, hat selten eines allein die Schuld. Von den anderen wird häufig dazu Anlaß gegeben durch Einwilligung, Stillschweigen, Übersehung. Da gibt es Leute, welche der Meinung sind, sie wären so gescheit, daß sie überall darein reden dürfen. Sie widersprechen der weltlichen Obrigkeit und geben Ratschläge, wie man es besser macht; ja sogar die geistliche Obrigkeit muß es sich gefallen lassen, daß so ein Siebengescheiter seinen Willen durchsetzen will.

Aber wie sieht es oft aus bei einem solchen in Dingen, die ihn mehr angehen? In seiner Familie, in seinem Hause? Da merkt man nichts von der großen Gescheitheit und vom guten Regiment. Einer, der Herr sein will über den Staat und die Kirche, vermag seine Dienstboten nicht in Ordnung zu halten, ja nicht einmal seine Kinder. Wäre es nicht besser, er hätte seinen Willen darauf gerichtet, daß man ihn als rechtschaffenen Hausvater betrachten kann, als daß er sich um fremde Dinge bekümmert?

Das ist auch eine sichtbare Warnung für alle, die einem solchen anhängen.

Diese sollten sich fragen, ob sie dem Rate eines Mannes folgen dürfen, der in seinem eigenen Hause das Schlechte duldet oder nicht unterdrücken kann.

Und sie müßten sagen: Nein! Dieser Mann kann uns kein Beispiel sein.

Denn wie sagt Jesus zu seinen Jüngern?

Hütet euch vor den falschen Propheten, und an ihren Früchten werdet ihr sie erkennen.

Jeder gute Baum bringt gute Früchte, aber ein schlechter Baum bringt schlechte Früchte.

Darum, wenn man sieht, daß in dem Hauswesen eines Mannes unziemliche Dinge vorkommen, so wissen wir, daß man seinen Worten nicht folgen darf.

Seine Früchte sind schlecht, und er selbst kann nicht als gut erfunden werden. Amen.«

In der Kirche saß keiner, der den Pfarrer nicht verstand.

Der Hierangl hatte überall erzählt, daß sein Sohn vom Schuller angepackt worden war, weil er sich nicht dazu hergeben wollte, den Vater von der Ursula ihrem Kinde zu machen.

Eine Dienstmagd, die der Schuller davongejagt hatte, erzählte auch, daß die Ursula in andern Umständen sei, und so war es leicht zu sehen, wen der Pfarrer meinte.

Der Schuller war nicht in der Kirche, aber seine Bäuerin kam mit brennrotem Kopfe heim und erzählte ihm, was sie hatte anhören müssen.

»I hätt' mi am liabern vaschloffa, so hon i mi g'schamt«, sagte sie.

»Do brauchst di du gor it vaschliaffen.«

»Ja, was moanst denn? In de vordern Bänk hamm sie si alle umdraht nach meiner, und de Bäcker Ulrich Marie hat d' Pratz'n vors Mäu g'habt und hat recht eini g'lacht, daß's ja alle Leut' sehg'n.«

»Da brauchst du di gor it vaschliaffen«, wiederholte der Schuller, »de Schand' trifft an andern, der wo so schlecht is und nimmt d' Kanzel her zu seiner Feindschaft.«

»An den Früchten werdet ihr es erkennen, wo es in einem Hause schlecht ist«, hat er g'sagt, »und einem Manne dürfet ihr nicht trauen, der wo die Schlechtigkeit duldet. Mi hamm do 's Deandl mit Rechten aufzog'n, und für dös kinna mir's aa it derschlag'n.«

Die Schullerin weinte.

»Z'weg'n dem brauchst it trentzen«, sagte der Bauer, »was der red't, is gar nix. Des sell acht i gar it.«

»Warum hat er nacha nix predigt, wia'r an Schreiber sei Zenzl a Kind kriagt hat? Da hat ma nix g'hört von einem schlechten Haus. Grad' ins tat er de Schand' o vor allsamt Leuten.«

Der Schuller gab ihr keine Antwort; er sah zum Fenster hinaus auf die Straße. Schräg gegenüber beim Schuhsteffel standen noch einige Kirchgängerinnen und steckten die Köpfe zusammen.

Hie und da drehte sich eine herum und warf einen geschwinden Blick herüber.

Da sagte der Schuller: »Bäurin, tua mir an Rock außa. I geh' ins Wirtshaus.«

»Geh, bleib dahoam! De red'n heut' do nix anders, als wia vo dera Predigt.«

»Grad' desz'weg'n geh'n i. Sinscht moana d' Leut', i versteck' mi.«

Er legte den dunkelblauen Feiertagsrock an und ging durch das Dorf.

Die Bäcker Ulrich Marie, welche sich hinter ihre Haustüre stellte und ihm lange nachsah, wunderte sich über seine ruhige Miene und sagte zu der Zwergerin:

»Er muaß's no it wissen.«

Die Zwergerin kannte die Menschen besser. »Do bist irr'«, sagte sie, »wenn'st moanst, der Schuller loßt si was mirk'n. Der woaß 's scho lang'.«

Beim Wirt saßen viele Leute; man hörte ihre Unterhaltung schon im Hausgange.

Aber wie der Schuller eintrat, war es mit einem Male still, und alle drehten sich nach ihm um.

Er grüßte kurz und setzte sich wie immer an den Ofentisch, wo die größeren Bauern saßen.

Der Haberlschneider rückte ein wenig hinein und machte ihm Platz.

»Wo kimmst denn her?« fragte ihn der alte Lochmann.

»I? Von dahoam.«

»I ho mir denkt, du bist z' Webling g'wen.«

»Na.«

Es trat wieder eine Pause ein, und der Webergütler, der ein oft gesehener Gast im Pfarrhofe war, zahlte sein Bier und ging.

Der Haberlschneider unterbrach die Stille und fragte:

»Bist scho bald firti mit'n bau'n, Schuller?«

»No nit völli. D' Schaffelbroat'n hab' i no, nacha is g'schehg'n.«

»Was baust denn?«

»An Woatz.«

»Hast z'letzt an Raps dort g'habt?«

»Ja.«

»Er waar scho recht, da Raps, wann ma no net gar so weni löset dafür.«

Das Gespräch war in Gang gekommen, und der Schuller konnte seine Sachkenntnis zeigen.

Aber wie der alte Lochmann aufstand, rückte der Geitner um einen Platz herauf. Er war als ein Mann bekannt, der gerne herumhorchte.

Niemand traute ihm, aber da er jedem schön tat und offene Feindseligkeit vermied, kam keiner dazu, daß er ihm die Wahrheit gründlich sagte.

Der Geitner rückte herauf und sagte plötzlich, indem er mit der Hand auf den Tisch schlug:

»Und dös glaub' i amal net, daß der Schuller a schlecht's Hauswesen führt. Dös glaub' i durchaus gar net.«

Obwohl niemand widersprach, steigerte er seinen Eifer und schrie so laut, daß ihn alle Leute hören mußten:

»Dös glaub' i net. Und bal's oana anderst sagt, nacha bin i scho do! Der Schuller wirtschaft' it schlecht. Dös gibt's gor it.«

»Geh, sei staad!« sagte der Halberlschneider.

»Na, do bin i it staad. Dös glaub' i amal net. Siehg'st, Schuller, i woaß, daß di dös verdriaßen muaß, was heut' über di g'red't worn is. Aba bei mir host g'hört, do find dös koan Glaub'n. Du vastehst mi scho.«

In der Stube wurde es still, und alle schauten neugierig, was der Schuller wohl tun werde.

Der stand langsam auf und sagte:

»I versteh' di guat, Geitner, aba i sag' dir bloß dös. Der schlechtest Mensch is der Ehrabschneider, und wann oaner de Kircha dazua hernimmt, nacha is er zwoamal schlecht. Und dös derfst überall verzähl'n, wo'st magst.«

»I? Was glaabst denn? I steh' ja durchaus bei dir! Da gibt's gar nix.«

Der Schuller gab ihm keine Antwort und ging mit dem Haberlschneider aus der Stube.

Sie nahmen nicht den Weg durch das Dorf, sondern bogen hinter dem Wirtshaus in einen Feldweg ein.

Der Schuller fragte kurz:

»Was sagst denn du dazua?«

»Daß da Geitner a Tropf is.«

»Und de Predigt?«

»Dös hat mi gar it g'wundert, Schuller. I hab' d'as g'sagt, der Pfarra paßt dir an Weg ab. Hoaß is er scho lang' auf di, und jetzt erst recht, weil er woaß, daß mir di zum Bürgermoasta hamm woll'n.«

Der Schuller blieb stehen.

»Wia'st mi vor acht Täg g'fragt hast, hon i dir mit Wahrheit g'sagt, daß i net gern Bürgermoasta wer. Aba jetzt, Haberlschneider, sieh'gst, jetzt möcht' i's wer'n. Und wenn's bloß deszweg'n waar, daß mi der ander it ganz veracht'n derf.«

FÜNFTES KAPITEL

Es war ein frischer Herbstmorgen in Nußbach.

Aus den großen Schornsteinen der Bierbrauerei zum Stern stieg der Rauch gerade in die Höhe, und der Gockel auf dem Kirchturme drehte den Kopf nach Westen.

Die eine Hälfte des Marktplatzes lag in hellem Sonnenscheine, und aus allen Häusern liefen die Hunde auf die warme Seite hinüber.

Der Buchdrucker Schüchel verließ seinen dunkeln Laden und ging zum Melber Wimmer, der mit anderen Bürgern in der Sonne stand. Denn um diese Jahreszeit freuen sich Menschen und Tiere an ihren Strahlen.

Ein offener Einspänner kam die Ingolstädter Straße herauf. Ein kräftiger Schimmel zog ihn, und die Hufeisen klapperten in langsamem Takte auf dem Steinpflaster. Neben dem Kutscher saß ein Mann in geistlicher Tracht, und der Wagen hing stark auf seine Seite hinüber.

Vor dem Sternbräu hielt das Fuhrwerk. Der Dicke stieg schwerfällig herunter, und die Bürger grüßten ihn.

Er spreizte die Beine von sich, wie einer, dem langes Sitzen sauer gefallen ist, und schritt bedächtig den Marktplatz hinunter.

Der Schuster Prantl sah ihn von seinem Drehstuhle aus. Er legte Nadel und Pfriemen weg und ging auf die Straße zu seinen Mitbürgern.

»Habt's an Pfarra vo Giabing g'sehg'n?« fragte er.

»Der werd halt wieder zu unser'n Großkopfeten geh'«, sagte Wimmer.

Und er meinte damit den königlichen Bezirksamtmann Otteneder, welcher gerade am Fenster stand und mürrisch heruntersah.

Seine Untertanen gefielen ihm nicht; er warf verächtlich die Lippe auf und sagte vor sich hin:

»Faules Pack! Steht auf der Straße herum und stiehlt dem lieben Herrgott den Tag.«

Abneigung von oben wie von unten. Es war eine schlimme Zeit.

Diese Bürger gewährten wohl ein friedliches Bild; aber wer ihre Reden hörte, als sie später beim Frühschoppen saßen, der gewann einen anderen Eindruck.

Der Buchdrucker Schüchel vermaß sich, daß er in seinem Wochenblatt einen unerbittlichen Kampf gegen Beamte und Geistlichkeit führen wolle; und der Melber Wimmer schlug auf den Tisch und sagte, daß die Regierung mit Absicht den Mittelstand zugrunde richte.

Welcher Geist war in diese Leute gefahren, die sich früher als ruhige Männer und besorgte Familienväter gezeigt hatten?

Es war der Geist der Auflehnung, der zuerst die Bauern ergriff, und dem sich die Bürger nicht verschließen konnten.

Die Kaufleute spürten, daß es den Bauern an Geld fehlte, die Handwerker klagten über das nämliche; alle billigten eine Bewegung, von der sie Besserung hofften.

Treue Untertanen wurden irre an ihrer Pflicht und an ihrem Glauben.

Die Bauern verloren zuerst den festen Halt.

Es war auch früher vorgekommen, daß einer jammerte über schlechte Preise und hohe Steuern.

Aber er tat es bei den Behörden und mit ehrerbietigen Worten. Er bat nur für sich um einen kleinen Vorteil und war zufrieden, wenn sein Nachbar weniger erhielt.

Jetzt kamen die Leute mit ungestümen Forderungen und verlangten Rechenschaft von der Obrigkeit.

Und was das Schlimmste war, sie kehrten sich gegen ihre Priester. Man sagte, die Geistlichkeit habe Schuld daran, weil sie zuerst den Glauben mit der Politik vermischt habe.

Aber die ließ es nicht gelten und jammerte von den Kanzeln herunter, wie der Glaube der Väter dahinschwinde, und wie die Kirche in Bedrängnis komme.

Die Bauern ließen sie reden und zählten grimmig das Geld, welches sie auf den Schrannen lösten.

Siebenzehn Mark für den Scheffel Korn, zweiundzwanzig für den Weizen.

Und sie erinnerten sich noch gut an die Zeit, wo die Frucht mehr wie das Doppelte galt.

Das ließen die Leute zu, denen sie ihr Vertrauen schenkten, die sie nach Berlin in den Reichstag schickten, damit sie frei hinstünden und sagten, was den Bauern not tue.

Es kam eine arge Wut über die Leute.

In Niederbayern fing es an. Da rührten sie sich zuerst und fanden unter sich Männer, die sagen konnten, was alle meinten.

Es war grob und heftig; aber Leute, die lange den Zorn in sich hineinfressen, hauen über die Schnur, wenn sie das Reden anfangen.

Und wird die Ehrfurcht locker, dann schlägt sie leicht in das Gegenteil um.

Es fielen böse Worte, und der Kampf verschärfte sich von einem Tag zum andern.

Das Feuer schlug nach Oberbayern herüber; es flackerte da und dort auf. Es wurden Markgenossenschaften gegründet, ein Waldbauernbund tat sich zusammen; der Hutzenauer von Ruhpolding probierte das Reden, und es ging ihm gut genug. Andere machten es ihm nach, und jeder hatte Erfolg, wenn er sagte, daß der Bauer obenauf kommen müsse.

Die bündlerischen Zeitungen fanden Eingang in die Gemeinden; überall gärte es, überall war der Boden bereitet.

Es fehlte nur am rechten Zusammenhalten; und es fehlte an der Agitation.

»Versammlungen müssen her«, sagte der Melber Wimmer, »und Vertrauensmänner. Sonst woaß ma'r überhaupt net, wer zu oan steht.«

»Vor allem a Versammlung«, meinte Prantl, »und de Versammlung muaß in Nußbach sei'. De Leut' müassen sehg'n, daß si was rührt.«

»Das ist auch meine Ansicht sozusagen«, pflichtete Schüchel bei; »Nußbach ist der Mittelpunkt. Sozusagen die Zentrale. Von da aus muß die Bewegung sozusagen strahlenförmig auseinandergehen. Also net wahr, wenn ich zum Beispiel hier einen Kreis ziehe. Geh, Anna, bringen S' mir eine Kreiden!«

»Dös braucht's net«, sagte Prantl, »lassen S' uns aus mit eahnern Kreis und eahnere Strahlen!«

»Ja, wenn die Herren meinen, aber das kann man doch auch mit Ruhe sagen, net wahr? Übrigens ist Nußbach die Zentrale, und wenn man sozusagen systematisch vorgeht, muß die Bewegung von hier aus in die einzelnen Kanäle geleitet werden. Hier ist der Sitz der Presse, und so weiter, net wahr?«

»Is scho recht«, sagte Wimmer. »Aber dös mit da Versammlung, Prantl, dös muaß z'sammgeh'. Je eh'nder, desto besser.«

»Es braucht sei Zeit«, antwortete Prantl, »mir müassen an bekannten Redner hamm, mir müassen in de Gemeinden Leut' hamm, und mir müassen aa de Stimmung kenna. G'rad bei der ersten Versammlung müassen mir Obacht geb'n, daß mir net fallieren.«

»Um d' Stimmung brauchst di net z'kümmern. I kenn' Leut' g'nua, de auf unserer Seiten san.«

»Ob sie sich aber trau'n in der Öffentlichkeit?«

»Warum denn net, g'rad g'nua gibt's. Da is der Kronschnabl von Bachern, und der Stuhlberger von Giebing und der Wanninger und der Rädlmayer von Schachach: g'nua gibt's.«

»Man müßte sozusagen ein Verzeichnis anlegen«, sagte Schüchel, »auf der einen Seite müßte die Gemeinde stehen und auf der anderen der Name, net wahr? Von dem Betreffenden. Und jeder müßte sozusagen ein Unterverzeichnis haben, wo diejenigen stehen, welche er für unsere Sache gewinnen kann.«

»Ja, ja«, antwortete Prantl, »so oder anderst müassen mir's macha. Aba paß auf, Wimmer, in d' Hand muaß de Sach' g'numma wer'n, und a Versammlung muaß's geben, daß d' Leut' schaug'n, und unser Großkopfeter dazua.«

Er meinte wieder den königlichen Bezirksamtsmann von Nußbach.

Der Pfarrer von Giebing, Dekan und päpstlicher Hausprälat, Mitglied der Kammer der Abgeordneten, sagte zu Herrn Franz Otteneder:

»Ich versichere Sie, Herr Bezirksamtmann, es ist so. Wenn nichts geschieht, haben wir in jeder Gemeinde den Krieg. Es muß etwas getan werden.«

»Es fragt sich nur, was, Herr Dekan. Ich bin schon längst informiert, daß die Bündler bei uns Boden gewinnen. Ich erhalte fast täglich Zuschriften von Ihren Kollegen. Ja, das ist alles recht, aber.« Otteneder zuckte die Achseln.

»Es lassen sich schon Mittel finden, Herr Bezirksamtmann.«

»Zum Beispiel?«

»Durch persönlichen Einfluß.«

»Den haben Sie mehr wie ich. Was zu mir kommt, das sind die Bürgermeister. Ich verkehre nur indirekt mit den Gemeinden; Sie sind an Ort und Stelle.«

»Aber gegen uns richtet sich die ganze Bewegung. Wir sind Partei, und was wir sagen, gilt nicht. Sie kennen ja unsere Bauern.«

»Ob ich sie kenne! Deswegen sage ich, wie soll denn ich bei der hartköpfigen Gesellschaft ankommen?«

»Sie müssen aber zugeben, Herr Bezirksamtmann, daß man nicht die Hände in den Schoß legen kann. Denken wir an die Zustände in Niederbayern! Es darf nicht soweit kommen.«

Herr Dekan Metz beugte sich vor und versuchte, mit der Hand um seinen ausgepolsterten Rücken herum und in die rückwärtige Tasche zu kommen.

Nach ein paar hastigen Bewegungen gelang es ihm, und er zog sein geblümtes Taschentuch heraus, mit dem er sich die Stirne trocknete.

»Denken Sie an Niederbayern!« wiederholte er, und seine Augen drückten eine ernstliche Besorgnis aus.

Otteneder stand auf und ging auf und ab.

»Ich habe den besten Willen, Herr Dekan. Ich will keineswegs ruhig zusehen. Gewiß nicht. Aber man redet immer nur von der Gefahr. Wenn ich nur einmal etwas von den Mitteln dagegen hören würde!«

»Ich dachte, es muß gehen.«

»Das denkt die Regierung auch. Sehen Sie, da kriege ich immer Schreiben. Man erwartet, daß die Bewegung nicht um sich greift. Na, Sie wissen das ja!«

»Ich habe vor vierzehn Tagen mit der Exzellenz darüber gesprochen.«

»Und?«

»Der Minister meint eben auch, der persönliche Einfluß.«

»Tja, der persönliche Einfluß. Das heißt, man macht uns dafür verantwortlich.«

»Das nicht, aber...«

»Nu natürlich, Herr Dekan! Ich weiß doch, wie das ist. Läßt sich die Geschichte nicht aufhalten, dann heißt es, wir haben die Gefahr nicht erkannt, oder wir haben es nicht verstanden, auf die Leute günstig einzuwirken. Wir müssen es ausbaden; die Herren oben natürlich nicht.«

»Unter Einfluß, da verstehe ich doch nicht bloß Überredung, Herr Bezirksamtmann.«

»Sondern?«

»Sondern, ja! Da gibt es viel. Alles, was halt die Aufsichtsbehörde... wie soll ich sagen? Was halt die Aufsichtsbehörde sonst anwendet. Es gibt aber doch manches.«

Otteneder setzte sich und spielte nachdenklich mit einem Lineale.

»Was meinen Sie damit, Hochwürden?«

»Nichts Bestimmtes, Herr Bezirksamtmann. Aber ich denke, zum Beispiel, wenn Versammlungen stattfinden sollen. Man liest, daß hie und da eine Versammlung verboten wird.«

»Aber nicht jede. Und was hilft es dann?«

»Man könnte auf die Wirte einwirken, daß sie kein Lokal hergeben. Ein Wirt ist doch immer angewiesen auf das Bezirksamt.«

»Einigermaßen ja. Aber das sind Mittel, einmal helfen sie, einmal nicht. Und übertreibt man sie, dann schreien die Leute noch ärger.«

»Auf alle Fälle muß man jetzt vor den Gemeindewahlen etwas tun. Daß uns nicht lauter Bündler als Bürgermeister hingesetzt werden.«

»Ich bin der Sache schon näher getreten, Herr Dekan.«

»Ich weiß, mit der Umfrage. Haben Sie überall Auskunft bekommen, Herr Bezirksamtmann?«

»Von den meisten.«

Otteneder schloß den Schreibtisch auf und nahm einen umfangreichen Aktenbündel aus der Lade.

»Sehen Sie, das sind die Antworten. Namen genug, fast zu viel.«

»Ich habe unter der Hand dafür gesorgt, daß die Beteiligung möglichst allgemein war, Herr Bezirksamtmann.«

»Nachträglich meinen Dank, Hochwürden. Aber nun sagen Sie einmal selber! Da sind mir von etlichen vierzig Gemeinden vielleicht dreihundert Männer bezeichnet, die als Bündler gelten, und die nicht in die Ausschüsse kommen sollen. Dreihundert, Herr Dekan! Wie kann ich das verhindern?«

»Nicht bei allen. Aber doch bei den Gefährlichsten. Zum Beispiel in meiner Pfarrei der Stuhlberger und der Meisinger! Das ist ganz ausgeschlossen, daß einer davon Bürgermeister wird! Das hieße geradezu den Aufstand proklamieren, das hieße die Stellung des Pfarrers unmöglich machen. Der Meisinger tut mir seit sechs Jahren alles an, was er nur kann. Geradezu verbrecherisch.«

Der Dekan geriet in Eifer. Er schlug mit der Hand heftig auf die Papiere, welche den Namen Meisinger enthielten.

»Hochwürden, ich habe mir die Namen besonders notiert.«

»Der Mensch hat Verläumdungen gegen mich begangen und Personen hereingezogen. Ich will mich nicht weiter ausdrükken.«

»Herr Dekan, Sie können sich darauf verlassen ...«

»Dieser Mensch ist ein Gottesleugner, ein Kirchenschänder. Er hat die boshaftesten Lügen über mich in der Zeitung verbreitet. Entschuldigen Sie, wenn ich heftig werde!«

»Es sind Ihnen einmal die Fenster eingeworfen worden?«

»Ja, das war der Meisinger. Und kein anderer.«

»Ich notiere mir's, Herr Dekan. Das ist jetzt einer. Aber dreihundert?«

»Ich blicke wirklich trübe in die Zukunft, Herr Bezirksamtmann.«

Otteneder machte eine verbindliche Bewegung.

»Ich hoffe, daß die Herren selbst Einfluß haben. Die Wahlen fallen vielleicht besser aus, als wir denken.«

»Ich fürchte, ich fürchte, es gibt Überraschungen. Aber ich habe Ihre Zeit lange in Anspruch genommen.«

»Bitte, ich bin sehr dankbar für Ihren Besuch. Und für jede Unterstützung. Ich empfehle mich Ihnen.«

Der päpstliche Hausprälat näherte sich der Türe. Unter derselben blieb er stehen. Er hatte noch etwas vergessen.

»Herr Bezirksamtmann, pardon!«

»Sie wünschen?«

»Mein Amtsbruder in Erlbach schreibt mir, daß er mit solchen Schwierigkeiten zu kämpfen hat.«

»So, so?«

»Ich möchte ihn warm empfehlen.«

»Was sich tun läßt...«

»Nochmals besten Dank, Herr Bezirksamtmann.«

Die Türe schloß sich, und Otteneder war allein. Er setzte sich an den Schreibtisch und sah zur Decke hinauf.

»Meisinger, Stuhlberger, der Pfarrer von Erlbach. Es hätte noch mehr sein können«, sagte er.

Und sein Gesicht nahm wieder den mürrischen Ausdruck an.

Ungewohnte Arbeit und eine neue Verantwortlichkeit, das sind Dinge, die einen nicht fröhlich stimmen.

Diese Neuerungen, welche überall störend eingriffen und das Amtieren erschwerten! Früher, ja, da war alles besser gewesen. Wer achtete früher auf die Unzufriedenheit der Bauern?

Sie drang nicht in die Öffentlichkeit; wenn einer mit seiner Klage in das Amt kam, sagte man ihm, es werde schon einmal besser werden, und man wolle überlegen, wo zu helfen sei.

Man schrieb und verordnete, und die Regierung war zufrieden, wenn auf dem Papiere alles in Ordnung war.

Jetzt sollte mit einem Male alles aus großen Gesichtspunkten geschehen. Und dabei war alles im Ungewissen, nirgends eine feste Richtschnur.

Schimpften die Bauernbündler, dann empfand man es oben sehr unangenehm; schrien die Geistlichen in ihrer Presse, dann war es zweimal nicht recht.

Das pendelte hin und her. Dazu eine heillose Angst vor dieser lärmenden Bewegung, weil sie Volksschichten aufwühlte, die bisher so angenehm teilnahmslos waren.

In der Politik wird das Zuwenig gleich ein Zuviel, und ganz selten wird die Mitte eingehalten.

Solange noch etwas zu richten war, hatte man nicht auf die Bauern geachtet. Jetzt zeigte man eine übertriebene Furcht, die von den Geistlichen sorgsam genährt wurde. Zum Beispiel dieser vortreffliche Erlaß der Regierung! »Die Vorstände der Bezirksämter sollten ein besonderes Augenmerk darauf haben, daß die bevorstehenden Gemeindewahlen ein gutes Ergebnis lieferten, daß insbesondere nicht die Führer der Bewegung in Vertrauensstellungen gelangten.«

Das war richtige Stubenweisheit, und der Verfasser mochte glauben, wie klug er mit ein paar Federstrichen nützliche Verhaltensmaßregeln angegeben hatte.

Freilich, der persönliche Einfluß mußte hier das Beste tun.

So sagte auch der Abgeordnete, Hochwürden Herr Dekan Metz.

Das dachten sich die Leute so.

Franz Heinrich Otteneder, der Sohn des Landrichters gleichen Namens, und der Enkel des Salinenadministrators Johann Ottender, zuerst Schüler eines Gymnasiums, Student in München und späterhin durch lange Jahre Assessor in einer fränkischen Kreisstadt, sollte seinen persönlichen Einfluß geltend machen. Bei den Dickschädeln der oberbayerischen Hochebene, deren Sprache er kaum verstand, und die ihm so fremd waren, wie die Neger an den Strömen Afrikas.

Aber eines war gewiß.

Er durfte den Erlaß seiner vorgesetzten Regierung nicht einfach beiseite legen; er mußte Eifer zeigen.

Nach längerer Überlegung hatte er das vertrauliche Schreiben an die Pfarrer seines Bezirkes gerichtet, betreffend Gemeindewahlen. Mit der Bitte, die Leute namhaft zu machen, welche sich in der Agitation für den Bauernbund hervortaten oder von denen solches zu erwarten stand.

Das Ergebnis war befriedigend.

Otteneder konnte einen umfangreichen Akt anlegen, der als Beweis für einen bereitwilligen Fleiß gelten durfte.

Nicht jeder Pfarrer schickte eine Liste. Aber der Ausfall wurde gedeckt durch den Eifer der anderen.

Die längste kam aus Erlbach.

Von 106 Gemeindebürgern mußte Herr Jakob Baustätter leider 59 als schlechtgesinnt bezeichnen.

Sein Bericht begann mit der Erklärung, daß nicht etwa seit kurzem eine betrübende Abneigung gegen die Kirche und jegliche Autorität zu bemerken sei.

Diese wäre bereits zutage getreten, als der hochachtungsvollst Unterfertigte den Bau eines neuen Turmes beantragte.

Was damals von einem königlichen Bezirksamte vielleicht nicht so gewürdigt worden sei.

Natürlich in wohlmeinendster Absicht.

Nach dieser Einleitung kam das Verzeichnis der Abtrünnigen; bei jedem Namen eine Randbemerkung. Der Schluß lautete wörtlich:

»Einem hohen Bezirksamte kann ich nicht umhin, noch eine sehr wichtige Mitteilung zu machen. Es verlautet, daß in diesem Jahre Andreas Vöst Bürgermeister werden soll. Dieses wäre von den schwersten Folgen begleitet. Vöst ist die Seele des Aufruhres und ein rachsüchtiger Mensch. Ich möchte hinweisen, daß ich zur rechten Zeit gewarnt habe, wenn sich ein unermeßlicher Schaden ergibt.«

Otteneder übersah die anmaßliche Bosheit nicht, welche in diesem Satze steckte.

Er mußte ihn ernst nehmen; nicht, weil er den Andreas Vöst, sondern, weil er den Jakob Baustätter scheute.

Den Herrn Pfarrer von Erlbach, welcher ihm zu verstehen gab, daß er die Welt mit Lärm erfüllen werde, wenn sein Wunsch kein Gehör fände.

Und Otteneder wußte jetzt, daß die Umfrage ein Fehler war.

Indem er diese Herren um Auskunft anging, gab er ihnen ein Recht, Ratschläge zu erteilen.

Indem er sie um einen Dienst für das allgemeine Wohl ersuchte, verschaffte er ihnen Gelegenheit, ihre persönlichen Interessen hinein zu mengen.

Er hatte sie im voraus zu Richtern über den Ausfall der Wahl bestellt.

Wenn er es recht überlegte, blieb ihm nur mehr ein Weg offen.

Er mußte mit dem Klerus gehen und sich den Anschein geben, als wenn er seine Wünsche teile.

Es geschah ihm das Gleiche, wie der Staatsregierung. Er wollte die Geistlichkeit für seine Zwecke benützen und diente unversehens den ihrigen. Wer Freude am Herrschen hat, unterwirft sich aber nicht gerne, und deswegen war Franz Otteneder schlechter Laune.

Er stand wieder auf und stellte sich an das Fenster.

Die Bürger kamen gerade aus der Brauerei.

Prantl schüttete eine Prise Tabak auf die Hand und schnupfte. Der Melber Wimmer schaute in die Sonne und gähnte herzhaft.

»Das ist ein Volk«, sagte Otteneder, »das frißt und sauft den ganzen Tag.«

SECHSTES KAPITEL

Zu Allerseelen konnte man sehen, wer in Erlbach Geld hatte.

Die Gräber der reicheren Leute waren schön geschmückt mit Kränzen aus Strohblumen, an denen Glasperlen hingen.

Große Laternen mit roten und blauen Gläsern warfen ein auffälliges Licht auf die steinernen Engel und die Kreuze und Anker.

Es konnte keiner daran vorbeigehen, ohne zu sagen: »Da liegt der Paulimann oder der alte Hahnrieder. Es ist eine Pracht, wie sie das Grab hergerichtet haben.«

Auch die Ruhestätte der Anastasia Vöst war in gutem Stande. Ihr Name prangte mit neuen goldenen Buchstaben unter dem des ehrengeachteten Johann Vöst, welcher zu Lebzeiten ihr Ehemann gewesen war.

Daneben sahen die Gräber der kleinen Leute noch einmal so dürftig aus.

Die hölzernen Kreuze waren verwittert und die Inschriften so unleserlich, daß unser Herrgott Mühe haben mußte, wenn er die kleinen Häusler und Ehehalten nicht verwechseln wollte.

Da waren keine künstlichen Blumen und keine Kränze mit Glasperlen, sondern Tannenreisig und Stachellorbeer. Hier und dort war eine windschiefe Stallaterne aufgestellt, in der ein Lichtlein brannte, so kümmerlich und unansehnlich, wie das Leben dessen war, der hier auf die Auferstehung wartete.

Das Seelenamt war zu Ende, und aus der Kirche kamen in feierlicher Prozession alle Gläubigen mit dem Pfarrer an der Spitze.

Sie gingen an den Gräbern entlang, und alle zwei Schritte hielten sie. Dann tauchte der Pfarrer den Wedel in das geweihte Wasser und sprengte es nach links und rechts.

Über die Ruhestätten der Reichen gingen ein Regen nieder; man hörte ihn auf den Kränzen und Blumen rauschen; die Armen, welche weiter entfernt lagen, bekamen nur ein paar Tröpflein. Aber sie waren auch damit zufrieden, und die kleinen Lichter in den Stallaternen erschauerten ehrfürchtig vor dem Segen.

Der Kooperator schritt hinter dem Pfarrer einher und respondierte seinem Gesange.

»Requiescat in pace!«

Er spitzte bei den lateinischen Worten den Mund und machte ihn rund und zierlich. Er sah zum Himmel auf; demütig und doch mit stolzem Vertrauen.

Als wollte er dem, der über den Wolken thront, sagen, er könne vollauf zufrieden sein mit diesem seinem Geschöpfte Aloysius Sitzberger.

»Requiescat in pace!«

Der Kooperator ließ seine Augen wieder auf irdischen Dingen haften, und plötzlich richteten sie sich stechend auf einen Punkt.

Er beugte sich vor und flüsterte dem Pfarrer einige Worte zu.

Der hochwürdige Herr wendete das Haupt und blickte ebenfalls scharf über die Kirchhofmauer hinüber.

Und siehe da, er bemerkte ein Geschehnis, welches ihn so erregte, daß sich seine Stirne rötete. Er hielt inne mit seinem Gesange, und alle, die um ihn standen, drängten sich näher heran und schauten.

In dem grünen Rasen, unter welchem das Heidenkind verscharrt war, steckte ein roh gezimmertes Kreuz, und daran hing ein kleiner Kranz.

Der Pfarrer glaubte nicht, daß dies etwa durch ein Wunder geschehen war, und er hatte recht hierin.

Denn das Kreuz war vom Knechte des Schuller in aller Eile verfertigt worden, und die Bäuerin hatte es den Abend vor Allerseelen auf das Grab des kleinen Heiden gesteckt.

Niemand wußte darum; die Schullerin hatte das Kreuz unter ihre Schürze versteckt und war auf Umwegen in den Friedhof gegangen.

An dem Tage, wo man aller Verstorbenen gedachte, erinnerte sie sich des kleinen Kindes, das sie unter dem Herzen getragen und doch kaum mit Augen gesehen hatte. Es war Fleisch von ihrem Fleische, wenn es auch abseits lag von den katholischen Christen, und sie meinte, irgend etwas müsse an sein Dasein erinnern.

Sie wählte das Zeichen des Kreuzes und dachte in ihrer Einfalt nicht, daß sie damit den lieben Gott beleidigte. Es erging ihr wie dem Könige Ozias, von dem geschrieben steht, daß er Weihrauch vor dem Herrn anzünden wollte.

Und die Priester zürnten ihm darum und sagten: »Es ist nicht deines Amtes, Ozias, sondern der Priester, welche geweiht sind zu diesem Dienste. Hebe dich hinweg, denn dies wird dir nicht zur Ehre gerechnet vor Gott dem Herrn!«

Auch Pfarrer Baustätter ergrimmte, als er sah, wie man hier in sein heiliges Amt eingegriffen hatte.

Er eilte mit raschen Schritten hinweg, und Sitzberger folgte ihm. Wie sie voll Eifers und Rachedurstes dahingingen, daß ihre Chorröcke flogen und im Winde flatterten, sahen sie aus wie die zürnenden Priester, welche vorzeiten den König Ozias zum Tempel hinausgeworfen hatten. Sie liefen um die Mauer herum und traten auf das Grab des Heidenkindes.

Baustätter faßte das Kreuz und riß es heraus, dann zerbrach er es über dem Knie und warf die Stücke weg.

Die Menge stand Kopf an Kopf und schaute zu.

Den Weibern ging es an die Herzen. Sie bekreuzten sich und blickten scheu zu der Schullerin hinüber, die sich keinen Rat wußte und jämmerlich weinte. Von den Männern fühlten wohl einige, daß dieser Priester widerlich war, der sich so aufgeregt gebärdete, und dem dabei der weibische Rock an die Waden schlug.

Als Baustätter wieder im Friedhofe stand, entblößte er sein Haupt und sprach:

»Andächtige Christenversammlung! Ich war es denen, die in Christo dem Herrn verstarben und welche hier unter dem Zeichen des heiligen Kreuzes ruhen, schuldig, daß ich die frevelhafte Nachbildung dieses Zeichens aus dem geweihten Boden entfernte.

»Es ist schmerzlich, eine solche Pflicht zu erfüllen, aber es ist notwendig. Amen.«

Der Schuller stand nicht unter den Leuten, als das geistliche Gericht erging, und seine Bäuerin wollte ihm nichts sagen. Aber den Frauenzimmern kann man ein Geheimnis leicht abschauen. Sie zeigen nichts auffälliger, als das, was sie verbergen wollen. Wie die Schullerin die Stubentüre öffnete und den Bauern auf der Ofenbank sitzen sah, fuhr sie zurück und hob im Hausgange ein verdächtiges Wispern mit ihrer Tochter an. Alle zwei flüchteten in die Küche. Der Schuller ging ihnen nach.

»Was geit's denn?« fragte er.

»Nix. Was soll's denn geb'n?«

»Für was bischt denn so zruck'sprunga vo da Tür?«

»I?«

»Ja! Hat's wieder was geben in da Kircha?«

Die Schullerin wurde kleinmütig und erzählte alles. Aber ihre Angst war überflüssig.

Der Bauer hörte sie ruhig an, und er sagte bloß: »Dir is g'rad recht g'schehg'n.«

»I bin do gar nix vermoant g'wen!«

»Weil du nia nix denkst.«

»A ganz a kloans Kreuzel, dös ko do neamd im Weg umgeh'! I ho do gar nix g'moant.«

»Geh zua!«

»Da tat'st du sag'n, es g'schiecht mir g'rad recht. Es is do nix schlecht's, bal mi woaß, daß net grad a Hund dort liegt!«

»Geh zua, sag i! Laaf du an Pfaffen it nach! Nacha ko er dir nix toa.«

Der Schuller drehte sich um und ging.

Er war nicht so ruhig, wie er sich gab, aber die Bäuerin brauchte das nicht zu wissen.

Wenn er dabei gewesen wäre, wie sie herumtrampelten auf dem Grabe, vielleicht hätte er den Menschen gepackt, und hätt' er ihn gehabt, es wär' ihm nicht gut gegangen. Und dann wär' er selber unglücklich geworden, vielleicht für sein ganzes Leben. Das war der wert!

»Geh' zua!«

Einige Tage nach Allerseelen kamen die Lehrer der benachbarten Gemeinden in Aufhausen zusammen; es war ein alter Brauch, sich in jedem Monate einmal zu sehen und über Beruf und andere Dinge zu reden.

Diesmal war es ziemlich lebhaft geworden, und Herr Stegmüller hatte über vieles nachzudenken, als er den Weblinger Feldweg entlang schritt.

»Welche Haltung sollen wir bei den Gemeindewahlen beobachten?«

Über diese Frage hatte der Lehrer von Hilgertshofen einen Vortrag gehalten. Der war ein systematischer Mensch, welcher alles mit erstens, zweitens und drittens haben mußte. Und da war doch wenig oder nichts zu sagen. Wer einen politischen Kampf führen will, muß unabhängig sein; und das waren die Lehrer nicht. Sie konnten nicht gegen die Geistlichkeit streiten. Erstens, zweitens und drittens, weil die Pfarrer auch Schulinspektoren sind. Die Bauern sollten ihre Sache nur selber ausfechten; und wer weiß, wenn sie die Oberhand hätten? Wer weiß, ob es die Lehrer dann besser träfen? Das kann niemand sagen. Überhaupt so gescheite Reden!

Herr Stegmüller blieb stehen und schlenkerte die schweren Erdknollen weg, die sich an seinen Stiefeln festgesetzt hatten. Wie grau und öde jetzt alles war! Das Feldkreuz sah aus wie ein Grabstein; die zwei Buchen, welche daneben standen, ließen ihre verwelkten Blätter auf den Gekreuzigten fallen.

»Da war es«, dachte Stegmüller, »da hat er gesungen, wie das hübsche Mädel dabei war.«

Was ihm der Lehrer von Aufhausen erzählte! Der Studiosus Mang komme häufig in das Haus des Herrn Kaufmann Sporner und musiziere mit dem Fräulein. Und das Fräulein habe ganz begeistert an die Frau Lehrer geschrieben über den Herrn Mang und seinen Tenor, und der Herr Mang hatte ihm, dem Herrn Stegmüller, geschrieben. Auch ganz begeistert über das Familienleben beim Kaufmann Sporner. Was war am Ende dabei? Junge Leute und die Freude an guter Musik. Denn der Mang, der war ein Künstler, gewiß und wahr.

Aber der Lehrer von Aufhausen hatte gesagt, der Studiosus wäre gar nicht so dumm, denn der Sporner Michel mit seinen zwei Häusern und dem alten Geschäft wäre kein übler Schwiegervater. Was hatte Sylvester damit zu schaffen? Weggehen vom geistlichen Berufe? Wenn er bloß die Miene dazu machte, dann zog sein Vetter die Hand von ihm ab: der Spanninger von Pasenbach, der ihn studieren ließ.

Stegmüller blieb wieder stehen. Er war am Weblinger Holze und fand auf dem Waldboden einen besseren Weg.

»Ja, die Jugend!« sagte er. »Das lebt so dahin und denkt nichts.«

Neben ihm rauschte es heftig durch das welke Laub; ein Hase sprang weg und setzte über das Feld.

Plötzlich schlug er einen Haken, und Stegmüller sah, daß weiter unten ein Bauer bei seinem Düngerwagen stand.

Es war der Schuller. Stegmüller erkannte ihn und wollte nicht ohne Gruß und Rede an ihm vorbeigehen.

»Gut' Morgen, Schuller!«

»Ah, der Herr Lehrer! Waren's in Aufhausen drüben?«

»Freilich. Hat ein bissel lang gedauert, da bin ich gleich über Nacht geblieben.«

Stegmüller kam näher und reichte dem Schuller die Hand hin.

»Es geht it«, sagte dieser, »an andersmal, Herr Lehrer. Bei dem G'schäft hat ma koane sauber'n Händ.«

Und er nickte mit dem Kopfe gegen den Düngerwagen hin.

»Es gilt auch so«, erwiderte Stegmüller. »Sie sind schon wieder fleißig?«

»Ja, muaß scho sei.«

»Freilich. Wer durch den Pflug reich werden will, muß ihn selber anfassen. Und Arbeit hat bittere Wurzel, aber süße Frucht.«

Der Schuller lächelte.

»Sie ham's allawei mit die Sprichwörter, Herr Lehrer.«

»Da steckt die größte Weisheit drin, Schuller. No, Ihnen braucht man nichts zu sagen. Es hat keiner seine Sach' in besserer Ordnung wie Sie.«

»Es gibt Leut', de öffentlich was anders sag'n, Herr Lehrer.«

»Ich versteh' Sie schon, aber wenn man auch nicht alles sagen darf, was man denkt, deswegen ist man doch nicht einverstanden damit.«

»Ja, und vo dem kommt's her, daß de Schlechtigkeit so guat wachst.«

»Von was, Schuller?«

»Vo dem, daß si die oan nix, und die andern alles trauen derfen.«

Stegmüller wurde etwas verlegen.

In den grauen Augen, die ihn so frei und gerade anblickten, lag ein Vorwurf. Er gehörte auch zu denen, die sich nichts trauten und aus Ängstlichkeit zu allem schwiegen.

»Ja, Schuller, was will man machen?« sagte er. »Wenn ich frei wäre oder einen Hof hätte wie Sie oder...«

»I hab' net grad' Eahna g'moant, Herr Lehrer, i moan überhaupts bloß a so.«

Stegmüller bohrte mit seinem Schirme Löcher in den Boden und schaute nachdenklich vor sich hin.

»Schuller«, sagte er plötzlich, »ich hab' neulich schon mit Ihnen reden wollen, wie die Geschichte passiert ist mit dem Grab. Sie dürfen glauben, daß ich das nicht gebilligt habe, durchaus nicht.«

»Dös glaab i Eahna gern.«

»Es hat mir so leid getan wegen Ihnen und Ihrer Frau. Es verletzt doch das religiöse Gefühl, so was.«

»Dös mei nimmer, Herr Lehrer.«

Stegmüller sah den Bauer verwundert an. Der breitete gleichmütig den rauchenden Mist vor sich aus und holte wieder eine Gabel voll vom Wagen herunter.

»Wie meinen Sie das, Schuller?«

»Wia'r i dös moan? Dös will i Eahna scho sag'n.«

Der Schuller stützte sich auf die Gabel und stellte sich breitbeinig hin.

»I hab' nix mehr z' toa mit der Religion.«

»No, no!«

»Na, gar nix mehr. I mach' net bloß Sprüch'. Sie derfen mir's glaab'n.«

»Ich weiß, daß Ihnen Unrecht g'schehen is, Schuller. Aber so darf ma doch net gleich mit allem fertig sein.«

»Glei? Dös is gar net so glei g'wen.«

»Aber doch bloß wegen den G'schichten.«

»Na, net bloß desweg'n, Herr Lehrer. Mir san ja dumme Bauern und hamm nix g'lernt. Aber ma hört do was und siecht was. Und dös hat mir g'langt.«

»Es sind nicht alle gleich, Schuller, es gibt auch sehr brave Geistliche.«

»Ko scho sei; i nimm eahna nix weg von der Bravheit. Brave Menschen gibt's überall.«

»Weil Ihnen jetzt der unsrige alles mögliche antut, meinen Sie, es sind die andern auch so.«

»I schaug's ganz anders o, Herr Lehrer. Sehg'n S', dös, was mir inser Pfarrer o'tuat, dös kimmt von *seiner* Bosheit. Und da könna'n de andern nix dafür. Dös va'steh i recht guat. Und dös woaß i aa, es gibt bei'r a jeden Sach' guate und schlechte Leut'. Bei der Religion aa.«

»Da haben Sie recht, Schuller.«

»Ja, da hab' i recht. Aber dös is net des Schlechte, Herr Lehrer. Dös Schlechte is, daß d' Religion net dagegen is. Gegen dös, was inser Pfarrer tuat.«

»Passen Sie einmal auf, Schuller...«

»Na, na, Herr Lehrer, da is d'Religion schuld, wenn ma solchene Unterschied macht, ob jetzt oans g'schwind tauft is, oder net. Dös versteh' i do no, wenn i aa bloß a dummer Bauer bin.«

»Das glaubt niemand, daß Sie dumm sind.«

»Ja no, unseroaner lernt nix; Ös habt's viel mehra g'lesen. Aber dös hamm S' no nirgends g'lesen, Herr Lehrer, daß d' Religion so was verbiat'n tat. Oder daß's ausdrücklich haoßen tat, es gibt bloß rechtschaffene oder schlechte Leut', und koan andern Unterschied net.«

»Das ist bei jedem Glauben so, net bloß bei dem unsern, Schuller. Das verlangt eine jede Religion, daß man sich zu ihr bekennt.«

»Is scho recht! Daß ma siecht, daß oana dabei is. Net wahr? Dös is d' Hauptsach'. Was aber oana sinscht tuat, und bal er no so schlecht is, auf dös gehts it z'samm. Wann er no dabei is!«

»Darüber muß hernach ein anderer richten.«

»I siech aber überall, daß de Geistlichen richten. De spielen si auf, als wann sie die Herren waar'n, über de ander Welt aa. De reißen ja a Kreuzel vom Grab weg, weil sie dös zum Regieren hamm, was amal da drüben gibt.«

»Sie reden immer von dem und meinen immer das. Aber das wird jeder verurteilen, der wirklich eine Religion hat.«

»So? I hätt' mir denkt, de meist Religion müaßten de Geistlichen hamm. Und wenn oaner an Ausnahm' macht, warum rühren si de andern net dageg'n? De helfen do alle z'samm.«

»Leider, daß nicht alles so ist, wie's sein soll! Aber den Glauben darf man deswegen nicht verlieren.«

»Net, moanen's?«

»Nein, ganz gewiß nicht.«

»Wia's oana o'schaugt, Herr Lehrer! Ma siecht viel, was oan it g'fallt. Daß a schlechter Mensch oft dös größt' Glück hat und a braver geht z'Grund. Da sagt ma nacha, ma woaß it, was inser Herrgott in Sinn hat. Es is eine Zulassung Gottes. Vo mir aus, i woaß's a net besser. Aba, daß oana von seine Geistlichen d' Religion ausnutzt, als Mittel zu da Schlechtigkeit, des sell durft er it zualassen, Herr Lehrer! Sinscht kunnt's amal sei, daß d'Leut' allsammete irr' wer'n.«

Stegmüller merkte gut: was der da vorbrachte, war nicht das unüberlegte Geschwätz eines Zornigen. Der wußte, was er wollte. Die Rede gefiel ihm nicht; aus dem Munde eines anderen wäre sie ihm leichtfertig vorgekommen. Aber es lag etwas so Festes und Bestimmtes in dem Wesen des Schullerbauern, daß er Achtung vor ihm empfand.

»Ich weiß nicht«, sagte er, »Ihr kommt mir ganz verändert vor.«

»Sie wer'n mi für schlecht halt'n, Herr Lehrer.«

»Nein, Schuller; aber es tut mir leid, daß gerade Ihr so redet.«

»Nachher künden S' mir nur grad' d' Freundschaft net auf; dös tat mi verdrießen, wo mir uns scho bald dreiß'g Jahr kennan.«

»Das tu ich nicht. Ihr wißt's recht gut. Und jetzt gut Morgen, Schuller!«

»Adjes, Herr Lehrer!«

Stegmüller ging seinen Weg zurück. Am Waldrande hielt er und schaute um.

Der Schuller war schon wieder rüstig bei der Arbeit, als wollte er die versäumte Zeit einholen.

SIEBENTES KAPITEL

Den 16. November waren die Gemeindewahlen in Prittlbach, Aufhausen und Zillhofen, den 17. in Giebing, Fahrenzhausen, Schachach und Webling, den 18. in Biberbach, Edenholzhausen und Erlbach. In Zillhofen wählten sie den Blasibauern Joseph Kaltner zum Bürgermeister, der für einen heftigen Bauernbündler galt; in Schachach kam der Rädelmayer in den Ausschuß.

Der Meisinger von Giebing fiel durch, aber sein Gegner hatte nur eine Mehrheit von zwei Stimmen. Und außerdem konnte sich der Herr Dekan über diesen Sieg nicht übermäßig freuen, weil der Stuhlberger Beigeordneter wurde.

In Fahrenzhausen fielen beinahe alle Stimmen auf den Wagnerbauern Peter Lochmann, der schon bei den letzten Landtagswahlen gegen den Pfarrer aufgetreten war.

Die Erlbacher gaben dem Hierangl 44 Stimmen, dem Schuller 53; damit war dieser zum Bürgermeister gewählt.

In allen Gemeinden sagten die Leute, daß sie solche Wahlen noch nie gesehen hätten. Sonst gab man gleichmütig seine Stimme ab und kümmerte sich nicht viel darum, wen es traf.

Streit gab es selten; und das Politische kam nicht in Frage. Diesmal brannte es an allen Ecken und Enden; in jedem Dorfe stand eine Partei gegen die andere.

Die Geistlichen warben offen und versteckt um Stimmen; sie sagten von den Kanzeln herunter, daß man sich einer großen Gefahr aussetze, wenn kirchenfeindliche Menschen an das Ruder kämen.

Das Unterste würde zu oberst gekehrt; in weltlichen Dingen finge das Unglück an, und wo es ende, könne nur Gott allein wissen. Sie versuchten die Männer zu überreden und zogen die Weiber auf ihre Seite.

In Zillhofen ermahnte der Kooperator sogar die Schulkinder, daß sie ihre Väter in das tägliche Gebet einschließen sollten, damit sie der liebe Gott festhalte am katholischen Glauben.

Die Bauernbündler schauten nicht untätig zu. Sie hatten noch nicht die Mittel, welche zur Ausbreitung einer neuen Bewegung notwendig sind; sie hielten keine Versammlungen ab, ja, es hatte sich noch nicht einmal ein Kern von Vertrauensmännern gebildet.

Trotzdem fanden sie sich zusammen; von Haus zu Haus ging die Verabredung, und nur verlässige Männer wurden in das Vertrauen gezogen. Einer wußte vom andern, ob er fest Stand halte und der gemeinsamen Sache dienen wolle.

Die richtigen Männer kannte man weitum auf Stunden, die Unsicheren waren für alle gezeichnet. Ohne Flugschriften und Aufrufe verständigten sich die Leute, warben Anhänger und trafen die Auswahl der Männer, welche sie an die Spitze stellen wollten. Am entscheidenden Tage gab es viel Lärm. Die Leute, welche sich zum erstenmal einer politischen Aufregung überließen, hatten noch nicht gelernt, ihre Freude am Erfolge oder ihren Ärger über eine Niederlage zu verstecken.

Der alte Rädlmayer in Schachach gab einen offenen Stimmzettel ab und sagte, das Versteckenspielen habe ein Ende, und wer eine Schneid' habe, der müsse sie herzeigen.

In Giebing stellten sich die jungen Burschen vor dem Wahllokal auf und brachten jedem Anhänger des Dekan Metz eine Katzenmusik. Der Hirner von Aufhausen trank sich einen festen Rausch an und sagte zum Wahlkommissär, ihm wär' es das liebste, wenn man gleich über den Adel und die Geistlichkeit einrücke; er wolle schon zuhauen, daß alle am Leben verzagen müßten.

In Zillhofen kam es zu einer Prügelei und in Biberbach mußten die Schwarzen schleunig aus dem Wirtshause flüchten, weil sie sonst übel gefahren wären. Die Erlbacher blieben ruhiger. Fast alle Stimmberechtigten erschienen; eine halbe Stunde vor Schluß fehlten nur mehr etliche Stimmen zur Vollzähligkeit. Das Ergebnis war im voraus nicht sicher; der Hierangl hatte viele Anhänger, und der Pfarrer Baustätter setzte alle Hebel in Bewegung, um ihn durchzubringen. Er ließ sich von seiner Heftigkeit so hinreißen, daß er im Wahllokale aus- und einging und verschiedene Leute ansprach.

Als zuletzt noch der alte Keimel auftauchte, der über Jahr und Tag krank daheim lag, wußten alle, daß ihn nur der geistliche Zuspruch zu dieser Kraftanstrengung gebracht hatte.

Und alles half nichts; der Schullerbauer blieb Sieger mit neun Stimmen Mehrheit.

»Zum Bürgermeister ist also gewählt Andreas Vöst, Ökonom von Erlbach...«

»Und ein Vivat hoch!« schrie der Haberlschneider, »koan Bessern hamm mir no net g'habt.«

»Vielleicht waarst du no der Besser g'wen!« sagte der Hierangel.

»Na, i net; aba du scho gar it.«

»Du derfst'n scho lob'n; du bist ja sei Spez'l.«

»Geh hoam, Hierangl! Do verdeanst dir nix bei ins! Geh zum Pfarra, nacha könnt's woana mitanand!«

»Vo dir laß i mir nix schaffen, du bischt mir z'weni, hast g'hört?«

»Geh hoam, du! So dumm waar i net, daß i mir an Zorn a so merk'n lasset.«

»Haberlschneider, der Letzt' hat no net g'schoben.«

»So? Habt's no an Spitaler hinten, weil der alt' Keimel it g'langt hat?«

Alle lachten. Der Hierangl drängte sich durch die Umstehenden und ging zornig auf die Straße.

Der Teufel soll alles holen und den Schuller zuerst! Der ihm überall in den Weg trat. Bürgermeister oder nicht, da lag ihm nicht so viel daran. Aber daß er wieder gegen *den* verspielte! Und daß *der* sich groß machen durfte!

»Was willst?« fuhr er den Geitner an, der ihn bei seinem Hause erwartete.

»Nix will i, grüaß Gott sag' i.«

»'ß Good, und laß ma mein Ruah!«

»No, no! Jetzt fahr net glei oben außi!«

»I muaß dir vielleicht Dank schö sag'n, weil's den Spitzbuam zum Burgermoasta g'macht habt's? Den ganz schlecht'n!«

»Aber i net; dös woaßt du guat.«

»Ja, du net! Und ös alle net! Was is denn nacha mit mein Geld? Wann gibst mir denn dös zruck?«

»Heut' net, weil i's net hab'; a bissel werst scho no wart'n kinna.«

»Na, i mag nimma. I will mit koan Erlbacher nix mehr z'toa hamm. I will mei Geld, und firti!«

»Laß amal g'scheidt mit dir red'n; deine Freund' sollt'st do scho kenna!«

»I brauch koan Freund.«

»So muaßt d'as macha! Weil's dir jetzt net 'nausganga is, waar gar koana mehr was. Wer is denn umanandg'loffen für di, und hat g'redt für di?«

»Koa schlechte Arbet zahlt ma'r it.«

»Dös is a schlechte Arbet, wenn der ander a paar Stimma mehr hat! De hätt' er net kriagt, wann jetzt net de G'schicht mit'n Baunernbund waar.«

»Dös is mir wurscht! Vo mir aus is der Schuller Bürgermoasta oder net. Dös bekümmert mi durchaus gar nix mehr.«

»Paß auf, der Pfarra hat zu mir g'sagt, du sollst morg'n nach der Mess' zu eahm aufi kemma.«

»I brauch' nix vom Pfarra!«

»I glaab, er hat was im Sinn. Mir hat er's it g'sagt.«

»I laß mi auf gar nix mehr ei.«

»Dös braucht's ja net. Werst scho hör'n, was er sagt, und bal's dir it paßt, kost allaweil z'rucksteh.«

»I glaab's net, daß i 'naufgeh.«

Der Schuller saß hemdärmelig auf der Ofenbank und rauchte. Seit langer Zeit war ihm nicht mehr so wohl gewesen. Er hatte keinen Ehrgeiz und wollte nicht mehr sein, wie die andern. Aber diese Wahl hatte er für eine Probe angesehen. Es mußte sich zeigen, ob er noch etwas galt, nach den Unbilden, die ihm der Pfarrer öffentlich angetan hatte. Wer eine Beleidigung einschieben muß, verliert leicht sein Ansehen. Die Leute fragen nicht immer nach Recht oder Unrecht, und sehen bloß den Schlag, den einer kriegt.

Aber jetzt, weil es gut hinausgegangen war, fühlte er festeren Boden unter den Füßen; auch im eigenen Hause. Es war ihm vieles nicht recht gewesen in der letzten Zeit.

Die Weiber redeten unnützes Zeug, wie Leute, die eine Verlegenheit redselig macht. Und jedes Dorfgeschwätz fand Eingang in seinem Haus. Aber jetzt mußte die alte Ordnung wieder einkehren. Und das war recht und nützlich. Er lachte still vor sich hin. Wie das Weibervolk ist! Als er seiner Bäuerin die Mitteilung machte, war ihr erstes, ob wohl die Bäcker Ulrich Marie das schon wüßte, und wie die sich ärgern würde! Das ist immer die Hauptsache, was die andern dazu sagen.

Ein breiter Schatten fiel in die Stube. Der Schuller schaute auf und sah am Fenster den Haberlschneider, der vergnügt hereinlachte.

»Da sitzt er«, sagte er, »und i suach di überall. Was is denn Burgermoasta, kimmst net ins Wirtshaus und zahlst a paar Maß, weil mir so tapfer hing'standen san für di?«

»Auf dös geht's mir net z'samm«, antwortete der Schuller, »a Bier zahl' i gern, aber selber kimm i net.«

»Warum nacha net? G'rad lusti muaß wern.«

»Deswegen geh' i net hi, Haberlschneider. Da san heut' viel dort, de moanen, sie müaßen recht ausg'lassen sei, daß's mir a Freud' machen.«

»Geh weiter! Du brauchst do auf neamd aufz'passen.«

»Auf wen andern net, aber auf mi. I mag mi net hergeben für a Gaudi; du kennst d' Leut', und woaßt scho, wia's san.«

»Aba schö waar's halt do, und aufdrah'n tat'n mir nobel.«

»Laß guat sei, Haberlschneider! An anders Mal gern. I hab' a so Feind' gnua.«

»G'rad de müaßten si recht ärgern.«

»Na, i fang' net o mit'n Streiten.«

»Dös bleibt nia net aus, Schuller.«

»Mag leicht sei! Nacha geht's aba weg'n was andern her, und net weg'n a Wirtshausgaudi.«

»Am End' hast recht. Aber i geh' heut' so schnell net hoam, dös woaß i g'wiß.«

Um den Pfarrhof war es nicht so still und friedlich wie sonst. Der Strahl des Springbrunnens stieg nicht gerade in die Höhe und fiel nicht plätschernd in das steinerne Becken zurück. Er ließ sich vom Winde auf die Seite treiben und spritzte das Wasser auf den

Kiesweg. Auch dieser war nicht gepflegt und sauber wie sonst. Die Kastanienbäume hatten dürre Blätter auf ihn geschüttelt; sie lagen unordentlich herum und wirbelten durcheinander, als wäre alle Zucht und Sitte aus diesem Garten geschwunden. Der wilde Rebstock am Hause gewährte ein klägliches Bild; seine dünnen Zweige krochen mühselig an der Mauer empor, die nackt und bloß ihre Schäden aller Welt zeigen mußte. Ein starker Regen fiel ungestüm auf das Schieferdach nieder; in der Dachrinne gurgelte das Wasser und stürzte mit ungebührlichem Lärmen durch die enge Röhre.

Überall Unordnung und trübselige Stimmung. Aber es bedeutete nichts gegen die Aufregung im Innern des Hauses. Da trieben gefährliche Stürme ihr verstecktes Spiel; man sah sie nicht offen wüten, und doch fühlte man ihre Wirkung. Türen klappten auf und zu; zornige Schritte klangen über die Dielen. Ein ruheloser Geist trieb sein Unwesen.

»War das nicht ein Geräusch im Zimmer des hochwürdigen Herrn? Klang es nicht, als hätte man einen Stuhl umgeworfen?«

Der Kooperator horchte.

Da! Diesmal klatschte etwas an die Wand und fiel zu Boden. Als hätte man einen Gegenstand, ein schweres Buch hingeschleudert. Die Schritte näherten sich der Tür, und der Kooperator fuhr zurück.

Fräulein Lechner stand seufzend in der Küche und sah zur Decke hinauf.

Die schweren Tritte da oben gingen rastlos hin und her. Dazwischen stampfte es gegen die Decke, daß der Kalk abbrökkelte. Fräulein Lechner fuhr mit der Hand an das klopfende Herz, und die Bäcker Ulrich Marie sagte:

»Heilige Gnadenmutter von Altötting, der Herr Pfarrer is ganz auseinander!«

»Das hat er nicht verdient von den Erlbachern«, erwiderte die Köchin, »daß sie es ihm g'rad zum Fleiß tun, und wählen den Schuller. Das ist eine Schand' für das ganze Dorf!«

»Das war immer ein Kalter, solang' ich ihn kenn', Fräulein Lechner. Kein' Glauben und keine Religion haben die Leut'. Wochenlang in keine Kirch' gehn, und jetzt laßt er sich überhaupt gar nimmer seh'n.«

»Und weil mein Herr seine Pflicht und Schuldigkeit tut, hat er nichts davon wie Ärger und Spott. Hamm Sie's gehört?«

Es war das Buch, welches an die Wand flog und am Boden aufschlug. Und gewiß hatte es die Bäcker Ulrich Marie gehört. Denn sie spitzte ihre Ohren und vernahm jedes Geräusch mit gruseliger Neugierde.

ACHTES KAPITEL

In der Rosengasse zu München liegt eingeklemmt zwischen hohen Neubauten das Geschäfts- und Wohnhaus des Herrn Michael Sporner. Es hat nur zwei Stockwerke; trotzdem sieht es nicht ärmlich aus neben den Türmen und Erkern und riesigen Mauern seiner Umgebung. Es trägt ein schuldenfreies Wesen zur Schau und sagt jedem, daß hinter den blitzblanken Fenstern ein ehrbarer Reichtum wohnt. Zu ebener Erde ist der Laden, aus dem der Geruch von frisch gebranntem Kaffee auf die Straße dringt und in jedem Spaziergänger angenehme Vorstellungen erweckt. Sie werden verstärkt durch den Anblick eines Schildes, der neben der Ladentüre hängt. Man sieht darauf einen fröhlichen Neger neben einem Kaffeesacke stehen; sein Haupt ist mit bunten Federn geschmückt, wie der Schurz, den er um die Lenden geschlungen hat.

Er raucht aus einer großen Pfeife und bläst Tabakwolken in die Luft. Im Hintergrunde, am Ufer des dunkelblauen Meeres stehen zwei Indianer, und jeder begreift, warum sie so neidisch auf den heiteren Mohren blicken. Jeder denkt an duftenden Mokka und treffliche Zigarren und behagliche Stunden. Wer in den Laden eintritt, erfreut sich an den flinken Bewegungen der Herren Kommis, die mit schwungvollen Handgriffen Pakete zusammenlegen, Schnüre abzwicken, die mit staunenswerter Sicherheit den Inhalt jeder Schublade kennen und nie eine unrechte öffnen, die das Gewicht der Waren genau erraten und die Zahlen flüchtig auf das Papier hinwerfen. Er erfreut sich an dem verbindlichen Lächeln dieser jungen Herren, welche ihr Benehmen nach Stand und Rang der Kunden einzurichten wissen und so verschwenderisch achtunggebietende Titel verleihen.

Er sieht mit Bewunderung, wie Herr Michael Sporner, unbeirrt durch den Lärm, an seinem Pulte steht, Briefe nach allen Weltteilen schreibt und dabei mit flinken Augen seine Untergebenen überwacht. Oder wie er dienstfertig seinen Platz verläßt, wenn ein angesehener Kunde eintritt, und wie er dann an geschickten Handgriffen und gut gewählten Höflichkeiten sogar den ersten Kommis übertrifft.

Und wenn der Käufer mit seinem sauber gebundenen Pakete an die Kasse tritt, kann er noch mit wirklicher Hochachtung auf Madame Sophie Sporner blicken, welche sein Geld mit einer leichten Verneigung entgegennimmt und mit energischem Ruck die amerikanische Kassette öffnet, die jeden Betrag anzeigt.

Dies alles kann derjenige sehen, welcher seinen Bedarf an Kolonial- und Spezereiwaren bei Sporners seligen Erben deckt. Aber wenn nach dem arbeitsreichen Tage der Hausdiener die Rolläden herunterzieht, dann schreitet Herr Michael Sporner händereibend durch den Raum und dreht fröhlichen Gemütes die Gasflammen ab. Er tut es stets in der gleichen Reihenfolge, und wenn die letzte verlöscht, sagt er:

»So, das hätten wir wieder einmal!«

Auch heute ging er vergnügt über die Treppe zur Wohnung hinauf. Ein frisches Mädel kam ihm entgegen und begrüßte ihn mit einem Kusse, um den man ihn beneiden durfte. Denn Fräulein Gertraud sah in dem Hauskleide mit der weißen Schürze über die Maßen hübsch aus; ihre Wangen waren gerötet vom Küchenfeuer, die Augen blitzten, und alles an ihr war Gesundheit.

»Guten Abend, Traudel!« sagte Herr Sporner, »ist schon gedeckt?«

»Freilich. In einer Viertelstunde essen wir.«

»Und du hast gekocht?«

»Bloß mitgeholfen, Papa.«

»Da bin ich neugierig.«

»Geh nur ins Wohnzimmer. Die Mama ist schon drin.«

Papa Sporner trat ein und stellte sich vor den Ofen.

»Das ist wieder gemütlich heute!« sagte er; »du, Alte, da sind ja vier Gedecke, wer kommt denn heute?«

»Der Herr Mang. Es ist doch Samstag.«

»Richtig, freilich! Das hab' ich jetzt ganz vergessen. Das ist fein, da kriegen wir Musik heute.«

»Hm – ja.«

»Du tust beinah, als wenn du keine hören möchtest.«

»Ich hör' recht gern Musik.«

»Na also, kannst dir vielleicht eine bessere wünschen?«

»Hm – ja, der Herr Mang spielt ganz gut.«

»Was hast du denn?«

»Ich? Nichts.«

»Geh, hör auf. Weil ich dich net kenn'! Dir is was übers Leberl g'laufen?«

»Wenn du schon fragst, ja. Ich bin nicht dafür, daß der Herr Mang so oft zu uns kommt.«

»Aber warum denn net? Was hast du denn gegen den jungen Menschen?«

»Nichts; im Gegenteil, ich mag ihn recht gern. Er ist brav und alles, aber...«

»No, aber?«

»Aber, es paßt mir wegen der Traudel nicht.«

»Is's am End' gar verliebt? Hahaha! Jetzt da schau her! Wart, da wer i's aber glei ins Gebet nehmen, unser Fräulein Pfarrerköchin!«

»Sei so gut, gelt, und mach keine Witz' mit ihr!«

»Natürlich mach' ich Spaß. Du vielleicht net?«

»Ich muß dich bitten, daß du dir nix merken laßt.«

»Zu Befehl, Frau Sporner. Versteh'n tu' ich dich allerdings net.«

»Das is schon schwer zum Verstehen. Er is jung, und sie is jung, und er singt recht schön. Und er is überhaupt ein sehr netter Mensch; das muß man ihm lassen.«

»Und is a Geistlicher, net wahr?«

»Das is er noch gar nicht.«

»Aber er wird's. Außerdem hat ihn die Traudel beim Schwager kennen g'lernt, und der Toni hat ihn uns warm empfohlen.«

»Das is alles ganz recht. Ich denk' ja auch nichts Schlimmes dabei. Warum hätt' sie ihn nicht kennen lernen sollen? Aber daß er so oft kommt, und daß sie allein musizieren, das find' ich nicht in der Ordnung.«

»Is doch allaweil d' Mathild' dabei!«

»No weißt, dei Schwester! I tu' ihr nichts weg, aber die ist die allererst', die ihre Bemerkungen d'rüber macht; und eine alte Jungfer mit überspannten Ideen ist g'rad auch nicht die beste Aufsicht.«

»Die soll's überhaupt bei der Traudel nicht brauchen, hoff' ich.«

»Da red'st du wie alle Männer! Ich hab' unser' Tochter auch mit aufzogen und hab' g'rad so viel Vertrauen zu ihr, wie du. Gott sei Dank, daß sie ein braves Mädel is. Aber sie könnt' zuletzt selber nichts dafür, wenn sie sich verliebt. Sie tät nichts Unrechtes, das weiß ich schon, aber sie tät sich vielleicht Hoffnungen in den Kopf setzen.«

»Geh! Geh!«

»Ja, oder er. Kommt dir das gar so unmöglich vor, daß er Feuer fangt? Und das wär' ein Unglück für ihn.«

»Er weiß doch, was er is.«

»Die Vernunft hat noch keinem geholfen.«

»Mir können ihm doch net auf einmal 's Haus verbieten.«

»Das will ich gar nicht. Ich möcht' den armen Menschen um alles in der Welt nicht verletzen.«

»Was soll'n wir nachher tun?«

»Das mußt mich machen lassen, Papa. Ich bring' das schon in Ordnung. Die Hauptsach' ist, daß du dir nichts merken laßt. Nicht gegen unser' Traudel, und nicht gegen den Herrn Mang.«

»Ich bin froh, wenn ich nix weiß davon.«

»Und lad ihn auch nicht ein, das mach' schon ich.«

»Ihr Frauen seid's eigentli hartherzig!«

»Das is nicht hartherzig, wenn man zu rechter Zeit vorbeugt.«

»No, von mir aus! Jetzt kommt er, scheint's.«

»Also gelt? Herein!«

Man hörte Stimmen von der Türe, und Sylvester trat ein. Es war leicht zu sehen, daß er nicht zum erstenmal hier war. Er war frei von Befangenheit und machte eine gute Verbeugung vor Madame Sporner, dann schüttelte er dem Inhaber der Firma herzhaft die Hand.

»Hamm Sie Ihr' Geigen net dabei?« fragte der Alte.

»Ich hab' sie draußen gelassen, weil es hier zu warm ist.«

»Da wern's uns heut' wieder was schön's vorspielen?«

»Wir sollten eigentlich den Herrn Mang nicht immer so plagen«, sagte Frau Sporner.

»Das ist doch keine Plag' für mich! Ich wüßt' gar nicht, was mir lieber wär'. Ich freu' mich den ganzen Tag darauf, und Fräulein Gertraud macht solche Fortschritte!«

»Gelobt sei Jesus Christus!«

Eine schrille Stimme kam von der Tür her, und eine aufgeputzte Frauensperson trat mit hastigen Bewegungen ein. Die lebhaften Farben des Kleides paßten schlecht zu dem alten Gesicht seiner Trägerin, und noch schlechter die großen Ohrgehänge, welche verwegen hin und her baumelten, so oft Fräulein Mathilde, die ältere Schwester des Hausherrn, den Kopf wandte. Ihre schwarzen Haare waren glatt gescheitelt und preßten sich wie abgezirkelte Arabesken an die Stirn. Die Augen blieben nie ruhig stehen, sie wanderten in einem fort herum, und man hatte den Eindruck, daß sie blitzschnell alles erfaßten. Die ganze Erscheinung Mathildens war nicht dazu angetan, Behagen zu erregen.

Witze, die schon auf der Zunge schwebten, zogen sich in ihrer Gegenwart zurück, ein fröhliches Lachen brach in der Mitte ab, und Geheimnisse schoben hastig noch einen Riegel vor.

Sylvester hatte den katholischen Gruß überhört. Er wurde wiederholt:

»Gelobt sei Jesus Christus!«

»In alle Ewigkeit. Amen! Guten Abend, Fräulein Sporner!«

»Grüß Gott beisammen! Ihr seid ja in einem sehr eifrigen Gespräch.«

»Mir hamm von der Musik g'redt«, erwiderte ihr Bruder.

»Freilich von der Musik. Die Traudel geht ja jetzt ganz darin auf. Kein Mensch hat g'wußt, daß sie so viel Talent hat, und eine solche Liebe dazu. Früher hat man da gar nichts g'merkt.«

»Sie hat allaweil gern Klavier g'spielt, schon als Schulmädel.«

»Vielleicht is mir das nicht so aufg'fallen. Aber geweckt hat das Talent schon der hochwürdige Herr.«

»Warum heißen Sie mich immer Hochwürden? Ich bin noch nicht Geistlicher.«

»Wie lang' wird das noch dauern? Du lieber Gott, die paar Jahr', und dann kommt der Freudentag!«

»Und jetzt kommt das Essen. Bleibst du bei uns, Mathild'?«

»Ja, wenn's euch recht is?«

»Traudel, laß für die Tant' noch aufdecken, und jetzt setzen wir uns, Herr Mang, wenn ich bitten darf.«

Bei Tische kam heute keine rechte Unterhaltung auf. Sylvester gab innerlich dem Fräulein Mathilde schuld daran, und auch Gertraud fand, daß die Anwesenheit der Tante störend wirkte. Die Alten wußten es freilich besser; aber wenn sie sich auch Mühe gaben, die Unterhaltung in Fluß zu bringen, so waren sie doch viel zu wenig geschult, um den gewohnten heiteren Ton anzuschlagen.

»Wie lang' müssen Sie eigentlich noch studieren?« fragte Herr Sporner.

»Zwei Jahre.«

»No, dös is gar nimmer so lang'. Und nachher werden's gleich Koadjutor, net?«

»Nein, zuerst is man Neomyst«, sagte Fräulein Mathilde.

»Neomyst, was das für merkwürdige Namen san! Woher woaßt du denn dös alles?«

»Das weiß man doch, daß die Herren nach der Primiz Neomysten heißen.«

»Ich hör's zum erstenmal.«

Frau Sporner fiel ihrem Mann ins Wort.

»Wie geht's Ihrer Mutter, Herr Mang?«

»Danke, gut.«

»Schreibt sie Ihnen öfters?«

»Sie selber nicht, aber ich hör' so ab und zu etwas.«

»Sie wird froh sein, wenn Sie einmal fertig sind.«

»Da kann's amal zu Ihnen ziehen«, sagte Sporner. »Und kann Ihnen den Haushalt führen.«

»Das ist wohl der Lieblingswunsch Ihrer Mutter?« fragte Madame Sophie, und Herr Sporner versicherte wohlwollend:

»Da krieg'n Sie's amal schön, so als Landpfarrer, und b'sonders, wenn a nette Ökonomie dabei is.«

Sylvester schwieg.

Warum redeten sie von der Zukunft, die er nirgends lieber vergaß, als hier? Er blickte über den Tisch. Suchte er die Augen des jungen Mädchens, welches sich errötend über den Teller beugte? Er fand sie nicht; aber zwei andere Augen begegneten den seinen, und in denen lag mütterlicher Ernst und Mitleid.

Was war das heute? Eine beklemmende Angst überkam ihn. Er wollte sie überwinden und ein Gespräch beginnen. Er fühlte, wie dieses Schweigen sich drohend zwischen ihn und die Menschen stellte, welche er lieb gewonnen hatte.

Und da redete wieder das alte Fräulein:

»Wie muß einem zumute sein, der die erste Mess' lest! Ich glaub', das ist das schönste, was es auf der Welt gibt.«

»Ich weiß es nicht«, sagte Sylvester.

»Ich mein', das muß man kaum erwarten können; wenn man bedenkt, daß ein junger Geistlicher in dem Augenblick, wo er die erste Mess' lest, über die Engel gestellt wird!«

»Dös werst a net schriftlich hamm«, brummte der Alte.

»Jawohl haben wir's schriftlich. Das is ausdrücklich geschrieben von einem Kirchenvater. Nicht wahr, Herr Mang?«

»Ja, es ist eigentlich ein Gleichnis.«

»Der Herr Stadtprediger Reiser hat g'sagt, es is wortwörtlich so, weil die Engel nicht die Gewalt haben wie die Priester.«

Herr Sporner schüttelte ungeduldig den Kopf. »Mir g'fallt's net, wenn einer solche Geschichten erzählt. Das müssen's mir versprechen, Herr Mang; wenn's amal Pfarrer san, werden's net hochmütig! Der Hochmut hat viel verdorben. Früher is net so viel g'stritten worden, und die Religion war gemütlicher.«

Frau Sporner nickte lächelnd zu Sylvester hinüber.

»Ich kann mir den Herrn Mang gut vorstellen als Pfarrer. Der bleibt jede freie Stund' bei seiner lieben Musik.«

Sylvester litt unter diesen Reden. Lag eine Mahnung darin? Wollten sie ihm bedeuten, daß er kein Recht habe, sich gefährlichen Träumereien hinzugeben? Aber was konnten sie von Gedanken wissen, die er vor sich selbst verbarg? Nein, es lag sicher keine Absicht in ihren Worten. Es war nur sein Unrecht, daß er die arglosen Reden schmerzlich empfand.

»Frau Sporner«, sagte er, »weil Sie von der Musik reden, ich habe das Largo von Händel bei mir. Darf ich es spielen?«

»Ja, ich hab' mich schon darauf gefreut«, bat Gertraud. Und es lag frohe Erleichterung in ihrer Stimme.

Mama Sporner hörte sie heraus, und ein Blick auf die Schwägerin zeigte ihr, daß nicht ihr allein die Wärme des Tones aufgefallen war. Ein boshaftes Lächeln saß in den Mundwinkeln der alten Jungfer, und ihre flinken Augen schossen von Gertraud hinüber zu Sylvester. Der merkte nichts. Er freute sich an der lieben Stimme, deren Klang er diesen langen Abend vermißt hatte.

»Heute, Herr Mang, wäre es mir lieber, wenn Sie nicht spielen«, sagte Frau Sporner. »Ich habe schon den ganzen Tag Kopfweh.«

»Wenn ich das gewußt hätte!« antwortete Sylvester rasch, »entschuldigen Sie!«

Der Inhaber der Firma Sporners selige Erben war kein Mann für weit ausgreifende Pläne.

»Dös hast aber doch sonst gar nie!« sagte er. »Und im Laden hast' mir koa Sterbenswörtel g'sagt!«

»Ich hab' net mitten drin von der Kasse weggehen wollen. Und es war auch nicht so arg. Jetzt ist's aber stärker geworden.«

»Ja, nachher geh' nur glei ins Bett!«

»So gefährlich ist's nicht. Bloß Musik tät' ich heut' lieber nicht hören.«

»Es tut mir so leid«, sagte Sylvester, »daß ich Sie gestört habe.«

»Nein, bleiben Sie nur! Es ist mir lieber, wenn Sie noch ein bißchen bleiben.«

Mathilde stand auf.

»Mich mußt du entschuldigen, Sophie! Ich bin so zu lang' geblieben. Morgen is die Frühmess' um sechs Uhr.«

»Ja, wie du willst. Traudel, begleit die Tante hinunter; die Elis kann das Tor nicht ordentlich aufsperren.«

»Also gute Nacht! Und recht gute Besserung!«

»Gut' Nacht, Mathild'!«

Sylvester blieb in gedrückter Stimmung zurück.

Er horchte auf die Schritte draußen; jetzt klangen sie die Treppe hinunter, und dann hörte er sie nicht mehr.

»Herr Mang!«

Er schrak zusammen und sah auf Frau Sporner.

Das war wieder der ernste Blick.

»Herr Mang, ich muß eine Bitte an Sie richten. Aber Sie dürfen mich nicht falsch verstehen.«

Sylvester brachte keinen Laut über die Lippen.

Er wußte alles. Nun kam das Gefürchtete, und sein Herz klopfte.

»Nicht wahr, Sie verstehen mich recht. Es hat Schwätzereien gegeben, und ich darf als Mutter nicht gleichgültig bleiben.«

»Aber...«

»Ich weiß, was Sie sagen wollen, Herr Mang. Das braucht keine Versicherung, aber es ist besser, auch für Sie in Ihrer Stellung, wenn solche Reden nicht einmal den Schein für sich haben. Sie wissen, daß wir Sie gerne bei uns sehen, aber ich muß Sie bitten, daß die Musikstunden aufhören. Wenn Sie sonst hie und da kommen, freut es uns alle. Sie verstehen, daß ich Sie gewiß nicht kränken will?«

»Ich war... ich bin...«

»Sie müssen sich an meine Stelle denken.«

»Ich war so gerne bei Ihnen.«

»Lieber Herr Mang, nehmen Sie das nicht schwer! Wir freuen uns ja, wenn Sie wiederkommen, aber ich meine nur wegen der Musikstunden...«

»Ja, Frau Sporner...«

»Ich schreibe Ihnen morgen noch, ich wollte nur zuerst mit Ihnen reden. Brieflich sieht es immer sonderbar aus...«

»Ja, Frau Sporner.«

Leichte Schritte näherten sich der Türe. Traudel kam zurück. Ein Blick zeigte ihr, daß sich etwas zugetragen hatte.

Und es war nicht schwer, das zu sehen.

Der Alte stand am Fenster und schaute angelegentlich auf die dunkle Straße hinaus.

Er hütete sich, den jungen Mann anzusehen; eine solche Aussprache war nichts für ihn. Er ärgerte sich über seine Frau; die tat ja, als wäre sie ihrer Lebtage Hofdame gewesen. So etwas Großartiges! Er hätte das nie fertig gebracht; ganz gewiß nicht.

Es wurde ihm beim Zuhören unbehaglich zumute, und er hatte Angst, daß seine Frau sich am Ende auf ihn berufen würde.

Er schaute verstohlen zu ihr hinüber.

Da mußte er sie doch bewundern, wie sie in mütterlicher Würde dasaß und ruhig die langen Sätze redete.

In den Frauenzimmern steckt etwas Gefährliches. Wer hätte bei seiner Sophie diese Grausamkeit gesucht? Seit vierundzwanzig Jahren saß sie bescheiden und still an der Kasse von Sporners seligen Erben, in vierundzwanzig Jahren hatte sie ihm nichts genommen von der überlegenen Stellung, die ihm als Chef dieser Firma gebührte, und jetzt saß sie dort auf ihrem Stuhle und zeigte ein so beherrschendes Wesen, daß ihm nachträglich der Schrecken in die Glieder fuhr.

Er hätte sich gefreut, wenn dieser junge Mensch sich vor ihrer Hoheit nicht gebeugt hätte. Aber der saß wie betäubt da und brachte nichts heraus, als sein »ja, Frau Sporner«.

Natürlich, so mußte er unterliegen.

Jetzt schwieg sie, und Traudel kam in das Zimmer.

Papa Sporner war neugierig, ob Sylvester nicht doch noch mit diesem Bundesgenossen einen Gegenangriff versuchen würde.

Das Mädel mußte ihm tapfer helfen und sagen, daß sie alle zusammen fröhlich waren, und daß keine böse Zunge das unschuldige Vergnügen stören dürfe.

Aber das war nun heute schon so. Niemand kämpfte wider die Macht der Frau Sophie.

Der junge Mensch sagte kein Wort, und Traudel stand verlegen mitten im Zimmer; eine leichte Röte stieg ihr in die Schläfen, und sie machte sich am Tische zu schaffen; sie räumte einige Teller ab und eilte mit ihnen auffallend rasch hinaus. Nirgends war eine Spur von Mut und Entschlossenheit zu bemerken.

Auch Sylvester erhob sich.

Seine Stimme klang verschleiert.

»Es tut mir so leid, wenn ich Ihnen Verdruß gemacht habe. Grüß Gott, Frau Sporner!«

Jetzt ging er zum Fenster hin.

Der Alte gab ihm die Hand, und Sylvester drückte sie kräftig.

»Gute Nacht, Herr Sporner, und...«

Der Satz brach ab und wurde durch Händeschütteln ergänzt.

So verständlich, daß der Chef der Firma gerührt wurde und beinahe versucht war, den Sieg der Frau Sophie in eine Niederlage zu verwandeln.

Aber Sylvester wartete es nicht ab; er verließ das Zimmer

noch rascher als Traudel, und erst auf der Treppe kam er in langsame Gangart.

Diesmal ging Elise mit, obgleich man der Ansicht war, daß sie das Tor nicht ordentlich aufsperren könne.

Sylvester bemerkte diese Ungeschicklichkeit nicht; es ging viel rascher, als er dachte.

Er blieb sogar noch eine Weile in dem gewölbten Hausgange, als das Tor bereits offen stand.

Und dann schritt er zögernd hinaus.

Es war alles wie sonst.

Die Straße war still und menschenleer; die Gaslaterne warf ihren Schein auf den fröhlichen Neger, der auch bei Nachtzeiten guten Knaster rauchte und sich an den Kaffeesack lehnte.

Und es war empörend, wie vergnügt er lachte, während doch neben ihm ein junger Mann sich an die Mauer lehnte und bitterlich weinte.

NEUNTES KAPITEL

Herr Baustätter saß in der geräumigen Stube, die von ihm und Fräulein Lechner Studierzimmer genannt wurde.

Neben dem Schreibtische stand eine offene Bücherstellage, und die frommen Gäste des Pfarrers konnten auf derselben einige dicke Folianten bemerken, welche nur von heiligen Dingen handelten.

Die Schriften des hl. Thomas von Aquin, »Die Herrlichkeiten Mariä« von Alphons von Liguori, daneben mehrere Gebetbücher und Breviere und an profanen Schriften: »Die Verwaltung des katholischen Pfarramtes von Stingl«, der »Sulzbacher Kalender« und Pfarrer Kneipps Wasserkur.

Das war die Bibliothek Baustätters. Auf dem Kanapee lag noch ein großes Buch mit schwerem Einbande, die Geschichte der Heiligen, herausgegeben zu Regensburg Anno 1672.

Es war stark abgenützt, die Messingschließen hingen herunter, einzelne Blätter sahen hervor, und die Ecken waren verbogen.

Fremde Besucher konnten glauben, daß der Pfarrer in diesem Buche häufig lese; Herr Kooperator Sitzberger und Fräulein Lechner jedoch wußten, daß die Schäden von den heftigen Würfen kamen, mit welchen es tags zuvor gegen die Wand geschleudert wurde.

Sonst erinnerte nichts mehr an die stürmische Szene. Auch nicht auf dem Antlitze des hochwürdigen Herrn, welcher soeben den Hierangl empfing.

»Ich hab' Sie rufen lassen«, sagte er, »setzen Sie sich, denn wir müssen länger miteinander reden.«

»Der Geitner hat ma's ausg'richt'. Weg'n der Wahl hat er g'sagt.«

»Ja, auch wegen der Wahl.«

»Da möcht' i Eahna scho glei sag'n, Herr Pfarrer, daß i am liabern glei gar nix mehr hör' davo.«

»Hierangl, reden können wir ja einmal darüber.«

»I mag von die Erlbacher nix mehr wissen. Sollen's an Schuller b'halten, weil's'n gar so gern hamm. I brauch' koan Erlbacher, i bin koan was schuldi und brauch' auf neamd aufz'passen. Na, i mag vo dera Wahl gar nix mehr hör'n.«

Baustätter hörte ruhig zu und sagte dann:

»Sie ärgern sich. Das müssen Sie nicht tun.«

»Sie hamm Eahna'r aa g'ärgert.«

»Ich? Nein, dazu hab' ich keinen Grund gehabt.«

»Bal der Schuller...«

»Nein, Hierangl. Ich bin Pfarrer und hab' kein Recht, mich in die Wahlen einzumischen.«

»Nacha ko's Eahna ja ganz recht sei, daß's a so ausganga is.«

»Das ist etwas anderes. Darüber will ich ja mit Ihnen reden. Ich hätt' es sehr gern gesehen, wenn Sie Bürgermeister geworden wären, ich hätt' aber kein Wort verloren, wenn es ein anderer geworden wär'. Nur nicht der Schuller. Da ist es meine Pflicht, zu warnen.«

»Jetzt is er's halt. Ob's oan freut oder it.«

»Er ist doch nicht bestätigt, und daß er nicht bestätigt wird, dazu können Sie mithelfen.«

»I? Na, i dank' schö, Herr Pfarrer. I laß ma it 's Maul o'hänga vom Haberlschneider. I laß mi it schlecht macha. I brauch' koan Erlbacher durchaus gar nimmer; i bin koan nix schuldi und brauch' auf neamd aufz'passen.«

»Sie müssen helfen, daß die Wahl rückgängig wird.«

»Dös soll'n de andern toa! Bal i was sag', wer' i ausg'lacht, weil a jeder woaß, daß i sei Feind bin.«

»Das is auch nicht recht von Ihnen.«

»Was is it recht?«

»Daß Sie eine Feindschaft haben. Das soll man nicht.«

»Herr Pfarrer, nehmen S' ma's net übel, aber i moan, Sie san no hoaßer auf'n Schuller.«

»Da sind Sie im Irrtum. Ich tue nur meine Pflicht als Seelsorger. Aber feind bin ich niemand.«

Der Hierangl drehte seinen Hut in der Hand und schaute gleichmütig zum Fenster hinaus.

Die Rede machte keinen Eindruck auf ihn, und er wartete, ob es nicht wieder anders kommen werde.

»Ich habe schon öfter bemerkt, daß mich viele für einen Feind des Schuller halten«, sagte der Pfarrer nach einer Pause.

»Ja, dös glaab'n viel Leut'.«

»Da glauben die Leute etwas Unrechtes von mir. Das würde schlecht passen zu meinem Priesterkleid.«

»Ma hört halt a so reden davo.«

»Ich weiß schon, warum. Das muß jeder leiden, der seine Pflicht tut.«

»Für was san nacha Sie so dageg'n, daß der Schuller Bürgermoasta werd'?«

»Das ist meine Pflicht, und ich darf nicht anders handeln. Der Schuller ist nicht fähig, daß er einen Ehrenposten in der Gemeinde hat.«

Der Hierangl wurde aufmerksam. Er merkte, daß der Pfarrer noch einen Trumpf in der Hand hatte.

»Ich habe es von meinem Vorfahren gewissermaßen als ein Vermächtnis überkommen«, fuhr Baustätter weiter.

»Vom Herrn Held?«

»Ja, von meinem Vorgänger Maurus Held.«

»Da hat ma nia nix g'hört, daß's da was geb'n hat.«

»Ich habe auch nichts gesagt bis heute, und ich hätte immer geschwiegen, wenn der Schuller nicht gewählt worden wäre.«

»Ja, was is nacha dös?«

Baustätter stand auf und holte aus dem Schreibtische ein Blatt Papier. Er hielt es dem Hierangl hin.

»I ho mei Brill'n it bei mir, da kon' i net lesen.«

»Dann will ich es Ihnen vorlesen. ›Erlbach am 16. Juni 1889. Heute war zum zweiten Male der Austragsbauer Johann Vöst bei mir und klagte bitterlich über die Mißhandlungen, welche er von seinem Sohne erdulden mußte. Er zeigte mir die abschrekkenden Spuren derselben.

Nachschrift: Ich habe dem Andreas Vöst sein abscheuliches Unrecht vorgehalten. Er zeigte keine Reue und antwortete mit wüsten Drohungen gegen seinen Vater.

Zweite Nachschrift: Andreas Vöst ist ein Mensch, dem jeder aus dem Wege gehen soll, und vor dem öffentlich gewarnt werden müßte.‹

Unterschrieben ist es: Maurus Held, Pfarrer in Erlbach.

Was sagen Sie jetzt, Hierangl? Habe ich die Pflicht, einzuschreiten?«

Baustätter legte das Papier in den Schreibtisch; er sah den raschen Blick nicht, mit dem ihn der Hierangl streifte.

Der saß unbeweglich und schaute wieder zum Fenster hinaus, als sich der Pfarrer gegen ihn wandte.

»Nun?«

»Da hat mi gar nia was g'hört. Der alt' Vöst hat si nia beklagt; i glaab, daß in ganz Erlbach koaner is, der wo vom alten Vöst was g'hört hat.«

»Das glaube ich schon. Es ist ganz natürlich, daß er so was nicht erzählen mochte.«

»Ja, hat er's an Herrn Held beicht?«

»Was fällt Ihnen ein? Da wüßte ich es so wenig, wie Sie.«

»Ja, ja.«

»Der alte Mann wird aber sein Leid geklagt haben und wird ihn gebeten haben, daß er den Sohn zur Rede stellt.«

»Daß mi da gar nia was g'hört hat?«

»Sie täten es auch nicht erzählen, Hierangl.«

»Ja, ja.«

»Aber meinen Sie, daß ich ruhig zusehen soll, wenn der Schuller Bürgermeister wird? Ein gefährlicher Mensch, heißt es.«

»Ja, was wollen S' nacha toa, Herr Pfarrer?«

»Ich melde das dem Bezirksamt.«

»An Bezirksamt? Dös werd aa nix machen kenna.«

»Es kann die Bestätigung verweigern. Und dann noch etwas, Hierangl. Ich habe Sie gerade deswegen rufen lassen, weil ich will, daß die Gemeinde Kenntnis erhält von dieser Aufschreibung.«

»Sie moana, i soll dös weiter erzähl'n?«

»Ja, das heißt...«

»Herr Pfarrer, i will Eahna glei sag'n, auf dös kon' i mi net ei'lassen. G'rad wann's i verzähl, hamm d' Leut' an Zweifel.«

»Ich will nicht, daß Sie's öffentlich erzählen. Aber ein paar

Leuten, die ohnehin gegen die Wahl sind. Vielleicht beschweren sich die.«

»Wer mag der Katz' d' Schellen o'hänga? I net.«

»Sie brauchen es nicht selber zu tun. Aber finden sollen Sie einige. Es ist doch im Interesse der Gemeinde!«

»Es gibt an großen Spektakel. Der Schuller hat viel Leut' auf seiner Seiten.«

»Die Leute werden doch nicht immer gegen ihren Pfarrer sein! Wenn sie erfahren, daß auch mein Vorgänger die größten Bedenken hatte, müssen sie glauben, daß etwas daran ist. Da müssen ihnen doch die Augen aufgehen!«

»A paar vielleicht, aba viel it.«

»Das ist sehr traurig.«

»Ja no; von heut' auf morg'n geht so was it. Sie wer'n sehg'n, es gibt viel Verdruß.«

»Das hindert mich nicht; jetzt fechte ich diesen Kampf erst recht durch. Ich tue es dem Andenken meines verstorbenen Amtsbruder zuliebe.«

Baustätter hatte die Stimme erhoben; aber es klang nicht wie heiliger Eifer aus seinen Worten; es verbarg sich hinter ihnen Haß, recht irdischer Haß.

Hierangl hörte ihn heraus und freute sich. Aber er verstand es besser, seine Gedanken zu verbergen; seine Augen blitzten nicht wie die des Herrn Baustätter; sie hafteten ruhig auf dem Marienbilde über dem Schreibtische und wanderten hinüber zu der Bibliothek, wo die verstaubten Bücher lagen; der heilige Alphons von Liguori neben dem Sulzbacher Kalender.

»Recht viel wer'n si net unterschreiben«, sagte er gleichmütig, »aber oan woaß i.«

»Wen?«

»An Geitner. Gelt'n tuat er halt it recht viel.«

»Ein Name ist wie der andere. Ich hab' übrigens auch schon daran gedacht. Der Geitner wäre der Mann, der die Leute aufmerksam machen könnte.«

»Für so was is er g'schickt; dös glaab i selber.«

»Und wenn jemand zu Ihnen kommt, Hierangl, und redet mit Ihnen darüber, dann können Sie ja bestätigen, daß Sie die Schrift gesehen haben?«

»Dös kon' i scho, Herr Pfarrer, da ko im neamd verklag'n.«
»Schön! Es bleibt dabei. Grüß Gott, Hierangl!«
»'ß Good.«

Der Hierangl schritt langsam durch den geräumigen Gang; vor dem Hausaltare fuhr er nach seiner Gewohnheit mit dem Daumen über das Gesicht herunter, zum Zeichen des heiligen Kreuzes.

Wie er den Pfarrhof verließ, saß ihm ein verstecktes Lachen in den Mundwinkeln und er sagte halblaut vor sich hin: »Sei' Feind is er it.«

Der Geitner war nie ein guter Hauser und nie ein richtiger Mann gewesen.

Er hatte sein Gütl schuldenfrei vom Vater übernommen; seine Frau, eine Kistlertochter von Webling brachte Bargeld in die Ehe, vielleicht viertausend Mark.

Und so hätte er ein leichtes Machen gehabt, denn das Gütl war nicht schlecht. Es waren zweiunddreißig Tagwerk Acker und Wiesen dabei und elf Tagwerk Wald, darunter vier mit schlagbarem Holz.

Aber vom ersten Tag an war es nichts mit ihm. Er hatte keine Freude an der Arbeit und auch keinen Verstand dazu. Das Beste an ihm war sein Mundwerk. Mit dem konnte er gut vorwärts. Er wußte von jedem im Dorfe, wie er seine Sache besser machen könne, und verwaltete alles, was ihn nicht anging.

Zu allen Tageszeiten war er im Wirtshaus zu treffen, und kein Weg verdroß ihn, wenn in der Gegend ein Preiskegeln war oder ein scharfer Tarock.

Mitunter kam es über ihn, daß er sein Gütl in die Höhe bringen wollte, um den Erlbachern zu zeigen, wie man die Ökonomie treiben müsse. Dann schaffte er die neueste Maschine an oder kaufte ein teures Roß oder probierte es mit neumodischen Erfindungen, die in landwirtschaftlichen Büchern gepriesen werden.

In solchen Zeiten saß er noch einmal so gerne im Wirtshaus und rühmte sich vor den Leuten, daß er eine neue Ära auftun wolle in Erlbach.

Lange blieb er nicht bei dem Eifer; über eine kurze Weile war die neueste Maschine von ihm billig zu haben, das teure Roß dazu, der Chilisalpeter lag unbenützt hinten in der Scheune, und der Sieg der Neuzeit wurde hinausgeschoben.

Der Geitner warf wieder die Kegel um, sechs auf einen Schub, wenn es schlecht ging, und wartete mit der Schellenaß auf den Zehner.

Es war leicht zu glauben, daß bei einem solchen Hantieren kein Gedeihen sein konnte.

Zuerst ging das Bargeld der Frau auf Reisen; hinterdrein mußte wie bei allen schlechten Wirten der Wald daran glauben, und als der letzte Stamm zu Brettern geschnitten war, ging das Borgen an.

Zu Anfang war es nicht schwierig. Die ersten zwei Hypotheken waren schnell unter Dach, aber für die dritte brauchte es schon Zeit und Überredung. Damals hätte der Schuller Gelegenheit gehabt, einen dankbaren Schuldner zu finden. Aber es fehlte ihm der rechte Blick für den Vorteil; er sagte zum Geitner, bloß Narren borgen einem Spieler, und es sei zweimal eine Schande für einen verheirateten Mann, wenn er mit ledigen Burschen und Knechten auf der Kegelbahn herumstehe.

Der Geitner ließ als ein nobler Mensch keinen Verdruß über die Abweisung sehen; aber sie wurmte ihn, und er faßte einen Groll gegen den Mann, der ihm kein Geld, aber gute Lehren mit heimgeben wollte.

Er gab es wohl nicht zu erkennen und blieb angenehm nach wie vor.

Denn er mochte das laute Wesen und Zank und Streit nicht leiden.

Im stillen aber rüstete er zum Kampfe, und bei der Wahl erwies er sich als nützliches Werkzeug der Kirche.

Und er verweigerte seine Dienste auch jetzt nicht, als ihm Baustätter den neuen Auftrag erteilte.

Wenige Tage später gingen seltsame Reden über den Schuller um.

Niemand wußte so recht, was und wie, und niemand wußte, woher.

Aber die Ungewißheit machte das Gerücht nicht kleiner; es wuchs von einer Türe zur andern und die letzte Nachbarin bekam es grausamer aufgetischt, als die vorletzte.

Eines wiederholte sich immer; daß es der alte Pfarrer schriftlich gemacht habe, wie schlecht der Schuller sei.

Das Gerede blieb nicht unter den Weibern.

Die Männer, denen es mit der Suppe auf den Tisch gestellt und des Abends aufgewärmt wurde, konnten es nicht beiseite schieben.

Der Schuller selbst blieb kalt und sagte, daß er nicht den Finger rühre gegen die dummen Lügen.

Er ließ sich auch durch den Haberlschneider nicht irre machen.

»Wen soll i denn verklagen?« fragte er. »Vielleicht de alt'n Weiber von Erlbach?«

»Ganz guat sei lassen, dös sell ko'st aa net.«

»Warum it? Dös woaß do a jeder, daß i mein' Vater net mißhandelt hab'. Na, über dös G'red ärger' i mi gar net, weil's z' dumm is!«

»I hab' heut' mit'n Blasibauern g'red't. Er sagt dös nämliche, wia'n i. Dös is an abg'machter Handel.«

»An alter Weibertratsch is', sinscht nix.«

»Mir kimmt's it so vor. Wann's bloß a Tratscherei waar, nacha hätt'n mir scho länger was g'hört.«

»Dös ko'n aa scho länger umgeh'.«

»Na; mei Bäuerin sagt, dös is aufganga wia Pulver. Früher hat ma koa Silben net g'hört davo'.«

»Was moanst nacha du?«

»I gang schnurg'rad in Pfarrhof und fraget, was dös is mit dem Schreiben von Herrn Held.«

»Dös woaß i z'erscht, daß dös nix is.«

»I fraget do.«

»I geh' nimmer in Pfarrhof, Haberlschneider. Und überhaupts, wann i jetzt auf oamal kam, nacha kunnt's der Pfarrer so außabringa, als wenn i a schlecht's G'wissen hätt'.«

Der Haberlschneider wollte nichts mehr dawider sagen und ging.

Das war an einem Samstag. Schon den Tag darauf hatte die Sache ein anderes Gesicht.

Der Paulimann ging nach der Kirche ins Wirtshaus und trank sich einen Rausch an. Er war sonst ein stiller, wortkarger

Mensch und fleißig bei der Arbeit. Aber wenn er ein Glas über den Durst getrunken hatte, wurde er lebendig. Er fing dann mit jedem Gaste Streit an und rückte allen Leuten ihre Sünden vor. Obwohl er ein angesehener Bauer war, geschah es ihm oft, daß er Schläge bekam und hinausgeworfen wurde.

An dem Sonntag hatte er schon drei oder vier Leuten die Freude am Essen und Trinken genommen und wollte gerade über einen fünften herfallen, als er den Schuhwölfl sah, einen Schwager vom Schuller.

Er saß am Nebentisch beim Haberlschneider. Wie ihn der Paulimann sah, schrie er hinüber, ob er ihm das vierte Gebot Gottes nicht sagen könne. Er bitte gar schön, daß er ihm das vierte Gebot hersage; er könne sich nicht mehr darauf besinnen.

Als der Schuhwölfl keine Antwort gab, fragte er, ob es nicht so heiße: »Ehre Vater und Mutter, auf daß du lange lebest auf Erden.«

»Paulimann, laß guat sei!« sagte der Haberlschneider.

»Warum denn? I sag' ja nix Unrecht's. I möcht' g'rad wissen, ob's dös vierte Gebot no gibt.«

»An Ruah gib!«

»Ehre Vater und Mutter. I glaab, so hamm's mir g'lernt, aber bei'n Schuller hoaßt's anders.«

»Du brauchst wieder amal Schläg', gel', Paulimann?« schrie der Schuhwölfl.

»Na, jetzt no net. I wart, bis mei Bua groß gnua is, daß er mi schlag'n ko.«

Der Schuhwölfl sprang auf.

»Bischt du der Tropf, der ganz ausg'schamte, der de Lug ausg'sprengt hat?«

»I sag' bloß, was d' Leut' sag'n.«

»Und beweisen muaßt as du!«

»Geh zu dein' Nachbar«, schrie der Paulimann, »der Hierangl hat's schriftli g'sehg'n.«

»So, is der aa dabei? Dös is g'scheidt, daß du dös sagst. Jetzt derwisch'n mir enk amal, du... du ganz schlechter!«

»Net so schlecht als wia'r ös! Bei uns is dös net der Brauch, daß ma sein Vater'n haut.«

»Woaßt du dös?«

»Jo, woaß i's.«

»Nacha kennst du dös aa?« schrie der Schuhwölfl und schlug dem Paulimann ins Gesicht.

Der sprang in die Höhe und hieb mit der Faust zurück. Es wäre dem Paulimann wieder einmal schlecht gegangen, denn der Schuhwölfl war ein starker Mensch und nüchtern. Aber da mischte sich ein anderer ein und half ihm. Und der war noch dazu der beste Freund vom Schuller. Der Haberlschneider zog den Schuhwölfl zurück und sagte ruhig: »Mit Schlagen werd die Sach' it besser. De werd wo anders ausg'macht.«

Der Schuhwölfl ließ ab und setzte sich wieder auf seinen Platz. Aber der Paulimann glaubte, daß er einen hilfreichen Freund gefunden habe, und schöpfte neuen Mut. Er schlug mit der Faust auf den Tisch und schrie, so laut er konnte: »Und dös vierte Gebot, dös laß i amal net aus. Da ko kemma, wer mag, dös is mir ganz gleich. Dös vierte Gebot Gottes, dös muaß her! Ehre Vater und Mutter, daß du lange lebest auf Erden!«

Der Schuller ließ zwei Tage später den Paulimann und den Hierangl vorladen.

Beim Wirt im Nebenzimmer war der Sühneversuch; der frühere Bürgermeister Kloiber, welcher jetzt zum Beigeordneten gewählt war, leitete ihn, und der Lehrer Stegmüller führte das Protokoll.

Die Parteien waren anwesend. Der Schuller stand hart neben dem Tische, auf dem Stegmüller schrieb. Er zeigte keine Aufregung und keinen Zorn.

Auch der Hierangl machte ein gleichgültiges Gesicht.

Man hätte meinen können, daß er bloß zufällig da sei, und daß ihn die amtliche Handlung nichts anginge.

Aber der Paulimann war unruhig. Seit er nüchtern war, reute ihn die Geschichte. Eine solche Dummheit, wie das war! Allemal nahm er sich vor, keinen Rausch mehr zu kriegen, und allemal kam er wieder zu einem. Und jetzt eine solche Verlegenheit! Sonst kriegte er bloß Schläge im Wirtshaus, und seinen Landler von der Bäuerin; hernach war es wieder gut. Aber diesmal ging es anders: er war mitten hineingekommen in einen Streit, der ihm schon vom Anschauen zuwider war, und mit dem er durchaus gar nichts zu tun hatte. Er mußte die Suppe auslöffeln, die andere eingebrockt hatten; er sollte jetzt auf das Gericht gehen. Lieber wären hundert Mark hin gewesen, oder noch mehr.

Er kraute sich in den Haaren und schob unruhig einmal den rechten und einmal den linken Fuß vor.

»Also«, sagte der Kloiber, »ös wißt's ja, warum mir da z'sammkemma san. Der Bürgermoasta will enk zwoa weg'n Ehrenbeleidigung verklagen, und, also, indem's ös in der nämlichen Gemeinde seid's, is also dös G'setz a so, daß z'erscht a Sühneversuch sei muaß. Dös is richtig, Herr Lehrer, net wahr?«

»Ja, das ist die g'setzliche Vorschrift.«

»Also, und da muaß i enk frag'n, an Bürgermoasta aa, ob's enk it vergleicha wollt's und de Sach' guat sei lassen?«

»I nimm all's z'ruck«, sagte der Paulimann, »i will koan Streit gar it.«

»Is g'scheiter aa. Waar ja do z'wider, wann a solchene Feindschaft ins Dorf kam. Was sagst denn du, Bürgermoasta?«

Der Schuller legte die Hände auf den Rücken und sagte ruhig:

»Dös woaß a jeder, daß i net glei da bin mit'n G'richt. Aba dös helft mir gar nix, wann da Paulimann sagt, er nimmt's z'ruck. Es muaß öffentlich erklärt wer'n, daß de G'schicht verlogen is, und dös muaß aa g'sagt wer'n, woher dös G'red kimmt. Nacha will i gar nix vom Paulimann und halt' mi an den, der a solchene Verleumdung auf d'Welt bringt.«

»I hab' halt an Rausch g'habt«, sagte der Paulimann, »da red't ma dumm daher. I hab' durchaus gar nix geg'n Schuller, und i sag's öffentli, daß er a richtiger Mann is.«

»Was is denn nacha mit dir, Hierangl?« fragte Kloiber.

»Mit mir?«

»Ja; was du sagst, ob du net aa an Erklärung macha willst?«

»Was geht denn mi de ganz' G'schicht o?«

»Du bist halt jetzt amal vorg'laden vom Schuller und muaßt di nach'n G'setz erklär'n.«

»Hab' i was g'sagt? Was geht denn dös mi o, wenn da Paulimann im Wirtshaus aufdraht? Hab' i was g'sagt?«

»Jetzt woaßt, gar a so unschuldi muaßt di net hi'stellen!« schrie der Paulimann, »balst du zu mir nix g'sagt hätt'st, nacha hätt' i de Dummheit net daher bracht im Rausch!«

»Wo hab' i was g'sagt zu dir?«

»Mögst du dös laugna? Bei dir dahoam, in deiner Stuben hast as g'sagt. Jetzt mögst di außischwindeln, gel?«

»Du werst dir's überlegen, ob du dös behaupten ko'st, daß i schwindel. Sinscht verklag' i di aa.«

»Vo mir aus, nacha weis' i auf, daß du dös g'sagt hast.«

»I hab' zu dir gar nix g'sagt. Du bischt zu mir kemma und hast g'sagt, daß der Kloaweber zu dir g'sagt hat, daß der Schuller sein Vater'n a so mißhandelt hätt'.«

»Und nacha hast du g'sagt...«

»Nix is. Nacha hast du mi g'fragt, ob dös wahr is. Und i hab' g'sagt, i woaß bloß, daß der Herr Pfarrer den Zettel hat, wo dös drauf steht.«

Der Schuller war nicht aus seiner Ruhe gekommen und hatte den beiden zugehört.

Bei den letzten Worten des Hierangl stieg ihm die Röte in das Gesicht, und er trat einen Schritt vor.

»Was steht auf dem Zettel?« fragte er.

Der Hierangl schaute an ihm vorbei und sagte kurzab: »Mit dir red' i net.«

»Du werst scho no reden müassen, du Tropf, du scheinheiliger!«

»Halt!« sagte der Kloiber, »macht's net wieder aufs neu' a Beleidigung her! Dös hat koan Wert it!«

»Laß'n reden!« schrie der Hierangl, »dös rührt mi gar it o, was der sagt.«

Jetzt kam der Schuller in Zorn.

»Dös sell wer'n mir sehg'n«, sagte er, »ob di gar nix o'rührt. In ganz Erlbach derf koa Mensch no an Achtung hamm vor an solchen Ehrabschneider!«

»So? Moanst? So? Vo dir derf koa Hund mehr an Brocken o'nehma. Hast as g'hört?«

»Nimm di z'samm, Hierangl!«

»Na, grad' net. Jetzt behaupt' i's no mal, was i zu'n Paulimann g'sagt hab'. Der Pfarra hat mir dös Schreiben zoagt vom Herrn Held. Der hat's aufg'schrieben, was du für oana bischt. Jeder Christ muaß dir aus 'n Weg geh! Dir!«

»Halt, jetzt is gnua!« schrie der Schuller.

»No lang it. Dein Vater'n hast g'schlag'n, daß er im Pfarrhof um Hilf' hat bitten müassen!«

»Sauhund, hab i di! Du und der Pfarra!«

Der Schuller faßte den Hierangl an der Gurgel. Alle Besonnenheit war weg.

»Der Pfarra und du! Habt's dös g'funden, was an Menschen schlecht macht?«

Der Hierangl stemmte sich dagegen. Seine Stimme gellte, daß man sie über die Straße hinüber hörte. »Auslassen! Du! Dir geht's schlecht!«

Stegmüller sprang auf, der Kloiber und der Paulimann hingen sich an den Schuller. Aber der hatte eiserne Finger und hielt fest.

Und der Hierangl kreischte wieder: »So hast as dein Vater'n g'macht, gel? Dein alten Vater'n?«

Der Schuller ließ aus.

Noch einmal der Schimpf!

Nein, damit machte er ihn nicht gut, daß er sich an dem heimtückischen Lügner vergriff.

»Geh zua, Lump!«

Er sagte es wieder ruhig. Eine rechte Verachtung kam über ihn, als er die Verleumdung noch einmal hörte.

Wie sich der Hierangl frei fühlte, ging er an die Türe. Er richtete seinen Kragen und die Halsbinde.

»I nimm enk allsamt als Zeug'n«, sagte er, »dös werd si aufweisen, ob der da d' Leut' schlag'n derf.«

Er ging, und die anderen hörten ihn noch in der Gaststube und im Hausgange schimpfen.

»Schuller, dös hätt'st it toa soll'n«, sagte der Kloiber.

»Soll i mir all's g'fallen lassen?«

»Durch de Rauferei bist selm strafmaßig, wenn er die o'zoagt.«

»Soll i mi hi'steh und mi g'rad schlecht macha lassen?«

»I hab' 's Recht it, daß i dir was ei'red'; dös muaßt selm ausmacha.«

»Kloiber, du muaßt ma'r an G'fallen toa.«

»Was nacha?«

»I geh' zum Pfarrer 'nauf, und du muaßt mir an Zeug'n macha.«

»I tua's it gern, Schuller.«

»Warum? I hab' g'moant, du bischt it bei dena, de si aufhetzen lassen.«

»I lass' mi net aufhetzen; i hab nix gegen di, und i hab' nix geg'n an Pfarra.«

»G'rad desweg'n möcht' i, daß d' mitgehst. Du muaßt it moana, daß du Partei nehma sollt'st.«

»I hätt' am liabern mit dera Sach' nix z'toa. Dös is z'wider für an jed'n, der si d'rei mischt.«

»I ko it alloa 'naufgeh'. I muaß an Pfarra frag'n, was dös is mit dem Zettel, und da brauch' i an Zeug'n. Den G'fallen tat i an jed'n, und bal's mei Feind waar.«

»I sag' dir's, wia's is, Schuller. I bin it dei Feind.«

»I tat di net plag'n und gang zum Haberlschneider. Aba es muaß oana sei, der dös jetzt g'hört hat vom Hierangl.«

»I geh' mit, bal's dir recht is«, fiel der Paulimann ein. »Aba du muaßt de Klag' geg'n mi guat sei lassen.«

»Dös hat a so koan Wert nimmer. Vo dir will i nix; jetzt muaß i allawei geg'n an Hierangl streiten.«

»Nacha bleib' i bei mein Wort steh'. Wann willst aufi zu'n Pfarra?«

»Jetzt glei. I wart' koa Minuten nimma, bis i dös woaß.«

Der Kloiber nahm seinen Hut. »Mir san nacha firti mit dem Sühneversuch, Herr Lehrer?«

»Ja.«

»Werd dös it g'schrieb'n, daß der Schuller nimmer klagt geg'n mi?« fragte der Paulimann.

»Ich kann es schon schreiben«, antwortete Stegmüller. »Also der Bürgermeister und der Paulimann haben sich verglichen. Mit dem Hierangl war der Sühneversuch erfolglos.«

Der Kloiber unterschrieb.

Dann sagte er: »Du muaßt mi net falsch vasteh', Schuller. I hab' mi net g'weigert, weil i was hab' geg'n di. Durchaus gar it.«

»I woaß scho. Pfüat di Good!«

Der Schuller ging geraden Weges in den Pfarrhof, und der Paulimann hatte Mühe, mit ihm Schritt zu halten. Diese Eile war ihm nicht lieb; denn je näher sie an das Ziel kamen, desto stärker regte sich in ihm der Zweifel, ob seine Bereitwilligkeit nicht eine neue Dummheit gewesen sei. Der hochwürdige Herr war leicht beleidigt und meinte immer, daß man es an der nötigen Achtung fehlen lasse. Er merkte sich alles und zahlte es heim. Deswegen war der Kloiber der Gescheitere gewesen, wenn er dachte, was ihn nicht brenne, das blase er nicht.

»Moanst it, daß mir erst im Na'mittag aufi geh' soll'n? Wer woaß, ob's d' 'n jetzt triffst.«

»Na; er is g'wiß dahoam.«

Sie kamen an den Gartenzaun. Da blieb der Paulimann stehen und sagte: »Du muaßt mir vasprechen, daß d' it streit'st mit'n Herr Pfarra. Sinscht geh'n i net mit.«

»I hab' bloß a Frag', und mehra net.«

»Aba balst wieder zorni werst, nacha bleib' i net.«

»I wer net zorni.«

Der Schuller zog an der Glocke. Da überlegte der Paulimann noch einmal, ob er nicht umkehren solle. Aber er hatte keine Zeit mehr für seine Zweifel; die Türe öffnete sich vor ihnen, und sie traten ein. Heute schritt der Schuller nicht so laut über die Steinfliesen, wie selbigesmal, als er für sein Heidenkind ein ehrliches Grab wollte.

Und die Englein flüchteten nicht durch die Fenster. Sie sahen auf ihren Feind herunter und lächelten schadenfroh. Denn sie halten es mit Pfarrer und Kirche, wie es ihrer Stellung angemessen ist.

Andreas Vöst konnte sie und ihre Freude nicht sehen; aber er fühlte, daß durch alle Ritzen und Schlüssellöcher boshafte Blicke sich auf ihn richteten, und es war ihm sonderbar zumute. Es atmete sich schwer da herin in dem hochgewölbten Gange.

Nun waren sie oben; er machte den Finger krumm, um anzuklopfen.

»Daß d' fei it streit'st«, flüsterte der Paulimann.

Der Schuller gab keine Antwort und klopfte.

Scharf und knapp tönte das »Herein!«

Baustätter hatte die zwei schon gesehen, als sie sich dem Garten näherten.

Es leuchtete ihm sofort ein, daß heute die Sprache der Liebe nicht wohl angebracht sei.

Er blätterte in einem Gebetbuche, indem er der Türe den Rükken zukehrte. In dieser Stellung blieb er, als die beiden eintraten.

»Gut' Morg'n, Herr Pfarrer!« sagte der Schuller.

Der Paulimann schwieg; er wollte sich nicht gleich bemerklich machen.

Baustätter wandte sich um und sah den neuen Bürgermeister abweisend an.

»Was wollt Ihr?« fragte er kurz.

»I kimm mit a Frag'.«

»So? Und Sie, Paulimann?«

»I? I will gar nix. I bin a so mitganga, weil a...«

»I hon an Paulimann auf dös ersuacht, daß er mitgeht, weil mir g'rad mit 'n Hierangel was g'habt hamm.«

»Da Kloiber hätt' z'erscht mitgeh' soll'n, aba er hat it mög'n und nacha...«

»Und dann sind Sie für ihn eingesprungen?«

Der Paulimann merkte, daß er hier keinen Anklang fand.

»Bal i an Herrn Pfarra stör', nacha geh'n i«, sagte er, »i muaß it dabei sei.«

»Bleiben Sie nur; jetzt sind Sie schon einmal da. Also was wollen Sie mich fragen, Vöst?«

»Da Paulimann hat vorgestern im Wirtshaus behaupt', daß i mein Vatern a so g'haut hätt'.«

»Ja, und...«

»Und dös G'red werd überhaupts im Dorf umanandtrag'n. Und da hab' i an Paulimann vorladen lassen, daß er b'steht, wo er de Behauptung her hat. Und an Hierangl hab' i aa vorg'laden.«

Jetzt fiel der Paulimann ein:

»Weil da Hierangl g'sagt hat, indem daß er dös g'wiß woaß...«

»Lassen Sie den Vöst reden!«

Der Schuller ärgerte sich über seine Befangenheit.

Er war gekommen, um in ein Lügennetz zu greifen. Sollte er auch so ängstlich dastehen wie der Paulimann?

Und er redete frischweg.

»I hab' an Hierangl vorladen lassen, weil der Paulimann g'sagt hat, daß der dahinter steckt. Und i hab's aa net anderst glaabt, als daß von der Seiten de ausg'schamte Lug kimmt.«

»Die ausgeschämte Lüge?«

»Ja, daß i mein Vater mißhandelt hab'.«

»Das heißen Sie...?«

»A schlechte Lug, Herr Pfarra.«

Baustätter trat zurück.

Der Mann sah ihm so schnurgerade in die Augen; Wort und Blick waren drohend.

»Was soll ich dabei?« fragte er.

»Was Sie damit z' toa hamm, Herr Pfarrer? Der Hierangl hat behaupt', daß der Herr Held selig dös auf an Zettel aufg'schrieben hätt', und den Zettel hätten Sie an Hierangl zoagt.«

»Da hat er nicht gelogen.«

»Was? Dös is ja...«

»Vöst, ich lasse mich nicht auf einen Streit mit Ihnen ein.«

»Du hascht g'sagt, daß d' it streitst, sinscht waar i net mitganga«, sagte der Paulimann.

»Sei du staad! Du brauchst koan Angst it hamm.«

Der Schuller zwang sich zur Ruhe. »Herr Pfarrer, streit'n kann i über dös net, was verlogen is.«

»Wollen Sie meinen Vorgänger im Grabe beschimpfen? Das sieht Ihnen gleich.«

»Na, so drah'n mir die Sach' net um. I hab' sei Lebtag koa Schlechtigkeit g'sehg'n von Herrn Held, und i glaub' koane von eahm, weil er tot is.«

»Das ist sehr gnädig von Ihnen. Ich bin allerdings auch überzeugt, daß der Verstorbene die Wahrheit niedergeschrieben hat.«

»Dös hat er net g'schrieben. Dös is it wahr!«

»Wollen Sie mich Lügen strafen? Hier in diesem Schreibtisch ist die Bestätigung.«

»Derf i's sehg'n?«

»Nein; wenigstens hier nicht.«

Schuller krampfte die Fäuste um den Rand seines Hutes.

Aber die Stimme erhob er nicht; sie klang ruhig.

»Herr Pfarrer, dös kann i net glaub'n, daß Sie mir den Zettel it zoag'n wollen. Wenn's der Hierangl hat lesen derfen, den wo's do gar nix o'geht, nacha muaß i's do aa z'sehg'n kriag'n. I bin do der erst' dazua.«

»Das ist meine Sache.«

»Na? Dös is de mei!«

»Was fällt Ihnen ein? Ich habe Ihnen keine Rechenschaft zu geben. Verklagen Sie mich, wenn Sie wollen!«

»Herr Pfarrer...«

»Ich habe jetzt genug. Sie werden es schon erfahren, wie Sie mein Vorgänger geschildert hat. Aber nicht von mir, sondern vom Bezirksamt!«

»Ja so! Auf dös is abg'sehg'n! Is net anderst ganga, nacha muaß der Schwindel gegen mi helfen!«

»Sie meinen, ich lass' mich in meinem eigenen Haus beleidigen...«

»O na, Herr Pfarra, den G'fallen tua i Eahna net. I gib Eahna ganz recht, daß Sie de Schreiberei koan ehrlichen Menschen net aufweisen. De is für d' Spitzbuam g'macht und geht bloß de Spitzbuam was o. Ich bin jetzt firti, Paulimann.«

Der Schuller drehte sich um und ging.

Und so deutlich klang die ungeheuchelte Verachtung aus seinen Worten, daß es seinem Feinde erging wie jenem Taubstummen in der Gegend der zehn Städte. Zu dem sprach der Herr: Epheta, das ist, öffne dich! Und allsogleich wurden seine Ohren eröffnet.

So hörte auch Baustätter einen Augenblick die Sprache der Ehrlichkeit und wurde betroffen.

Aber nur einen Augenblick.

Denn wie er den Paulimann in Schrecken und Verlegenheit erblickte, wurde seine Seele wiederum stark.

Und er sagte vorwurfsvoll:

»Also auch Sie, Paulimann?«

»I bin g'rad...«

»Sie sind hierher gekommen, um Zeuge zu sein, wie man Ihren Seelsorger beschimpft.«

»G'wiß it, Herr Pfarra. Da Schuller hat's mir no versprechen müassen, daß er durchaus gar it streiten will. I bin g'rad mit eahm aufa ganga, daß er fragt, ob da Hierangl it g'logen hat.«

»Warum soll der Hierangl lügen?«

»I behaupt's net. Aba, weil ma halt nia was anders g'hört hat, als daß der Schuller mit sein Vater guat g'haust hat.«

»Dieser Mann hat eine eiserne Stirne. Ich habe ihm selbst lange geglaubt. Da ist es kein Wunder, daß sich auch andere täuschen lassen.«

»Ma hat nia was g'hört...«

»Es ist doch so! Aber jetzt gehen Sie; ich will allein sein.«

Baustätter griff nach dem Gebetbuche, welches er auf seinen Schreibtisch gelegt hatte, und der Paulimann zog leise die Türe hinter sich zu.

Der Schuller ging heim.

Das drückende Gefühl hatte er los; er kannte jetzt den Hinterhalt, aus dem der vergiftete Pfeil geflogen war.

Konnte er ihn treffen?

Wußte nicht jeder im Dorfe, daß er zu allen Zeiten ehrbar gegen seinen Vater gehandelt hatte? Auch in schlimmen Zeiten.

Der alte Vöst hatte es nebenher mit dem Güterhandel probiert und viel Geld verloren. Damals lebte noch der ältere Bruder vom Schuller. Der war auf der leichten Seite und ließ alle fünf gerad' sein.

Das schöne Sach' kam herunter, und er konnte nichts dawider tun. Weil er es aber nicht länger mit ansehen wollte, ging er selbigesmal nach Rettenbach und nahm Dienst beim Schloßbauern. Da wurde der Johann krank und starb weg über Nacht.

Und der Schuller kam wieder heim und richtete das Anwesen zusammen, daß alle Leute ihn loben mußten.

Wie viel Arbeit traf ihn damals als blutjungen Menschen! Wie viele Sorgen gingen ihn an! Er schwieg dazu, wenn der Vater die sauer verdienten Groschen in die Handelschaft steckte, und mühte sich ab.

Dann ging es endlich besser.

Die Mutter brachte den Alten dazu, daß er das Herumfahren mit den Schmusern aufgab und daheim mithalf.

Es kamen gute Jahre.

Zu derselbigen Zeit konnte sich einer noch herausreißen, denn Korn und Weizen hatten schöne Preise.

Und wie alles wieder in Ordnung war, da durfte er, der Andreas Vöst, mit Stolz sagen, daß er das beste dazu getan hatte. Etliche Jahre später übernahm er das Anwesen und heiratete.

Von der ersten Stunde an gab er dem Vater, was ausgemacht

war, und zog ihm keinen Pfennig ab bis zu dem Tag, an dem sich der Alte zum Sterben hinlegte. Die Nachbarn wußten es, und jedermann im Dorfe wußte es. Nein, *die* Verleumdung traf ihn nicht. Auf den Pfarrer Held wollte es der Mensch hinüberschieben!

Weil er wußte, daß dem sein Wort überall gegolten hatte.

Dreißig Jahre war er Pfarrer von Erlbach gewesen; ein gutherziger Mann, überall dabei mit Rat und Tat.

Wer Sorgen hatte, ging zu ihm und fand allezeit ein heiteres Wort und gute Aufmunterung.

Der Schuller hatte es selbst erfahren. Und jetzt sollte er glauben, daß der Mann ihn hinterrücks verleumdet hatte. Es war eine dumme Lüge.

ZEHNTES KAPITEL

Der Buchdrucker Schüchel fühlte sich in den Mittelpunkt der Ereignisse gestellt, seitdem er sein »Nußbacher Wochenblatt« als Organ des bayerischen Bauernbundes bezeichnete.

Sein Beitritt zu dieser Partei war nicht ein durchaus freiwilliger. Vor nunmehr zwanzig Jahren hatte der evangelische Schriftsetzer Adolf Schüchel die verwitwete Besitzerin der einzigen Nußbacher Zeitung geehelicht und sich in den Schoß der katholischen Kirche geflüchtet. Und von diesem Tage an war es ihm gut ergangen. Die Geistlichkeit schätzte den Eifer des Neubekehrten, und ihr Wohlgefallen äußerte sich nicht nur in Worten.

Schüchel fand tatkräftige Unterstützung und Hilfe. Man empfahl seine Zeitung und sorgte für ihre Verbreitung; junge Heißsporne lieferten ihm streitbare Leitartikel, und zuweilen ergriff eine wichtige Persönlichkeit das Wort im Nußbacher Wochenblatte.

Auch im nichtpolitischen Teile kamen häufig Beiträge aus geistlichen Federn. Dekan Metz schilderte hier seine Reise zum heiligen Hause von Loreto, Benefiziat Scheible seine Pilgerfahrt nach Jerusalem, und was des Spannenden mehr war. Nebenher verdiente Schüchel durch den Verlag von Gebetbüchern und Erbauungsschriften ein schönes Stück Geld, bekam Heiligenbilder, Sterbeandenken und Kirchenzettel zu drucken und wurde im Laufe von fünfzehn Jahren ein wohlhabender Mann.

Er fand großen Gefallen an dem behäbigen Leben der Altbayern, welches sich so angenehm von den Gepflogenheiten seiner mittelfränkischen Heimat unterschied.

Er setzte allmählich Fett an und war wie alle Nußbacher Bürger.

Wenigstens äußerlich; denn daß er sie geistig überragte, blieb ihm stets eine tröstliche Überzeugung.

Nun wäre alles recht und schön gewesen, wenn nicht eines Tages Frau Johanna Schüchel plötzlich verstorben wäre. Dieses Ereignis zog andere nach sich, welche in ihrem Verlaufe der katholischen Kirche einen eifrigen Anhänger entfremdeten und das Nußbacher Wochenblatt zu einem Organ des Bauernbundes machten.

Adolf Schüchel wurde zu frühe Witwer. Er war nicht alt genug, um allen Freuden des christlichen Ehestandes zu entsagen und Versuchungen zu widerstehen, welche an wohlhabende Männer herantreten.

Nach dem Tode seiner Frau wandte er sich an seine Verwandten in Ansbach, ob sie nicht eine geeignete Person wüßten, welche ihm den Haushalt führen könnte. Diese fanden ein passendes Mädchen, und kurze Zeit darauf zog Sophie Schnell in das Schüchelsche Haus. Sie war jung, hübsch und hatte die rundlichen Formen, welche Witwern gefährlich sind.

Ein halbes Jahr später wurde sie die Gattin des Buchdruckereibesitzers.

Das klingt einfach und ist menschlich. Aber es war ein Umstand dabei, der die Sache verwickelt machte.

Sophie Schnell, jetzige Schüchel, war Protestantin und verstand sich nicht dazu, ihren Glauben zu wechseln.

So gab es eine Mischehe.

Und die Greuel derselben wurden vermehrt, als ein Kind zur Welt kam, welches nach dem unbeugsamen Entschlusse der Mutter der evangelischen Kirche zufiel.

Damit waren alle Beziehungen Schüchels, seines Verlages und seiner Zeitung zu der katholischen Geistlichtkeit gelöst. Die Zeiten waren vorüber, in denen man Beschreibungen frommer Wallfahrten im Nußbacher Wochenblatte lesen konnte; Heiligenbilder und Sterbeandenken kamen nicht mehr in die Akzidenzmaschine, und die Kirchenzettel blieben aus.

Schüchel war nicht gleichgültig gegen diese Unfälle; wenn es nur auf ihn angekommen wäre, hätte er sich gewiß gebeugt vor einer Gewalt, die geben und nehmen kann.

Aber an dem Willen seiner Frau scheiterte jeder Versuch, den er zum Einlenken machte. So blieb ihm vorerst nur der Trost, daß die Nußbacher Leserwelt auf seine Zeitung angewiesen war.

Bald wurde er aus seiner Sicherheit aufgeschreckt.

Ein unternehmender Schwabe, Simon Hefele aus Ravensburg, gründete eine neue Zeitung, den »Nußbacher Anzeiger«.

»Auf daß die katholische Bevölkerung des Distriktes eine Presse besitze, welche ihrer wahren Meinung Ausdruck verleiht und nicht länger die im katholischen Gewande einherschleichende Irrlehre ihre giftigen Dünste verbreiten lasse«, hieß es im Begrüßungsartikel, welcher vermutlich nicht von dem ehemaligen Bäckergehilfen Hefele, sondern von dem Verfasser der Wallfahrt nach Loreto geschrieben war. Der Krieg war erklärt, und die Aussichten waren für Schüchel nicht günstig.

Hinter ihm standen keine Truppen, und er selbst durfte nicht mit offenem Visiere kämpfen.

Er mußte die Geistlichkeit schonen und seine Schläge so zielen, daß sie den wahren Feind nicht trafen.

Das nahm ihm die halbe Kraft.

Wie anders Simon Hefele.

Der ließ sein Panier lustig im Winde flattern, und mit ihm stritt der Herr mit seinen Scharen.

Drei Jahre dauerte der ungleiche Kampf, einer gegen viele.

Schüchel wollte fast verzagen. Er konnte sich der Hiebe kaum noch erwehren, die auf ihn niederprasselten.

Die ungeheuerliche Grobheit des Bäckergehilfen vereinte sich mit der kunstfertigen Spitzfindigkeit geistlicher Hintermänner, um ihn zu verderben. Da kam der Bauernbund und mit ihm die Rettung.

Jetzt hatte Schüchel ein Programm, eine Partei und Mitarbeiter.

Unter den Bürgern, welche sich sogleich der neuen Bewegung anschlossen, war mancher, der etwas zu sagen hatte, und der sich freute, wenn er unerkannt Feuerbrände umherschleudern durfte.

Artikel erschienen jetzt im Wochenblatte, Artikel von so ungehobelter Derbheit, daß die Betroffenen am Zeitgeiste verzweifelten.

Ja, daß der schwäbische Bäckergehilfe nach furchtbaren Ge-

genanstrengungen erklären mußte, es verbiete ihm der Anstand, im gleichen Tone zu erwidern.

Es half jedoch dem Nußbacher Anzeiger nichts, daß er seine Spalten jetzt nur solchen Darstellungen einräumen wollte, welche vornehme Gesinnung atmeten.

Seine klobigen Feinde zwangen ihn zum wenigsten jede Woche einmal, mit einem zornigen Aufschrei ihnen auf das Gebiet politischer Gemeinheit zu folgen.

Der Stadtprediger Roth wandte historische Kenntnisse und alle Künste scharfer Dialektik auf, um die Gegner zu erdrücken.

Er versicherte von einem zum anderen Male, daß ihm die krampfhaften Anstrengungen derselben unendlich viel Vergnügen bereiteten, und daß er ein herzliches Lachen nicht unterdrücken könne, ob des unbeholfenen Stiles, in welchen die verworrenen Gedanken eingekleidet seien.

Aber wenn Hefele auch noch so oft hinzufügte, daß sich der bewußte Artikelschreiber im Wochenblatte von dem vernichtenden Schlage kaum mehr erholen dürfte, so war er trotzdem bald darauf gezwungen, angesichts neuer Gemeinheiten zu fragen, ob katholische Hausvorstände es mit ihrem Gewissen vereinigen könnten, das Nußbacher Wochenblatt zu halten.

Und im weiteren Verlaufe trat gegen den gelehrten Alban Roth ein Mann auf, dem er nicht gewachsen war; der bürgerliche Schuhmachermeister Jakob Prantl. Ursprünglich für den geistlichen Beruf bestimmt, studierte er sechs Jahre lang am humanistischen Gymnasium zu Freising.

Er kam nicht über die vierte Lateinklasse hinaus und zeigte keinerlei Neigung für gelehrte Dinge.

Erst später entwickelte sich sein Geist, als er zum ehrsamen Handwerk überging und wie sein Vater die Stiefel der Nußbacher Menschheit schäftete, sohlte und englisierte.

Wenn er so auf seinem Schemel saß und mit dem Pechdraht Oberleder und Rahmen zusammennähte, oder die Sohle mit Hammerschlägen rundete, schweiften seine Gedanken zurück in die Zeit, da er noch lateinische Sätze bildete und die seltsamen Schriftzeichen der griechischen Sprache lernte.

Jetzt erwachte in ihm die Liebe zur Wissenschaft, und er bewahrte sorgsam die kümmerlichen Reste, welche ihm geblieben waren. In dem Notizbuche, worin er die Maße der Fußlängen und Risthöhen seiner Kunden schrieb, stand auf der ersten Seite sein Name mit griechischen Buchstaben: *Ιακοβος Πϱαντλ, σχουστεϱ.* Allmählich verwischte sich in seinem Gedächtnisse die Erinnerung daran, daß er selbst die Fortsetzung seiner Studien aufgegeben hatte, und er bestärkte sich immer mehr in dem Glauben, daß harte Schicksale oder feindliche Einflüsse seiner Laufbahn hinderlich geworden waren.

Er zerfiel mit der Menschheit, deren Füße er bekleidete, und wurde ein strenger Richter über Welt und Dinge.

Seine Gehilfen und Lehrlinge bekamen manches bedeutende Wort zu hören über Staat und Kirche und jegliche Obrigkeit.

Eine tiefe Verachtung der anerkannten Autorität sprach aus ihm, wenn er nahe und ferne Ereignisse in den Kreis seiner Betrachtungen zog, und er war mit Bitterkeit erfüllt. Seine Gedanken wurden ätzender, weil er sie meist für sich behalten mußte.

Darum ging er mit lebhafter Freude, mit Hingabe seiner ganzen Persönlichkeit an die Arbeit, als sich endlich Gelegenheit für ihn bot, im Nußbacher Wochenblatte seine Meinung zu sagen.

Er schrieb einen seltsamen Stil. Als er in die Schule ging, hielt man noch etwas auf die Kunst, eine Periode in die Länge zu ziehen; man stützte sie mit Relativsätzen, wenn sie umsinken wollte und flößte der Ermatteten durch Bindewörter neuen Mut ein.

Jakobos Prantl bemächtigte sich dieser Form. Sie entsprach seiner Gewohnheit, tiefen Sinn zu verstecken und wiederum mit leichten Andeutungen zu entblößen. Und sie entsprach auch der Fülle seines Wissens, die sich in der geraden Linie nicht entwickeln konnte, sondern ihre Äste nach allen Seiten hin ausbreitete. Und so entstanden also jene merkwürdigen Aufsätze über das verderbliche Zusammenwirken von Staat und Kirche, welche dem Stadtprediger Alban Roth schlaflose Nächte bereiteten. Er fand hier in krausem Durcheinander alle Behauptungen, welche von katholischen Schriftstellern in bändereichen Werken widerlegt worden waren.

Sie tauchten im Nußbacher Wochenblatte so frisch und munter auf, als hätten sie eben das Licht der Welt erblickt und wären nicht schon vor Jahrzehnten begraben worden. Eine qualvolle Arbeit begann für Herrn Roth; auf die ersten Irrtümer wies er mit spöttischem Mitleide hin, die nächsten übergoß er mit der Lauge des Hohnes, aber bald wuchs ihm die Aufgabe über den Kopf.

Wie Pilze schossen die Lügen, Verdrehungen, Entstellungen und Irrlehren aus dem Boden.

Er wußte nicht mehr, wo anfangen und wo enden. Links, rechts, vor ihm, hinter ihm erhoben sich die unverwüstlichen Giftschwämme.

Sein Kampf war machtlos gegen einen Feind, der die erschlagenen Truppen hinter der Front wieder aufstellte und sie lächelnd von neuem ins Treffen führte.

Und diese unerschütterliche Ruhe!

Diese Unempfindlichkeit des geheimnisvollen Artikelschreibers, welcher in der neuen Nummer immer da anhob, wo er in der letzten geendet hatte.

Was hätte Alban Roth darum gegeben, wenn er nie jene Aufsätze beantwortet hätte, in welche ohne Zusammenhang und Sinn seltsame griechische Worte eingestreut waren, und die stets mit dem Satze begannen: »Wie schon der große Römer sagt.«

Das »Wochenblatt« zog Vorteil aus diesem Kampfe der Geister. Es zählte jetzt mehr Abnehmer als in seiner ersten Glanzzeit.

Auch draußen in den Gemeinden fanden sich Anhänger und Mitarbeiter.

Der Lehrer von Hilgertshofen brachte Stimmungsbilder aus dem Glonntale; er unterschrieb sich als »ein stiller und kühler Beobachter«; der »alte Bajuvare«, welcher mit Hilfe der historischen Wissenschaft den unseligen Anschluß an Norddeutschland für alle Schäden verantwortlich machte, war der Gutspächter Wanninger von Arnbach.

Und in seiner Nähe führte der Posthalter und Landrat Scheiblhuber in Grubhof eine scharfe Feder gegen die Volksverräter des Zentrums.

Andere folgten.

Was sie schrieben, zeugte nicht immer von großer Einsicht.

Es waren unbeholfene Anfänge, die öffentliche Meinung gegen die eingesessenen Machthaber zu erregen. Aber es waren doch Anfänge, die man schon deshalb nicht unterschätzen durfte, weil sie die Bauern zum Lesen brachten.

Das war vordem eine Seltenheit.

Mit Lesen und Schreiben gaben sich die meisten nach der Feiertagsschule nicht mehr ab; sie hatten keine Zeit dafür.

Und wer ein übriges tun wollte, nahm den Monika- oder Regensburger Marienkalender vom Nagel herunter, wenn es im Winter einen langen Feiertag gab.

Hier und dort war wohl ein angesehener Mann im Dorfe, dem der Postbote eine Zeitung ins Haus brachte.

Das wußten dann alle in der Gegend und sahen es für ein Besonderes an.

Jetzt aber kümmerten sich viele um die Geschehnisse in der Welt, und wer das Geld sparen mußte, setzte sich im Wirtshaus näher an das Licht und las dreimal die Woche, wie Jakobos Prantl unsäuberlich mit der Kirche fuhr und der alte Bajuvare dem preußischen Fuchs in den Pelz griff.

Der erste Vorteil, den eine Partei durch die Presse erlangen kann, war gegeben. Die Gleichgesinnten konnten sich verständigen und zusammenschließen.

Der Kreis erweiterte sich.

Wenn die Giebinger lasen, daß die in Hilgertshofen die nämliche Meinung hatten über die Verderbnis im Bauernstand, dann faßten sie Vertrauen zueinander. Und in allen rührte sich die Hoffnung, es müsse wohl besser werden, wenn sie zusammenstünden.

Dazu erfuhr man genau, wie im Niederbayerischen und im Oberland die Bauernsache vorwärts ging.

Einer sagte es dem anderen nach, daß es an der Zeit sei, auch in Nußbach eine Versammlung abzuhalten und dem Bunde beizutreten.

In Schachach gingen sie mit gutem Beispiel voran und gründeten eine Markgenossenschaft.

In Zillhofen machten sie es nach, aber was halfen die einzelnen Versuche? Es mußte sich aufweisen, ob der Boden überall umgeackert war, daß eine richtige Saat aufgehen konnte.

Und da stand es im Wochenblatt:

»Aufruf! Liebe Standesgenossen, Bauern und Bürger!

Der Tag ist gekommen, daß sich die Mitglieder des Nährstandes um eine gemeinsame Fahne scharen müssen und nicht länger zusehen, wie gewisse Elemente das Volk unterdrücken, welche von der Arbeit Erträgnis des Land- und Gewerbsmannes indirekt mitleben.

Daß Bauern und Gewerbe auf das regste zusammengehören, wird gewiß einer mit Menschenverstand nicht leugnen wollen, da doch die Bauern in Nußbachs Umgebung die Haupteinnahmequelle der Geschäftsleute bilden und durch die Verbesserung der landwirtschaftlichen Verhältnisse auch ihren Anteil haben.

Darum, liebe Standesgenossen, stellen wir uns zusammen und forschen nach des Übels Quelle!

Aber wie ist dies anders möglich, als durch die Abhaltung einer Versammlung, welche jedem Gelegenheit gibt, seine Gesinnung zu erproben, und durch zahlreichen Besuch dem Gegner Achtung einflößt?

Kommt alle zur Vorbesprechung, welche im Saale des Sternbräu stattfinden soll, am Sonntag, den 16. Dezember, Nachmittag zwei Uhr, und woselbst das Notwendige verabredet wird.

Kommet alle, die ihr Zeit habt und ein Herz für unsern Stand und unser Bayerland! Einigkeit macht stark, wie schon der große Römer sagt!«

Der Aufruf fand Beifall an vielen Orten; der Stein war ins Rollen gebracht.

»Da haben wir es«, sagte der Bezirksamtmann, und warf die Zeitung wütend auf den Tisch. »Jetzt kann die Hetzerei in meinem Bezirk losgehen. Aber es soll mir nur einer kommen von den Siebengescheiten, die das ganze Land in der Tasche haben, und nicht einmal die paar Bauern in ihren Gemeinden zur Vernunft bringen können! Es soll mir nur einer Vorwürfe machen!«

Er zog heftig an der Glocke.

»Mayerhofer!«

Der Amtsdiener trat ein.

»Sagen Sie dem Herrn Offizianten, er soll zu mir kommen.«

»Jawohl, Herr Bezirksamtmann!«

Otteneder legte die Hände auf den Rücken und ging auf und ab.

Der Offiziant Schillinger blieb an der Türe stehen.

»Herr Bezirksamtmann wünschen?«

»Haben Sie den Aufruf im Wochenblatt gelesen?«

»Ja.«

»Ist der von unserm braven Schüchel geschrieben?«

»Wenn Herr Bezirksamtmann erlauben, vom Schüchel ist er nicht.«

»Von wem sonst?«

»Ich weiß es auch nicht bestimmt; es ist nur eine Vermutung. Aber ich habe den Schuhmacher Prantl in Verdacht.«

»So, von dem? Allerdings, von einem Schuster hat der Stil was.«

»Der Prantl ist bekannt als Bauernbündler, wenn Herr Bezirksamtmann erlauben. Und die Leitartikel, mit den griechischen und lateinischen Wörtern, sollen auch von ihm sein.«

»Der Kerl steckt bis über die Ohren in Schulden?«

»Er steht nicht gut, was man hört. Einmal ist er schon ausgepfändet worden.«

»Der hat's notwendig! Schreibt, daß gewisse Elemente vom Handwerker leben. Damit meint er natürlich die Beamten?«

»Jawohl, Herr Bezirksamtmann. Er schimpft überhaupt in allen Wirtshäusern herum. Das hat er schon immer getan, so lang' ich ihn kenne.«

»Das werde ich mir merken. Sagen Sie, Herr Offiziant, der Sternbräu, gibt denn der seinen Saal her zu der Versammlung?«

»Gern auch noch, Herr Bezirksamtmann.«

»Was will denn der Mensch? Er ist doch sehr vermögend. Wie gibt sich der mit solchen Geschichten ab?«

»Wenn mir Herr Bezirksamtmann die Bemerkung erlauben, das ist jetzt überhaupt so. Wo man hinkommt, nichts wie Räsonnieren und Politisieren. Man kann keine Halbe Bier mehr mit Ruh' trinken; der Melber Wimmer, der Kaufmann Kolb, da ist einer gescheiter wie der andere. Und der Schüchel geht herum, als wenn er ein Weltblatt herausgeben tät'.«

»Ich kenne meine Nußbacher. Nichts arbeiten, den ganzen Tag in den Wirtshäusern hocken, und dumm reden.«

»Bei den Bauern merkt man's auch schon, Herr Bezirksamtmann.«

»Wieso?«

»Es ist nicht mehr wie früher. Wenn man sonst einem was g'sagt hat, war's recht und fertig. Jetzt wird gleich gedroht mit der Zeitung, und so weiter.«

»Das ginge mir noch ab! Wenn einer so 'was sagt, führen Sie ihn nur herauf zu mir! Das wollen wir sehen!«

»Gestern erst der Pointner von Zillhofen. Wegen seinem neuen Stallgebäude. Die Pläne sind noch beim Herrn Distriktstechniker, und ich habe ihm das gesagt. Fangt er gleich das Schimpfen an. Wie lang' er noch warten müsse? Im Mai hätt' er eingegeben. Ob das eine Manier sei? Im Winter könne kein Mensch bauen. Er wolle uns schon ein Feuer anzünden, wenn es noch länger dauern tät'.«

»So, so?«

»Es wird immer schwieriger, Herr Bezirksamtmann.«

»Na, dafür bin ich noch da. So weit sind wir noch nicht, daß wir uns einschüchtern lassen.«

»Herr Bezirksamtmann haben gestern gesagt, ich soll den Akt vorlegen, betreff Bürgermeisterwahl in Erlbach.«

»Richtig, ja. Haben Sie ihn?«

»Ich habe ihn Herrn Bezirksamtmann auf den Tisch gelegt.«

»Gut. Übrigens, kennen Sie den... den... wie heißt er doch gleich?«

»Den Schuller von Erlbach.«

»Ja, Schuller oder so ähnlich, den neuen Bürgermeister?«

»Das ist doch der nämliche, der uns so viel Arbeit gemacht hat wegen der Flurbereinigung, Herr Bezirksamtmann.«

»Auch so ein Siebengescheiter?«

»Im Wochenblatt hat es damals bei den Wahlen geheißen, daß er Bauernbündler ist.«

»Hm. Also, es ist recht, Schillinger. Guten Morgen.«

Ottenener stellte sich an das Fenster und sah auf den Marktplatz hinunter.

Es war Schrannentag. Vor dem Rathause standen in langen Reihen die gefüllten Getreidesäcke. Die Käufer gingen von einem zum andern, schöpften mit den Händen Körner heraus, rochen daran und prüften sie sorgfältig.

Dann redeten sie mit den Bauern, zuckten die Achseln und gingen weiter.

Hier und da gab einer den Handschlag, und man sah, daß der Kauf abgeschlossen war.

Der Melber Wimmer war am eifrigsten. Er traf überall gute Bekannte unter den Bauern. Man sah es an der Art, wie er bald hier, bald dort vertraulich grüßte und im Fortgehen sich lachend umwandte. Den Platz weiter hinauf standen viele Wagen, hochbepackt mit Krautköpfen.

Hier waren die Nußbacher Hausfrauen und feilschten und kauften.

Der Winter stand vor der Türe; es war Zeit, das Krautfaß im Keller zu füllen. Und da war auch Gelegenheit, die rechte Zutat zu holen, Kartoffeln, die auf den Fuhrwerken daneben lagen.

Es war ein dichtes Gedränge auf dem Markte. Das Summen vieler Stimmen drang herauf; zwischenhinein lautes Quieken und Schreien, wenn ein Bauer von seinen Spanferkeln eines herausholte und lieblos am Ringelschwanze in die Höhe hielt.

»Na also«, dachte Otteneder, »das Geschäft geht ja! Trotz des Gejammers und der ewigen Unzufriedenheit.«

Er sah zum Sternbräu hinüber.

Da standen so ein paar Schreihälse.

Der Schuster Prantl natürlich, und der geweste Defensor ecclesiae, der Buchdrucker Adolf Schüchel.

Was sie zu tuscheln hatten mit den Bauern?

Das steckte die Köpfe zusammen! Das war ein Eifer, ein Reden, ein Gebärdenspiel!

Und eigentlich war es frech, wie diese Schwarmgeister ihr Unwesen trieben. Auf freiem Marktplatze; unter den Augen der Behörde.

Der Bezirksamtmann setzte sich an den Schreibtisch. Er griff nach dem Aktenhefte, welches vor ihm lag.

In schöner Rundschrift stand auf dem blauen Deckel: »Betreff Gemeindewahlen in Erlbach.«

Otteneder öffnete ihn.

Dann zündete er eine Zigarre an und blies den Rauch in die Luft.

Und nun war er bereit.

Also erstens das Wahlprotokoll. Als beauftragter Kommissär anwesend der königliche Bezirksamtsassessor Max Hartwig. Ergebnis der Wahlen: Bürgermeister Andreas Vöst, Beigeordneter Kloiber, und so weiter.

Folium zwei. Gesuch des Pfarrers Baustätter, es wolle der Wahl des Bürgermeisters die Bestätigung versagt werden.«

Otteneder zog stärker an seiner Zigarre und las einige Sätze vor sich hin.

»An der Spitze einer katholischen Gemeinde... unmöglich ein solcher Mann stehen.

...schweigend zu dulden, nicht vereinbar mit den Pflichten des Seelsorgers.«

Er sah nach dem Datum. Erlbach, den 19. November. »Die Wahl war am 18. Teufel, das hat pressiert!«

Folium drei. Wiederholte dringende Vorstellung des Pfarrers Baustätter gegen die Bestätigung des Andreas Vöst. Datum vom 21. November. »Ich muß ganz ergebenst eine äußerst wichtige Mitteilung machen, daß nämlich in den hinterlassenen Papieren meines verstorbenen Amtsvorgängers sich eine dringende Warnung vorfindet... et cetera.

Folium vier. Protokoll des königlichen Bezirksamtes Nußbach, den 24. November. Erscheint der Pfarrer Jakob Baustätter und gibt an, was folgt. Meine Pflicht als Seelsorger... und so weiter. Übergibt gleichzeitig eine Urkunde, Niederschrift des verstorbenen Pfarrers Maurus Held, und bittet um Rückgabe.

Folium fünf. Abschrift der von etc. Baustätter übergebenen Urkunde. Das Original auf Wunsch zurückgegeben. Erlbach, am 16. Juni 1889. Heute war zum zweiten Male der Austragsbauer Johann Vöst bei mir und klagte bitterlich über die Mißhandlungen, welche er von seinem Sohne erdulden mußte. Er zeigte mir die abschreckenden Spuren derselben.

Otteneder las diese Beschuldigung mit Aufmerksamkeit und schüttelte den Kopf.

»Klingt eigentlich sonderbar«, sagte er. »Warum schreibt der Mann das auf? Wenn es die Leute wußten, war es überflüssig. Wußte es niemand, dann konnte der Pfarrer nur zufrieden sein, daß die Sache wenigstens kein Ärgernis erregte.«

Folium sechs. Ergebene Mitteilung des Pfarrers Jakob Baustätter, daß sich in der Gemeinde ernsthafte Stimmen gegen die Wahl erheben. De dato 28. November.

Folium sieben. Dringende Beschwerden, nachträglich erhoben von Erlbacher Gemeindebürgern gegen die Person des Andreas Vöst. »Ein hohes Bezirksamt möge die Wahl ungültig erklären, indem die Betreffenden keine Kenntnis hatten, daß etwas vorliegt. Die gehorsamst Unterfertigten sind im christkatholischen Glauben erzogen und sehen mit Furcht und Schrecken, daß ein öffentlicher Feind der Kirche an der Spitze steht.« – »Hm! Der Satz kommt aus dem Pfarrhof.« – »Die Unterfertigten bitten dringend, daß nicht Streit und Haß in die Gemeinde kommt, indem bereits der Andreas Vöst die gläubigen Christen am Halse würgt und bedroht und es jedenfalls noch viel ärger wird.«

Folgen die Unterschriften: Sebastian Stollreiter, Hieranglbauer. Jakob Ertl. Lorenz Deindl. Kaspar Umbricht, Heißbauer. Martin Salvermoser. Georg Fent. Johann Geitner. Lorenz Amesreiter.

»Acht Leute. Das muß dem Herrn Baustätter Arbeit gekostet haben!«

Noch etwas? Bescheinigung des Beigeordneten Kloiber. In der Angelegenheit etc. Sühneversuch abgehalten. Im Verlauf desselben geriet der Bürgermeister Vöst so in Wut, daß er den Hieranglbauern Sebastian Stollreiter angriff und mißhandelte.

»Hm! Endlich etwas Positives! Wenn die Sache so weit gediehen ist, daß es zu Tätlichkeiten kommt!«

Ottenener trat wieder ans Fenster.

Da unten stand noch immer der Schuhmacher Prantl; er hielt die geballte Faust an die Stirne. Offenbar wollte er recht überzeugend wirken.

Und der Bezirksamtmann sagte vor sich hin: »Es schadet nicht, wenn die Leute den Zügel spüren. Ich werde die Bestätigung versagen.«

ELFTES KAPITEL

Sylvester Mang war ein stiller und bescheidener Mensch. Er fügte sich in den Willen derer, welche ein Recht auf seinen Gehorsam hatten, und dachte nicht viel über seine eigenen Wünsche nach.

Er hatte sich nicht gefragt, ob ihm der geistliche Beruf zusage. Er wußte es nicht anders, als daß er Theologie studieren müsse.

So war es bestimmt von Anfang an; von der Stunde an, in welcher die alte Veronika Mang ihrem Schwager, dem reichen Spanninger von Pasenbach, in die Hand versprach, es solle der kleine Sylvester auf das geistliche Fach studieren und dereinst die Messe lesen zu Ehren Gottes.

Sylvester erinnerte sich oft an jenen Tag. Wie die Mutter so stolz war und geschwind aus der Stube lief, daß sie es gleich der Nachbarin sagen konnte.

Und wie sie dann mit ihm zum Schneiderfranzl ging, der zwei Anzüge anmessen mußte. Einen schwarzen dabei auf den besonderen Wunsch des Vetters, damit sich die Sache gleich geistlich ansah. Das gab ein Staunen und Bewundern, als der schwarze Rock fertig war!

Er hing dem kleinen Sylvester über die Knie herunter, die Schulternaht saß auf halber Brusthöhe, und die Ärmel streckten sich vor bis auf die Fingerspitzen.

Überall war der Rock zu weit und zu lang.

Aber der Schneiderfranzl sagte, so wäre es recht, und so müsse es sein. Denn die engen Röcke sähen so windig aus und paßten nicht für das studierte Wesen.

Da lachte die Veronika Mang von Herzen vergnügt und freute sich über den kleinen Sohn und den großen Rock. Und dann mußte Sylvester seine schuldige Aufwartung machen beim alten Pfarrer Maurus Held.

Der lachte auch, wie er den neuen Lateiner sah, und sagte: »Du schaust ja aus wie nochmal ein geistlicher Rat. Verlier nur den Mut nicht! Discendo crescimus oder crescendo discimus muß es bei dir heißen; im Wachsen lernen wir. Wenn dir der Rock einmal knapp sitzt, hernach bist du schon ein Gelehrter.«

Und er holte sein Lieblingsbuch vom Spinde herunter, Forsteneichners Naturbilder. »Das will ich dir schenken, parvule«, sagte er, »es ist ein herrliches Buch. Darin sollst du lesen, wie brav es der liebe Gott meint mit unserer Welt.«

Dann schrieb er auf die erste Seite:

»Perfer et obdura, labor hic tibi proderit olim. Halte aus und arbeite, kleiner Sylvester, später wird es dir nützen. Denke zuweilen an deinen geistlichen Lehrer Maurus Held.«

Wohl dachte er oft an den gütigen Mann, der ihn später fragte, ob er auch die Kraft fühle für den geistlichen Stand.

»Es ist nicht immer leicht, auf dem einsamen Weg zu gehen. Manches Mal hält man den Schritt an und möchte lieber umkehren.«

Damals durfte er die Frage heiter bejahen. Er lernte gern und dachte nicht über die Schule hinaus.

Oder nur so, daß er sich auf die Ferien freute. Auf das Herumschlendern in des Herrgotts grünem Wald, an der Seite des würdigen Pfarrers Held.

Der fragte ihn ordentlich aus, ob er Pflanzen und Tiere kenne und die Sprache der Natur verstehen lernte aus den Schilderungen des Meisters Forsteneichner.

Und Sylvester bestand die Prüfung mit Ehren. Denn ihm selber war das Buch, welches so treuherzig erzählte, lieb geworden. Und dann mußte er ihm berichten, wie das Studium vorwärts ging.

Der Alte hörte lächelnd zu, wenn der Junge in Eifer kam und die Schönheit des Gelernten rühmte.

»So ist es recht, parvule. Bleib nur dabei und verlier mir die Wärme nicht!« – »Es wird einmal trockener kommen«, sagte er ein anderes Mal, »die artes liberales werden in den Winkel gestellt, wenn es über die Dogmatik und Homiletik hergeht. Vergiß darüber nicht alles, was dich jetzt freut. Libri amici optimi; die Alten bleiben uns gute Freunde.«

Und an einen Tag erinnerte sich Sylvester oft und gerne. Es war ein Sonntag im August. Nach der Kirche gingen Held und er über die Felder gegen Webling zu. Das Korn stand in der Reife. Von Hügel zu Hügel dehnte sich der goldgelbe Segen. Über den Wald herüber kam der frische Morgenwind und rauschte in den Kronen der Bäume.

Dann ging er liebkosend über die Fluren. Die Halme bogen sich, und leichte Schatten liefen über das Gold vom Fuße des Hügels bis hinauf, wo die Ähren in den blauen Himmel ragten. Da nahm Maurus Held den Hut ab und sah mit leuchtenden Augen in die schöne Gotteswelt.

»So denke ich mir den Herrn Christus am liebsten«, sagte er, »wie er segnend durch die Felder wandelt. Und just so müßte sich das ansehen wie hier. Daß es wie ein Hauch geht über die Halme, die sich ehrfürchtig beugen vor des Menschen Sohn.

Vor der Menschen Freund, parvule, der die Armut weihte und den Reichen den Himmel verwehrte; das haben wir von ihm als besten Gewinn, daß er das Leben der Kleinen und die Arbeit verklärte.

Die Menschen wissen es freilich nicht mehr und die am wenigsten, welche seine Lehre den Fürsten und Herren mundgerecht machen. Auch du kannst mich heute nicht verstehen, parvule. Nein, nein! Später einmal, wenn dir die tiefe Weisheit klar wird, daß aus dem alten Fluche ein Segen wurde. Im Schweiße deines Angesichts sollst du dein Brot essen!«

Sylvester verstand den Alten nicht, aber er dachte wohl, daß es gut sei, wie alles, was er sagte.

Er hing mit gläubiger Verehrung an dem Manne, und es war sein erster großer Schmerz, als ihm die Mutter nach Freising schrieb, die Woche vorher sei Pfarrer Held nach längerem Leiden gestorben.

Das war wenige Monate nach jenem Sonntage.

Als Sylvester zu Ostern heimkam, war sein erster Gang in den Friedhof. Da stand auf prunkvoller Marmortafel der Name Maurus Held. Und darunter der Satz: »Er lebte einzig seinem Gotte und fand sein Labsal nur im Gebete.«

Seine wohlhabende Schwester hatte ihm dieses Denkmal gesetzt, das jedem in die Augen fiel.

Sylvester war nicht zufrieden damit. Am wenigsten mit der Inschrift. Er wußte es besser als viele, daß der heitere Mann seine Erholung nicht ausschließlich im Gebetbuche suchte und fand. Er hatte von ihm oft kräftige Worte gehört, wenn er diese Welt pries, welche nur Dummköpfe als schlecht verschreien. Ein eifriger Kooperator hatte sogar arge Zweifel gehegt, ob Pfarrer Held sein Brevier fleißig lese. Er steckte wohl das heilige Buch in die Tasche, wenn er in den Garten ging, aber er nahm es selten heraus.

Nun hatte Sylvester keine unehrerbietigen Bedenken gegen die Erwähnung des Gebetes; er fühlte nur, daß dieses übliche Lob seinem Wohltäter nicht gerecht wurde und den Nachkommen nichts erzählte von den trefflichen Eigenschaften ihres alten Pfarrers.

Sie hätten auf das Denkmal schreiben müssen, daß er keinen Menschen haßte, in allem das Gute suchte und die Armen nach des Heilands Vorbilde liebte.

So wäre es recht gewesen und nützlich für die Erlbacher.

Sylvester bemerkte mit Unmut, daß geheime Einflüsse schon in den ersten Monaten das Andenken an Maurus Held trübten.

Seine eigene Mutter schüttelte einmal bedenklich den Kopf, als er den Verstorbenen rühmte, und sie meinte, es wäre wohl alles schön, aber ob der selige Herr so recht eifrig im Christentum gewesen sei, das wisse sie nicht.

Er fuhr zornig auf und wollte wissen, woher sie das habe.

Und die alte Veronika Mang hatte Mühe, ihn zu beschwichtigen. Es sei nur ihre Meinung gewesen, und sie wolle nur ja dem guten Herrn Held nichts Unrechtes nachsagen. Aber weil er doch selbigesmal abgeredet habe, wie dem jetzigen Paulimann sein Vater tausend Mark hergeben wollte für eine Mission, daß die Kapuziner in Erlbach predigen sollten. Und da habe der Herr Held gesagt, es sei besser, wenn er das Geld dem Spital schenke. Deswegen habe sie das so gemeint.

Daß auch der neue Pfarrer hinter dem Gerede steckte, sagte sie lieber nicht.

Aber Sylvester ahnte es und dachte, es könne nicht ohne Zusammenhang sein, daß seine Mutter sagte, was er auch sonst zu hören bekam.

Zum ersten Male sah er den Undank und das oberflächliche Urteil der Menschen. Seine Begeisterung ließ ihm diese Fehler größer erscheinen, und er mußte die Enttäuschung stärker empfinden, weil es ihm an Erfahrung fehlte.

Traurig und verstimmt kehrte er nach Freising zurück. Auch hier blieb ihm der Verlust fühlbar genug. Gerade in diesem letzten Halbjahr, welches er noch auf dem Gymnasium zubrachte, mußte er sich immer wieder an den väterlichen Freund erinnern.

Sein treuer Rat fehlte ihm, und dann sein Beifall, als er die abschließende Prüfung bestand.

Er wäre wohl freudiger an das Berufsstudium gegangen, wenn er noch das Beispiel Helds lebendig vor Augen gehabt hätte. Wenn er sich die Aufmunterung bei ihm hätte holen können.

Das war nun alles so anders geworden. Als er mit der roten Absolventenmütze heimkam, ging er in den Pfarrhof.

Es war ihm, als müsse er neben den Rosenstauden im Garten den weißhaarigen Herrn sehen und die freundliche Stimme hören. »Ei, sieh da, parvule, mit der farbigen Mütze! Nun bist du hineingewachsen in den Rock und in die Gelehrsamkeit. Salve confrater in litteris!«

Aber der Mund war geschlossen für immer; die lieben Augen, in denen ein gütiges Lachen saß, waren gebrochen.

Zwei andere blickten Sylvester an. Zwei kalte Augen mit grünlichem Schimmer, und eine gleichgültige, harte Stimme fragte: »So, Sie sind der hiesige Student? Ich habe von Ihnen gehört. Sie wollen Geistlicher werden?«

»Ja.«

»Man sagt mir, daß mein Amtsvorgänger Sie unterstützt hat.«

»Ich verdanke ihm viel.«

»Hat er Ihnen pekuniär geholfen?«

»Nein, das nicht.«

»Ich fragte nur, weil ich bemerken wollte, daß ich nicht in der Lage bin zu sowas.«

»Ich danke Ihnen, Herr Pfarrer. Aber ich habe, was ich brauche.«

»Ihr Vetter, der Spanninger von Pasenbach...?«

»Der läßt mich studieren, ja.«

»Da brauchen Sie freilich keine Hilfe. Es kommt nur zu oft vor, daß man uns in Anspruch nimmt. In meiner ersten Pfarrei, in Breitenau, mußte ich bei zwei mittellosen Studenten ab und zu aushelfen. Man tut es ja gerne, wenn es einigermaßen geht. Nun, Sie bleiben in den Ferien hier?«

»Ja.«

»Da sehen wir uns wohl oft in der Kirche. Also guten Tag!«

Die grünlichen Augen blickten Mang während des Gesprächs lauernd an. Sie glitten an ihm hinauf und hinunter, und wenn er sie fest ansah, huschten sie weg. Und dann schoben sich feuchtkalte Finger in die Hand Sylvesters und zogen sich wieder zurück; ohne Druck, glatt, wie sie gekommen waren.

Sylvester verabschiedete sich.

Der ehrliche Bursche hatte nasse Augen, als er das Haus verließ. Aus allen Ecken heraus hatten ihn Erinnerungen gegrüßt.

Nun war es so ganz anders; ein bitteres Gefühl der Verlassenheit überkam ihn.

Und verließ ihn nicht mehr alle die folgenden Wochen. Er hörte zerstreut zu, wenn seine Mutter von der schönen Zukunft erzählte. Von der ersten heiligen Messe, bei welcher Veronika Mang den glückbringenden Segen ihres Sohnes erhalten sollte; von dem großen Pfarrhofe, in welchem Veronika Mang ihre alten Tage beschließen würde, und von dem seligen Absterben, welches nunmehr der Veronika Mang durch die Gnade des Himmels beschieden sein werde.

Hier und da mußte er lächeln, wenn die Alte über die Jahre hinwegsprang und sich in die Frage vertiefte, ob der künftige Pfarrer die Ökonomie selber betreiben oder lieber verpachten sollte.

Aber fröhlich wurde er darum nicht.

Und dann war Sylvester allein in der großen Stadt. Von seinen Schulfreunden blieben die meisten in Freising, und die wenigen, welche nach München kamen, stolzierten mit farbigen Bändern herum und lüfteten kaum die Mützen, wenn ihnen der unscheinbare Mang begegnete.

Es wurden Versuche gemacht, den langen Sohn Erlbachs für katholische Verbindungen zu erwerben. Aber er hatte kein Verständnis dafür; weder für die trinkfesten Künste, noch für die politische Bedeutsamkeit dieser Gelbschnäbel. Und in ein Seminar wollte er auch nicht eintreten, trotz des lebhaften Wunsches seiner Mutter.

Die alte Veronika wußte nichts von den pädagogischen Vorzügen dieser Anstalten, aber die Tracht ihrer Jünger gefiel ihr über die Maßen.

Vor Jahren herbergte der Alumnus Stephan Freutsmiedel von Webling des öftern in Erlbach. Und wenn er mit flatterndem Gewande durch die Dorfgasse schritt, schaute Veronika Mang ehrfürchtig durch das Fenster und malte sich im Geiste aus, wie stattlich dereinst ihr Sohn in diesem Kleide dahingehen werde.

Sie mußte ihre Sehnsucht bezwingen, denn Sylvester sträubte sich gegen den Schmuck und saß lieber einsam und frei in seinem Kämmerlein.

Hoch oben im vierten Stocke als Zimmerherr der königlich bayerischen Sekretärswitwe Kornelia Rottenfußer, welche sich oft über den freudenarmen Jüngling wunderte. Der blieb so manchen Abend daheim und las.

In den ersten Tagen der akademischen Freiheit hatte er, zögernd und doch von einem unwiderstehlichen Wunsche angetrieben, Bücher gekauft, vor denen man ihn als Schüler eindringlich gewarnt hatte.

Es waren die Werke ungläubiger Dichter, welche in jungen Herzen Zweifel und Unruhe erregen mußten. Nur wer im reiferen Alter gefestigten Glauben erworben habe, könne ihnen ungefährdet nahen, hatte der Professor gesagt. Die Namen Lessing, Wieland, Kleist leuchteten nicht am Freisinger Himmel, Schiller stand nicht in hohem Ansehen; Goethe war ein Heide.

Und nun erfreute sich Sylvester mit empfänglichen Sinnen an den Geschmähten.

In seine Bewunderung drängte sich ein beklemmendes Gefühl.

Warum hatten die Berater seiner frühen Jugend so feindselig geurteilt?

Er sah nichts von allem, was sie getadelt hatten, und er begriff nicht, wie sie in der Schönheit Schlechtes suchten, noch weniger, wie sie es fanden.

Dazu kamen andere Enttäuschungen. Es lag nichts Vorlautes

in seinem Wesen, und er wetzte nicht frühreifen Verstand an den Worten der Lehrer. Aber er fühlte sich unbefriedigt von einer Wissenschaft, die mit trockenen Schlüssen an die ewigen Geheimnisse herangeht und wieder auf halbem Wege stehen bleibt, um den Glauben anzurufen.

Darin lag eine harte Probe für sein rechtschaffenes Gemüt, das sich gegen Selbsttäuschung sträubte.

Und so hatte Sylvester über vieles nachzudenken, wenn er allein in seiner kleinen Stube saß.

Auch darüber, wie schmerzlich die Einsamkeit für ein junges Herz ist.

Da führte ihm das Schicksal einen Freund zu.

Als er sein Zimmer gemietet hatte, fragte er bescheiden bei der Sekretärswitwe an, ob er täglich ein wenig auf der Geige spielen dürfe.

Frau Rottenfußer sagte, ihr wäre es recht, und auch der alte Revoluzzer werde nichts dagegen haben.

Wer das sei, der alte Revoluzzer, fragte Sylvester.

Da zwinkerte Frau Rottenfußer mit den Augen und hielt die Hand an den Mund.

»Net so laut! Den alten Herrn mein' ich, der neben Ihnen wohnt.«

Sie schlich auf den Zehenspitzen vorwärts und bückte sich vor der nächsten Türe zum Schlüsselloche hinunter.

»Er is schon daheim und hockt wieder am Fenster mit an Buch in der Hand. Ich frag' ihn nachher gleich wegen dem Geigenspielen.«

»Ich möcht' ihn nicht stören«, sagte Sylvester.

»Na, na! Er is net so arg. Bloß daß er net unter d' Leut' geht. Wissen's, weil er bei da Revoluzzion dabei war. Mei Schwager hat ma's erzählt. Da san viele dabei g'wesen, de später de schönsten Stellen kriegt hamm. Aber der Herr Schratt hats Maul net g'halten, wie er scho Assessor war. Natürli hamm s' 'n pensioniert, und er mag nix mehr wissen von de Leut'. Aber wie g'sagt, er is gar net so uneben, und i frag'n no heut'.«

Frau Rottenfußer meldete bald, daß der Revoluzzer gesagt habe, er höre gerne Musik, besonders wenn der Herr Mang kein Anfänger sei.

Sylvester spielte nun häufig. Von seinem Zimmernachbar hörte er lange Zeit nichts mehr.

Da ging er an einem Wintertage von der Universität nach Hause. Es hatte die Nacht vorher geregnet, und dann war Kälte eingetreten, so daß die Wege mit Glatteis überzogen waren.

Plötzlich sah Sylvester vor sich einen alten Herrn, der bei jedem Schritte ausglitt und nun hilflos stehen blieb.

Er stützte ihn und führte ihn sorgsam über die gefährlichen Stellen.

Vor dem Wohnhause Sylvesters hielt der alte Herr und sprach seinen Dank aus. Da stellte es sich heraus, daß er der Revoluzzer der Frau Kornelia Rottenfußer war.

Die erste Bekanntschaft war geschlossen, und wenn Sylvester nun musizierte, kam Schratt von seinem Zimmer herüber, hörte zu und gab durch seine Bemerkungen zu erkennen, daß er in der edlen Kunst wohl erfahren war. Das führte bald zu regerem Verkehre.

Schratt fand Gefallen an dem offenen Wesen Sylvesters, und dieser fühlte sich hingezogen zu dem Alten, aus dessen Gesichte so fröhliche Augen blickten.

Der trug eine unverwüstliche Jugend in sich herum, wie alle die Männer, welche in der politischen Sturmzeit das neue Deutschland errichten wollten. Das gärte noch unter den weißen Haaren, und sie wurden ihr Leben lang keine kühlen Rechner.

Eines Abends fragte Schratt seinen jungen Freund nach Heimat und Eltern.

Als Sylvester Erlbach nannte, wurde er aufmerksam.

»Erlbach? Das Dorf bei Nußbach?«

»Ja. Waren Sie dort?«

»Einmal, vor Jahren. Ich besuchte den Pfarrer Held.«

»Den Herrn Maurus Held? Kannten Sie ihn?«

»Ob ich ihn kannte?« Der Alte lächelte und wurde wieder ernst.

»Er war mein Freund.«

Da sprang Sylvester vom Stuhle auf und schüttelte ihm die Hand und sagte, daß er den verehrten Mann wie einen Vater geliebt habe.

Es tat ihm wohl, daß er von ihm erzählen durfte.

Und dann kam die hastige Frage:

»Er war Ihr Freund? Wo haben Sie ihn kennen gelernt?«

»Das erzähle ich Ihnen ein anderes Mal, Herr Mang. Heute ist es zu spät, aber wenn Sie morgen herüberkommen, will ich einen langen Faden spinnen.«

Sylvester ging den nächsten Abend zu Schratt, dessen Wohnzimmer sich beim Lampenlicht ungemein behaglich ansah.

Die lange Wand neben der Türe war mit einer hohen Bücherstelle verkleidet; zwischen den beiden Fenstern stand der umfangreiche Schreibtisch, und darüber hingen alte Stahlstiche in hellbraunen Rahmen, deren Leisten in schwarzen Vierecken zusammenliefen.

Einige Steindrucke in ovalen Rahmen waren dazwischen angebracht, Brustbilder von Männern in altväterlichen Trachten.

Einer schaute absonderlich verwegen von der Wand herunter, hatte die Arme über der Brust gekreuzt und einen breitkrämpigen Hut in die Stirne gedrückt.

Vom Hute herab wallte eine Feder mit kühnem Schwunge.

Sylvester trat näher hinzu und las die Unterschrift: Friedrich Hecker seinem Freunde und Mitkämpfer Hans Schratt zur Erinnerung an den 20. April 1848.

»Der Hans Schratt war mein Bruder«, sagte der Alte, »aber nun setzen Sie sich. Ich will sehen, daß Madame Rottenfußer Tee bringt.«

Sylvester setzte sich auf das geblümte Sofa, über welchem eine Silhouette neben der andern hing; meist jugendliche Köpfe mit bunten Mützen.

Frau Rottenfußer setzte den Teekessel über die Spiritusflamme, Schratt stopfte seine lange Pfeife und hüllte sich in duftende Wolken.

»Also, ich habe Ihnen die Erzählung versprochen. Wie ich gut Freund wurde mit dem Gottesgelahrten Maurus Held. Das heißt, damals ist er noch nicht soweit gewesen. Anno 1848 gesegneten Andenkens.«

Der Alte schwieg eine Weile, dann sagte er lächelnd:

»Gesegneten Andenkens, jawohl! Trotz allem, was seither gesagt und geschrieben wurde. Die gescheiten Menschen von heute zucken die Achseln über das tolle Jahr. Ich sage Ihnen, junger magister in artibus, die Herzen waren heiß und der Verstand nicht immer kühl damals. Aber in den Leuten war mehr Weisheit, als in den trockenen Dienern der Nützlichkeit, die heute die Nasen rümpfen und sich das bißchen Freiheit wegstehlen lassen, was ihre Väter errungen haben, – –

Und jetzt nehmen Sie Tee! Er kommt aus Fukian, wie mein trefflicher Freund Sporner versichert.«

Sylvester trank und nahm eine aufmerksame Miene an.

Der Alte unterbrach sich oft; in den Pausen blies er den Rauch vor sich hin.

»Sechsundvierzig Jahre. Und just solange ist es her, daß ich mit dem Studiosus Held Stuhl an Stuhl in der Kneipe saß und von der rosenroten Zukunft redete. Er war noch länger als Sie. Mager, derbknochig, gute Bauernrasse aus der Tölzer Gegend. Er redete nicht viel, und ich glaubte fast, daß er heimlich über die Freunde lachte, welche die Welt verteilten.

Na, es ist auch manches mit untergelaufen, was man nicht ernsthaft nehmen konnte. Obenan die große Revolution in München, die nichts anderes war, als ein bischöflich genehmigtes Haberfeldtreiben.

Die Freiheit lag damals in der Luft. So einen Vorfrühling hat die Welt nicht mehr gesehen. Es war wie eine Ahnung in die Menschen gefahren, daß diesmal mit den Knospen noch ein anderes aufkeimen müßte, und wer jung war, hielt freudig die Nase in die Höhe.

Man hat unsern lieben Altbayern hinterher eingeredet, daß sie auch die Flügel rührten, als der Freiheit Hauch mächtig durch die Welt ging. Es war aber nicht so schlimm, junger Herr Mang. Wenn Sie den Freisinger Abscheu vor den Revolutionen haben, dürfen Sie ihn nicht auf unsere braven Mitbürger ausdehnen. Sie haben nichts gegen ihre Gewissen und ihre Gewissensräte getan. Wer damals die Finger ins Maul steckte und seinen erhabenen Herrscher auspfiff, tat es in honorem ecclesiae, zu Ehren der Mutter Kirche. Auch wenn er es nicht wußte.

Also, unser Maurus Held. Der hörte zu, wenn wir die großen Reden hielten, und schwieg. Er hat die Übertreibungen nicht altklug verachtet oder gar aus Angst vermieden. Den hat nur seine Bescheidenheit von den großen Gebärden abgehalten, und als etwas geschah, was sein rechtlicher Sinn nicht billigte, hat er gezeigt, daß er kein Hasenfuß war.«

Der Alte klopfte die Pfeife aus und füllte sie wieder.

»Ja, und das war zu Anfang Februar. Ein schöner, warmer Tag, nur etwas bewegt. Die Krämer hatten ihre Läden geschlossen und trieben sich mit den akademischen Bürgern in der Ludwigsstraße herum. Die Biederkeit erging sich im Freien und wartete, ob nichts geschähe. Und geschah auch was. Von der Universität herunter kamen die Alemannen. Sie wissen, das Leibkorps der Lola. Schlechte Kerle, ganz gewiß. Schon deshalb, weil sie in jungen Jahren auf Karriere spekulierten.

Aber warum beim Anblicke dieser unreifen Pagen das Volk in Wut geriet, warum ehrwürdige Greise ihre Hausschlüssel aus den Taschen holten und so greulich darauf pfiffen, das kann man nicht so einfach erklären. Die Guten haben vorher und nachher den Anblick von schlimmeren Fürstenknechten ertragen. Damals aber schien es mir recht und billig. Ich schrie brav mein pereat mit und drängte mich heran. Ein Graf Hirschberg von den Alemannen zog seinen Dolch, als man ihm zu nahe auf den Pelz rückte. Er wollte einmal spanisch kommen. Da erhob sich ein Geschrei unter den Manichäern, ohrenzerreißend! Sie führten Reden, in denen keine Liebe zum Hause Wittelsbach atmete. Die Hispanier rissen aus, und wir zogen weiter in den Hofgarten.

Mit einem Mal erscheint mitten unter den brüllenden Hafnermeistern der Gegenstand der Volkswut. Lola Montez selber, in eigener Person.

Schneid hatte das Frauenzimmer und eine Verachtung gegen diese sittsamen Spießbürger, die mir später imponierte.

Ich stand keine zehn Schritte von ihr entfernt und sah die blitzenden Augen.

Links und rechts von mir bückte sich die bürgerliche Ehrbarkeit bis auf den Boden. Diesmal nicht aus Ehrfurcht, sondern um Steine und Kot aufzuraffen. Neben mir steht ein behäbiger Herr und nimmt sich eine Handvoll. Er zieht kräftig aus, damit sein Wurf ausgiebig sei, aber er warf nicht. Jemand schlug ihm den Kot aus der Hand mit den Worten:

›Pfui Teufel! Gegen ein Frauenzimmer! Ihr schämt Euch nicht?‹

Meine Hafnermeister das hören und auf den Jemand losfahren, war eines.

›Auch so ein Lolaner! Nieder mit dem Kerl!‹

Aber sie merkten schnell, daß ein Tölzer Bauernbub' sich besser wehren kann, wie ein Frauenzimmer.

Es ist ihm nichts geschehen, dem Maurus Held, und die Geschichte hat keine Steigerung gegen den Schluß. Aber sie zeigt, daß Ihr Freund seine brave Meinung gegen die vielen behauptet hat.

Und die Eigenschaft ist ihm geblieben.«

»Sind Sie später oft mit ihm zusammengekommen?« fragte Sylvester.

»Oft? Nein. Ich war einige Zeit in betrübsamer Lage und hätte Freunde kompromittiert. Den Maurus hätte es wohl nicht angefochten, aber ich wollte nicht. Es war genug, daß ihm mein Bruder Hans zu schaffen machte. Der da, ober Ihnen, mit der roten Mütze. Ihm zulieb' hat Held seine Zukunft aufs Spiel gesetzt, und es fehlte nicht viel zum Verlieren. Der Hans war einige Jahre älter als ich und saß in Lindau als junger Arzt, wie der große Wind wehte.

Von Lindau ist's nicht weit nach Konstanz, und als dort Hekker im April den Aufstand proklamierte, fuhr mein Hans ein bißchen hinüber. War auch dabei im Gefecht von Kandern und half den General Gagern totschießen und floh mit den anderen in die Schweiz.

Ein Jahr später krakehlte er in der Pfalz drüben, bis die Preußen auf Bestellung Ruhe schafften. Mein Bruder wurde in contumaciam zum Tode verurteilt. Erschrecken Sie nicht, er starb erst vor zwei Jahren als wohlhabender Mann in Genf. Aber damals hätten ihn die Preußen erschossen; sie waren dazu engagiert.

Er ließ sich nicht erwischen und lebte einige Jahre in Straßburg. Auf einmal packt ihn die Sehnsucht, heimzukommen. Eine fürchterliche Dummheit! Was einen damals nach Bayern treiben konnte, ist mir rätselhaft.

Die Polizei des Herrn von der Pfordten spürte meinen Hans in München auf; ich wurde noch rechtzeitig gewarnt und lief mit ihm den Abend und die Nacht bis Sachsenkamm. Im Kloster

Reutberg saß unser gemeinschaftlicher Freund Held als Kooperator und Beichtvater der Franziskanerinnen.

Jeder andere hätte sich besonnen; der Maurus überlegte keinen Augenblick. Er gab dem Verfolgten Quartier und schickte ihn nach ein paar Tagen über die Grenze.

Damit aber die Tiroler den Hans ohne Bedenken durch ihr glaubenstreues Land pilgern ließen, hing er ihm sein geistliches Gewand um. Und der Hans ist auch richtig mit schuldiger Ehrfurcht behandelt nach Rorschach gekommen.

Für seinen Retter kamen unangenehme Tage. Die Polizei erfuhr die Sache, und Held mußte Rede stehen. Er log nicht lange; sagte es frei heraus, und das war eine Sache damals. Wenn Sie sich schon einmal gewundert haben, warum dieser feinsinnige und gelehrte Priester bis zu seinem Ende in Erlbach blieb, so wissen Sie jetzt den Grund. Die Herren oben vergessen nichts. Und wir wollen ihn auch nicht vergessen, den Maurus Held. Er war ein aufrechter Mann.

Und damit gute Nacht, Herr Sylvester!«

Die beiden wurden Freunde.

Schratt war in seiner Vereinsamung nicht grämlich geworden und hatte nichts von der Weisheit, welche vergangene Tage lobt und die Gegenwart mißachtet.

Es machte ihm Freude, ein junges Herz unmerklich, ohne lehrhafte Schwerfälligkeit, zu bilden.

Und hier war die Aufgabe nicht schwer. Sylvester besaß klaren Verstand; seine Anlagen setzten der umformenden Hand nicht spröden Widerstand entgegen.

Er war ein junger Baum, der mit starker Pfahlwurzel im aufgelockerten Boden saß. Vollsäftig und entwickelungsfähig; reiche Verästung hatte er freilich nicht angesetzt.

Schratt lächelte oft im stillen, wenn er die Ergebnisse der klerikalen Schule vor Augen hatte.

Alles Befreiende war dieser Bildung genommen. Ohne Fühlung mit der Gegenwart, schöpfte sie aus der Vergangenheit keine lebendigen Kräfte.

Mit ängstlichem Bemühen waren die Schranken aufrecht gehalten, in denen von jeher der Geist verkümmerte.

Das zeigte sich am deutlichsten in der Art, wie Geschichte gelehrt worden war. Hier war alles geschehen, um einer späteren Erkenntnis vorzubeugen.

Die anerzogenen Vorurteile griffen so ineinander, daß jedes einzelne nur mit der Zerstörung des ganzen Gebäudes gehoben werden konnte.

Und sie wurzelten so tief, daß Sylvester seinem alten Freunde eine ungewohnte Hartnäckigkeit entgegensetzte, wenn er die Freisinger Weltgeschichte angriff.

Freilich beurteilte er als gutherziger Jüngling die Äußerungen Schratts mit Nachsicht.

Er wußte ja, daß ihm Unrecht widerfahren war, und schrieb seine Heftigkeit einem verbitterten Gemüte zu.

Diese Milde war nicht ganz frei von Hochmut.

Mang hatte doch etwas von den Leuten angenommen, welche ihr Leben lang eine gefestigte Meinung herumtragen und lächelnd abweisen, was sie hinzulernen sollten.

Schratt sah bald, wie selbstbewußt sich der junge Theologe hinter Vorurteilen verschanzte, die nicht seine eigenen waren. Er wunderte sich nicht darüber.

Neun Jahre unter den Händen von Lehrern, die alles in eine Form gießen; wie sollte sich ein junger Mensch ganz frei halten von ihrem Einflusse?

Es war viel, wenn das Wachstum nicht völlig erstickt war.

Deshalb wurde er nicht unmutig und lockte nur den klugen Sylvester häufig aus seiner Burg heraus auf das Blachfeld, wo er ihm standhalten mußte.

Er zeigte ihm meist in scherzhaftem Tone, daß unser Wissen nicht genau da aufhört, wo man es in Freising abschneidet. Er nahm ihm ganz allmählich die Selbstzufriedenheit und lehrte ihn das Verlangen, die Wahrheit kennen zu wollen.

Und Sylvester kam täglich mehr von dem Glauben ab, daß er sein junges Wissen mit Milde gegen den Alten aufführen müsse.

Ja, sein Mitleid verwandelte sich in begeisterte Verehrung, mit einer Schnelligkeit, welche Jünglingen erlaubt ist.

Er lernte einsehen, daß die heitere Überlegenheit Schratts, seine Menschenkenntnis auf tiefgründiger Liebe ruhte; das gab ihm ein Recht, über falsche Größen zu lächeln, sein Urteil gegen alle zu stellen.

Aber auch die Möglichkeit, im Kleinsten das Anregende, Bedeutsame zu finden.

Er stand auf einer sicheren Höhe und durfte darum auch Torheiten behaglich betrachten.

Sein freier Geist konnte nicht ohne Einfluß auf Sylvester bleiben.

Der streifte unmerklich die Härten ab, welche einseitige Bildung zeitigt.

Die ersten Jahre auf der Universität verflogen ihm rasch.

Er tat seine Pflicht und besuchte fleißig die Kollegien.

Noch war er seinem Berufe innerlich nicht völlig entfremdet.

Aber wenn er jetzt an die Zukunft dachte, geschah es nicht mit freudiger Zuversicht; immer stärker mengte sich das Gefühl unabweisbarer Pflicht ein.

Da ereignete sich ein Vorfall, der nachhaltig auf ihn wirkte.

Einer seiner Lehrer hatte ein Buch herausgegeben, welches heftig angegriffen wurde.

Die ultramontane Presse erging sich in Schmähungen gegen ihn, der Professor antwortete in würdiger Weise, und das ganze Land nahm an dem Streite Anteil.

Viele ergriffen seine Partei und lobten seine Festigkeit.

Seine jungen Hörer traten leidenschaftlich für ihn ein. Sie hatten kein Urteil über die Sache; ihnen überwog das persönliche Moment.

Der Ruhm ihres Lehrers, sein männlicher Mut.

Da erging an den Gefeierten die Aufforderung, seine öffentlich bekundete und so ehrenhaft verteidigte Überzeugung aufzugeben und Widerruf zu leisten.

Er unterwarf sich.

Sein Gehorsam und der laute Beifall, den die früheren Gegner ihm spendeten, stießen Sylvester ab.

Er fühlte sich gedemütigt, unsicher in seinem Glauben an eine Autorität, welche diesen Schritt verlangte, in seiner Achtung vor einer Wissenschaft, welche ihn tat.

Wie konnte dieser Mann eine Meinung als falsch erkennen, welche er im eifrigen Streben errungen hatte? Und wenn er nicht überzeugt war von ihrer Falschheit, wie konnte er sich von ihr auf Befehl lossagen?

»Sie war nichts wert von allem Anfang«, sagte Schratt, »es ist nicht schade darum. Um den Mann noch weniger. Töricht ist nur diese Begeisterung der Kirche über den Sieg. Sie hat wenig Ursache, sich darüber zu freuen, daß sie keine Kämpfer mehr heranzieht.«

In dieser Zeit des Wachstums, der Zweifel und des Lernens kam das Ereignis, welches ihm die Zukunft um so düsterer erscheinen ließ, je heller ihm die Gegenwart deuchte.

Sylvester Mang faßte eine herzliche Liebe zu dem hübschen Mädchen, dem er in der Heimat begegnet war. Das Glück schien freundlich in sein kleines Zimmer und verlockte ihn, die Blicke in weite Fernen zu richten. Auf einen holdseligen Garten, in welchem die schönsten Blumen blühten, die herrlichsten Früchte reiften für einen, den fremder Wille zur Einsamkeit verdammt hatte.

Und er wußte, daß er ohne Reue umkehren würde.

Jetzt baute er Luftschlösser, eines über das andere.

Und keines ähnelte denen, welche der Veronika Mang tagsüber vor Augen standen und nachts im Traume erschienen.

Keines sah aus wie ein Pfarrhof, mit dem gepflegten Garten nach vorne und den großen Stallungen nach rückwärts.

Es waren darinnen keine gewölbten Gänge mit Hausaltären, brennenden Ampeln und heiligen Bildern, keine Zimmer, von deren Fenstern aus man stündlich in frommer Beschaulichkeit zur Dorfkirche hinübersehen konnte.

Sylvesters Luftschlösser waren alle in einem Stile erbaut, lagen in engen Gassen, und aus den Toren strömte der liebliche Duft von frischgebranntem Kaffee.

Und wer sie betrachtete, der wurde traurig und wieder fröhlich im Gemüte. So traurig, daß er tagelang schweigend umherging, so fröhlich, daß er am Morgen singend die Treppe hinunterschritt und des Mittags singend heraufkam.

Und daß er an gewissen Tagen der Woche mit dem Geigenkasten unter dem Arme achtlos an Sekretärswitwen vorüberstürmte, als hätten diese urplötzlich jede Bedeutung in der Welt verloren.

»Was hat nur grad' der Herr Mang?« fragte Frau Rottenfußer. »Gestern waren seine Augen verweint und heut' hat er wieder g'sungen. Sie sind doch sein Freund, Herr Schratt. Sagt er denn zu Ihnen auch nix?«

»Nein, Frau Sekretär, und ich fürchte, er wird mich auch fernerhin nicht ins Vertrauen ziehen. Er verbirgt sein Leiden.«

»Wissen Sie, was ihm fehlt?«

»Ich habe eine Vermutung, Frau Rottenfußer. Aber die ist lateinisch und stammt von einem gewissen Horatius.

Dulce ridentem Lalagen amabo,
Dulce loquentem.«

Und dann kam der Tag, an welchem Frau Sophie Sporner, als eine Freundin der Wirklichkeit, den Bau der Luftschlösser einstellte und den holdseligen Garten verschloß, so daß die Gedanken nicht länger darin spazieren gehen konnten.

Und es kam der Abend, an welchem Sylvester müde und abgespannt im Zimmer seines Freundes saß.

Schratt klopfte ihm auf die Achsel.

»Sie wollen mir heute etwas erzählen, nicht wahr?«

»Ja.«

»Ich kann Ihnen entgegengehen. Sie heißt Traudchen und ist die Tochter des wackeren Michael Sporner.«

»Ich weiß, daß Sie ihn kennen.«

»Nicht bloß ihn; auch ein Mädel mit lustigen Augen, das sich in der letzten Zeit sehr für Musik interessierte.«

»Woher wußten Sie, daß...«

»Es war nicht schwer zu erraten. Sie wurden in der letzten Zeit so sangesfreudig und hatten ihre Gedanken immer anderswo, wenn Sie mir die seltene Ehre schenkten.«

»Es kommt Ihnen recht lächerlich vor, Herr Schratt?«

»Ein wahres Gefühl ist nicht lächerlich.«

»Aber, daß ich vergessen habe, was ich bin?«

»Vorerst sind Sie Student, und Ihre Zukunft liegt noch frei vor Ihnen.«

»Ich kann nicht Geistlicher werden.«

»Stimmungen sollen da nicht mitreden, Sylvester.«

»Es ist nicht deswegen, wie Sie vielleicht meinen. Ich weiß schon lange, daß ich mich nicht zwingen kann.«

»Wollen Sie einen Rat von mir hören?«

»Ja, ich bitt' Sie darum. Ich habe sonst niemand, den ich fragen kann.«

»Sie sollen nicht sofort, Hals über Kopf, Ihr Studium aufgeben. Bleiben Sie noch dieses Semester dabei! So einfach ist die Sache nicht. Sie werden Verschiedenes durchzufechten haben.«

»Danach frage ich nichts.«

»Nicht so schnell! Jedenfalls müssen Sie wissen, was Sie anfangen wollen. Ich halte Sie für so vernünftig, daß Sie sich keinen Illusionen hingeben, die auf eine junge Dame abzielen.«

»Nein, Herr Schratt. Ich weiß, daß alles aus ist.«

Der Alte lächelte.

»Das klingt entsagungsvoll. Aber aus oder nicht aus, Sylvester, auf keinen Fall darf das jetzt eine Rolle spielen. Sie werden nicht in die weite Welt hinausstürmen, um Ihr krankes Herz zu heilen und so weiter. Sie müssen die Zukunft nüchtern erwägen. Und darum ist fürs erste mein Rat, Sie bleiben noch bis Ostern der candidatus theologiae.«

»Mein Entschluß ist aber fest.«

»Ich glaube Ihnen das. Trotzdem, folgen Sie mir! Sie haben dann fast vier Monate zur Überlegung, und der Zeitverlust kommt bei Ihrer Jugend nicht in Betracht. Außerdem sprechen noch andere Gründe dafür. Rücksicht auf die Familie Sporner. Wenn Sie jetzt Knall und Fall weggehen, bringt jedermann Ihren Entschluß in einen gewissen Zusammenhang mit Ihrem Verkehr in dem Hause.«

»Das sehe ich ein.«

»Gut! Da wären wir also in der Hauptsache einig. Alles weitere können wir noch überlegen. Ob Sie ein anderes Studium ergreifen, oder was Sie sonst tun wollen.«

»Darüber weiß ich gar nichts.«

»Heute müssen Sie sich ja nicht entschließen; aber eines, wenn Sie keine bestimmte Neigung haben, nur kein Brotstudium! Alles ist besser. Zum Beispiel in ein Geschäft eintreten, in dem Sie gleich tüchtig arbeiten müssen.«

»Das wäre mir auch das liebste.«

»Ich meine aber nicht bei Sporners seligen Erben, Sylvester!«

Die beiden saßen noch lange zusammen. Sylvester wurde gesprächig, als er über seine Verlegenheit weggekommen war.

Und der Alte ließ ihn gewähren. Er gab ihm noch manchen Rat für die nächste Zukunft. Als Sylvester sagte, der Gedanke bedrücke ihn, daß er unter den veränderten Umständen die Hilfe seines Vetters in Anspruch nehmen müsse, erwiderte Schratt, dagegen könne vielleicht Rat geschaffen werden.

Er habe einen alten Freund mit Namen John White aus Milwaukee, früher Hannes Weiß von Pirmasens. Er lebe in hiesiger Stadt und habe einmal gesagt, daß er für seinen Enkel einen Hauslehrer suche. Wäre die Stelle noch frei, so könne Sylvester sie erhalten; aber auch sonst würde sich schon etwas finden. »Darum Kopf hoch!« sagte er. »Die Sorge wird Sie nicht drükken. Und tut Ihnen die Erinnerung an glückliche Stunden weh, dann sagen Sie mit unserm Goethe:

Ich träumt' und liebte sonnenklar;
Daß ich lebte, ward ich gewahr.«

ZWÖLFTES KAPITEL

Am 6. Dezember kam ein Schreiben des Bezirksamtes zu Handen des früheren Bürgermeisters Kloiber von Erlbach. Es wurde von ihm dem Ausschusse bekannt gegeben am Tage Mariä Empfängnis, am 8. Dezember. Der Schuller war anwesend und hörte zu, als Herr Stegmüller das Schreiben vorlas. »Der Wahl des Andreas Vöst wird die Bestätigung versagt.« Stegmüller räusperte sich, als er den Satz gelesen hatte. »Und jetzt kommen die Gründe«, sagte er, »aber die brauch' ich nicht vorzulesen, die gehen bloß den Schuller an, wenn er sich beschweren will.«

»Mi brauchen's net z'hören«, meinte der Kloiber, »mir hams uns bloß um dös z' kümmern, daß a neue Wahl ang'setzt wer'n muaß.«

»I will, daß's vorg'lesen werd«, sagte der Schuller.

Stegmüller sah zu ihm hinüber und schüttelte abmahnend den Kopf.

»Wirklich, Herr Vöst, das is net notwendig, und warum sollen wir's tun?«

»Warum? Weil i koa Hoamlichkeit hab'.« Der Schuller trat vor; sein Gesicht war gerötet.

»Dös kam so raus«, sagte er, »als wenn i was zum fürchten hätt'. I fürcht' dös Papier net, dös Sie in der Hand hamm, Herr Lehrer.«

»Das glaub' ich wohl, aber warum soll's jetzt eine Aufregung geben? Warum soll ich das öffentlich vorlesen?«

»Weil i net mit tua bei dem Versteckeng'spiel. Was oaner über mi woaß, soll er sag'n, aber net verstohlens, wie's bei die Spitzbuab'n der Brauch is. I ersuach Eahna, lesen's de Schrift, Herr Lehrer!«

»Wenn Sie wollen«, sagte Stegmüller und sah den Schuller noch einmal fragend an.

»I will's.«

»Also dann kommen die Gründe. Die Bestätigung wird versagt, hat es geheißen:

»Das Bezirksamt findet sich als Aufsichtsbehörde zu dieser Entscheidung aus mehrfachen Gründen veranlaßt. Gegen Andreas Vöst sind von Seite des verstorbenen Pfarrers Held Anklagen erhoben worden, welche schwere Bedenken gegen ihn wachrufen. Es wird darin behauptet, daß Vöst seinen gebrechlichen Vater in abscheuerregender Weise mißhandelt habe, und daß der Ankläger selbst die Spuren der Verletzungen sah. Wenn nun auch diese Beschuldigungen vor längerer Zeit erhoben und nicht bewiesen wurden, haben sie doch erst jüngst Wirkungen hervorgerufen, welche die Aufsichtsbehörde zwingen, der Wahl die Bestätigung zu versagen.

Das Verhalten verschiedener Gemeindebürger zeigte, daß Andreas Vöst bei vielen der Achtung entbehrt, welche eine notwendige Vorbedingung jeder Vertrauensstellung ist. Zudem besteht die offene Gefahr, daß sich hieraus Streitigkeiten ergeben, welche die Ruhe und die Ordnung in der Gemeinde empfindlich stören müßten. Diese Befürchtung ist um so mehr geboten, als es bereits zu Beleidigungen und im Verlaufe derselben zu Raufereien gekommen ist, bei welchen Andreas Vöst unzweifelhaft der Angreifer war. Es ist anzunehmen, daß die Bestätigung den Anlaß zu neuen Zwistigkeiten bieten würde, welche mit dem Ansehen eines Bürgermeisters unverträglich sind und welche seine Autorität erschüttern müßten. Aus allen diesen Gründen war die Bestätigung zu verweigern.«

Stegmüller legte das Papier vor sich hin.

»San's jetzt ferti, und steht nix mehr drin?« fragte der Schuller.

»Ich hab' alles vorgelesen.«

»Nacha möcht' i no a paar Wort' sag'n über dös.«

»Ja, aber...«

»Du muaßt jetzt koa Aber net hamm, Kloiber. I frag' enk alle, wia's da seid's, is oana dabei, der dös glaubt?«

Keiner gab Antwort.

»Wenn oana was Schlecht's g'sehg'n hat von mir, der soll's

jetzt sag'n. Vor meiner, daß i's selber hör'. Und daß i mi verteidig'n ko.«

»Ma hat nia was g'hört bis auf die letzt' Zeit, wo's den Streit geb'n hat«, sagte der Zwerger.

Die andern schwiegen und zeigten auffällig, daß sie die Sache nichts angehe. Sie schauten gleichmütig vor sich hin oder sahen zum Fenster hinaus.

Der Schuller wurde heftiger.

»Also wenn koaner was g'hört hat, wo is denn nacha der Abscheu, von dem da g'schrieb'n steht? Da müaßt's do bekenna, daß dös Schreib'n verlogen is.«

»Mir hamm net zum befinden über dös.«

»Sagst du dös, Kloiber?«

»Ja, dös sag' i; mir san net berechtigt, daß mir da an Urteil abgeb'n, bal's amal vom Bezirksamt g'schrieben is.«

»Siehg'st it, daß's Bezirksamt ang'log'n wor'n is?«

»Des sell woaß i net.«

»Nacha frag, balst nix wuaßt! I hab' Nachbarn g'nua, de d' Ohren aufg'rissen hätt'n, wenn's bei mir was geb'n hätt'. Da steht glei der Hamberger! Hast du g'rad oamal g'hört, daß i mein Vata g'schimpft hab'? Oder hast'n vielleicht gar jammern g'hört?«

Der Hamberger drehte verlegen seinen Hut in den Händen.

»I paß' überhaupt it auf, was bei dir drent' g'redt werd«, sagte er. »I misch' mi überhaupts net in ander' Leut' Sach'.«

»Du traust dir net lüag'n, gel? Und d' Wahrheit magst it sag'n.«

»Dös werst du net behaupten kinna, daß i was g'redt hab' über di.«

»Aba koa Zeugnis gibst mir aa net! Und woaßt do recht guat, daß d' ma's geb'n muaßt, vo Rechts wegen.«

»I laß' mi von dir zu gar nix zwinga.«

»Wers Maul halt, wo er reden muaß, is a Tropf. Und so schlecht wia der Ehrabschneider.«

»Derfst du mi schlecht hoaßen?«

»Di und de andern.«

»Schuller!« mahnte der Lehrer.

»Nix! Jetzt red' i. I hab' mir net denkt, daß ös glei Feuer und

Flamm' sei müaßt's, wenn mir was g'schiecht. I woaß scho, daß si a jeder selm um sei' Sach' kümmern muaß. Aba dös is net mei Sach' alloa. Dös geht all'samt was o. Ös habt's mi g'wählt. Und jetzt steht's da, und koana sagt a lausig's Wörtl, und jeder woaß, daß ma mi bloß mit der Lug weg'bracht hat.«

»Mir wissen gar nix«, sagte der Kloiber, »und mir san net Richter über dös.«

»Schö hoamli halt, Kloiber. So oaner bist du.«

»I bin so oana, der si net um dös kümmert, was'n net o'geht. Wenn all's verlog'n is, was in dem Schreib'n steht, hernach wer'st du scho wissen, wo'st higeh' muaßt. Und mir laßt mei Ruah, daß da's woaßt.«

Er nahm seinen Hut vom Nagel und verließ das Zimmer.

Der Hamberger folgte ihm mit vier anderen, die sich ohne Gruß und Rede hinausschlichen. Als sie draußen waren, verzog der Schuller den Mund zum Lachen; aber er brachte es nicht fertig.

»Da schau her!« sagte er, »es bleiben do no a Paar. Ös werd's Spektakel kriag'n, wenn's der Pfarrer derfragt.«

»Du woaßt scho, daß i auf dös net aufpaß'«, sagte der Zwerger.

»Und hast aa nix g'redt.«

»Zu was hätt' i red'n sollen? Dös hätt' da gar koan Wert it g'habt. Jetzt muaßt di du selm rühr'n.«

»I rühr' mi scho. Aba bal da Pfarra so wen'g Helfer g'funden hätt', wia i, nacha waar dös Schreib'n net kemma.«

»I hab' mi da a net beteiligt, und mir g'fallt's von koan, der mit to hat.«

»Herr Vöst, wenn Sie eine Beschwerde aufsetzen wollen, die will ich Ihnen schon schreiben«, sagte Stegmüller.

»Mit'n Schreib'n is da nix g'macht. I fahr' selm ins Bezirksamt eini.«

»Wie Sie meinen, aber ich hätt's gern getan.«

»I dank' schö, Herr Lehrer.«

»Balst ins Bezirksamt eini fahrst«, sagte der Zwerger, »nacha nimm do den alt'n Weiß Flori mit. Der is guatding zwanz'g Jahr' Kirchenpfleger g'wen beim Herrn Held. Vielleicht woaß er was und kunnt dir was helfen.«

»I frag'n amal. Vielleicht mag er gar it.«

»Warum denn net? Da is do nix dabei. I gang glei mit dir eini, aber da waar dir nix g'holfen. Weil i nix woaß von dera Sach' und überhaupt net g'schickt bin für so was.«

»I dank' dir schön für'n guat'n Willen, Zwerger! Und jetzt pfüat Good und schaug, daß der Pfarrer net inne werd, daß d' ma'r an Rat geb'n hast.«

Den andern Morgen spannte der Schuller seinen Braunen ein und fuhr im langsamen Trab durch Erlbach.

Es war noch dunkel.

In den Ställen brannten überall Lichter; man hörte die Pferde aufstampfen und die Kinnketten klirren.

»Es is scho Fuatterzeit«, sagte der Schuller vor sich hin. Beim letzten Hause hielt er an. Aus dem Dunkel heraus trat ein Mann und grüßte.

»Guat Morg'n, Schuller!«

»Guat Morg'n, Flori! Sitz auf!«

Es war der alte Florian Weiß, dem früher das Metzanwesen gehörte. Im Herbst hatte er es seinem Schwiegersohn übergeben, und jetzt lebte er im Austrag. Er stand in den Sechzigern, war aber noch frisch und gesund und stieg wie ein Junger auf den Wagen. »Hü!« sagte der Schuller, und der Braune zog an.

Schnell laufen konnte er nicht; die Straße war aufgeweicht, und die Räder machten tiefe Geleise.

Auf den Feldern lag frischer Schnee: so einer, der nicht bleibt, den der Wind in einem Vormittag frißt. Da und dort bewegte sich etwas Dunkles über die weiße Fläche.

»Kirchenleut'«, sagte Weiß, »de genga ins Engelamt.«

Der Schuller nickte und zog die Zügel an.

»A schlecht's Fahr'n heut'.«

»Ja.«

Von Webling herüber hörte man läuten.

»Mir kriag'n Tauwetta«, sagte Weiß, »weil ma de Glock'n so nah' hört. Mir hamm an Bergwind.«

»Es hat heuer z'fruah g'schneit«, antwortete der Schuller, »da bedeut' der ganz' Winter nix.«

»Is schad'. De alt' Regel hoaßt: Dezember kalt mit Schnee, gibt Korn auf jeder Höh'.«

»Ja, ja.«

Sie schwiegen wieder.

Allmählich wurde es Tag. Im Westen zeigten sich lange, blaßrote Streifen am Himmel. Weiß deutete hin und sagte: »Auweh, heut' regnt's no.«

Als sie den Neuriederberg hinauffuhren und der Gaul in langsamem Schritt ging, drehte sich der Schuller zu seinem Nachbarn hinüber.

»Du woaßt, Flori, was i z' Nußbach für a G'schäft hab'?«

»Ja; du willst ins Bezirksamt. Weg'n deiner G'schicht'.«

»Der Zwerger moant, du kunnt'st ma was helfen.«

»Er hat's aa zu mir g'sagt. Aber i ko dir it helfen, Schuller.«

»Warum it?«

»Neamd ko dir helfen. Dös derfst ma glaub'n.«

»Moanst du, daß da Held dös wirkli g'schrieb'n hat?«

»Da moan i gar nix. Dös is aa ganz wurscht; verspiel'n tuast allawei.«

»Wenn i's aba nachweis'n ko?«

»Geh, Schuller, g'hörst du aa no zu dena, de wo glaab'n, daß ma 'r a Recht kriag'n ko geg'n de Beamt'n, oder geg'n de Geistlichkeit? Du bist halt no jung, balst amal so alt bist, wia 'r i, nacha verlierst den Glaub'n.«

»I gib it nach, Flori.«

»I – ja; du gibst scho nach, weilst nachgeb'n muaßt.«

»Hast du was g'hört unter der Hand?«

»Von deiner Sach'? Na. Net mehra, als was halt so verzählt werd'. Aba da brauch' i gar nix z'wissen.«

»I versteh' di net. Sag halt, was d' moanst.«

»Dös will i dir scho sag'n. Siehg'st, i hab' a Büachl dahoam; dös hat mir der alt' Gumposch von Webling geb'n. In dem Büachl steht alles drin, haarscharf, wia ma's de Bauermenschen macht, und wia ma's eahna allawei g'macht hat. De meisten Leut' wissen dös ja gar net und lassen si recht dumm o'lüag'n. Aber i woaß's, Schuller, weil i oft in dem Büachl les', und weil i mir alles g'nau merk'.«

»Es is do net bei a jed'n gleich, Flori; auf an jed'n paßt net des nämliche.«

»Freili is net bei an jed'n gleich, dem oan fehlt dös, dem andern fehlt was ander's, aba bei an jed'n geht's auf das nämliche 'naus. Daß er verspielt is, vor er o'fangt. De Geischtlichkeit und der Adel und de Beamten, de helfan z'samm', so lang' d' Welt steht. I hab's früher aa net so verstanden, aber jetzt is mir a Liacht aufganga. Du derfst ma's glaab'n, Schuller.«

»I ko mit dir net streit'n; i kimm net viel zum Lesen.«

»I hab' aa z'erst nix kennt. Früherzeiten bin i oft in d' Stadt einikemma, und da hab' i mir allawei denkt, wo's no g'rad 's Geld hernehma! Oan Hausstock nach dem andern hamm's baut, oan schöner wia den andern, und de Läden, und de Wirtshäuser, und Waglross'! Ja, mei liaba Mensch, g'rad nobl halt! I hab' d' Aug'n aufg'rissen und bin ganz hintersinnig wor'n. Wo dös Geld allssamt herkimmt! Selbig'smal hon i mir denkt, vielleicht g'winnen s'as in der Lotterie, oder finden's dös Geld unterirdisch. Aber jetzt woaß i's recht guat. Von ins hamm s'as; von de Bauernmenschen.«

»Flori, des kunnt net viel sei! Garaus heut', wo's allawei schlechter geht.«

»Dös is ja g'rad! Desweg'n geht's bei ins schlechta, weil's ins dös meist g'numma hamm. Du muaßt it so rechna, von de paar Erlbacher, oder Weblinger. Dös waar freili net viel. Aber im ganzen Bayernland, da macht's was aus.«

»Vielleicht hast recht, abar versteh' tua i di net.«

»I leich dir amal dös Büachl, da steht's g'nau drin.«

»Und was hat dös mit meiner Sach' z'toa?«

»G'rad g'nua hat's z'toa damit. Du siehg'st as bloß net. Paß auf, Schuller! Mir Bauern san do de mehrern, weitaus. Wia kunnten denn de andern oben auf kemma, wenn's net so z'samm'halten taten? Verstehst'? Dös wissen de recht guat, und deswegen helfen's anander und lassen uns koa Recht. De Beamten helfen der Geischtlichkeit, de Geischtlichkeit helft an Adel. Und alle mitanander verteilen's dös Geld. De san z'samm'g'schworen. Was willst jetzt du macha, alloa gegen de Geischtlichkeit? Dir hilft koana. Von de Bauern net, weil de z' dumm san, daß s' z'samm'halt'n, und da Bezirksamtmann derf dir net helfen. Net amal, wann er möcht. Dös is eahm verbot'n, vom Minischteri aus, oder no von an Höchern.«

»Oans is g'wiß wahr, Flori, daß d' Bauern net z'samm'halt'n. Du hätt'st gestern dabei sei müassen!«

»I woaß a so.«

»Jeder hat tracht', daß no bloß er net nei'kimmt in de Sach'. Des werd a net anderst, bis net da Bauernbund mehrer Boden kriagt.«

»O mei, da hör ma auf! Dös geht mit'n Bauernbund, wia's no allawei ganga is. Denk an mi, bal an etla Jahrl vorbei san. Z'erscht tean's a so, als wenn's lauter Brüder waar'n, und nacha kemman de andern, verstehst, mit'n Geld und schmieren de schärfern ab und bringen an Unfrieden nei, und gar is.«

»So schlecht denk' i net davo.«

»Wart's ab! Du erlebst as leicht, Schuller. Mit'n Geld ko ma alles macha; wer's Geld hat, regiert de ganz' Welt. Is ja schon alles dag'wesen. De Bauern hamm si scho öfter g'rührt, net g'rad jetzt. Aba sie san verrat'n wor'n, und hamm verspielt. De Radelführer hat ma köpft und g'hängt und vabrennt nach de Hundert, und de, wo mit'n Leben davo kemma san, hamm wieder brav zahl'n müaß'n. I glaab nix; de andern halten z'samm' und hamm 's Geld.«

»Dös lernt der Bauer vielleicht aa mit der Zeit, daß ma z'samm'steh' muaß.«

»Na, Schuller, dös lernt er nia. Weil oaner dem andern net traut. Je näher, daß's bei'nander san, desto weniger mögen's anand. Der Bauer glaabt oan, der a Stund' weit weg wohnt, mehra wia sein Nachbarn. Da liegt da Hund begrab'n.«

»Wenn ma'r a so denkt, nacha derf ma gar koa Hoffnung nimma hamm.«

»I hab' aa koane. Und du verlernst as aa no. Paß no auf, wia's mit deiner G'schicht geht!«

»I muaß mei Recht finden.«

»Du werst as ja sehg'n. Halt! Da müassen mir an Pflasterzoll zahl'n.«

»Brr!«

Der Wagen hielt.

Sie waren am Nußbacher Berge angelangt; aus dem kleinen Hause neben der Straße hinkte eine alte Frau heraus, die einen roten Zettel in der Hand hielt.

»I hob' mir scho denkt, du fahrst vorbei.«

»Da hätt'st dei Zehnerl verspielt«, sagte Weiß.

»Na, na; i hätt' enk scho kennt. Der Schuller von Erlbach, gel?«

»Ja.«

»Da hätt's koa G'fahr it g'habt.«

Sie reichte den Zettel hinauf und nahm ein Nickelstück in Empfang.

»Guat Morg'n!«

Der Braune zog an und ging im guten Schritt den Berg hinauf. Er wußte, daß Stall und Hafer in der Nähe waren.

Die Nußbacher Bürgersfrauen kamen aus der Kirche. Die jungen hüpften zierlich über die Schmutzlachen, die alten traten unbesorgt hinein, denn sie hatten große Filzstiefel an den Füßen. Die Männer blieben stehen und betrachteten den Gaul, welchen Schuller mit leichtem Schnalzen antrieb.

Der Metzgermeister Eichinger stellte sich unter die Ladentüre und sagte: »Es ist der Bräundl vom Hupfauer, den er vor zwoa Jahr verkaaft hat nach Webling oder Erlbach. I kenn' an genau.«

Beim Unterbräu hielt der Schuller.

»Her-rein!«

Otteneder wandte sich um und blickte auf die zwei Bauern, welche eintraten.

Der jüngere, hochgewachsene Mann kam ihm bekannt vor; er hatte das scharfgeschnittene Gesicht schon irgendwo gesehen.

»Wer sind Sie? Was wollen Sie?«

»I bin der Schuller von Erlbach. Andreas Vöst schreib' i mi.«

»Ach, richtig! Der zum Bürgermeister gewählt war?«

»Ja. Wo Sie dös Schreiben 'nausg'schickt hamm.«

»Mhm! Sie kommen vermutlich wegen der Sache?«

»Desweg'n bin i da.«

»So, so. Warten Sie einen Augenblick!«

Der Bezirksamtmann stand auf und zog die Klingel.

Der Amtsdiener trat ein.

»Gehen Sie zum Herrn Offizianten hinüber. Er soll Ihnen den Akt geben: Gemeindewahl in Erlbach.«

»Jawohl, Herr Bezirksamtmann.«

Otteneder setzte sich wieder und schlug das rechte Bein über das linke.

Er nahm ein Lineal vom Tische und spielte nachlässig damit.
»Sie wollen sich beschweren?«
»Z'erscht kimm i zu Eahna selm, Herr Bezirksamtmann.«
»Schön. Aber wer ist denn Ihr Begleiter?«
»Dös is der Florian Weiß von Erlbach; früherszeit war er der Metzbauer, jetzt lebt er im Austrag.«
»Hat er mit der Sache was zu tun?«
»Eigentli hab' i mit der Sach' selm nix z'toa«, sagte Weiß. »Da Schuller hat mi g'rad mitg'numma, weil i Kirchpfleger g'wen bi und an Pfarra Held guat kennt hab'.«
»Das ist doch nicht von Belang! Ich denke, Vöst, bei dieser Unterredung haben wir besser keinen Zeugen. In Ihrem Interesse.«
»Herr Bezirksamtmann, is dös verbot'n im G'setz, daß da Weiß dableibt?«
»Nein; für so etwas gibt es kein Gesetz. Aber es ist unnötig und vielleicht auch für Sie unangenehm.«
»Wenn's net verboten is, nacha lassen S' an Weiß da! Was i sag', derf a jeder hör'n.«
»Gut, meinetwegen. Haben Sie den Akt, Mayerhofer?«
Der Amtsdiener überreichte Otteneder ein blaues Heft.
Dieser las die Aufschrift.
»Betreff Gemeindewahlen in Erlbach. Stimmt. Sie können gehen, und wenn jemand kommt, soll er warten. Ich will nicht gestört werden.«
Otteneder legte das Heft vor sich hin und schlug es auf.
»Also, Vöst, Sie sind am 18. November zum Bürgermeister gewählt worden. Mit neun Stimmen Mehrheit. Die Wahl ist ordnungsgemäß verlaufen. Das stimmt?«
»Ja, Herr Bezirksamtmann.«
»Dann gehen wir weiter. Sie wissen, daß jede Gemeindewahl von dem zuständigen Bezirksamte bestätigt werden muß. Die Ihrige also von mir. Die Wahl ist erst gültig, wenn ich als Vertreter der Aufsichtsbehörde die Genehmigung erteile.«
»Dös is alles so eing'richt«, sagte Weiß.
»Was ist eingerichtet?«
»I moon bloß, weil i an Schuller scho dös nämliche ausdeutscht hab' beim Einafahr'n.«

»So? Das ist ja anerkennenswert, wenn Sie Bescheid wissen, aber unterbrechen Sie mich nicht!

Also die Gültigkeit hängt von der Bestätigung ab. Es ist wohl nicht notwendig, daß ich Ihnen ausführlich erkläre, warum die Staatsregierung sich dieses Recht gesetzlich vorbehalten hat?«

»Mir wissen's recht guat«, sagte Weiß.

»Das bezweifle ich. Übrigens habe ich es nicht mit Ihnen zu tun, sondern mit dem Vöst. Wünschen Sie eine Rechtsbelehrung? Ich verweigere sie grundsätzlich nie.«

»Na, Herr Bezirksamtmann, i will ganz was anders wissen.«

»Darauf kommen wir gleich. Mein Recht, einer Wahl die Bestätigung zu versagen, ist durch das Gesetz festgelegt. Und ich habe in Ihrem Falle von diesem Rechte Gebrauch gemacht.«

»Warum, Herr Bezirksamtmann?«

»Das ist in meinem Beschlusse ausführlich begründet. Ich will es Ihnen vorlesen, wenn Sie darauf bestehen.«

»I dank' schön. Dös hat gestern schon inser Lehrer to.«

»Schön. Dann kann ich mich darauf beschränken, auf diese Gründe hinzuweisen. Kurz und gut, Vöst, ich habe aus den Ihnen bekannten Tatsachen die Überzeugung gewonnen, daß Sie sich für diese Ehrenstelle nicht eignen.«

»Also, daß i a Lump bin.«

»Wir wollen keinen solchen Ausdruck wählen. Das führt zu nichts.«

»Derf i jetzt reden?«

»O ja.«

»Sie hamm g'sagt, kurz und guat, Herr Bezirksamtmann. Dös is aber net guat, und dös derf net kurz sei, wenn ma'r an Menschen sei Ehr' nimmt. Sie hamm g'sagt, wegen de bekannten Tatsachen halten Sie mi net für den richtigen Mann. De Tatsachen san aber net bekannt; net amal mir. Weil's überhaupts koane Tatsachen net san, sondern auf und auf nix als wia miserable Lugen und Verleumdungen.«

»Einen Augenblick, Vöst! Ich habe nichts dagegen, Sie anzuhören, aber Sie dürfen nicht in diesem Tone reden.«

»Vielleicht hamm Sie schönere Wörter, als wia'r i. I bin bloß a Bauer. Aber was taten Sie dazua sag'n, wenn auf amal über Eahna was g'sagt wurd', was recht Gemein's? So was Gemein's, wo Sie glei merken, es is a so herg'richt, daß's Eahna recht schad'n soll? Und Sie wissen, net oa Silben is wahr, taten Sie net aa reden von aa Lug? Oder was gibt's da für an andern Nam'?«

»Ich würde mich nicht auf Schimpfen verlegen, sondern mit Ruhe und Anstand das Unrecht nachweisen.«

»Entschuldigen S' halt! Und erlauben S' de Frag', Herr Bezirksamtmann, was hat Eahna zu der Überzeugung bracht, daß i z'schlecht bin, oder net geeignet, wia Sie sag'n?«

»Zunächst der Umstand, daß Sie Ärgernis gegeben haben, durch die Mißhandlung Ihres Vaters.«

»Und woher wissen Sie den Umstand?«

»Das ist Ihnen doch bekannt! Warum fragen Sie mich? Aus der Aufschreibung Ihres verstorbenen Pfarrers.«

»Vom lebendigen Pfarrer Held hätten S' des kaam g'hört. An de Aufschreibung glaab i net, Herr Bezirksamtmann.«

»Wie können Sie das sagen?«

»Weil i an Herrn Held kennt hab'. Ob de Aufschreibung wahr is, dös muaß i do wissen! I muaß do wissen, ob i mein Vater mißhandelt hab' oder net!«

»Allerdings.«

»Ja, allerdings. Und weil i woaß, daß's net wahr is, kann i sag'n, dös hat der Herr Held net g'schrieb'n. Der war koa Lump.«

»Noch einmal, Vöst, führen Sie Ihre Sache mit Ruhe, oder ich breche diese Unterredung ab!«

»Ja so! I bin scho wieder grob g'wen. Vielleicht hat's der Zorn g'macht, daß ma den Mann no als a Toter in de Sach' da rei'-ziagt.«

»Wer zieht ihn herein? Es handelt sich um seine eigene Aufschreibung.«

»Und i glaab's net. Na, wern S' net ungeduldig, Herr Bezirksamtmann! Sie hamm an Herrn Held vielleicht a paarmal g'sehg'n, vielleicht aa gar net. Mir hat er von kloan auf Religionsunterricht geb'n, hat mi in der Christenlehr' g'habt. Er hat mi und mei Bäurin kopuliert, is auf meiner Hochzeit als ehrengeachteter Gast g'wen, und hat meine Kinder aus da Tauf' g'hob'n. Wo i mit eahm z'samm'troffen bin, is er freundli g'wen zu mir, hat mi tröst, wenn i's braucht hab', und hat mir an Rat geb'n. Er hat mi g'lobt, alloa und vor Zeugen, weil er recht guat g'wußt hat, daß i mi rechtschaffen hab' plag'n müassen. Und dös is allawei gleich g'wen, es hat nia aufg'hört; no vierzehn Tag' vor sein Tod is er bei mir g'wen, in mein Haus. Und jetzt müaßt i glaab'n, der Mann hätt' a Verleumdung über mi g'schrieben. Was waar denn dös?«

»Darüber kann ich nicht urteilen; ich weiß das alles nicht.«

»Was ma net selber woaß, ko ma derfrag'n. Da is der Weiß, der mir dös bestätig'n muaß.«

»Was soll er bestätigen?«

»Wia der Herr Held geg'n mi g'wen is.«

»Das kommt jetzt nicht...«

Weiß unterbrach die von Gott gesetzte Obrigkeit mitten im Satze. Er hielt es für angezeigt, endlich ein richtiges Wort zu sagen.

Nicht schnurgerade wie der Schuller, sondern so, wie es einem Manne ansteht, der das heimliche Getriebe durchschaut und sich gründliche Kenntnisse verschafft hat. Er stellte den rechten Fuß vor, und blinzelte schlau. Seine Augen sagten dem Bezirksamtmann, daß sie zwei sich wohl verstünden, wenn sie auch nicht deutlich redeten.

»Indem da Schuller behaupt'«, sagte er, »daß i an Herrn Held g'nau kennt hab', so is also dös durchaus richtig. Indem i zwanz'g Jahr' lang Kirchapfleger war und oft ei'kehrt hab' im Pfarrhof, und weil i überhaupt a so bin, daß i mir d' Leut g'nau o'schaug. Also da muaß i meine Meinung dahin abgeb'n, daß mir da Herr Held ganz wohl g'fallen hat. Wenigstens nach dem, was er merken hat lassen. Natürli, die Geischtlichkeit und der Adel, dös woaß mir recht guat, hamm no a b'sonderne Sach', de wo sie net aufweisen derfen. Da hat mi der Herr Held aa net einischaug'n lassen. Es werd halt a Geheimnis sei, auf dös sie z'samm'g'schworen san, und dös wo der Bauernmensch net wissen derf. Da Herr Bezirksamtmann versteht mi scho.«

»Ich verstehe Sie gar nicht.«

»Net?«

Weiß lächelte, als wollte er sagen: »Tu nur so! Du hast ganz recht, daß du nicht einem jeden deine Karten zeigst.«

»Net? No i hab' bloß g'moant. Es gibt so Büacher, in dena dös alles offenbarig g'macht is, und hie und da derwischt unser oana so a Büachl. Aber was dös betrifft, von Herrn Held, so muaß i sag'n, sinscht hat er mir net übel g'fallen.«

Der Schuller drehte sich nach ihm um.

»Du sollst sag'n, ob des mögli is, daß er so was geg'n meiner g'schrieb'n hat.«

»Bal ma's a so betracht, ko ma's net glaab'n, indem da Herr Held allawei guat vo dir g'redt hat und indem er zu mir g'sagt hat, da liabste Kirchapfleger waarst eahm du, bal i amal z'alt wurd. So mögst it moan, daß er über di was g'schrieben hätt'; es müaßt g'rad sei, daß eahm dös befohlen g'wesen waar. Von ob'n, verstehst.«

»Hören Sie doch einmal auf mit solchem Zeug! Wer soll denn so etwas befehlen?«

Otteneder wurde ungeduldig. Die schlichte Rede des Schullerbauern hatte ihn nachdenklich gestimmt. Er konnte sich dem Eindruck nicht entziehen, daß Wahrheit in diesen Worten lag. Aber der Eindruck verflog, als Florian Weiß zu sprechen anhob.

Da stand der richtige Vertreter dieser hinterlistigen Rasse vor ihm, welche überall versteckten Widerstand leistete. Er verstand nicht alles, was er mit seinen Anspielungen sagen wollte. Vermutlich einiges von den dummdreisten Behauptungen, mit denen jetzt gegen die Obrigkeit gehetzt wurde.

Nein, der Kerl verdarb alles! Franz Otteneder war nicht bösartig. Es lag ihm ferne, einem Menschen mit Überlegung Unrecht zuzufügen. Er hätte den Gedanken mit Entrüstung zurückgewiesen, und wo sein Verstand nicht durch Vorurteile beeinflußt war, konnte er das Rechte wohl finden.

In seiner beruflichen Stellung nicht. Hier hörte nicht seine anständige Gesinnung auf, aber der klare Blick. Er prüfte seine Handlungen auf ihre Nützlichkeit hin; eine Nützlichkeit, die er sich selbst zurechtgelegt hatte mit farblosen Begriffen vom Leben und der herkömmlichen Anschauung von öffentlicher Wohlfahrt, Staatszweck, Untertanenpflicht.

Da war nun dieser Fall Andreas Vöst contra Pfarrer Baustätter, also contra Kirche, Obrigkeit, Staat. Von vornherein der einzelne im Kampfe gegen notwendige und nützliche Institutionen. Es hätten zwingende Gründe sein müssen, die Otteneder hätten veranlassen können, bei einem solchen Zwiespalte die Sache des einzelnen mit Wohlwollen anzusehen. Ohne Wohlwollen aber ist Verständnis nicht möglich. Von diesem führte ihn sein Mißtrauen weit ab. Er sah nicht das Unrecht, und nicht die Tragweite seines Vorgehens. Er suchte bei einem Bauern weder Ehrliebe noch Zartgefühl.

Wie so viele Menschen, die in den engen Gassen der Städte aufgewachsen sind und einen gewissen Bildungsstolz als Erbteil mitbekommen haben, war er geneigt, die bäuerliche Art für roh und jeder Empfindung bar zu halten. Eine Bildung, welche ihre Vollendung darin sucht, natürliche Gefühle zu verbergen, fühlt sich recht erhaben über das formenfremde Wesen der Bauern. Sie kommt auf seltsamen Umwegen dazu, einem ganzen Stande tiefere Empfindung abzusprechen, weil er inhaltlose Formeln nicht kennt.

Und weil er in solchen Anschauungen befangen war, schlug Otteneder sein Vorgehen gegen den Schuller gering an.

Er hätte sich vielleicht schwer entschlossen, in anderen Verhältnissen das gleiche zu tun, den Angehörigen eines anderen Standes so bloßzustellen. Hier erschien es ihm nicht als große Härte, weil er überzeugt war, daß der Erlbacher Bürgermeister nur Zorn über die getäuschte Hoffnung empfinden werde. Das wog nicht schwer gegen die Bedenken, welche ihm eine Stellungnahme gegen den Pfarrer erregen mußte. Und seine Erziehung zwang ihn geradezu, den Angaben einer Autorität ohne Prüfung Glauben zu schenken, wenn ihnen nichts anderes gegenüberstand als die Behauptung des Beschuldigten. Einen Augenblick verließ ihn seine Sicherheit. Er gewann sie wieder, als Florian Weiß seine Rede anhob. Und nun beging er einen Fehler, in den alle verfallen, welche sich nicht gerne ihr Unrecht eingestehen. Er versteifte sich darauf und wollte es damit vor seinem eigenen Gewissen als Recht erscheinen lassen.

»Wer kann so etwas befehlen?« fuhr er den Alten unwirsch an. »Das sind Verdächtigungen, die Ihr jetzt aus dummen Zeitungsartikeln herauslest.«

Er wandte sich an den Schuller. »Haben Sie Ihren Landsmann deswegen mitgenommen, daß er solches Zeug daher redet?«

»Na. I hab' g'moant, er kunnt mir an Zeug'n macha.«

Weiß schwieg. Der Bezirksamtmann hatte ihn schon verstanden; jawohl, sonst wär' er nicht zornig geworden. Der Schuller freilich wußte nichts davon; der glaubte immer noch, er könne mit seinem Streiten was ausrichten. Er sah nicht, daß er verspielt war, noch vor er anfing.

Jetzt redete er schon wieder.

»I sag's no amal, Herr Bezirksamtmann, i glaab net an dös Schreiben.«

Otteneder richtete sich auf.

»Eigentlich, Vöst, ist Ihr Zweifel eine Anklage. Und zwar eine sehr schwere. Nehmen Sie sich in acht mit Behauptungen, die Sie nicht beweisen können.«

»I hab' in dera Sach' koa Wort g'sagt, für dös i net ei'steh'. In acht nehma müassen si de Leut', de g'logen hamm.«

»Beschuldigen Sie jemand?«

»Dös muaß si erst aufweisen. I hab' an Herrn Pfarra Baustätter auf da Stell' ersuacht, daß er mir den Zett'l zoagt. Er hat's net to, aber an Hierangl hat er'n lesen lassen. Zu mir hat er g'sagt, i wer's am Bezirksamt derfrag'n. Und jetzt frag' i Eahna, ob i den Zettel sehg'n derf.«

»Warum nicht?«

Otteneder blätterte in dem Akte.

»Drei, vier, Folium fünf. Abschrift der von Pfarrer Baustätter übergebenen Urkunde. Ja, richtig! Das Original liegt nicht hier, es ist dem Herrn Pfarrer wieder zurückgestellt worden.«

»Was is z'ruckgeben wor'n?«

»Das Original, der Zettel, welchen Herr Held geschrieben hat.«

»Den hamm Sie net? Den hat inser Pfarrer?«

»Ja.«

»Jetzt woaß i net, was i da denken soll.«

»Die Abschrift ist beglaubigt, Vöst.«

»Der Pfarra sagt, Sie zoag'n an mir, und Sie sag'n, der Pfarra hat'n. Dös kimmt mir ja schier so vor, als wann i zum Narr'n g'halten wurd'.«

»Siehg'st as, Schuller? Was hab' i g'sagt?« schrie Weiß.

Der Schuller hatte sich zur Ruhe gezwungen; jetzt hielt er sich nicht mehr.

»Dös is ja an aufg'legter Schwindel!«

»Das sagen Sie nicht noch einmal!«

»Oamal net, hundertmal! Herrgottsakrament, bin i a Lausbua, den a jeder zum Hanswurscht'n macht? Der Pfaff' lacht mir ins G'sicht! Geh nei ins Bezirksamt, werst scho sehg'n, ob's dir was hilft! Der größt' Lump werd net verdammt, vor ma'r eahm net an Beweis unter d' Aug'n halt. I scho; mit mir geht ma'r um, wia ma mag.«

»Vöst, jetzt ist die Sache für mich erledigt. Sie können Beschwerde einlegen, ich für meine Person verhandle nicht mehr darüber.«

»Is's erledigt, de Sach'? Lang' hamm's net dazua braucht.«

»Das überlassen Sie mir!«

»Freili, mi geht's ja nix o! I muaß mi kuschen und 's Maul halt'n. De Leut', de wo mi oan Tag für den andern'n sehg'n, hamm mi zum Bürgermoasta g'macht. Sie wissen gar nix von mir und schmeißen mi weg wia 'r an Haderlump. Sie verbiat'n de Leut', daß an Achtung vor mir hamm. Und i muaß dös Eahna überlassen.«

»Ich wiederhole, daß Sie sich beschweren können.«

»Ja, i hab's Recht, daß i mi beschwer'. Und da sag'n d' Leut, daß's koa Recht nimma gibt! Ich hab' mi bei Eahna über'n Pfarrer beschweren derfen, und i derf mi über Eahna beschwer'n bei oan, der no höher is. Dersell werd nacha aa dös blaue Heft da auf'm Tisch hamm und werd drin umananda blatt'ln und werd d' Achsel zucken und werd mi außischmeißen. Is aa ganz recht! Was is denn unseroana? Nix!«

»Ich glaube, daß Sie sich nicht beklagen können; ich habe Sie lange genug angehört.«

»Was hamm Sie ang'hört vo mir? Bin i g'fragt wor'n, wia da Pfaff' da herin g'standen is und hat oa Lug auf de ander daherbracht? San meine Leut' g'fragt wor'n? Meine Nachbarn? G'rad oa Mensch, der mir kennt? Mei Vater is tot, da Herr Held is tot, da war's lüag'n net schwaar, und Sie hamm's eahm no leichter g'macht. Er derf sei Bosheit ausüab'n, so viel 's 'n freut. Schaug, wo'st dei Recht find'st, wenn's koans gibt!«

Otteneder knüpfte den Rock zu.

»Ich habe keine Zeit mehr, Vöst, guten Tag!«

Da strich sich der Schuller die Haare aus der Stirne.

»De Sach ’is erledigt. Net wahr?«

Und er ging ohne Gruß mit dem Florian Weiß hinaus.

Der Bezirksamtmann faltete die Hände auf dem Rücken und blieb nachdenklich mitten im Zimmer stehen. Dann ging er an den Schreibtisch und las mechanisch das Blatt, welches zu oberst in dem Akte lag.

Folium zwei. Beschwerde des Pfarrers Jakob Baustätter gegen die Wahl des Bürgermeisters. »Ich versichere pflichtgemäß, daß Andreas Vöst ein gewalttätiger, roher Mensch ist, welcher durch seine Reden und Handlungen jede Autorität bedroht.«

»Hm«, sagte Otteneder, »den Eindruck hat er eigentlich nicht auf mich gemacht. Aber der Pfarrer muß es besser wissen.«

»Hast it g’spannt, wia’s an Bezirksamtmann g’rissen hat, wia ’r i eahm dös g’sagt hab’ von mein’ Büachl? Der kennt’s und hat’s scho g’lesen. Dös derfst g’wiß glaab’n.«

Weiß blieb auf der Treppe stehen und wollte dem Schuller klarmachen, wie fein die Fäden in dem heimlichen Gewebe gesponnen seien. Aber der Schuller war kein aufmerksamer Zuhörer.

»Laß guat sei!« sagte er. »I bin it zum Reden aufg’legt.«

Beim Unterbräu trank er hastig eine Halbe Bier und rührte kein Essen an. Er drängte zur Heimfahrt. Und dann saß er schweigend auf dem Wagen und achtete nicht auf den Gaul und nicht auf den Florian Weiß. Es regnete heftig.

Da wurde auch dem Bräundl trübselig zumute; er zottelte einen schlechten Trab dahin, und wenn ein Berg kam, schlich er langsam hinauf und nickte traurig mit dem Kopfe.

Sie waren allein auf der Straße. Kein Fuhrwerk kam ihnen entgegen, und keines holte sie ein. Weit und breit war nichts Lebendiges. Oder nur Raben, die schwermütig auf den Bäumen am Wegrande saßen und die Federn sträubten. Zuweilen flog einer auf und schimpfte über die Störung. So mochte der Schuller eine Stunde gefahren sein. Immer beschäftigt mit seinen zornigen Gedanken. Und plötzlich sagte er zu seinem Nachbar:

»Du hoscht so g’spaßi daher g’redt im Bezirksamt. Glaabst du wirkli, daß da Pfarrer Held dös g’schrieben hamm kunnt?«

»Warum it?« antwortete Weiß. »Bals eahm o’g’schafft worn is?«

»Wer hätt' eahm denn was o'schaffen soll'n? Selbig'smal hat do neamd was geg'n mi g'habt?«

»Du kost scho lang' schwarz sei und woaßt nix davo. Es gibt so Büacha, wo a jeder nei g'schrieb'n werd, dem ma'r it traut.«

»Dös san so G'schichten, Flori.«

»O mei, Schuller! Dir geht scho a no amal a Liacht auf! Was hab' i dir denn g'sagt, wia ma einag'fahr'n san? Weil du allawei glaabt hoscht, du kost um dei Recht streit'n. Dös werst du g'spannt hamm, wia de alle mitanand z'samm'spielen. Und da Held werd aa koan Ausnahm' g'macht hamm. Weil er net derfen hat. Dös is amal g'wiß und wahr.«

Der Schuller gab keine Antwort.

Und der Bräundl zog grimmig an; denn er hatte einen scharfen Hieb auf seinem breiten Rücken verspürt.

DREIZEHNTES KAPITEL

Aber während sich jetzt in Erlbach das Unrecht ausbreitete, wie die Kleeseide auf dem Felde, ging man anderwärts daran, Wucherblumen und Kletten und anderes Unkraut zu entfernen, damit das Recht ein freieres Wachstum haben sollte.

Über Nacht war Nußbach ein Ort geworden, dem man Beachtung schenkte; ein Ort, in welchem Ereignisse vorfielen, so bemerkenswert, daß alle Zeitungen darüber schrieben. Die einen ausführlich, die anderen sehr kurz. Aber kein Blatt überging sie völlig. Denn sie standen im Zeichen der hohen Politik. Waren Symptome beginnender Aufklärung oder Symptome der umsichgreifenden Zuchtlosigkeit. Je nachdem man sie betrachtete.

Schüchel, Wimmer, Prantl. Wer kannte diese Namen? Waren sie je in Gegenden gedrungen, wo keine Nußbacher Wegzeiger standen? Kannte sie jemand außer den wenigen Menschen, welche zu Nußbach Kaisermehl kauften oder sich neue Absätze an die Stiefel schlagen ließen? Und jetzt las man überall, daß sich eine politische Bewegung zeige unter der Leitung eines gewissen Wimmer und eines gewissen Prantl. Des Jacobos Prantl, welcher sich seines Ruhmes erfreute; der auch bei kühler Witterung lange Stunden auf dem Marktplatze stand und die Augenbrauen so finster zusammenzog, als wolle er hier, just auf dem Flecke zwischen dem Sternbräu und dem Melber-Wimmerhause die neue Weltordnung aufrichten. Viele betrachteten ihn scheu und mit einem gewissen Grauen. Denn etwas Unheimliches haftet allen Menschen an, welche an den Grundfesten des Staates rütteln.

In die Scheu mischte sich Ehrerbietung vor dem Manne, dessen Name in den Zeitungen stand, und der solchergestalt über das bescheidene Maß eines Nußbacher Bürgers hinausragte.

Und die Gestalt des grimmigen Schusters erinnerte die Nußbacher an den Lärm, mit dem die Welt angefüllt war. Der nun auch in ihre stillen Behausungen drang.

Der Vater trug ihn mit, wenn er vom Abendtrunke heimkam; die Frauen brachten ihn aus den Läden, und wöchentlich dreimal hallte das bürgerliche Zimmer wider von Geschrei, wenn sich zwei Weltanschauungen im Wochenblatte und im Anzeiger gegenübertraten. Und das war seit der Vorbesprechung, welche die neuen Bauernbündler am 16. Dezember abhielten. Oder, um es genauer zu bestimmen, seit der Woche, welche diesem Ereignisse voraufging. Denn es wurde angekündigt und gepriesen, es wurde verlacht und verurteilt, schon vor es stattfand.

Nie vorher hatte der Setzer des Herrn Adolf Schüchel so große Buchstaben in den Winkelhaken gesteckt als zu dieser Zeit. Es waren Buchstaben, welche der Bedeutung der Sache und den Worten des Jakob Prantl gerecht werden mußten. Buchstaben, welche sich fett und schwarz auf das Papier drängten und den Leser so ungestüm anschrien, daß ihm jeder Widerspruch in der Kehle hängen blieb. Sie waren von so gewaltigem Umfange, daß sie den Gegner erdrücken mußten, wenn er mit bescheidenen Lettern anmarschiert kam.

Aber Hefele sah sich vor und führte den Kampf für das Christentum mit dicker Schwabacher Schrift. Und so konnte das Nußbacher Volk nicht mehr in beschaulicher Ruhe die Neuigkeiten der Woche überblicken. Es wurde gezwungen, seine Aufmerksamkeit von nichtigen Dingen abzuwenden, um zu erfahren, daß nun endlich die Morgenröte der Freiheit ihre bedenklichen Lichtstrahlen auf das dunkle Treiben des Zentrums werfe.

Doch stand dies nicht mit Sicherheit fest, weil schon den andern Tag in den Nachrichten die Erwartung ausgesprochen wurde, daß jeder halbwegs gebildete Mensch sich durch die gemeinen Angriffe angeekelt fühle, welche nur schlecht verborgenen fanatischen Haß gegen die Kirche zum Untergrunde hätten. Auch dem Gefühle des Ekels durfte man sich nicht ungestört hingeben, denn die düstere Antwort des Wochenblattes sagte, daß der Schreiber jener Zeilen, welcher offenbar den Kreisen des Zentrums entsprungen sei, im alten Rom sicherlich als Volksfeind behandelt und vom tarpejischen Felsen hinuntergeworfen worden wäre.

Wer mag es den Nußbachern verargen, daß sie ängstlich auf den Sturmwind horchten, der um ihre Häuser pfiff und an ihren Fenstern rüttelte?

Und dann kam der 16. Dezember. Ein winterlicher Sonntag von freundlichem Ansehen. Ein Sonntag wie so viele andere mit Messe, Hochamt und Predigt. Mit Frühschoppen im Gasthaus zur Post, gesottenen und abgebräunten Würsten, und Weißwein dazu. Mit einer gebratenen Gans zu Hause und einem Nachmittagsschläfchen.

Aber von da ab veränderte sich der feiertägliche Lauf der Ereignisse. Der Spaziergang mit Weib und Kind unterblieb, der Tarok beim Unterbräu wurde nicht gespielt. Die friedliche Erholung war verdrängt durch erbitterten Kampf. Den Nachmittag um vier Uhr war der große Saal im Sternbräu dicht besetzt. In langen Reihen waren Tische und Bänke aufgestellt; kein Platz war leer. Für die Honoratioren Nußbachs waren vor der Rednerbühne einige Tische reserviert; hier saßen der Bürgermeister Huber und der alte Rentamtmann Zinkel. Neben ihnen der Amtsrichter Kroiß, welcher als eifriger Anhänger der ultramontanen Partei bekannt war. Er unterhielt sich lebhaft mit dem Abgeordneten, Dekan Metz, welcher heute nicht fehlen durfte. Man sah außer ihm noch manchen Herrn im geistlichen Habit; meist behäbige Männer, deren Gesichtszüge mehr Gutmütigkeit als Fanatismus verrieten.

Von den jüngeren hatte allerdings mancher die tiefliegenden Augen und blassen Wangen eines eifrigen Streiters. Der Pfarrer von Erlbach war nicht anwesend, und das wunderte viele. Neben Beamte und Geistliche hatten sich angesehene Bürger von Nußbach gesetzt, welche damit ihre Zugehörigkeit zum guten Publikum zeigen wollten. Weiter nach rückwärts drängten sich Mann an Mann die Bauern aus der Umgegend.

Die Dorfschaften hielten sich zusammen; die Giebinger, die Erlbacher, die Weblinger, die Leute von Schachach, Fahrenzhausen, Zillhofen, Aufhausen und Grubhof, die Prittlbacher, Arnbacher, Inzemooser und Vierkirchner. Und wie die Gemeinden sonst heißen mochten. Ein Kundiger bemerkte, daß auch die politische Meinung bei der Wahl der Plätze sich geltend gemacht hatte. Die schärfsten Feinde der bestehenden Ordnung hielten gute Nachbarschaft und saßen näher an der Tribüne.

In den vordersten Reihen die Grubhofer und Arnbacher, mit dem Wanninger und Scheiblhuber in ihrer Mitte. Gleich hinter ihnen sah man das verwitterte Gesicht des alten Rädlmayer von Schachach und nebendran den breitschulterigen Stuhlberger und den Gottesleugner Meisinger von Giebing.

Die argen Feinde des Dekanes Metz, welcher den Einwurf seiner Fenster und andere üble Dinge nur diesen beiden zuschrieb. Unweit von ihnen saß der Hirner von Aufhausen. Er mußte durch fünf Dörfer wandern, ehedenn er nach Nußbach kam, und in jedem Dorfe gab er dem Wirte die Ehre und jedem Bescheid, der ihm zutrank. Deswegen glänzten seine Augen, und seine Stimme gellte durch den Saal, wenn er einen Bekannten grüßte.

Von den Erlbachern war der Haberlschneider anwesend, auch der Zwerger, der Weßbrunner und der alte Florian Weiß. In den hinteren Bänken saßen die Leute, welche aus Neugierde gekommen waren, und keine Partei nehmen wollten. Auch wieder andere, die zu spät gekommen waren. Die meisten junge Burschen; Kopf an Kopf standen sie in dichtem Gedränge, und immer polterten noch andere die hölzerne Stiege herauf und drückten sich mit groben Ellenbogen in den Saal.

An zwei Wänden entlang lief eine hölzerne Galerie; sie war so überfüllt, daß der Sternbräu ängstlich wurde und einen Teil der Leute herunterweisen ließ.

Die vorne saßen und die Köpfe auf das Geländer stützten, hatten die besten Plätze. Darunter war einer, der seine schlauen Augen in alle Ecken schickte. Der Geitner von Erlbach.

Im Saale war großes Lärmen. Die Leute unterhielten sich lebhaft miteinander; einer schrie dem andern ein lustiges Wort zu, über drei Bänke hinüber, von unten zur Galerie hinauf und wieder herunter; viele redeten zu gleicher Zeit, und keiner redete still. Aber durch alles Poltern und Lärmen und Schreien hindurch klang eine Stimme, so hell und scharf und in so hohen Tönen wie eine Trompete. Das war die Stimme des Hirner von Aufhausen.

Auf der Rednerbühne saßen der überwachende Assessor Hartwig und die Einberufer, Schüchel, Wimmer und Prantl. Neben ihnen ein Bauer in grauer Lodenjoppe. Gesicht und Gestalt ließen sogleich erraten, daß er nicht aus dem Flachlande war. So hoch und gerade wachsen die Leute nicht, die hinter dem Pfluge hergehen. Er war aus den Chiemgauer Bergen, ein Ruhpoldinger, mit Namen Vachenauer.

Seit einigen Jahren schon bekannt als rühriger Vertreter der Bauernsache, und wie man ihm nachrühmte, ein guter Redner. Viele betrachteten ihn mit großer Aufmerksamkeit, und der Rädlmayer sagte zu seinem Nachbarn: »Dös is der sell, über den die Geischtlichkeit so scharf eing'ruckt is. Aber nachgeben tuat er gar it. Er versteht's glei besser, als wia 'r a Studierter.«

Und der Hirner schrie über alle Köpfe weg: »Vachenauer, soll'st scho glei leb'n aa!«

Da schaute der Ruhpoldinger in den Saal hinein und lachte vergnügt. Der Assessor hatte schon mehrmals auf die Uhr gesehen, als sich nun endlich der Leiter der Versammlung, der Schuhmachermeister Prantl, erhob und mit einer Handschelle läutete.

Der Lärm ging in ein Gemurmel über und verstummte allmählich. Man hörte noch, wie draußen auf dem Gange der Bierzapfen in ein Faß geschlagen wurde, und dann war es stille.

Prantl räusperte sich und nahm ein Blatt Papier zur Hand. Er war kein geübter Redner, überdies ließen sich auch seine schön geformten Sätze nicht gut auswendig lernen.

Und so las er sie ab:

»Liebe Standesgenossen, Bauern und Bürger in Stadt und Land! Allgemein herrscht das Bemühen, durch Vereinigung der gesammelten Kräfte aus dem Mittelstande der Allgemeinheit zu zeigen, daß sich der Zeiten Lauf geändert hat und nicht mehr mit Schweigen geduldet wird.

Deshalb haben sich einige Männer aus dem Gewerbestande entschlossen, diese Versammlung einzuberufen, auf daß wir nach des Übels Quelle forschen können, welches den allgemeinen Wohlstand bedroht und gerade diejenigen Kreise in seinen Bereich zieht, welche bisher als die Säulen des Thrones in Betracht kamen. Daß Bauern und Gewerbe auf das regste zusammengehören, wird gewiß einer mit Menschenverstand nicht leugnen wollen. Geht es dem Bauern nicht gut, so wird dies auch bald der Städter empfinden. Es ist daher gleich, ob man vom Bauernstand oder vom Gewerbestand spricht; beide stellen, verbunden miteinander, den Nährstand des Landes vor. Deshalb haben besorgte Männer den Entschluß gefaßt, gemeinsam zu operieren und zu diesem Zwecke alle einzuladen, welche sich für das Interesse des Mittelstandes tätig erweisen wollen. Ich eröffne hiermit die Versammlung und fordere Sie auf, einen Vorsitzenden zu wählen.«

»Mir nehman an Schuasta«, schrie der Hirner und andere schrien mit: »Jawohl! Da Prantl! An Schuasta!« Da trat der Einberufer Wimmer vor und sagte, es scheine ihm, daß eine große Mehrheit den Herrn Prantl zum Vorsitzenden haben wolle. Wer dagegen sei, möge sich von seinem Platze erheben. Niemand stand auf, und der Amtsrichter Kroiß rief laut: »Das ist der passende Präsident für diese Versammlung!«

Jakobos Prantl erklärte, daß er die ehrende Wahl annehme, und daß er jetzt das Wort dem verdienten Manne und Bauernführer Peter Vachenauer erteile, welcher aus dem fernen Gebirge herbeigeeilt sei, um durch sein Wort der allgemeinen Sache zu nützen. Lauter Beifall erhob sich; und der alte Rädlmayer warf in der Freude seines Herzens den Hut in die Höhe. Der Peter Vachenauer trat ein paar Schritte vor und wartete, bis sich der Lärm gelegt hatte. Fast alle Bergbauern verstehen es, vor der Öffentlichkeit ohne Scheu aufzutreten. Sie haben Lebhaftigkeit in der Bewegung und eine leichte Art zu reden. Rasche Auffassung und große Schlagfertigkeit ermöglichen ihnen, mit geringen Kenntnissen Wirkungen zu erzielen.

Die größten naturgemäß vor schwerfälligen Ackerbauern, die nichts seltener besitzen, aber auch nichts höher schätzen als Rednergabe. Und die sie an niemandem mehr bewundern, als an ihresgleichen. Darum konnte der Peter Vachenauer schon im voraus seines Erfolges sicher sein. Und er war es. Es lag viel Selbstbewußtsein in der Art, wie er vor den Leuten stand. Man sah deutlich, daß er die Wirkung jedes Satzes berechnete und sie absichtlich durch Schlichtheit des Ausdruckes steigerte, daß er Ruhe nicht nur besaß, sondern sie auch recht augenfällig zeigte, um hierdurch die Sicherheit seiner Überzeugung zu unterstreichen.

»Grüaß Good, Landsleut'!« sagte er. »I muaß enk z'erscht sag'n, wer i bin. Denn wenn ma zu oan kimmt, von dem ma was will, is dös allererst', daß ma si z'kenna gibt. Sunst hat der ander koa Vertrau'n und denkt si, mit an Fremden hat ma koa Handelschaft. Und i will was von enk; ös sollt's mir helfen, daß mir a Haus bau'n, wo alle Bauern drin Platz hamm. Dös is a große Sach', und da muaß i enk sag'n, wer i bin und was i hab', daß i enk zu so was auffordern derf. I bin nix, als wia 'r a Bauer; und i hab' nix als an kloan Hof und a fünf Küah im Stall und de paar Markln, de i mir dös ganz' Jahr z'ruckleg', trag i in d' Sparkassa; dös hoaßt, ins Rentamt. Da is dös Geld guat o'g'legt, und ma kimmt net in Versuachung, daß ma's wieda rausnimmt.«

Lautes Gelächter lief durch die Reihen. Der Hirner schrie:

»Dös is a Luada!«

»Aber an arm's«, sagte der Vachenauer.

»Also, was i hab', is net viel«, fuhr er fort. »Aber zu dem, was i von enk will, braucht ma koa Geld, ma braucht bloß a Vertrauen. Und dös Vertrauen könnt's hamm; net auf mi selber oder auf mi alloa, sondern auf alle, de dös nämliche wollen. Dös san viel' Leut', und alle mitanander passen z'samm und passen zu enk; denn es san Bauern, g'rad so wia ös. De Leut' hamm mi herg'schickt, daß mir amal mit anand reden und schaug'n, ob mir bei enk net an Beistand finden. I moan, des sell kunnt leicht g'schehg'n. Was uns weh tuat, tuat enk net wohl; was uns net paßt, dös mögt's ös net. Hamm mir die nämliche Krankheit, nacha muaß uns do des nämliche Mittel helfen.«

»Das Mittel haben natürlich Sie«, rief der Amtsrichter Kroiß.

»I alloa net«, sagte der Vachenauer. »I bin koa Dokta, i bin selber a Patient. Und desweg'n woaß i, was uns fehlt, und woaß aa, daß der Dokta, den ma bis jetzt g'habt hamm, nix wert is. Der hat si bloß allawei brav zahl'n lassen und hat sie net d'rum kümmert, ob mir von oan Tag auf den andern kränker wor'n san. Der schlechte Dokta hoaßt Zentrum.«

Stürmischer Beifall lohnte die schlagfertige Entgegnung. Der Hirner schrie:

»Dem hoscht guat nausgeb'n. Laß it aus!«

»De schlechte Erfahrung hat uns g'scheiter g'macht. Wir sag'n jetzt, zu was sollen denn mir allawei anderne für uns reden lassen? Wir wollen amal selber sag'n, was uns fehlt, und wir wollen's so laut sag'n, daß ma's hört.

Desweg'n bin i zu enk herkemma. I will enk net helfen, wia der Herr da g'sagt hat. So was kann i net versprechen, weil i alloa z'schwach bin dafür. Na, i will nix anders, als enk auffordern, ös sollt's enk selm helfen.

Wia soll dös der Bauer macha? Ja, i moan halt, g'rad so, als wia de andern Leut' a. Dös is koa neue Sach', de ma erst ausprobier'n muaß.

Mir sehg'n alle Tag', daß de andern Ständ' recht guat geht. De Herrn Beamten, de Geistlichen. Warum is' bei dena anderst?«

»Weil sie was gelernt haben«, schrie der Amtsrichter.

»Dös glaab i net. Wenn bloß d' G'scheitheit zahlt wer'n tat, nacha gang's viele schlecht. Es hamm's aber alle gleich guat. Dös hat scho a andern Grund. Weil de meisten im Landtag drin Beamte und Geistliche san, und de machen's so, daß eahna selber guat geht, und ma hoaßt dös: ›Aufbessern‹.«

»Wo und wann sind die Geistlichen aufgebessert worden«, rief Kroiß, und der Dekan Metz sagte mit seiner fetten Stimme:

»Das ist eine offenbare Lüge!«

Vachenauer ließ sich nicht aus der Ruhe bringen.

»Vorderhand san amal de Beamten auf'bessert wor'n; de wer'n nacha scho helfen, daß de geistlichen Herrn aa'r an Brokken kriag'n.«

Der Amtsrichter sprang auf und fuchtelte mit den Armen:

»Wo und wann sind die Geistlichen aufgebessert worden?«

Diese Heftigkeit mißfiel den Leuten, am meisten dem Hirner:

»Halts Mäu, du Herrgottsackerament!« schrie er, und viele schrien es nach. »Mäu halt'n!«

Ein junger Knecht, der auf der Galerie saß, dachte, hier könne man einmal der Obrigkeit eines auswischen. Er steckte vier harte Finger zwischen die Zähne und pfiff, so laut er konnte. Ein paar andre machten es nach. Da läutete Prantl und sagte, man müsse nun wieder auf den Redner hören. Als es ruhiger wurde, erhob sich im Saale ein alter Mann und meldete sich zum Worte.

»Das ginge jetzt nicht«, sagte Prantl, »einer nach dem andern, und vorläufig rede der Vachenauer.«

Aber der Alte ließ sich nicht abweisen.

»Er wolle bloß sagen, indem der Amtsrichter gar so zornig getan habe, er wolle bloß sagen, daß die Beamten und die Geischtlichkeit aus einem Sack spielen.« Und damit setzte er sich wieder. Es war nämlich der Florian Weiß. Endlich kam der Vachenauer wieder zum Reden.

»Schaug'n mir amal an Landtag o, wer sitzt da drin? Da Herr Dekan, da Herr Stadtprediger, da Herr Kaplan. Auf oan Bauern treffen drei Pfarrer.«

»Übertreibung! Geschwätz!« schrie Kroiß.

»Da muaß ma frag'n«, sagte Vachenauer, »gibt's denn in Bayern lauter Mesner und Ministranten, daß so viel Geistliche g'wählt wer'n? Na, Landsleut', mir Bauern wählen de Herr'n. Und was is der Dank? Natürli, solang' ma unsere Stimma braucht, san mir dös biedere Landvolk hinum und herum; alles, was mir wollen, is recht, und nix ist z'viel. Wia s' aber d'rin san, im ersten Augenblick is all'ssamt vergessen. Dös is net oamal g'schehg'n, na! Oft, und allemal wieder.

Beim Viechhandel is der Bauer net so dumm. Da laßt er si höchstens oamal über d' Ohren hau'n; aber wenn eahm der nämliche Handler mit dem nämlichen Schwindel zum zwoatenmal kimmt, nacha schmeißt er'n außi.

Aba in da Politik! Sagt's amal selber, hamm mir uns da net allawei aufs neue zum Narren halten lassen?«

»Wahr is!« sagte der Rädlmayer.

»Da Metz is scho dreimal g'wählt wor'n.«

»Und allemal hat er ins o'g'schwindelt«, schrie der Stuhlberger.

Der päpstliche Hausprälat kannte die Stimme seines Feindes und suchte ihn mit zornigen Augen. Aber der Stuhlberger ließ sich nicht einschüchtern.

»Hoscht du net allemal ›ja‹ g'sagt, hoscht du g'rad oanmal ›na‹ g'sagt?«

»Ruhe!« mahnte Prantl.

Und der Vachenauer redete weiter.

»I sag', ganz recht g'schiecht uns Bauern. Mir kunnten do so g'scheit sei und wissen, daß alles Schlechte daher kimmt, weil der Bauer net selbständig is; a jeder sagt, daß's anderst wer'n muaß. Und es ko anderst wer'n, wenn d' Leut' z'samm helfen, und daß mir z'samm helfen, z'weg'n dem is da Bauernbund da.«

Vachenauer zog aus der Tasche ein kleines Heft, dessen Einband die blauweißen Wecken des bayrischen Wappens zeigte.

»I hab' da a Büachl«, sagte er. »Von außen is's guat boarisch, dös könnt's sehg'n. Und was drin steht, hat die nämliche Farb'. Der Titel hoaßt: ›Satzungen für den bayrischen Bauern- und Bürgerbund‹.

Da is alles aufg'schrieb'n, was de Partei will. I ko enk net alles vorlesen, und es werd aa net notwendi sei, weil i hoff', daß si a jeder selber dös Büachl kaaft, und den Aufnahmsschein, der wo drin is, unterschreibt. Aber dös erste les' i enk vor, vom Zweck des Bauernbundes. Da hoaßt's: ›Der Zweck des bayrischen Bauern- und Bürgerbundes ist *Einigung* der in Parteien zerspaltenen bäuerlichen und bürgerlichen Volksklassen behufs Erhaltung des schwer bedrohten Mittelstandes und behufs Selbstschutzes aller noch selbständigen oder nach Selbständigkeit ringenden Volkselemente.‹

Jetzt frag' i, ob dös was Unrecht's is, z'weg'n dem ma'r uns als gottlose Menschen hi'stell'n derf.«

»Drucken kann man alles, das Papier ist geduldig«, rief der Dekan Metz.

»So, moanen S'? Sie glaab'n halt, es is überall wia beim Zentrum. Mir san net a so!«

»Das müssen Sie erst zeigen!«

»Jetzt bist aber staad! Allawei plärrt er d'rei!« schrie Rädlmayer.

»Mäu halt'n!«

Vachenauer ließ sich nicht irre machen.

»Sie sag'n, mir müassen erst zoag'n, ob mir unsere Versprechunga halt'n. Is recht. Aber nacha warten S' und schimpfen S' net vorher!«

(Bravo!)

»I glaab's aber schwerli, daß Sie dös derleb'n. Also, Landsleut', i hab' enk vorg'lesen, was der Bauernbund will.

Unsere Hauptgegner san de Herrn vom Zentrum. Vom erst'n Tag o hamm uns de Geischtlichen o'g'feind't und hamm behaupt', durch den Bauernbund is die Religion in G'fahr. Warum denn? Wenn's ös des Büachl durchlest's von vorn bis hint', steht koa Wort geg'n d' Religion drin. Und wenn ma'r an die Feiertäg in d' Kircha geht, siecht ma soviel Leut', als wia früherszeiten.

Wo gibt's an Bauern, der sein Pfarrer was in Weg legt in sein Beruf?

Am Land macht sie neamd spöttisch über d' Religion; bei uns hat sie nix g'ändert, wia vielleicht in andere Ständ'; mir hamm die alten Bräuch' akkurat so als wia unsere Voreltern.

Und wenn's jetzt mehra Zwietracht gibt als früherszeiten, mir Bauern san net schuld.

Dös is auf Jahr und Tag, seit de Herrn bloß mehr Politiker san, aber koane Priester nimmer.«

In den ersten Reihen wurde es lebendig. Die anwesenden Kleriker hatten bis jetzt Ruhe bewahrt; dieser Angriff brachte sie in Erregung. Und zornige Stimmen schrien zu Vachenauer hinauf.

»Frechheit! Wer sind Sie denn? Frechheit!«

Der Benefiziat Hiergeist von Irzenham tat sich besonders hervor.

Er stammte aus dem Nußbacher Bezirke, und es empörte ihn besonders, daß ein Fremder den bodenständigen Klerus beleidigte.

Und er war überhaupt von heftiger Gemütsart.

»Sie nehman Eahna viel Kraut 'raus!« schrie er. »Was erlaub'n Eahna denn Sie? Sie zuag'roaster Holzbauer!«

Jetzt ging es im Saale los. Aus allen Ecken kam wütendes Schreien; viele sprangen auf und schlugen in die Tische hinein.

»Schmeißt's'n außi den! Derfst du schimpfen, du ganz Schlechter? Außi damit! Außi damit!«

Von rechts und links, von unten und oben johlte, pfiff, heulte es. Der Lärm steigerte sich, als Metz auf die Tribüne stieg und die Leute beschwichtigen wollte.

»Oba da! Du hoscht nix z'toa da drob'n! Geh'scht it oba, du Herrgottsakrament! Außi mit dem andern!«

Der Hirner stand auf schwachen Füßen; er hielt sich an der Stuhllehne mit beiden Händen fest und schrie eintönig weiter: »Raus, Metz! Raus, Metz!«

Prantl schwang seine Glocke.

Aber in dem Getöse hörte sie niemand.

Der Assessor stand auf und redete mit Vachenauer. Man sah, wie er die Achseln in die Höhe zog.

Da trat Vachenauer vor und hielt seine rechte Hand empor.

Der Lärm legte sich. Nicht sofort, nur allmählich ging er in lautes Reden und dann in Murmeln über.

Als sich alle gesetzt hatten, stand der Hirner noch hinter seinem Stuhle, und indem er seinen Oberkörper wie einen Pendel bewegte, schrie er gleichmütig fort: »Raus, Metz!«

Alle lachten, und der Menhofer von Aufhausen nahm seinen Nachbarn am Arme und zog ihn auf seinen Platz nieder.

»Landsleut«, sagte der Vachenauer, »ös derft's de Versammlung net stören. Da Herr Assessor hat mir g'sagt, wenn no mal a solchener Aufstand is, schliaßt er d' Versammlung. Und da hätten do bloß unsere Gegner a Freud'. Ös müaßt's enk net so ärgern, bal oana 'neischreit; dös bin i scho g'wohnt; dös machen s' überall so, weil s' d' Wahrheit net vertrag'n könna.«

»Beschimpfen Sie den Priesterstand nicht, dann kümmert sich niemand um Sie!« rief Kroiß.

»I hab' net g'schimpft auf'n Priestastand. Des sell is net wahr. I hab' g'sagt, seit unsere Geischtlichen si bloß mehr um d' Politik kümmern, is überall an Unfrieden. Und außerdem sag' i, de Politik hat mit da Religion nix z'toa.

Mir Bauern wollen nix Unrecht's, mir wollen dös nämliche wie de andern Leut'. Daß ma koane G'setz' macht, de wo uns ruinieren; und weil mir den Beweis hamm, daß mir uns aufs Zentrum net verlassen könna, wollen mir's amal selber probieren.

Dös Recht hamm mir, wia'r anderne Staatsbürger, daß mir nach'n G'setz de Leut' wählen, auf de mir 's Vertrauen hamm. Desweg'n leben mir wia z'erscht, gengan in d' Kircha wia z'erscht, und san Christen wia z'erscht.

Is dös a Grund, daß ma'r uns schimpft? Derf si a Geischtlicher über dös aufhalten, daß mir unser weltliche Sach' selber in d' Ordnung bringa?

Jetzt drah'n de Herrn an Stiel um, und jammern recht wehleidig, daß mir de Angreifer san.

Fallt uns ja gar net ei. Mir wollen nix Schlecht's für unsere Pfarrer; mir wollen eahna bloß d'Arbet abnehma. Sie brauchen nimma auf München fahr'n oder auf Berlin reisen; sie können schö dahoambleib'n, und das Wort Gottes verkündigen.« (Bravo!)

»Mit Ihrer Erlaubnis«, rief Metz.

»Ja, Hochwürden. Dös erlaub'n mir Eahna recht gern, und mir hamm no dazua an großen Respekt, wann Sie's tean. Sie erlaub'n uns aa, daß mir an Acker bau'n und 's Brot herbringa und d' Steuern und d' Abgaben zahlen.

Da helfen Sie uns net, und Sie können uns aa net helfen.

Desweg'n müassen Sie uns net hindern, wenn mir woll'n, daß unser Arbet was tragt und daß d' Steuern net mehra wer'n, als mir zahl'n könna.

Dös is unser Sach'.

Wer darf an erwachsenen Menschen hindern, daß er seiner Sach' selber vorsteht?

Mir Bauern san mündig; mir wer'n aa sunst net als Kinder behandelt.

Die Kinder wer'n von anderne Leut' ernährt; uns ernährt neamd. Im Gegenteil, mir müassen g'nua anderne ernähr'n, zum Beispiel de Herrn Beamten. (Bravo!)

Ma lest überall, Kinder zahlen die Hälfte.

Hamm mir scho amal g'hört, daß de Bauern weniger zahlen müassen?

G'wiß net.

Da wer'n mir net für Kinder o'g'schaut; da san mir recht erwachsene Staatsbürger.

Und mir san alt g'nua und g'scheit g'nua, daß mir unser Sach' selber führ'n. Es is Zeit, daß mir dös ei'sehg'n.

Was is dös für a Zustand, wenn jetzt der Bauer nimmer de Hälfte von dem einnimmt, was er früherszeiten kriagt hat?

Und was is denn dabei billiger wor'n? De Deanstboten vielleicht? Oder der Bodenzins? Oder müassen unsere Buab'n nimmer zum Militär?

Und alles is no net g'nua; allawei gibt's wieder was Neu's,

allawei kemma neue Forderungen, für Heer und Marine, und wer sagt ja und Amen dazua? 's Zentrum.

Und wer muaß's zahlen?

Mir Bauern.«

»Steuern zahlt jeder!« schrie Kroiß.

»Jawohl, Steuern zahlt jeder. Der Beamte zahlt de Steuer für sein G'halt, da Kapitalist für sei Vermög'n, aber da Bauer zahlt Steuern sogar für seine Schulden. Wenn oana no so viel Hypotheken auf sein Hof hat, er muaß g'rad so viel zahl'n, als wenn er schuldenfrei is. (Bravo! Wahr is!)

Früher hat 's Zentrum selber erklärt, daß dös de größt' Ungerechtigkeit is. Jetzt will's nix mehr wissen davo.

Früher hat's erklärt, daß ma de einheimische Landwirtschaft schützen muaß gegen die Getreideeinfuhr.

Jetzt hat's dafür g'stimmt.

Is dös net an aufg'legter Schwindel?«

Stürmische Zurufe ertönten.

»Wahr is! Lauter Schwindler san's! Metz raus! Metz! Was sagst denn jetzt?«

Prantl läutete.

»Ruhe, meine Herren! Ich bitte, den Redner nicht unterbrechen zu wollen.«

»I bin glei firti, Landsleut'«, sagte Vachenauer.

»Mir sehg'n, daß mir uns auf neamd verlassen derfen, als wia auf uns selber. Also handeln wir auch danach und stehen zusammen, damit das Volk zu seinem Rechte komme. Helfet alle mit, daß der Bauernbund erstarkt, gründet Markgenossenschaften in allen Gemeinden, damit Leute in den Landtag gewählt werden, die es ehrlich meinen. Reichen wir uns brüderlich die Hände, damit es nicht heißt, Nährstand adje! Und machen wir uns los von den Volksverrätern des Zentrums!«

Vachenauer trat zurück und setzte sich.

Viele hundert schwielige Hände klatschten ihm Beifall, viele hundert grobgenagelte Stiefel dröhnten auf den Boden, daß unten der Kalk von der Decke fiel.

Immer wieder mußte Vachenauer aufstehen, und wenn er saß, schrien hundert Kehlen seinen Namen.

»Vachenauer, vivat hooch!«

Als Ruhe eintrat, erklärte Prantl, daß er das Wort dem Gutspächter Wanninger von Arnbach erteile.

Franz Wanninger war kein einfacher Bauer. Er saß als Pächter auf dem gräflich Hornschen Gute in Arnbach und hatte einige Bildung genossen.

Drei Jahre besuchte er eine Lateinschule und war sodann studiosus agriculturae in Weihenstephan, wo man die Theorie des Landbaues lehrt.

Er sprach gerne von dieser Zeit und gab sich überall das Ansehen eines studierten Mannes.

In die Bauernbewegung hatte er gleich zu Anfang eingegriffen.

Er glaubte, hier große Dienste leisten zu können, weil ihn seine Studien über die Ungebildeten und seine Praxis über die Gebildeten erhob. Als eifriger Leser der Tageszeitungen hatte er eine Anschauung und vor allem einen großen Reichtum an Schlagworten erworben.

Er griff selbst zur Feder und schrieb viele Artikel für das Nußbacher Wochenblatt. Da sich sein Leben stets im mittelsten Altbayern abgespielt hatte, war er der natürliche Feind alles norddeutschen Wesens.

Er hatte ein Wort gefunden, welches seine Gesinnung und Ansicht mit einem vollständig erklärte.

Wie man nämlich sonst wohl vom rollenden Rubel spricht, redete Wanninger vom rollenden Preußentaler.

Er war überzeugt, daß die Berliner Kreise Tag und Nacht an der Annexion – Einsackung hieß es Wanninger –, an der Annexion Bayerns arbeiteten und kein Mittel scheuten, um dieses erstrebenswerte Ziel zu erreichen.

Er war so weitblickend, daß er über die nahen und nächsten Ereignisse hinweg auf diese treibende Ursache aller deutschen Geschehnisse sah, und er mahnte überall, daß man den rollenden Preußentaler nicht aus den Augen verlieren dürfe.

Bisher hatte er im politischen Leben nur schriftlich gewirkt; jetzt schickte er sich an, auch als Redner aufzutreten. Er wußte, daß er Bedeutenderes bieten könne und müsse als der einfache Landmann, welcher vor ihm gesprochen hatte. So stand er auf der Rednerbühne und stellte bald den rechten und bald den linken Fuß vor und rieb sich die Hände.

Wer ihn ansah, erblickte das Bild eines echten, wohlhäbigen Altbayern.

Der runde Kopf mit dem stark geröteten Gesichte saß auf breiten Schultern; der vorspringende Bauch machte nicht den Eindruck des Ungesunden; er war nicht schwammig, sondern von körnigem Fette, wie bäuerliche Kenner sagen.

Der gewichtige Oberkörper ruhte auf Beinen, welche diese Last wohl zu tragen vermochten. Kurz, Wanninger war so, wie sich die landläufige Vorstellung einen richtigen Bayern malt, im Gegensatze zu dem windigen, ausgehungerten Norddeutschen.

Einige Zurufe aus der Versammlung bewiesen, daß die Leute den Redner gerne sahen.

Und er begann.

»Hochgeehrte Versammlung! Nachdem ich kein geübter Redner bin, ich aber doch meine Gedanken zum Ausdruck bringen möchte, so wird man mir wohl gestatten, mich auf diese Weise verständlich zu machen.

Freudig muß es jedermann begrüßen, daß endlich auch in unserer Gegend der Gedanke mit Macht zum Ausbruch kommt, daß es so nicht weiter geht. Es ist jetzt die Aufgabe eines jeden, zu erwägen, auf welche Weise wir der daniederliegenden Landwirtschaft die so notwendige Hilfe leisten können.

Nachdem die maßgebenden Faktoren für die anerkannte Notlage des bayerischen Bauern kein Herz haben, müssen sich die Bauern und Bürger auf eigene Füße stellen, wenn sie nicht in den stets offenen Sack der bekannten norddeutschen Herren hinein geraten wollen.

Dem genauen Beobachter muß es wehe tun, wenn er sieht, wie das arme Volk genarrt wird von den obenstehenden, sogenannten besseren Herren.

Der ärgste Verräter am Volkswohle ist das Zentrum. (Bravo!)

Alle Gesetze, welche gegen das bayerische Volk gemacht worden sind, hat man mit Hilfe des Zentrums in das Trockene gebracht. Jetzt erst wieder die Handelsverträge, wodurch viele Millionen in die Taschen der preußischen Herrlichkeit fließen, während man den Mittelstand untergräbt. Wer dies genau beobachtet, fragt unwillkürlich, ob vielleicht bezahlte Arbeit im Spiele ist.«

»Unsinn! Blödsinn!« schrie der Amtsrichter Kroiß.

»Man fragt unwillkürlich, ob vielleicht der preußische Taler eine verhängnisvolle Rolle spielt.«

»Sie wissen gar nicht, was Sie für einen Blödsinn reden!« schrie Kroiß wieder.

Da wurde der alte Rädlmayer zornig. Er drohte dem Amtsrichter mit dem Finger und sagte:

»Manndei, jetz is Zeit, daß d' amal staad bischt. Sinscht tean ma di außi.«

»Das will ich sehen!«

»Ja, dös werd's schnell hamm. Ruhe! Mäu halten!« schrien viele, und der Knecht, welcher auf der Galerie saß, steckte wieder seine Finger in den Mund und pfiff heftig.

»Ich bitte um Ruhe!« sagte Prantl.

»Mir san ja ruhig«, antwortete Rädlmayer, »was braucht denn der ander schimpfen?«

Wanninger war nach dem ersten Zwischenrufe nicht gefaßt genug, um zu antworten.

Jetzt hatte er Zeit zur Überlegung gefunden.

»Betreff die Äußerung, daß ich einen Blödsinn rede, möchte ich nur bemerken, daß ich über diese Fragen vielleicht mehr studiert habe, als ein Beamter, daß ich aber nicht nach dem Gefallen rede, sondern frei von der Brust weg, wie es sich für einen Altbayer gehört.« (Stürmischer Beifall. Bravo!)

»Die bayrischen Bauern sind immer treu zu ihrem Herrscherhause gestanden; das beweisen die Schlachtfelder bei Sendling und Aidenbach. Wenn Not am Mann ist, dann wissen die Herren schon, zu wem sie gehen müssen. Da heißt es dann: Bauer, hilf! Ist aber die Gefahr vorbei und der Krieg zu Ende, so vergißt man sofort auf den Dank, und der Bauer wird unterdrückt, wie zuvor.

Da wird dann Weltmachtspolitik getrieben, welche das Blut des Volkes und ungezählte Millionen kostet.

Wenn man so fortfährt, mit Hilfe des Zentrums, durch fehlerhafte Gesetze den Mittelstand zu untergraben, so wird baldigst aller Wohlstand entweichen.

Die Erfahrung hat gelehrt, wo in einem Lande gut bemittelte Bauern leben, da leben auch vermögliche Geschäftsleute und

Professionisten. Dagegen, wo arme Bauern sind, da ist es ruhig und traurig, kein Geschäft, außerdem findet da der Gerichtsvollzieher reiche Ernte.

Dem müssen wir entgegenarbeiten, wenn wir nicht wollen, daß unsere Kinder uns den Fluch nachsenden, weil wir nicht für sie gesorgt haben. Es ist höchste Zeit, daß der Bauer nicht länger mehr das Lasttier ist, dem man alle Bürden auflegen kann von Seite der Bureaukratie und des Klerus.«

»O Herr, verzeihe ihm! Er weiß nicht, was er tut«, rief der Dekan Metz.

»Ich verbitte mir diese Zwischenrufe«, sagte Wanninger. »Wenn Sie glauben, daß Sie mich widerlegen können, so können Sie das Wort verlangen und nach mir besorgen.«

»Sie reden ja wie Kraut und Rüben daher! Das kann sich kein vernünftiger Mensch merken«, erwiderte Metz.

»Es ist lauter Blödsinn«, schrie Kroiß.

(Mäu halt'n da vorn! Ruhe!)

»Betreff die Äußerung, daß ich einen Blödsinn rede, habe ich schon erwidert«, sagte Wanninger. »Die Herren, welche glauben, daß sie gar so gescheit sind, sollen es einmal versuchen, ein mit Schulden belastetes Anwesen zu übernehmn und dann rentabel wirtschaften. Da werden sie vielleicht sehen, daß dazu mehr Verstand gehört, als zur Bureaukratie. Überhaupt verbitte ich mir jede Beleidigung, auch wenn es vielleicht ein Beamter ist.«

(Recht hoscht, Wanninger! Bravo! Außi schmeißen soll ma'n! Ruhe!)

Wanninger ergriff wieder das Wort.

»Nach meiner Ansicht ist der allzu enge Anschluß an Preußen die Schuld am Niedergange des süddeutschen Mittelstandes.

Das Zentrum legt bereitwillig Millionen auf den Altar des preußischen Kriegsgottes. Es fehlt nur noch, daß Eisenbahn und Post eingesackt werden, dann sind wir vollkommen preußisch.

In den oberen Kreisen läßt man sich zu sehr von dem norddeutschen Leuchtturm blenden, da ist es also die Aufgabe des Bauernbundes, dafür zu sorgen, daß unsere weiß-blauen Pfähle keinen Farbenwechsel erleiden.

Einigkeit macht stark, heißt das Sprichwort, welches sich noch immer bewährt hat. Die Erfahrung lehrt uns mit nur zu beredter Sprache, daß Bauern und Gewerbetreibende innig zusammenhalten müssen, um dem drohenden Abgrundrande zu entgehen.

Wo sind heute noch die Bauern, welche den Lohn ihrer Arbeit genießen können? Sie sind nicht mehr da!

Dafür sieht man heute die Männer dieser Stände in Existenzkämpfen ihre Tage in dumpfer Resignation dahin leben. Leider haben die Bauern bis jetzt in blinder Vertrauensduselei die Vertretung ihrer Lebensinteressen anderen Ständen überlassen, welche nur für das Blühen und Gedeihen der Millionärzucht und ihr eigenes ›Ich‹ sorgten, für den Mittelstand, der alle Lasten zu tragen hat, aber nur leeres Stroh droschen.

Und doch haben wir, gelinde gesprochen, die gleichen Rechte.«

»Das ist nicht mehr zum Aushalten!« schrie Kroiß.

»Na gehst außi!«

»Ruhe!«

»In Preußen hat man nur Sinn für Großmannssucht, daher auch dort Großgrundbesitz, Großindustrie und Großkapital das Ruder führen und ihren unheilvollen Einfluß auf die Gesamtreichsgesetzgebung ausüben.

Betrachten wir nur den Militarismus mit seinen Auswüchsen! Was muß Land und Volk leisten, um das Pensionswesen zu bestreiten!

Und was reicht man dem Nährstand für alle seine Opfer? Gesetze nach dem Willen der oberen Zehntausend, Polizeistock, aber brav Hurra schreien, im übrigen 's Maul halten!

Dagegen hilft nur Eines. Das feste Zusammenhalten des bayerischen Volkes; vom Zentrum aber müssen wir uns losreißen, weil es die Einsackung Bayerns nicht verhindern will.

In diesem Sinne müssen wir im Bezirke Nußbach eine Markgenossenschaft des Bauernbundes gründen.«

Wanninger stieg von der Tribüne herunter und ging auf seinen Platz zurück.

Das Wochenblatt berichtete, daß der Beifall ein äußerst warmer gewesen sei, und daß man allen Anwesenden angesehen habe, wie ihnen der Redner aus der Seele gesprochen hatte.

Auch Wanninger selbst war zufrieden mit dem Erfolge, und er

sagte späterhin zu seinen Freunden, daß man den Bauern großes Unrecht tue, wenn man ihnen politisches Verständnis abspreche. Es komme alles darauf an, daß man in populärer Manier mit ihnen rede.

Nach ihm wurde dem päpstlichen Hausprälaten, Herrn Dekan Metz, Abgeordneten für Nußbach und Umgebung, das Wort erteilt.

Er sagte gleich eingangs, daß sein Herz schmerzlich bewegt sei, und sein Gesicht drückte dieses Gefühl deutlich genug aus. Allein es stand ihm nicht wohl an; ein Mann mit Doppelkinn und Hängebacken kann nie die Trauer eines ganzen Standes in seinen Mienen vorführen, und wer in jeder rundlichen Form seines Leibes den Beweis eines behaglichen Daseins vor Augen führt, befindet sich im Nachteil, wenn er von Druck und Verfolgung spricht.

Diese Einsicht fehlte dem Dekan Metz.

Er war in Selbsttäuschung befangen und glaubte, seine Nußbacher zu rühren, wenn er ihnen den Mann ihrer Wahl in schmerzlicher Verfassung zeigen würde.

Er sah sich lange im Saale um, wie ein Vater, der seine Familie versammelt hat und jeden einzelnen ins Auge faßt.

Und dann begann er.

»Meine Lieben! Erlaubet mir, daß ich euch noch so heiße, obwohl heute manches Wort gefallen ist, welches vom Hasse getragen war. Aber meine Gefühle werden dadurch nicht verändert, und ich sage noch einmal: meine Lieben!

Mein Herz ist schmerzlich bewegt, wenn ich bedenke, daß ich hier an dieser Stelle, wo ich so oft zu eurem Beifall und, ich glaube auch, zu eurem Nutzen gesprochen habe, einen Kampf führen muß. Einen Kampf gegen Undankbarkeit, Auflehnung, ja einen Kampf gegen die Religionsfeindlichkeit.

Womit habe ich das verdient?«

»Weilst a Schwindler bischt«, schrie der Stuhlberger von Giebing.

Viele lachten; der Amtsrichter sprang zornig auf.

»Ein Rohling hat das gerufen!«

»Wer hat mit dir g'redt? Sei du staad! Reiß 's Mäu net so weit auf! Du Herrgottsackerament!« tönte es durcheinander.

»Roheit!« schrie Kroiß.

Metz lächelte wehmütig.

»Lasset sie nur schimpfen! Das sind die Priester von jeher gewohnt. Unser Herrgott wurde auch vom Volke gekreuzigt; heutzutage kreuzigen die Bauernbündler die Priester. Wir tragen es mit Geduld.«

»Und werst recht foast dabei! Du Schmalzhafen!«

Das war die Stimme seines Pfarrkindes Meisinger, des Gottesleugners. Des Frevlers, welcher ihm dereinst die neuen Spiegelscheiben eingeworfen hatte.

Als Metz diese Stimme vernahm, verließ ihn einen Augenblick die Ergebung des Märtyrers, und er warf einen bitterbösen Blick nach jener Stelle hin, wo Meisinger saß.

»Wir tragen es mit Geduld, weil wir uns ein Beispiel nehmen an unserm Herrn und Meister, der auch schweigend gelitten hat«, sagte er sodann.

»Du bringst ja d' Finger gar nimmer z'samm vor lauter Fetten«, schrie Meisinger.

»Wo hoscht denn du was leiden müassen?«

»Hoscht du net all'mal ›ja‹ g'sagt? Hoscht du g'rad oamal, ›na‹ g'sagt?« rief der Stuhlberger.

Und alle taten mit.

»Geh oba, du! Du hoscht nix z'reden daherin! Da Vachenauer soll reden! Vachenauer! Vachenauer!«

Prantl mußte wieder erklären, daß die Versammlung geschlossen werde, wenn die Ruhe nicht hergestellt würde.

»Laßt's'n reden, daß sei Schwindel aufkimmt!« rief Meisinger wieder.

Und so verdankte es Metz seinem größten Feinde, daß er fortfahren durfte.

Er gedachte, jetzt eine schärfere Front anzuschlagen, da diese tobenden Heiden seine Milde verachteten.

»Das Zentrum ist nicht schuld, daß die Verhältnisse des Mittelstandes keine günstigen sind. Die Bauern verstehen es nicht, was schuld ist.«

(»Aber du vastehst was! Weil's uns verrat'n habt's!«)

»Ich will es euch sagen. Die neue Zeit ist schuld, die Maschinen, die Elektrizität. Früher haben die Bauern ruhig gelebt und haben sich nicht um die Politik gekümmert. Jetzt auf einmal wollen sie so gescheit sein, daß sie ihre Führer verbessern.«

(»Da werd gar nix verbessert! Außi g'schmissen wern's!«)

»Jetzt will der nächstbeste mehr verstehen, als die verdienten Männer, welche seit zwanzig Jahren, seit fünfundzwanzig Jahren im Landtage arbeiten.«

(»Was arbet's ös? 's Geld schiabt's ei! Ös Leutbetrüager!«)

»Ich bin jetzt seit achtzehn Jahren im Parlament und habe meine Zeit für das Volk geopfert.«

(»Und hoscht all'weil ›ja‹ g'sagt!«)

»Freilich, wenn man so einen Mann reden hört, wie den siebengescheiten Herrn Wanninger, da möchte einem der Verstand still stehen. Da ist alles Kraut und Rüben durcheinander, daß man nicht weiß, wo man überhaupt anfangen soll. Auf solche Leute müßt ihr hören, da werdet ihr schon sehen, wohin das führt. Geht nur zum Bauernbund!...«

(»Dös tean mir scho! Da brauchen ma di net dazua!«)

»Geht nur zum Bauernbund und schaut, wie ihr euer geistiges und leibliches Wohl verliert. Aber weil der Herr Wanninger so tut, als hätten wir Geistlichen überhaupt kein Recht mehr, so will ich ihm schon sagen, wir Geistlichen haben sogar die Pflicht, das Volk in Schutz zu nehmen vor dem einbrechenden Wolf. Der Bauernbund ist nur Speck in der Falle, ein vergifteter Honig.

Die guten Sachen haben die Bauernbündler vom Zentrum gestohlen.«

Vachenauer rief ihm zu:

»Was hoaßen denn Sie stehlen?«

»Jawohl, gestohlen. Das ganze Programm haben Sie gestohlen; das hat das Zentrum alles schon vor dreißig Jahren gesagt.«

»G'sagt, aber net g'halten. Wann's Zentrum sei Versprechen g'halten hätt', gab's koan Bauernbund.«

Die Versammlung klatschte Vachenauer Beifall zu.

Dieser erhob sich und sagte:

»Weil Sie vom Stehlen reden, Hochwürden. Is dös net erlaubt, daß ma dös Guate, was oana amal g'sagt hat, wieder nachsagt? Hoaßt ma dös stehlen?«

»Sie haben jetzt nicht das Wort!« schrie Kroiß.

»I frag' bloß: Hoaßen Sie dös stehlen, Hochwürden? Nacha

derfen Sie ja gar net predigen. Sie sag'n do aa bloß des nach, was an anderner g'sagt hat!«

Die Wände dröhnten vom Beifall. Alle stampften und schrien.

»Vachenauer! Da Vachenauer soll reden! Metz Schluß! Geh oba, du Bluatmensch! 's Mäu halt! Oba do!«

Und jedesmal, wenn Metz zu reden anfing, erhob sich der Lärm von neuem. Er bohrte mit dem Zeigefinger in die Luft und bewegte die Lippen. Daran erkannte man, daß er sprach, aber man hörte keine Silbe in dem Lärmen.

Die rauhen Stimmen übertönten ihn; ganze Reihen schrien im Takte die gleichen Worte: »Metz oba!«

Zwischenhinein gellten Schimpfworte und Pfiffe; viele schlugen mit Maßkrügen oder Stöcken auf die Tische.

Der Amtsrichter, die geistlichen Herren gestikulierten heftig zur Tribüne hinauf, und wenn sich einer mit unwilligen Gebärden gegen die Versammlung wandte, verdoppelte sich der Lärm.

Der Hirner stampfte seinen Stuhl auf den Boden und schrie, daß ihm die Adern anschwollen, zwei andere hatten eine lange Bank gefaßt, hoben und stießen sie nieder, wieder einer hatte den Bierschlegel gepackt und trommelte auf einem leeren Fasse; der Knecht auf der Galerie hatte ein neues Mittel gefunden. Er hielt die Hand vor den Mund und heulte; das gefiel den jungen Leuten, und sie machten es nach.

Metz blieb auf seinem Platze.

Er lächelte und zuckte die Achseln. Seine Amtsbrüder schrien zu ihm hinauf und schüttelten die Köpfe.

»Was ist zu machen mit diesem Volke?«

Es war nichts zu machen mit ihm. Das Volk zeigte, daß es absolut und durchaus gar nichts mit sich machen lassen wolle.

Und dann erhob sich der Assessor und setzte seine Mütze auf. Die Versammlung war geschlossen.

Den anderen Tag erfuhr die Welt durch das Nußbacher Wochenblatt, daß im Anschlusse an die Versammlung zweihundertsiebenundvierzig Leute sich als Mitglieder des bayrischen Bauern- und Bürgerbundes anmeldeten, daß in sechs Gemeinden Markgenossenschaften gegründet wurden, daß die schweren Anklagen, welche Vachenauer und Wanninger gegen das Zentrum erhoben, einen immerwährenden Stachel in den Herzen der Landbevölkerung hinterließen, und daß sich Herr Dekan Metz schwerlich von der Niederlage erholen dürfte, welche sichtlich einen so niederschmetternden Eindruck auf ihn wie auf seine Kumpane – darunter einen vorlauten Beamten – gemacht habe.

Die animierte Versammlung habe den geradezu glänzenden Beweis dafür geliefert, daß auch im Nußbacher Bezirke die Morgenröte angebrochen sei.

Die »Nußbacher Nachrichten« erzählten ihren Lesern von einer Versammlung, welche zu einem allerdings unbeabsichtigten Triumphe des Zentrums geführt habe, indem sich die bodenlose Unwissenheit der neuen Bauernapostel in hellem Lichte gezeigt habe und selbe auch von dem hochwürdigen Herrn Metz mit wenigen aber zutreffenden Worten gebrandmarkt worden sei.

Nach Schluß der Versammlung habe man viele, und gerade die besseren Bauern, mit nachdenklichen Mienen stehen sehen, indem sie offenbar die Frage aufwarfen, wie töricht es sei, wenn das Landvolk einer solchen Sache unter solchen Führern Gefolgschaft leiste.

Damit sei diese Bewegung schon im ersten Aufflackern kläglich erstickt.

So verschiedenartig wurden in Nußbach nicht nur die Meinungen, sondern auch die Tatsachen dargestellt.

Man war schon mitten im politischen Getriebe.

VIERZEHNTES KAPITEL

In das Haus vom Schuller war eine schlechte Stimmung eingezogen. Der Mißmut war obenauf, und die Fröhlichkeit hatte nirgends mehr Platz.

Den Tag über war der Schuller in seinem Walde bei der Holzarbeit; wenn er heimkam, saß er schweigsam auf der Ofenbank.

Die Bäuerin wollte ihn zum Reden bringen. Sie schimpfte über den Pfarrer und den Hierangl, über den Geitner und den Bürgermeister Kloiber. Sie brachte neue Geschichten heim, welche die Schlechtigkeit dieser Feinde offenbar machten, und sie erzählte alte Geschichten, welche das nämliche bewiesen.

Alles, was der Schuller selber einmal getadelt hatte, brachte sie vor und meinte, das müsse ihm ein Gefallen sein.

Aber er gab ihr nicht an oder sagte, sie solle sich um ihre Weiberleute kümmern und das andere mit Ruhe gehen lassen.

Dann ging die Schullerin seufzend in die Küche und beredete mit der Ursula, wie sich der Vater herunter kümmere.

Auch mit den Dienstboten redete sie darüber; sie sagte zu den Mägden zornige Worte über die Nachbarn und fragte die Knechte, was sie im Wirtshaus gehört hätten.

Eine solche Vertraulichkeit tut nicht gut; sie ist gegen den Respekt und das ordentliche Regiment.

Jetzt hatten Knecht und Magd ihr heimliches Getue und wisperten sich Neuigkeiten in die Ohren, wenn sie arbeiten sollten.

Und wenn einer faulenzen wollte, stellte er sich in die Küche hin und erzählte der Schullerin, wie er es dem Knecht vom Hierangl hingerieben habe, daß sein Herr kein Pfund Lumpen tauge.

Dafür bekam er Dank und billige Nachsicht für seine Faulheit.

Die Weibsleute waren zufrieden, wenn sie recht viel Bedauernis und Mitleid sahen. Was die Schullerin davon übrig ließ, brauchte die Ursula für ihren besonderen Zustand.

Die Dienstboten nützten es aus und machten sich darüber lustig. Wenn sie bei den gemeinsamen Mahlzeiten saßen, gaben sie sich heimliche Zeichen und stießen sich mit den Ellenbogen an.

Eine üble Nachrede findet bei niemandem schneller Boden, als bei Untergebenen. Wer vor ihnen etwas entschuldigen oder erklären will, ist übel daran. Gehorsam muß Achtung haben.

Der Schuller merkte an vielen Dingen, daß in seinem Hause die Ordnung gelockert war.

Früher hätte er sich schnell geholfen; jetzt schien es ihm nicht der Mühe wert.

Alle seine Gedanken waren nur auf das eine gerichtet.

Da lag im Kirchenbuch ein Zettel, der ihm zeitlebens Schande anhing. Und noch länger. Wenn die Männer von heute einmal tot waren und die Jungen ans Ruder kamen, dann war das Papier noch da, auf dem es geschrieben stand, daß er ein schlechter Kerl war, dem jeder aus dem Wege gehen mußte.

Und dann glaubten es alle; auch die, welche hernach auf dem Schulleranwesen hausten.

Den Kindern von seinem ältesten Buben wurde die Lüge erzählt, noch abscheulicher aufgetragen wie jetzt.

Denn jeder mußte denken, wenn es sogar der Pfarrer ins Kirchenbuch gesetzt hatte, mußte es das Ärgste gewesen sein.

Keiner wußte etwas von ihm. Daß er als ehrengeachteter Mann lange Zeit den Hof regiert hatte.

Keiner wußte etwas vom Baustätter und von seinem Hasse.

Nur das Geschriebene galt.

Wie hätten sie später die Wahrheit finden sollen, wenn er sie selber mit allen Mühen nicht herstellen konnte?

Acht Tage war er herumgelaufen von Pontius zu Pilatus und hatte gemeint, er müsse sein Recht kriegen.

Er war im Amtsgerichte und brachte seine Sache vor.

Kroiß ließ ihn kaum zu Ende reden und fertigte ihn kurz ab.

»Was das für ein Prozeß sei, wenn er nicht einmal wisse, gegen wen er klagen wolle? Und was das Gericht mit dem Kirchenbuch zu tun hätte? Oder mit den Aufschreibungen eines

Verstorbenen?« Jetzt fuhr der Schuller nach München und ging zum Landgericht.

Die sagten ihm, wenn er wirklich klagen wolle, müsse er's in Nußbach tun; sie hätten gar nichts damit zu schaffen. Er solle doch einen Advokaten nehmen.

Und er ging zu einem Advokaten.

Der lächelte etwas ungläubig.

Was das wieder für eine Geschichte war! Aber er hörte doch aufmerksam zu und fragte dazwischen.

»Und Sie haben Ihren Vater nicht geschlagen?«

»Na.«

»Ist alles erfunden? Und kein Wort wahr?«

»Koa Wort is wahr, Herr Dokta!«

Der Advokat lächelte wieder. Ja, ja, Bauern sind Spitzbuben. Wenn sie ihren Advokaten anlügen, meinen sie, wie schlau sie sind.

Und dann sagte er:

»Da wirst nicht viel machen können, Schuller. Der jetzige Pfarrer red't sich auf den alten aus, den alten kannst nicht verklagen, weil er tot is. Wenn du gegen die andern klagst, sagen sie, daß sie bloß gesagt haben, was geschrieben steht. Und bringst du Zeugen, was können die bestätigen? Höchstens, daß sie nie was gesehen haben. Deswegen ist nicht gesagt, daß der Pfarrer Held oder der jetzige gelogen hat. Ich glaub' dir ja alles, aber das Gericht is nicht so vertrauensvoll. Die Herren sagen: ›Ja, der hat halt niemand zuschauen lassen. Sehr einfach.‹«

Und der Advokat patschte die Handflächen ineinander.

Dann merkte er doch, wie sein Reden dem Manne zu Herzen ging.

»Ich tät' dir gern helfen, Schuller«, setzte er hinzu. »Aber mit einer Klag' is da nicht viel zu machen. Eines könnten wir probieren. Beschwer dich beim Ordinariat! Das wär' noch ein Mittel. Da gehst du hin und erzählst den Fall wie mir. Die Herren verderben es jetzt nicht gern mit den Bauern. Es kann sein, daß sie euern Pfarrer zu einer friedlichen Lösung anhalten.«

Und dann ging der Schuller die Stiege hinunter und ging mit seinen Kümmernissen und seinem Zorn über breite Plätze und durch enge Gassen, bis er vor der Wohnung des Domkapitulars Späth angelangt war.

An den hatte ihn der Advokat gewiesen. Ein altes Fräulein öffnete ihm und sagte, der hochwürdigste Herr Bruder sei nicht zu Hause, aber in einer halben Stunde komme er.

Der Schuller fragte, ob er nicht warten dürfe, und als es ihm erlaubt wurde, setzte er sich auf eine kleine Bank, die im Hausgange stand.

Eine Stunde verging, und der Herr Domkapitular kam noch immer nicht. Von Zeit zu Zeit streckte das Fräulein den Kopf zu einer Türe heraus und überzeugte sich, daß der fremde Bauersmann noch immer da war. Der saß geduldig und regungslos auf seinem Platze. Das Warten wurde ihm nicht lang, denn er hatte Gedanken genug, die ihn beschäftigten.

Endlich klangen Schritte die Treppe herauf und näherten sich der Wohnungstüre. Ein alter Geistlicher trat ein, und wie er den Schuller sitzen sah, fragte er ihn nach seinem Begehren.

Er hatte ein kluges, freundliches Gesicht, und der Schuller fing mit größerem Vertrauen seine Erzählung an.

Da hieß ihn der alte Herr in sein Zimmer eintreten und Platz nehmen.

Und hörte ihn aufmerksam an.

Der Schuller erzählte seine Geschichte etwas weitläufig, mit vielen Nebensächlichkeiten. Weil der Advokat ihm so wenig Hoffnung gemacht hatte, wollte er jetzt alles recht verständlich vorbringen und nichts weglassen.

Der Geistliche schüttelte manchmal den Kopf und sah den Mann mit prüfenden Blicken an. Aber er unterbrach ihn nicht. Er schwieg auch noch eine Weile, als der Schuller fertig war.

Gewiß bildete er sich nicht ein festes Urteil über die ganze Sache, aber das eine sah er klar, daß hier wieder einmal Übereifer und falsche Auffassung von priesterlicher Würde Unheil angerichtet hatten.

Er konnte nicht Partei nehmen für den Mann; vielleicht hatte er sich durch eigenes Verschulden den Unwillen seiner Pfarrer zugezogen, aber auch dann war es töricht, wenn diese ihr persönliches Empfinden so stark geltend machten und in öffentliche Angelegenheiten eingriffen.

Solche Dinge waren schuld, daß jetzt der bäuerliche Stand seinen Priestern entfremdet wurde.

Die verloren immer mehr die Fähigkeit, Maß zu halten und eine versöhnende Stellung einzunehmen. Das Schlimmste bei solchen Vorkommnissen war, daß man sie selten gut machen konnte.

Diese Herren wagten sich gewöhnlich so weit vor, daß ein Zurückgehen das Ansehen des Standes gefährdete.

Herr Doktor Späth schüttelte unwillig den Kopf.

»Mein lieber Mann«, sagte er, »was Sie mir erzählen, gefällt mir nicht. Aber was soll ich dabei tun?«

»Sie müassen befehl'n, daß der Zettel ausg'liefert werd'. Der muaß öffentli, vor alle Leut' z'rissen wer'n.«

»Das kann ich nicht befehlen.«

»Sie san do der Vorg'setzte von insern Pfarrer?«

»In gewisser Beziehung steht er unter dem Ordinariat. Aber nicht so, wie Sie das meinen.«

»Ja, dös könnt's do ös net zualassen, daß an offenbare Verleumdung im Kirchenbuach d'rin bleibt? Da seid's ös allesamt schuldig!«

»Wir wollen uns jetzt nicht aufregen. Im Kirchenbuch steht so etwas nie.«

»Er hat den Zettel ins Kirchenbuach einig'legt. So was derft's ös do it zualassen!«

»Erstens: Ich kann dem Pfarrer von Erlbach nicht anschaffen, wohin er seine Papiere legen soll, und zweitens: Niemand kann ihm befehlen, daß er einen Zettel ausliefert, den er nicht unrechtmäßig erworben hat. Das müssen Sie doch einsehen.«

»Na, dös siech i net ei'. Mi derfen do aa koa falsche Urkund' net ei'trag'n. A Burgermoasta, der so was tuat, werd' ei'g'sperrt. Für de Pfarrer werd's do aa'r a G'setz geb'n?«

»Wir verstehen uns nicht. Hören Sie mich ruhig an! Eine Urkunde ist diese Schrift da nicht. Wenigstens keine Urkunde, wie Sie das verstehen. Das ist eine private Aufschreibung, eine Bemerkung. Geradeso, wenn Sie zum Beispiel in Ihr Notizbuch hineinschreiben, der Pfarrer Soundso hat gestohlen. Da kann Sie doch kein Mensch zwingen, daß Sie es herausreißen.«

»Wenn i 's aber ander Leuten zoag?«

»Dann können Sie wegen Beleidigung verklagt werden. Das ist hier nicht möglich, weil der Schreiber jenes Zettels gestorben ist.«

»Herzoagt hat'n der jetzige Pfarrer.«

»Ja, das hat er. Und ich würde es nicht getan haben. Aber verurteilt kann er deshalb nicht werden.«

»Ich siech scho, es gibt koa Recht für mi. Ös helft's alle z'samm.«

»Das müssen Sie nicht sagen.«

»Dös sag' i net alloa. Mir hat scho lang' oaner g'raten, daß i nix toa soll, weil's do für nix is.«

»Sie wollten von mir einen Rat. Also darf ich Ihnen nichts sagen, was ich selbst nicht glaube.«

»Ja, ja, i woaß scho. Hätt' da Bauer an Pfarrer beleidigt, nacha waar's leicht mit'n Klag'n.«

»Sehen Sie, Schuller – so heißen Sie? – reden Sie sich nicht in Zorn und Argwohn hinein. Ich will Sie nicht fortschicken, wie Sie gekommen sind. Wenn es Ihnen recht ist, schreibe ich dem Pfarrer; vielleicht kann man die Sache noch mit Güte beilegen. Das halte ich für das Beste.«

»Dös tean's net! Bal i koa Recht it finden ko, is trauri; koa G'nad' mag i net. Und mit der Güte is bei mir gar nix mehr.«

»Er ist doch Ihr Seelsorger!«

»Na, dös is er net. Liaba fall' i am Fleck um, als daß i no mal in d' Kirch' geh' oder daß i a Sakrament nimm von dem Ehrabschneider.«

»Versündigen Sie sich nicht an unserem heiligen Glauben!«

»Heilig! Ja, der is heilig, der Glaub'n, der solchene Lehrer hat! San ma staad über dös! I bin firti damit! Adjes!«

Und der Schuller ging.

Auf der Straße blieben die Leute stehen und schauten dem Manne nach, der so hastig ging und mit sich selber redete. Die Lüge blieb stehen.

Jedes Wort war erfunden; so schlecht, wie nur einer was erfinden kann. Alle mußten es wissen. Mit Händen war es zu greifen.

Und half ihm alles nichts.

Er mußte das Unrecht leiden, wie er sich auch dagegen wehrte. Er war machtlos, ganz machtlos.

Herrgottsackerament!

Daheim fand er nichts, was ihm den Verdruß genommen hätte.

Seine Bäuerin hatte nur dumme Fragen, und die Ursula ging müde und schwerfällig im Hause herum.

Ihr Zustand regte ihm noch mehr den Zorn auf.

Da würde es nun über eine kurze Weile neuen Verdruß geben. Und seine Feinde konnten sich freuen, wenn ihm der Hierangl vor Gericht das Hauswesen schlecht machte.

Das mußte ihm gerade jetzt geschehen. Das heimliche Lachen sehen müssen und nichts sagen dürfen. Vielleicht fragte ihn der Bezirksamtmann, ob das auch bloß eine Verleumdung sei, das mit der Ursula. Und nahm es als Beweis, daß er recht gehabt habe. Daß einer nicht zum Bürgermeister taugt, wenn er im Haus nicht auf Ordnung sieht.

»Geh mir aus'n Weg, du! I mag di net sehg'n!«

Das mußte die Ursula oft hören; und dann schlich sie sich in den Stall hinaus und heulte jämmerlich.

Die Mutter weinte mit.

Ihr Herz war schwer bedrückt, weil der Bauer ihr gesagt hatte, daß er seinen Fuß nicht mehr in die Kirche setze; sie solle ihn nie darum angehen, denn es helfe ihr nichts. Das schien ihr das Ärgste von allem. Sie versuchte es mit Bitten. Wenn er schon in Erlbach nicht gehe, so könne er ja in Webling die Messe hören, daß ihn die Leute nicht für einen Heiden anschauen dürften. Wie wolle er denn in der Beichte bestehen, wenn er keinen Sonntag mehr Amt und Predigt besuche?

Das wäre ihm keine Sorge, sagte der Schuller, weil er nicht mehr beichte.

Aber wenn er die österliche Beichte versäume, sei er doch ausgestoßen aus der Kirche!

Das kümmere niemand wie ihn, und er frage blutwenig danach. Sie solle nach ihrem Gewissen leben, er rede ihr nichts ein. Aber in seine Sache solle sie sich nicht mischen, und er rede nicht mehr darüber.

Da wußte sie, daß alles vergeblich war; sie jammerte ihm nicht mehr vor, aber wenn sie allein in der Küche war, setzte sie sich neben den Herd und weinte in die Schürze hinein. Ihre kleine Welt war aus den Angeln gehoben. In der gab es neben der Arbeit nur die kirchlichen Feierlichkeiten. Sie hingen so zusammen mit allen Ereignissen, daß sie ihr notwendig schienen zum Leben. So war es doch immer gehalten worden, bei ihr daheim und in jedem rechtschaffenen Hause, daß die Eheleute miteinander zur Kirche gingen. Und fortan sollte sie allein den Weg machen; nie mehr würde ihr Bauer neben ihr sein, nicht an den gebotenen Feiertagen, nicht an den hohen Festen. Sein Platz im Kirchenstuhle mußte leer bleiben, und die Nachbarinnen sollten spöttisch auf sie hinüberschielen.

Das schien ihr, als wäre ihr alle Ehrbarkeit genommen. In der Schlafkammer lag unter einem Glassturze ihr Myrtenkranz. Einmal prangte sie mit ihm, als der Andreas Vöst vor dem Altare versprach, ihr christlicher Ehemann zu sein, bis der Tod sie scheide. Und wenn sie ihr zum zweiten Male den Kranz aufsetzten, dann war es an dem Tage, wo sie nach einem arbeitsamen Leben die Glieder streckte.

Aber lebte derweilen noch ihr Bauer, dann stand er nicht hinter dem Geistlichen, der sie einsegnete, dann ging er nicht beim Gottesdienste als Erster zum Opfern und sprengte nicht Weihwasser auf ihr Grab, wenn er des Sonntags daran vorbei in die Kirche ging.

So konnte sie nicht mehr ruhig sein im Leben und nicht im Sterben. Ihr Hauswesen war fortan nicht mehr geachtet. Alle bösen Mäuler im Dorfe konnten es lästern, und die richtigen Leute mußten es meiden.

Zu Weihnachten ging es die Schullerin am härtesten an. Aus allen Häusern eilten die Leute in die Christmette; in der kleinsten Hütte flammte um die Mitternacht ein Licht auf und irrte hinter den Fenstern hin und her. Wenn es erlosch, öffnete sich die Türe, und verhüllte Gestalten traten heraus. Auch die ganz Alten blieben nicht daheim; sie wateten mühsam durch den Schnee und schleppten sich hustend bis zur Kirche. Die Ursula war mit den Ehehalten vorangegangen; die Schullerin wartete noch und machte sich im Hause zu schaffen.

Sie versuchte es noch einmal, ihren Bauern umzustimmen.

»Heut' ko'st do gar it dahoam bleib'n, scho weg'n de Deanstbot'n it. Da is ja koa Respekt nimmer im Haus!«

»Geh, und laß ma mei Ruah! I mag den Menschen it sehg'n.«

»Du brauchst'n ja it o'schaug'n; du tuast as ja g'rad weg'n de Leut'.«

»Na, sag' i. I geh' net, und bal'st du no lang red'st, nacha kimmst selm z' spat.«

»Da Haberlschneider sagt's aa, du gibst an Pfarra bloß a G'leg'nheit, daß er schlecht reden ko über di.«

»Wenn dös da Haberlschneider glaabt, is sei Sach'. I glaab's anderst und bleib' dahoam.«

Und die Schullerin mußte allein gehen.

Die Nacht war klar und kalt.

Aus der Kirche drang helles Licht und legte sich auf die Schneedecke.

Und leuchtete weithin in die Gassen und Winkel und zu den Hügeln hinauf, von denen eilige Menschen herunterkamen.

Sie schritten über die Felder dem Lichte zu, wie vor vielen hundert Jahren die Hirten, denen die frohe Botschaft verkündet wurde.

»Heute ist euch der Erlöser geboren worden. Ihr werdet ein Kindlein finden, das in einer Krippe liegt.«

Da verließen sie ihre Herden und eilten, um das Ereignis zu sehen.

Es muß wohl ein armer Häusler gewesen sein, bei dem der Herr Joseph eingekehrt war.

Bloß ein Ochs und ein Esel standen hinter dem Barren; kein Roß fraß von der Raufe, keine Kuh lag auf der Streu.

Der Stall war niedrig und eng, daß er die Wärme hielt für das wenige Vieh.

Und weil die Hirten keinen Platz darin hatten, blieben sie an der Türe stehen.

Das Kindlein lag nackend, wie es zur Welt gekommen war, und die Magd des Herrn kniete davor und faltete fromm die Hände. Man sah ihr das Leiden an, denn sie ist gar ein zartes Frauenzimmer gewesen und hat noch in den Wehen herumirren müssen, bis sie endlich das Obdach fanden.

Der Joseph ist sorgsam dabei gestanden in zwiefacher Sorge um die Mutter und das Kind; wenn er seine schwieligen Hände zum Beten zusammenlegte, hat er in die Krippe geschaut, ob die

Tiere das Stroh nicht unter dem Kinde wegzogen, und ob er noch ein Büschel unterlegen müsse.

Das waren drei arme Menschen.

Aber die Hirten sind vor ihnen niedergekniet.

Es ist ein lichter Schein von der Krippe ausgegangen und auf sie gefallen. Der leuchtet noch heute den Armen.

In diesem nackten Kindlein erstand ihnen ein Streiter.

Wie es neben der Hobelbank aufwuchs und in ehrfürchtiger Liebe an den Händen der Eltern die Ehrenmale der Arbeit sah, ist in ihm der heiße Wunsch groß geworden, den Menschen zu helfen.

Und es ist der erste Kämpfer geworden gegen die Reichen und Mächtigen.

Die leidenden Menschen wissen es kaum; in der lauten Verehrung seines Namens ist gerade das zur Vergessenheit gekommen. Aber einmal im Jahre müssen sie daran denken. In der stillen Winternacht, wenn man die Geburt des Kindes feiert.

Da mögen die Armen glauben, daß der Mann sein Leben lang zu ihnen gestanden ist, der im engen Stalle auf die Welt kam.

Dichtgedrängt standen die Leute in der Kirche, und immer noch ging die Türe auf und zu. Vorne am Altare und an den Seitenwänden brannten Kerzen; davon war die gewölbte Decke erhellt; unten auf der Menge lag tiefes Dunkel. Aber hier und dort flackerte ein Licht, und in seinem gelben Scheine hob sich scharf umrissen ein ernsthaftes Gesicht ab. Eine alte Bäuerin, die ihren Wachsstock angezündet hatte und im Gebetbuche las.

Man sah die Lippen sich bewegen und den Hauch vom Munde gehen.

Die Menge stand nicht still. Viele rührten sich, daß sie die Kälte nicht so empfindlich merkten. Die Füße scharrten den Boden, unterdrücktes Husten kam aus dem Dunkel heraus und hallte vom Gewölbe zurück.

Mit einem Male verschlang voller Orgelton das Geräusch; Herr Stegmüller griff drei oder vier kräftige Akkorde und ging zu einer Melodie über.

Eine dünne Frauenstimme fiel ein, und wer zum Chor hinaufblickte, sah in schwacher Beleuchtung die Näherin, die Schallmaier Zenzi, welche auch des Sonntags das Hochamt begleitete.

Für gewöhnlich mußte sie lateinische Worte singen; heute war es ein deutsches Lied. Den Brauch hatte vor vielen Jahren der Pfarrer Held so eingeführt.

»Es ist ein Ros' entsprungen
Aus einer Wurzel zart,
Wie uns die Alten sungen,
Aus Jesse kam die Art.

Und hat ein Blümlein bracht
Mitten im kalten Winter
Wohl zu der halben Nacht.«

Als das Lied zu Ende war, zog der Mesner dreimal an der Sakristeiglocke; der Pfarrer schritt im goldgestickten Kleide zum Altare hin, die Ministranten klingelten, und einer schwang das Weihrauchfaß.

Jetzt kam wieder das Lateinische zu seinem Rechte.

Die Schullerin war in dem Gedränge bis zur Seitenkapelle geschoben worden. Hier hatte der Mesner eine Krippe aufgerichtet; darstellend die Geburt des Herrn. Über die Hälfte des Raumes nahm der Stall von Bethlehem ein; es war aber kein Stall, wie sie vielleicht in Palästina gebaut worden sind; es war ein richtiger, ordentlicher Stall, wie man sie hierzulande hat.

Alles darin war genau und gut nachgemacht; Barren und Raufe, ein hölzerner Verschlag, in dem man die Schweine unterbringt, oben die Luke, durch die man das Heu herunterwirft; dazu Geräte und Handwerkszeug, ein Schubkarren, Trankkübel und ein Melkstuhl waren da; Heurechen und Gabeln waren an die Wand gelehnt.

Und hinter dem Barren stand ein Ochse; aber kein Ochse, wie man sie in Palästina hat, sondern ein richtiger Pinzgauer, rot und weiß gefleckt. Der Esel daneben ist eher orientalisch gewesen, denn der Meister hatte ihn ohne Vorbild geschnitzt.

Vom Stalle weg dehnte sich eine Landschaft aus; eine richtige, deutsche Schneelandschaft mit Hügeln und Bäumen. Am dunkeln Himmel leuchteten die Sterne; einer besonders hell. Das war der Stern, der die Weisen aus dem Morgenlande herbeiführte.

Zu dem sahen die Hirten hinauf; sie mußten aber die Augen vor seinem Glanze bedecken.

Andere Hirten hatten sich vor dem Stalle aufgestellt und schauten andächtig hinein. Da saß die Jungfrau auf dem umgestülpten Schubkarren und hielt zärtlich blickend das Kindlein im Schoße. Der Joseph stand daneben; mit der linken Hand strich er sich den langen Bart, die rechte hielt er freudig in die Höhe, und sie stieß beinahe an der Decke des Stalles an.

Die Schullerin schaute gar andächtig auf die Gruppe.

Das war so, wie es im Liede gesungen wurde.

»Und hat ein Blümlein bracht
Mitten im kalten Winter
Wohl zu der halben Nacht.«

Da mußte sie an ihr eigenes Kind denken, daß sie den letzten Herbst zur Welt gebracht hatte.

Und das ihr der Pfarrer in ungeweihter Erde neben der Friedhofsmauer einscharren ließ, weil es nicht getauft war in dem Glauben dessen, der da drinnen in der Krippe so hilflos auf seiner Mutter Schoß lag.

Es steht aber geschrieben: »Acht Tage später wurde das Kind beschnitten und ihm der Name Jesus gegeben.«

Eine ganze Woche später. Wenn da ein Unglück geschehen wäre, ob sie im Morgenlande gegen die Mutter auch so grausam gehandelt hätten?

Das ihrige war keine Stunde alt geworden und durfte doch nicht liegen neben den Eltern, um auf die Auferstehung zu warten.

Daran mußte die Schullerin denken.

Wenn das nicht geschehen wäre, hätte vieles ein anderes Aussehen bekommen. Von dem Tage an war der Verdruß angegangen und hatte nicht mehr aufgehört. Ja, wäre das nicht gewesen, dann stünde jetzt der Bauer neben ihr und fehlte nicht am heiligsten Abend in der Kirche.

Eine lebhafte Bewegung kam unter die Leute; am Altare sang der hochwürdige Herr ein lateinisches Wort besonders langgedehnt und feierlich durch die Nase.

Die Mette war zu Ende.

Die Ehehalten des Schuller verbreiteten es bald im Dorfe, daß ihr Bauer den Glauben abgeschworen habe und kein Christ mehr sein wolle.

Aber die Erlbacher hätten das auch ohne die Rederei bald gemerkt, denn bei allen heiligen Handlungen, die in dieser Zeit schnell hintereinander folgen, fehlte der Andreas Vöst.

Er trank nicht vom gesegneten Johanneswein; er war nicht bei der großen Salz- und Wasserweihe, die am Abend vor dem Dreikönigstage gehalten wird, und er ging am Lichtmeßtage nicht mit einer geweihten Kerze in der Prozession.

Die Schullerin brachte freilich geweihtes Salz heim und vermengte es mit dem Johanneswein, auf daß die Mischung das ganze Jahr aufbewahrt bleibe und davon jedem Stück Vieh gegeben würde, welches in den Stall käme.

Aber wie konnte es helfen und den Schaden abwehren, wenn der Hausherr den Brauch nicht ehrte?

Sogar den Blasiussegen verschmähte er.

Er war nicht unter den Leuten, welche am Tage nach Lichtmeß vor dem Altare knieten; er ließ sich nicht die gekreuzten Kerzen an den Hals legen, daß er von Krankheit verschont bleibe.

Aber wenn der Schuller glaubte, daß er für sich allein nach eigenen Gesetzen leben könne, irrte er sich.

An seine Feindschaft mit dem Pfarrer hätten sich viele nicht gekehrt; die gab es zu allen Zeiten, voraus jetzt, wo sich die Bauernbündler zusammentaten.

Aber wer sich von Herkommen und Brauch losmacht, verliert den Boden unter den Füßen. Darin hatte die Schullerin mit ihrem Weiberverstande klarer gesehen wie der Bauer.

Das Ansehen wurde ihm gemindert, in der Gemeinde, wie im Hause.

Denn die Sitte ist älter als die Menschen. Und sie ist stärker.

Weil sie das nüchterne Leben segnet, ist sie ehrwürdig, und weil sie ehrwürdig ist, kann sie keiner ohne Schaden verletzen.

Sie ehrt die Arbeit, sie gibt der Fröhlichkeit und der Trauer Bedeutung.

Absonderlich der Bauer hängt mit zäher Treue an ihr.

Sie begleitet ihn von dem Tage an, wo der Göd seinen Einbindtaler dem Täufling in die Windeln steckt, bis zu der Stunde, wo ehrsame Nachbarn seinen Sarg dreimal auf die Schwelle des Hauses niederlassen, bevor sie ihn auf die Schultern heben.

Daß der Schuller heraustrat aus dem festgefügten Kreise, mißfiel allen.

Auch dem Haberlschneider.

Er sagte dem Freunde offen, daß er unrecht damit tue, und daß ihn jeder tadeln müsse, der es gut mit ihm meine.

Wenn jetzt der Pfarrer seinen Schmerz über den unchristlichen Haushalt auf der Kanzel verkündete, dachte mancher Rechtschaffene, daß er damit seine Pflicht tue.

Und im eigenen Hause mehrte sich dem Schuller der Verdruß.

Zu Lichtmeß sagten ihm alle Dienstboten auf. Sie wollten einem Herrn nicht dienen, der im Gerede stand; denn von dem Spotte fiel auch etwas auf sie.

Die neuen, welche kamen, taugten nicht viel. Sie glaubten von Anfang, daß sie in diesem Hause das Recht zur Liederlichkeit hätten. Wenn sie dann straffes Regiment spürten, wurden sie störrisch und mißmutig.

Der Roßknecht war das Jahr zuvor bei einem Bauern in Webling gewesen, der alle fünf gerade sein ließ und seinen Stall unreinlich hielt.

Gerade in dem Punkte war der Schuller genauer wie andere; er hatte nicht bloß in seinem eigenen Anwesen alte Mißbräuche abgeschafft, sondern auch Nachbarn und Freunde darüber belehrt, daß die alte Manier schädlich sei.

Er sah streng darauf, daß jede Futterzeit Dünger und Streu entfernt wurden, damit die Pferde ein trockenes und reinliches Lager hatten.

Dem neuen Knechte war die Arbeit zu viel. Als ein richtiger Faulenzer wußte er immer Gründe anzugeben, wenn er die Streu liegen ließ.

Der Boden sei zu hart, sagte er, und er dürfe doch nicht jedesmal einen großen Haufen ausbreiten; da sei es gescheiter, frische Streu auf die alte zu legen.

Der Schuller machte ihm begreiflich, daß es ihm auf ein paar

Strohbündel nicht ankomme. Übertreiben müsse man es ja nicht; und ein hartes Lager sei immer noch besser, wie Schmutz oder Nässe.

Der Hansgirgl hörte zu und sagte, er wolle in Gottes Namen jedesmal frische Streu aufschütten; aber die alte warf er liederlich in eine Ecke des Stalles.

Da mußte ihn der Schuller wieder mahnen. Er habe ihm doch angeschafft, daß er die alte Streu auf den Misthaufen bringen solle.

Der Hansgirgl sagte, es sei draußen zu kalt, und er habe die Stalltüre nicht aufmachen dürfen, sonst wäre die Luft hereingekommen.

Der Dallhammer von Webling sei scharf darauf gewesen, daß die kalte Luft nicht in den Stall komme. Das sei eine alte Dummheit, entgegnete der Schuller.

Bei ihm müsse es anders gemacht werden. Nur auf mit der Tür, dreimal am Tag, und den Mist hinausgefahren! Die Luft sei was Gutes für Mensch und Vieh.

Ein paar Wochen tat es gut.

Bis eines Tages der Hansgirgl wieder frische Streu auf die alte warf.

Diesmal faßte der Schuller schärfer an.

»Ja, hab' i dir's it g'sagt, daß i dös it mag? Is mei Reden für gar nix?«

»'s Roß liegt oamal z'hart, und de alt' Strah is gar it naß; beim Dallhammer hamm mir de Strah glei drei und vier Täg liegen lassen.«

»Was geht denn dös mi o, was der Dallhammer tuat?«

»Der sell hat aa was verstanden, und 's Roß braucht it so hart liegen.«

»Bei mir g'schieht dös, was i will. Und dös mirkst dir amal guat!«

Der Hansgirgl räumte verdrossen den Mist zusammen und streute frisch auf. Wie er mit der Arbeit fertig war, band er den Schurz ab und zog seinen Janker an.

Eine Viertelstunde später saß er beim Wirt, und drei Stunden später saß er noch dort.

Seinen Hut schob er von einem Ohr auf das andere, und jedesmal, wenn ihm die Kellnerin eine frische Halbe brachte, ließ er sie trinken. Er sagte, daß er sich nichts gefallen lasse. Und das müsse schon eine ganz andere Herrschaft sein, von der er sich was gefallen lasse. Er wolle die Arbeit tun, akkurat so, wie beim Dallhammer von Webling; das Neumodische kenne er nicht und wolle er nicht, und es reue ihn, daß er vom Dallhammer weggegangen sei.

Die Pferde daheim wurden unruhig, als zur Futterzeit niemand kam.

Da ging der Schuller in den Stall und sah, daß der Hansgirgl ausgeblieben war. Er schüttete selber vor und war zornig über den Knecht, der nach so kurzer Zeit schon liederlich wurde.

Als er ihn später durch den Hof gehen sah, trat er auf ihn zu.

»Wo kimmst denn du her?«

»I?«

»Ja, du. Woaßt du it, wann Fuatterzeit is?«

»I waar scho kemma.«

»Du waar'st scho kemma! Müassen d' Roß warten, bis du g'nua g'soffen hoscht. Du stinkst nach'n Bier!«

»I ho gar it g'soffen. Wegen dera Halbe brauch' i mi net schimpfen lassen.«

»Balst ma dös nomal tuast, daß d' unter der Zeit zu'n Wirt laafst, nacha schmeiß' i di außi.«

»So, du schmeißt mi außi?«

»Jawohl, schnell g'nua.«

»Na, dös tuast du net! I geh' a so und schaug mir um an richtigen Deanst in an richtigen Haus.«

»Nimm di z'samm!«

»I nimm mi gar it z'samm. Mi hat's a so den ersten Tag g'reut, daß i zu dir kemma bi. A jeder Mensch sagt's, daß ma bei dir it bleib'n soll. Du bist ja gar koa Christ! Du bist ja gar neamd!«

»Geh in dei Kammer und pack dei Sach'! Morg'n in da Fruah machst, daß d' weiter kimmst. Dei Büachl und dein Lohn für dös Monat schick' i dir umi. Und sehg'n will i di nimmer!«

Der Hansgirgl zog am nächsten Morgen ab. Einige Tage später ging auch die Mitterdirn nach einem geringfügigen Wortwechsel mit der Bäuerin. Die Bäcker Ulrich Marie wußte ihr einen besseren Platz, wo sie ihr Seelenheil nicht auf das Spiel setzen mußte.

FÜNFZEHNTES KAPITEL

»Der rechte Fuß setzt im Takt ein, der linke zieht einen Bogen nach rechts! Also nochmal! Eins, zwei, drei – vier, fünf, sechs!«

Der ehemalige herzogliche Hoftänzer Merkle gab Tanzunterricht, und es waren im Saale des Schimmelwirtes ein Dutzend Studenten und ebensoviel Bürgermädchen anwesend, welche die gesellige Kunst in sechs Lektionen erlernen wollten.

Und Merkle war der Mann dazu, sie jedem beizubringen, weil er sie ernst nahm.

Er hatte ein Buch über die Tanzkunst geschrieben und das begann so: »Der Tanz als Kunst ist die vollendetste ästhetische Formenbewegung, also das Symbol der plastischen Schönheit. Er ist das Streben, dem Körper die höchste Schönheit zu verleihen, ihn durch Anmut zu verklären, ihm ästhetische Bedeutung zu geben; das wenigstens ist der Standpunkt, den ich als Repräsentant der modernen Tanzkunst einnehme.«

Und er lebte nach diesem Glauben.

Niemals stellte er seine Beine in gewöhnlicher Weise nebeneinander auf den Boden; immer ruhte eines auf der Fußspitze, indem es sich in schönem Halbbogen wölbte; niemals ballten sich seine Hände zu Fäusten zusammen, niemals steckten sie in Taschen, oder hingen bedeutungslos an ihren Gelenken.

Sie vorzüglich hatten, wie Merkle sagte, die Aufgabe, durch Attitüden das Symbol der plastischen Schönheit darzustellen. Man erreicht dieses Ziel, indem man die kleinen Finger sich von den übrigen wegstrecken läßt und die gerundeten Zeigefinger an die Daumen preßt.

Aber wenn Merkle für sich diese Vollendung erreichte, so war es ihm doch unendlich schwer, sie anderen mitzuteilen.

Denn unter seinen Schülern waren Menschen, deren Gliederbau nicht zierlicher war, als der von jungen Hühnerhunden; und welche erst reiflichen Nachdenkens bedurften, wenn sie eine entferntere Extremität in Bewegung setzen wollten; und welche eine runde Linie herstellten, indem sie eine gerade zwei- oder dreimal knickten.

Es waren Menschen da, welche niemals einsahen, warum ihre Fersen nicht auch am Vergnügen teilhaben sollten, und welche wie vom Blitz getroffen umfielen, wenn sie ihr Dasein auf die Fußspitzen verlegen wollten.

Und dann gab es Mädchen, welche die ganze Hilflosigkeit ihres Geschlechtes begriffen, wenn der Tanz begann. Und welche sich an die Herren klammerten, als müßten sie durch einen reißenden Fluß hindurchwaten, oder als würden sie aus einem brennenden Hause gerettet.

Und wirklich, es war nicht leicht, sie alle so abzurichten, daß ihr Tanz als das Symbol der plastischen Schönheit gelten mußte. Aber Merkle war der Mann dazu.

Er gab dem fetten Herrn am Klavier ein Zeichen. Und dieser begann wieder.

»Komm herab, o Madonna Theresa!
Sieh doch, wie schön ist die Nacht!«

Ein junger Mann riß eine Blondine grausam von den Freundinnen weg und begann, um sie herumzulaufen, und stieß ihr die Kniee in den Leib und versuchte, ihr die Hüften abzudrehen, und schüttelte sie, als wolle er ihren ganzen Inhalt verstreuen.

»Halt!«

Das Klavier schwieg.

»Sie sind zu heftig, mein Herr!« sagte Merkle. »Gerade der Walzer erleichtert den elastischen Schwung und verleiht dem Körper eine ungemein natürliche Grazie. Sehen Sie her! So! Der rechte Fuß setzt im Takt ein, der linke Fuß zieht einen Bogen nach rechts.«

Die Musik begann wieder.

»Komm herab, o Madonna Theresa!
Sieh doch, wie schön ist die Nacht!«

Der junge Mann versuchte aufs neue, die Hindernisse zu besiegen. Er biß die Zähne zusammen und schaute starr auf den Boden und trat mit den Stiefeln darauf herum, als müsse er eine Menge Ungeziefer tottreten, und dann schleuderte er wieder seine Füße von sich weg, als wolle er sie nie mehr in seinem Leben sehen, und dann drehte er sich in einem Wirbel um sich selber herum, als wäre durch seinen Leib eine Eisenstange gezogen. Und das blonde Mädchen hüpfte für sich allein auf und ab, da es diese ungeahnten Bewegungen nicht mitmachen konnte.

»Halt!« kommandierte Merkle. »Mein Herr, Sie müssen noch die Positionen der Füße üben; in der Führung der Dame sind Sie nicht sicher genug. Ein anderes Paar! Darf ich bitten?«

Ein langer Jüngling trat aus der Reihe vor und hielt seine rotwangige Tänzerin mit gestreckten Armen von sich weg.

»Nehmen Sie eine ungezwungene Haltung an!« mahnte Merkle. »Die Dame muß sich anschmiegen. In natürlicher Grazie, aber nicht zärtlich! So ist es schon besser. Eins, zwei, drei – vier, fünf, sechs! Gut! Bravo! Es geht ganz ordentlich, Herr Mang. Sie müssen nur Zwanglosigkeit zeigen.«

Sylvester kam mit Ehren um den Saal herum, und der Tanzmeister sagte: »Sie werden eine gute Figur auf dem Kränzchen machen; ich wäre sehr froh, wenn alle Herren so vorgeschritten wären.«

Diese Übungen wurden nämlich nicht abgehalten in dem Streben, dem Körper die höchste Schönheit zu verleihen; sie hatten einen besonderen Zweck.

Die studentische Verbindung »Klio« wollte ein Kränzchen veranstalten, und ihre jungen Mitglieder mußten sich darauf vorbereiten.

Sylvester war von einem Schulfreunde eingeladen worden, an der Tanzstunde teilzunehmen und das Kränzchen mitzumachen. Er sagte nicht sogleich zu, weil er in seiner Lage üble Deutungen und Nachreden scheute. Aber der alte Schratt erklärte ihm, daß es zu den notwendigen Erfahrungen des Lebens gehöre, ein hübsches Mädel im Tanze herumzuschwenken, und der Schulfreund erzählte ihm, daß die besten Familien eingeladen wären, und daß sehr feine Mädchen kommen würden, als zum Beispiel die Töchter des Herrn Rektors, und die Töchter des Magistratsrates Küfel, und die Tochter des Kaufmanns Sporner. Da ging Sylvester noch einmal in sich und sagte seine Beteiligung zu.

Er hatte mit Traudchen nie mehr gesprochen seit jenem Abend. Gesehen hatte er sie des öfteren, d. h. zweimal, wie er genau wußte.

Zuerst in der Woche vor Weihnachten, als er abends durch die Theatinerstraße wandelte.

Da drängten sich die Leute und bewunderten die festliche Pracht der Auslagen.

Plötzlich sah er vor einem Laden eine stattliche Dame stehen, neben ihr ein schlankes Mädchen, dessen reiches Haar in einem schönen Knoten gebunden war.

Und der Studiosus Mang verspürte ganz plötzlich Herzklopfen und blieb wie angewurzelt stehen, indem er seine Augen auf das Pelzbarett und den Haarknoten gerichtet hielt.

Zufällig wandte die junge Dame den Kopf, und zufällig traf ihr Blick den langen Studenten.

Er zog hastig den Hut, aber er war zu schüchtern, um sie genau anzusehen.

Überdies stieg ihm das Blut heiß in den Kopf, und außerdem hatte er Ohrensausen.

Das alles gab mit dem Herzklopfen bedenkliche Krankheitserscheinungen und trübte seine Beobachtungsgabe.

So wußte er nicht, hatte sie ihm wirklich zugenickt, und hatte sie wirklich freundlich gelächelt, und war sie wirklich rot geworden?

Oder kam das von den bunten Glühlampen, welche hinter dem Auslagefenster brannten?

Sylvester dachte lange über diese Sache nach und kam zu keinem abschließenden Urteile.

Die zweite Begegnung fand einige Wochen später statt. Den 3. Januar, nachmittags, auf dem Maximiliansplatze.

Sylvester ging mit dem Sohne des Hannes Weiß aus Pirmasens.

Er belehrte ihn, daß der Diktator Lucius Cornelius Sulla nicht, wie John White jun. angenommen hatte, den Cajus Julius Cäsar ermordete, und daß man einen solchen Verdacht schon deshalb nicht nähren könne, weil der Cornelius Sulla ungefähr vierunddreißig Jahre vor dem ruchlosen Morde gestorben war.

In diesem Vortrage hielt Sylvester plötzlich inne, als zwei junge Mädchen mit fröhlichem Lachen um die Ecke bogen.

Und er zog wieder hastig seinen Hut und wußte wieder nicht, ob Fräulein Traudchen Sporner seinen Gruß freundlich aufgenommen hatte.

Diesmal aber erhielt er Gewißheit. Als er seine Rede etwas zerstreut wieder aufnahm und sich über die persönlichen Verhältnisse des Cornelius Sulla ausließ, sagte John White jun.:

»Ich glaube, sie hat gewartet, daß Sie mit ihr sprechen.«

»Wer?«

»Die junge Dame, welche Sie gegrüßt haben. Sie ist mit der anderen vor dem Laden stehen geblieben und hat hineingesehen.«

»Das wissen Sie nicht, John. Man darf eine Dame nicht anreden.«

Sylvester sagte das so bestimmt, als verkünde er eine große Wahrheit. Innerlich machte er sich Vorwürfe über sein Verhalten. Er malte sich umständlich aus, wie er sich hätte benehmen sollen, und was dann gewesen wäre.

Wenn er zum Beispiel Fräulein Traudchen angesprochen hätte: »Ich wollte mich nur nach dem Befinden Ihrer werten Eltern erkundigen«, oder »darf ich mir die Frage erlauben, ob Sie im Klavierspielen noch immer so große Fortschritte machen?«

Es war zu vermuten, daß die junge Dame freundlich geantwortet hätte, und dann war die Möglichkeit geboten, noch einige detaillierte Fragen zu stellen nach dem besonderen Befinden des Papa Sporner und dem besonderen Befinden der Mama Sporner, ja, sogar nach den Erlebnissen der Tochter selbst.

Sylvester nahm sich fest vor, die nächste Gelegenheit nicht wieder so töricht zu versäumen und gründlich das Gesetz zu übertreten, welches er soeben feierlich dem John White jun. kundgegeben hatte.

Aber das Schicksal ließ ihn diesen Fehltritt nicht begehen.

Obwohl er von nun ab für seine belehrenden Spaziergänge immer wieder den Maximiliansplatz wählte, unterbrachen ihn keine lachenden Mädchen mehr, und er konnte ganz ungestört alle Irrtümer beseitigen, welche sich in die geschichtlichen Kentnisse seines Schülers eingeschlichen hatten.

Jetzt ging Sylvester in seinen kühnen Plänen weiter. Er wollte möglichst oft den Weg durch die Rosengasse nehmen und so den ersehnten Zufall mit Gewalt herbeiführen. Er konnte doch wie andere Menschen ganz unbefangen an der Firma Sporners selige Erben vorübergehen, auch zufällig zum dritten Fenster im ersten Stocke hinaufsehen und zufällig einem Mitgliede der Familie begegnen.

Solche Vorsätze faßte Sylvester Mang und hielt an ihnen fest, bis er an die Ecke der Rosengasse kam. Hier kehrte er jedesmal wieder um und legte sich die Gründe vor, welche gegen das Unternehmen sprachen.

Doch einmal faßte er sich ein Herz und bog mit unbefangener Miene in die Gasse ein.

Aber seine Schritte wurden langsamer, je näher er an das Haus kam.

Er schlich hart an der Wand von Sporners seligen Erben vorbei, und als er zur Ladentüre kam, machte er mit abgewandtem Gesichte drei große Schritte, um den Blicken der Madame Sporner zu entgehen, welche von der Kasse aus die Straße übersehen konnte.

Ach, wie lieblich duftete der Kaffee! Wie freundlich glänzte der Messinggriff an der Türe!

Und wie lustig rauchte der Neger auf dem gemalten Schilde!

Das würde nun so kommen, dachte Sylvester. Herr Assessor Schratt und er würden den Ball besuchen. Herr Assessor Schratt würde die Familie Sporner begrüßen, und da müßte sich eine gute Gelegenheit finden, daß er sich gleichfalls dem Papa, der Mama und dem Fräulein in Erinnerung bringen konnte.

»Warum soll ich noch auf einen Ball gehen?« fragte Schratt.

»Bitte, sagen Sie zu! Sie werden sich sehr gut unterhalten«, bat Sylvester.

»Das weiß ich nun gar nicht.«

»Gewiß; Sie werden sehen. Hufnagel sagt, es kommen sehr feine Familien.«

»Wer ist Hufnagel?«

»Der Vorstand der Klio. Er studiert Philologie.«

»Das verrät allerdings eine gewisse Gediegenheit des Charakters. Und er übernimmt die Garantie, daß nur feine Familien kommen?«

»Ja, bekannte Bürger und höhere Beamte.«

»Höhere Beamte, bekannte Bürger. Sagen Sie, Sylvester, wird sich unter den bekannten Bürgern auch ein gewisser Michael Sporner befinden? Mich interessiert das, weil dieser Herr mein Tee- und Tabaklieferant ist.«

Sylvester wurde rot, und der alte Max Schratt nahm die Pfeife aus dem Munde und lachte herzlich.

»Sie sind einmal ein Duckmäuser! Seit zwei Tagen schildern Sie mir alle Herrlichkeiten, die mich auf dem Balle erwarten, und die Hauptsache verschweigen Sie!«

»Ich dachte...«

»Sie dachten, daß ich hingehen sollte, um wieder einmal höhere Beamte zu sehen?«

»Also werden Sie kommen?«

»Vielleicht. Weil Sie ein guter Kerl sind.«

»Ich kann Ihnen nicht sagen, wie mich das freut. Ich bin Ihnen so dankbar!«

»Was versprechen Sie sich eigentlich von mir? Soll ich den Eltern Ihre Vorzüge schildern?«

»Nein, wenn Sie nur dort sind! Dann traue ich mich, mit der Familie zu reden.«

»Schön! Reden Sie mit der Familie, vergessen Sie dabei aber nicht, das hübsche Fräulein Traudel zu engagieren! Ich werde mein möglichstes tun, um das Gemüt des Herrn Sporner zu erheitern. Post epulas sermones haberi solent. Nach dem Souper gibt man sich Gesprächen hin. Ich will ihn fragen, wo der beste Teestrauch wächst.«

Dem Sylvester Mang war eine große Last vom Herzen genommen, als er die Zusage seines alten Freundes hatte.

Er sollte ihm ein Schild sein gegen die erstaunten Blicke der Madame Sporner, ein Bote seiner aufrichtigen Verehrung für sie, der wohlwollende Erklärer aller Tatsachen, welche seine Teilnahme an solchen Lustbarkeiten entschuldigen konnten.

Der Ball wurde abgehalten im Hackerbräusaale; begann des Abends acht Uhr mit einer Polonäse und endete am frühen Morgen mit einem Kotillon; begann mit steifen Verbeugungen der jungen Männer, scheuen Blicken der Mädchen und endete mit fröhlichem Plaudern, begann mit einem schmerzlichen Lächeln des Herrn Merkle und endete mit der ausdrucksvollen Gebärde seiner Zufriedenheit.

Sylvester war frühzeitig gekommen. Er wollte auf Schratt warten, aber der schickte ihn fort.

»Ich muß mit Gemütsruhe essen«, sagte er. »Und ich will Ihre herzklopfende Ungeduld nicht auf die Probe stellen. Sie würden heimlich die Minuten zählen und mich für ein gefühlloses Scheusal halten. Gehen Sie nur voran und erwarten Sie mich auf dem Schlachtfelde!«

Dann stand Sylvester an der Saaltüre bei den Jüngern der Klio. Keiner zeigte Fröhlichkeit oder jugendlichen Leichtsinn. Einige zerrten an ihren Handschuhen, andere richteten ihre Scheitel; alle blickten sorgenvoll in die Welt.

Merkle trat unter sie und gab ihnen die letzten Verhaltungsmaßregeln.

»Also ein devotes Komplimang, wenn Damen eintreten. Anweisen der Plätze durch die Komiteemitglieder. Sieht man Bekannte, so eilt man auf sie zu, begrüßt sie herzlich und ist ihnen behilflich. Und heiter, meine Herren! Fröhliche Mienen! Damit sofort eine gehobene Stimmung Platz greift. Mit dem Engagieren erst beginnen, wenn die Gäste möglichst vollzählig sind! Man nähert sich hierbei der jungen Dame bis auf zwei Schritte, macht ein Komplimang, tritt noch einen halben Schritt vor und sagt: ›Gnädiges Fräulein, darf ich ergebenst um die Tanzkarte bitten?‹ Dann zeichnet man seinen Namen mit deutlicher Schrift ein; die Dame tut das Gleiche. Es ist Sache der Herren, sich genau den Namen, auch den Platz der Dame zu merken. Verwechslungen können zu sehr unangenehmen Ereignissen führen. Und jetzt noch einmal, fröhliche Mienen! Man kommt.«

Der Diener öffnete die Saaltüre.

Ein beleibter Herr, eine stattliche Dame, zwei Engel in rosafarbenen Kleidern.

Der lange Jakob Hufnagel stürzte auf sie los, als wollte er einen feindlichen Angriff gegen sie ausführen. Die stattliche Dame wich ihm aus, und Merkle eilte herbei, um diese erste Verwirrung zu schlichten.

Es gelang ihm, die Familie zu beruhigen und dem beleibten

Herrn zu erklären, daß sich der Präses Hufnagel lediglich die Ehre geben wolle, den Herrschaften Plätze anzuweisen.

Von jetzt an war die Saaltüre in steter Bewegung. Duftige Gestalten schwebten herein, geschmückte Mädchen drängten sich aneinander und flüsterten sich Geheimnisse zu, kernige Bürger schritten neben ihren Gattinnen einher, und über die Köpfe der Eintretenden weg fiel der Blick auf leuchtende Gestalten, die sich in der Garderobe aus ihren Mänteln schälten.

Unaufhörlich flutete es in den Saal, vorüber an den Söhnen der Klio, welche angesichts der Herrlichkeiten immer beklommener wurden.

Sylvester ließ seine Blicke suchend über die Gäste gleiten. »Jetzt!« dachte er, so oft die Türe geöffnet wurde. »Nein. Wieder nicht.« Seine Hoffnung sank.

Vermutlich würden sie nicht kommen. Vermutlich hatte Madame Sporner erfahren, daß Leute erscheinen würden, welche sie schon einmal hatte zurecht weisen müssen.

Und da hatte Madame Sporner gewiß erklärt, es sei unpassend, diese Unterhaltung zu besuchen.

Die tiefe Baßstimme Hufnagels weckte ihn aus seinen düstern Gedanken.

»Mang, glaubst du nicht, es wäre allmählich Zeit, mit dem Engagieren zu beginnen?«

Sylvester blickte den Freund verständnislos an.

Was bedeutete diese Sache für ihn? Was bedeutete der ganze Ball für ihn?

Er antwortete irgend etwas und sah nach der Türe, die sich soeben wieder auftat.

Da!

Die majestätische Gestalt der Frau Sophie Sporner erschien. Ihr Seidengewand rauschte so lebhaft, wie sich das ein echter und gediegener Stoff erlauben darf.

Dann kam eine junge Dame in Weiß, deren Augen ein wenig forschend im Saale herumwanderten und lustig blitzten, als sie auf Sylvester fielen.

Und dann kam im Bratenrocke der gutmütige Papa. Es war nicht mehr anzuzweifeln, die Firma war anwesend.

Sylvester überlegte. Sollte er hineilen und die Eltern begrüßen?

Merkle hatte dies vorgeschrieben; aber seine Lehre war für geübte Truppen berechnet, nicht für Jünglinge, denen Ehrfurcht die Kehlen zuschnürt.

Sylvester sagte sich, daß er auf Schratt warten müsse.

In drei Minuten war es acht Uhr, und er hatte versprochen, pünktlich zu sein.

Wieder sagte die Baßstimme neben Mang:

»Jetzt sollten wir zum Engagement schreiten!«

Zum Glück für Sylvester war der zweite Vorstand des Vereines, Herr Theodor Schmelzle, ein Jurist und erklärte, daß der Wortlaut des Programmes maßgebend sei. Hiernach beginne der Ball punkt acht Uhr, das Engagieren bilde aber einen Bestandteil des Balles, und ergo treffe auch hierfür die Zeitbestimmung zu.

Ob das richtig war oder nicht, jedenfalls dauerte die Interpretation so lange, daß in der Zwischenzeit der ungeduldig erwartete Schratt auftauchte.

Sylvester begrüßte ihn stürmisch. »Ich habe schon geglaubt, Sie kommen zu spät. Das Engagieren kann nicht mehr verschoben werden!«

»So? Na, einen Platz werde ich noch kriegen. Ist die angesehene Bürgersfamilie bereits anwesend?«

»Ja.«

»Die wollen wir aufsuchen.«

Schratt ging auf die Familie Sporner zu mit einem Mute, der Sylvester Bewunderung einflößte.

Er fand freundlichen Willkommen. Und Frau Sporner sagte mit sichtlichem Vergnügen: »Der Herr Assessor! An Sie hätte ich wirklich nicht gedacht.«

»Das klingt beinahe wie ein Vorwurf und tut mir in der Seele weh. Aber erlauben Sie, daß ich Ihnen einen jungen Freund vorstelle? Herr Studiosus Mang.«

»Ja, der Herr Mang! Wie geht's Ihnen denn? Und warum sieht man Ihnen denn gar nimmer?«

Papa Sporner hatte ein schlechtes Gedächtnis, und er verstand es nie, seine Gefühle zu meistern, zu temperieren und zu dirigieren.

Er schüttelte Sylvester so herzlich die Hand, als hätte man ihm niemals angeraten, vorsichtig zu sein, und er brachte es fertig, diesen jungen Mann ganz ehrlich zu fragen, warum er so plötzlich seine Besuche unterlassen habe.

Vielleicht zog er sich durch dieses Benehmen gerechten Tadel zu; vorerst aber verscheuchte er damit alle Verlegenheiten. Madame Sophie war gütig, Traudchen war fröhlich, und in Sylvester erwachte eine seltsame Kühnheit.

Als man das Zeichen zur Polonäse gab, bot er dem jungen Mädchen furchtlos seinen Arm an und führte es sicher und männlich durch die Reihen der Gäste, daß sich der Kandidat Hufnagel höchlich darüber wunderte.

Denn er selbst war erst nach manchen Fährlichkeiten von Merkle an die führende Stelle gebracht worden. An seinem Arme hing der eine von den rosafarbenen Engeln und reichte ihm kaum zum zweiten Knopfe seiner Weste.

Anfänglich hatte das Mädchen versucht, ein Gespräch zu führen, aber seine Stimme drang nur schwach zu dieser Höhe hinauf. Und seine Mitteilungen klangen wehmütig und trostlos.

Hufnagel hörte zuerst darauf und beugte seinen Oberkörper vor, als blicke er in einen Brunnen, aus dessen Tiefe jemand um Hilfe schrie.

Er schickte seine Stimme hinunter zu dem armen Wesen und sagte ihm, daß der Boden glatt sei, und daß man sich vor dem Fallen hüten müsse.

Nach diesen Warnungen schwieg er.

Das Mädchen konnte nicht leugnen, daß sie berechtigt waren, denn als die Polonäse begann und Hufnagel mit seinen langen Beinen weite Spuren setzte und das Mädchen atemlos neben ihm herlief und den Arm immer höher strecken mußte, um den letzten Halt nicht zu verlieren, da hatte es oftmals die Füße in der Luft und dankte jedesmal dem lieben Gott, wenn es wieder festen Boden gewann.

Aber was bedeutete das gegen die Schrecknisse des Walzers? Gegen die Gefahren, als jetzt Hufnagel um die Jungfrau herumsprang?

Als seine Beine sich gebärdeten, als wären sie ganz für sich allein wahnsinnig geworden, während der Oberkörper immer steifer wurde?

Als seine Stiefel die wütendsten Angriffe gegen ihre kleinen

Ballschuhe machten, auf sie lostraten, wo sie sich nur blicken ließen?

Was blieb ihr übrig, als angstvoll auf den Boden zu stieren und ihre Füßchen vor diesen rasenden Ungeheuern zu retten?

Sie konnte nicht fliehen, denn zwei derbe Hände hielten sie fest, sie konnte nicht schreien, denn die Musik verschlang ihre Stimme.

Sie konnte nichts tun, als dulden und durch verzweifelte Sprünge ihre Zehen in Sicherheit bringen. Endlich war der Tanz zu Ende. Die feindlichen Beine machten noch einige Zuckungen und kamen langsam zur Ruhe.

Und dann führte Hufnagel das zitternde Mädchen zu seiner Mutter und verbeugte sich vor ihm und lächelte ihm zu und sagte, er würde hoffentlich noch einmal die Ehre haben.

Sylvester war glücklich. Aber das Glück machte ihn nicht gesprächig, er ging schweigend neben seiner Tänzerin und freute sich, ihre kleine Hand auf seinem Arme zu fühlen.

Einmal fanden sich ihre Augen, da wurden die zwei jungen Menschen rot.

Und nach einer Weile sagte Sylvester:

»Ich habe Sie seit dem Abend nur zweimal gesehen.«

Traudchen lächelte.

»Das letztemal auf dem Maximiliansplatz.«

»Ja, ich wollte mir erlauben, Sie anzusprechen und mich nach Ihrem Befinden erkundigen.«

»Warum haben Sie es nicht getan?«

»Ich war nicht allein, und Sie waren in Gesellschaft.«

»Meine Freundin, die Käthl Hauck. Sie ist heute auch da; Sie müssen mit ihr tanzen.«

»Gerne.«

»Können Sie jetzt tanzen? Sie haben mir früher erzählt, daß Sie nie dazu kamen.«

»Ich habe es jetzt gelernt.«

»Mama war, glaube ich, überrascht, daß Sie auf dem Ball sind.«

»Sie auch?«

Traudchen errötete leicht, und dann lachte sie fröhlich.

»Ich habe gewußt, daß Sie kommen.«

»Wer hat es Ihnen gesagt?«

»Die Käthl Hauck, und die hat es von Herrn Hufnagel gehört oder von seiner Schwester. Das ist das ganze Geheimnis. Aber jetzt kommt der Walzer.«

Sylvester machte sein Kompliment nach der Vorschrift des Herrn Merkle und nahm das frische Mädel um die Mitte.

Und schwenkte es tapfer im Reigen.

Nach dem Tanze führte er Traudel zu den Eltern, plauderte mit ihnen, ließ sich dem Fräulein Hauck vorstellen und benahm sich mit einer so fröhlichen Sicherheit, daß der alte Schratt ihn vergnügt betrachtete.

Auch Madame Sporner sah ihn prüfend an. Dieser junge Mann hatte sich verändert; nicht zu seinem Nachteile, das mußte sie gestehen, aber sein Wesen bestärkte sie in einer Vermutung.

Manche flüchtige Bemerkung des alten Schratt war ihr aufgefallen; sie hatte nicht bloß das warme Interesse für Sylvester herausgehört, auch eine bestimmte Absicht.

Es war so, als wollte er andeuten, daß ein Kandidat der Theologie nicht immer Pfarrer werde. Die Bemerkungen waren in scherzhaftem Tone gemacht, so nebenbei und unauffällig.

Aber Madame Sporner hatte gute Ohren.

Michael Sporner nicht. Michael Sporner war ahnungslos und schwor, daß keine Klatscherei von bissigen alten Jungfern ihn abhalten könne, brave musikalische Jünglinge zu bewirten.

Und draußen im Saale ging der Ball weiter.

Merkle sah mit Zufriedenheit, daß der Ton lebhafter wurde. Die jungen Herren suchten nicht mehr mit schmerzverzerrten Gesichtern nach Unterhaltungsstoffen; die Mädchen zeigten nicht mehr die Mienen, welche sie für Kondolenzbesuche gelernt hatten; sie waren dankbar für jedes scherzhafte Wort und belohnten es mit hellem Gelächter. Sylvester war mitten im Strudel und holte sich von allen Seiten Anerkennung und Lob.

Eine Française ließ er aus und betrachtete das hübsche Bild als Zuschauer. Schratt suchte ihn auf.

»Na, Sie Tausendsassa! Unterhalten Sie sich gut?«

»Es ist wundervoll. Wie gefällt es Ihnen?«

»Geht so. Herr Sporner wird allmählich gesprächig. Wir sind jetzt bei der Teestaude.«

»Hat er etwas von mir gesagt?«

»Von Ihnen? Nein.«

»Haben Sie...?«

»Ich? Auch nicht.«

»Ich meine, ob Sie...«

»Ob ich Ihr Loblied gesungen habe? Das hätte doch ein bißchen verdächtig ausgesehen, Verehrtester. Sie wissen, daß die Absicht verstimmt, wenn man sie merkt.«

»Das habe ich nicht fragen wollen. Sondern, ob Herr Sporner es nicht sonderbar findet, daß ich hier bin?«

»Er? Der Herr Michael Sporner?«

»Oder seine Frau?«

»Die Frage ist eher berechtigt. Ich habe übrigens nicht bemerkt, daß sie Ihre Anwesenheit mißbilligt. Vielleicht denkt sie, der junge Mann will die Welt sehen, bevor er sich von ihr abkehrt.«

»Hat sie darüber gesprochen?«

»Nein.«

»Oder Andeutungen gemacht?«

»Auch nicht. Sie wollen offenbar herauskriegen, was an unserem Tisch geredet wurde. Ich sage Ihnen ja, wir sind jetzt bei der Teestaude.«

»Was werden sie von mir denken, wenn sie das erfahren?«

»Daß Sie der Gottesgelahrtheit den Rücken kehren?«

»Ja. Am Ende glauben sie, daß ich aus Vergnügungssucht weggehe?«

»Hm. Ich kann Ihnen nicht verschweigen, daß Sie merkwürdig viel Talent verraten für das Treiben dieser Welt. Ich habe Sie beobachtet. Ich bin paff.«

»Im Ernst, Herr Schratt, glauben Sie, daß man mir das übel auslegen kann, daß ich den Ball besucht habe?«

»Man? Wer ›man‹? Ich glaube, daß Fräulein Traudel deshalb nicht an Ihrem Charakter verzweifelt, auch Herr Michael Sporner scheint eine milde Auffassung zu hegen, und Madame Sophie...«

»Die wird mich für leichtfertig halten.«

»Und Madame Sophie ist eine sehr kluge Frau; sie hat mehr Verstand als mancher weise Mann. Das kann Ihnen einmal nützen in ernsteren Dingen und wird Ihnen nicht schaden, wo es sich um solche Kleinigkeiten handelt.«

»Sie glauben...?«

»Heute gar nichts, Sylvester. Ich wollte nur sagen, daß Frau Sophie zu den Menschen gehört, deren Achtung man sich durch Tüchtigkeit verdienen kann. Das liegt für Sie in weiter Ferne, aber daß es möglich ist, bedeutet auch etwas. Jetzt wollen wir dem Tanze zusehen.«

Sylvester war nachdenklich geworden. Er blickte zerstreut in den Saal.

Merkle kommandierte:

»La main droite! La main gauche! Balancez en ligne!«

»Zu meiner Zeit hat man das noch getanzt«, sagte Schratt; »die jungen Leute gehen ja nur. Wer ist denn der lange Sohn Enaks dort vorne? Wenn der nur das Mädchen nicht tot tritt!«

»Das ist der Hufnagel.«

»Der Philologe? Das hätte ich ahnen können. Die Herren haben sich seit meiner Zeit nicht verändert.«

Nach dem Kotillon erklärte Frau Sporner, daß man den Heimweg antrete. Schratt und Sylvester schlossen sich an.

Als sie im Freien waren, erbarmte sich der alte Herr über seinen Freund und sagte, in dieser milden Februarnacht wolle er noch ein wenig spazieren gehen und die Familie begleiten.

Er rundete seinen Arm und bot ihn der Madame Sophie an; zu ihrer Rechten ging Herr Michael.

Traudel und Sylvester schritten voran.

»Ich werde immer an den Abend denken«, sagte Sylvester.

»Ja, es war sehr hübsch.«

»Das ist jetzt vorbei. Wer weiß, wann ich wieder einmal...«

Er sprach den Satz nicht aus und seufzte.

Er hatte sich vorgenommen, dem Mädchen zu sagen, welche Pläne er für die Zukunft gefaßt habe. Er wollte ihr sagen, daß er nicht Geistlicher werde.

Während des Kotillons wollte er dieses Geständnis machen. Da war eine günstige Gelegenheit. Aber Traudel plauderte so lustig, und da wollte er nicht mit ernsten Dingen kommen. Nach dem Tanze vielleicht.

Es ging wieder nicht. »Also auf dem Heimwege«, dachte er.

Und jetzt ging er wieder neben dem Mädchen und fand wieder nicht den Mut.

Der Weg war sehr kurz. Wenn sie um das Eck bogen, kamen sie schon in die Rosengasse.

Er sah nach den Hausnummern. 38. Wenn sie bei 34 waren, wollte er reden.

Aber da kam 34 und kam 30, und er brachte es noch nicht heraus.

Nun merkte er, daß er die ganze Zeit stumm geblieben war.

Und da vorne kam schon das Eck.

»Fräulein Gertraud...«

»Ja.«

»Wenn Sie etwas von mir hören, werden Sie deswegen nichts Schlechtes von mir denken?«

»Was soll ich von Ihnen hören?«

»Ich will..., ich glaube nicht, daß ich Geistlicher werde.«

Jetzt war es heraus. Sylvester atmete erleichtert auf. Er sah schüchtern zu Gertraud hinüber, aber sie begegnete seinem Blicke nicht, und da ihr Kopf mit einem Tuche verhüllt war, und da es ziemlich dunkel war, konnte er nicht sehen, daß sie bis unter die Haarwurzeln errötete.

Sylvester redete weiter; er war jetzt schon im Zuge.

»Sie werden nicht schlecht von mir denken?«

»Nein. Ich denke nie schlecht von Ihnen.«

»Ich habe mich nicht leicht entschlossen, aber ich kann nicht dabei bleiben.«

»Dann dürfen Sie auch nicht.«

Sie sah ihn offen an; in ihren braunen Augen lag ein fester Ernst.

Als wollte sie ihm sagen, daß er die Kraft haben müsse, das zu einem rechten Ende zu führen, was er sich vorgesetzt hatte.

Sie sprachen nichts mehr.

Nach wenigen Schritten standen sie vor dem Hause; Schratt kam mit den Eltern nach, und Sylvester verabschiedete sich von ihnen. Schüttelte auch dem Fräulein die Hand, und sah ihm nach und sah auf die Türe, welche langsam ins Schloß fiel.

SECHZEHNTES KAPITEL

Ein warmer März.

Wenn ein Erlbacher den Pflug über die Weblinger Höhe hinaufführte, zog er unterwegs den Janker aus und fuhr sich über die Stirne.

Dann blähten sich die Hemdärmel im Winde und hoben sich lustig vom blauen Himmel ab.

Die weißen Birken am Waldrande streckten sich der Sonne entgegen, und alle Wiesen waren gelb von Schlüsselblumen.

Und große, rote Flecken waren über die Ackerschollen verstreut.

Wer gute Augen hatte, konnte sehen, daß es die Kopftücher der Weiber waren, welche am Boden knieten und Kartoffel einsetzten.

Fröhlichkeit lag in der Luft.

An der Pflugwende rastete jeder und schrie zum Nachbarn hinüber und lobte den Tag und das Wetter.

Es mache warm von oben und unten; da müsse der Same keimen, daß es eine Freude sei.

Auch im Dorfe waren fleißige Hände tätig.

In den Gärten machten sich die alten Leute zu schaffen, legten Beete an und setzten Pflanzen ein, denn eine gute Regel sagt: Sankt Benedikt macht die Zwiebeln dick.

Die Kloiberin weißte ihre Küche aus, beim Weßbrunner strich der alte Vater die Fensterläden an, und der Geitner hatte zwei Maurer eingestellt, die ihm das Haus sauber herrichten mußten.

Denn er wollte, daß eine solche Arbeit richtig gemacht werde. Wieder vor anderen Häusern hingen die Weiber Wäsche auf oder putzten die Fenster.

Die Alten, welche nicht nützlich sein konnten, setzten sich ins Freie und schauten blinzelnd in die Sonne.

Auch die Kranken, die sich in der Luft kräftigen wollten.

Unter denen war die Veronika Mang. Ihr altes Leiden hatte sich wieder eingestellt, und ärger wie früher.

Sonst waren ihr die Füße angeschwollen, heuer griff ihr die Krankheit ans Herz, und sie hatte böse Atemnot.

Die Weberin wartete ihr auf und rühmte bei allen Leuten die Geduld, mit der die Mangin ihre Schmerzen trug.

Sie erlaubte nicht, daß man ihrem Sohne Mitteilung machte.

»Wenn's wieder besser werd«, sagte sie, »nacha hätt' er si umasinscht kümmert, und werd's schlechter, nacha sag' i's scho, wenn's Zeit is.«

Die Weberin meinte, es werde nicht besser, denn die Mangin hätte sich ganz verändert. Sie sei nachdenklich geworden und rede oft mit sich selber, aber ganz still, daß man die Worte nicht verstand, und ganz demütig sei sie; gar nicht mehr resch, wie früher.

Das sei aber ein schlechtes Zeichen, wenn sich kranke Leute so ändern.

Die Bäcker Ulrich Marie sagte, sie wisse gut, warum die Mangin trübsinnig sei. Der hochwürdige Herr Kooperator habe es ihr gesagt. Nämlich, daß der Sylvester Mang das geistliche Studieren aufgeben wolle, noch vor er die Weihen kriege.

Sie habe sich's schon lange gedacht, sagte die Bäcker Ulrich Marie, denn groß sei der Eifer beim jungen Mang nie gewesen. Wenn er daheim war, sei er selten unter der Woche in die Kirche gegangen, und mit dem hochwürdigen Herrn Kooperator habe er wenig Verkehr gehabt.

Bloß beim verstorbenen Pfarrer sei er den ganzen Tag gewesen; ob er bei dem das beste Christentum gesehen habe, möchte sie nicht behaupten.

Und von dem Unglück sei die Mangin krank geworden. Die habe sich immer dick gemacht mit ihrem geistlichen Herrn Sohn und habe herumgeschrien, wie schön sie es noch einmal kriege, und habe schon getan, als wenn sie die Frau Pfarrermutter wäre. Jetzt sei alles nichts, und der Vetter in Pasenbach würde die Hand abziehen vom Sylvester.

So redete die Bäcker Ulrich Marie, und die Weiber schauten

mitleidig über den Gartenzaun hinüber nach der Mangin, die fröstelnd in der warmen Sonne saß.

»Es ist ein Kreuz auf der Welt«, sagte die Bäcker Ulrich Marie. »Überhaupts, wo man hinschaut.«

Ob es die Zwergerin schon gehört habe von dem Vöst seiner Ursula?

Vorgestern habe sie das Kind gekriegt, und heute sei es noch nicht getauft. Und der hochwürdige Herr Kooperator habe gesagt, der Vöst lasse es überhaupt nicht taufen, weil er einen abscheulichen Haß gegen das Christentum habe.

Ein Kind von ihm liege schon hinter der Kirchhofmauer, und wer wisse es denn, ob er nicht auch selbigesmal mit Fleiß die Taufe versäumt habe?

Wenn das gehe, daß in Erlbach einer sein Kind als Heiden aufziehen dürfe, müsse ein Strafgericht kommen.

Die Zwergerin zeigte ein solches Entsetzen über die Mitteilung, daß andere Weiber aufmerksam wurden und ihre Arbeit im Stiche ließen. Sie standen im Kreise um die Bäcker Ulrich Marie herum und steckten die Köpfe zusammen, und immer kamen wieder neue hinzu. Kinder, die auf der Straße spielten, liefen heim und sagten, daß beim Bäcker so viele Leute stünden. Dann kamen die Weiber aus den Häusern, hielten die Hände vor die Augen und schauten die Straße hinauf.

Und jede, die den dichten Knäuel sah, band sich eine Schürze um und ging darauf zu.

Die Weberin konnte ihre Neugierde nicht mehr verhalten. Sie sagte zur Mangin, daß sie ein wenig warten solle, denn sie wäre gleich wieder da.

Wie sie zurückkam, ging die Weßbrunnerin mit ihr, und sie blieben alle fünf Schritte stehen und schauten sich mit erschrokkenen Augen an.

»Was habt's denn g'habt?« fragte die Mangin mit schwacher Stimme.

»D' Schuller Ursula hat an Bua'm kriagt, und der Schuller will'n net taufen lassen, daß er a Heid' bleiben muaß; g'rad extra, weil's an Pfarrer ärgert.«

»Wer hat denn dös g'sagt?«

»D' Bäcker Ulrich Marie erzählt's g'rad.«

»De hat scho viel erzählt, was it wahr is. Dös glaab i net.«

»So was durft's ja do it sag'n, bal's it wahr is. Und sie hat's vom Herrn Kopratta.«

»I glaab's it. Dös tuat der Schuller net.«

»Ja, der! Döas woaß ja ganz Erlbach, daß er an Glaub'n abg'schwört hat. Er geht in koa Kircha mehr.«

»D' Leut sollen an Schuller in Ruah lassen. Dös waar g'scheiter. Früherszeiten hat ma nia was Schlecht's g'hört vom Schuller.«

»Aba da derf ma do it zuaschaug'n, wenn er an Heiden herzügelt!«

Die Mangin schüttelte leicht den Kopf und murmelte vor sich hin.

»Sie treibt's nimmer lang«, sagte die Weberin hinterher. »Sie g'fallt ma gar it. Sinscht waar sie die erst' g'wen bei'n Schimpfa, und jetzt is sie ganz verzagt. De lebt nimmer lang.«

Das war nicht gelogen, daß die Ursula ein Knäblein geboren hatte. Es schrie laut genug, daß man sein Dasein merken mußte.

Die Schullerin stand ihrer Tochter in den schweren Tagen bei und ließ sie kein unrechtes Wort hören. Sie erwies ihr mehr Liebes, als zu anderen Zeiten, denn das liegt im guten Wesen der Frauenzimmer.

Und als die Hebamme das Kind zur Taufe in die Kirche trug, ging die Schullerin mit, gerade so, als sollte ihr rechtmäßiger Enkel in die Christenheit aufgenommen werden.

Es zwang sie etwas dazu; sie wußte selber nicht, was. Vielleicht die Erinnnerung an ihr eigenes Kind, dem so unachtsam das Paradies verscherzt worden war.

So ging sie tapfer neben der Hebamme her in die Kirche.

Der Pfarrer ließ sie lange warten.

Wie er kam, sagte er, daß er vor der Taufe eine Erklärung abgeben müsse. Er werde diesem Knäblein den Namen Simplizius beilegen.

Wieso, fragte die Schullerin, es sei ausgemacht, daß es Andreas heißen solle.

Darauf käme gar nichts an, und er kümmere sich um kein Ausmachen und um keinen Wunsch, sagte der Pfarrer strenge. Das

Knäblein sei am zweiten März geboren, und das sei der Tag des heiligen Simplizius. Er habe es so festgesetzt, daß die ledigen Kinder die Namen der Heiligen tragen müßten, an deren Tagen sie zur Welt kämen.

Das sei aber kein rechter Name, meinte die Schullerin, kein Christenmensch heiße Simplizius, und das klinge gerade so wie Simpel, und der Bub' hätte sein Leben lang das Gespött.

Wenn ein frommer und verehrungswürdiger Papst den Namen führte, sagte der Pfarrer, hernach könne ihn wohl auch ein Bub' tragen, der keinen Vater habe. Und überhaupt, er lasse keinen Widerspruch zu und werde dieses Knäblein auf den Namen Simplizius taufen.

Die Schullerin verlegte sich aufs Bitten.

»Hochwürden, teans ins dös net o. Es is Verdruß g'nua, daß dös Kind überhaupts do is. Und da gang's wieder auf a neu's o bei ins dahoam; Sie wissen's guat, Hochwürden, wia's bei ins dahoam ausschaugt. Da Bauer geht a so im Haus 'rum und red't und deut' nix mehr, und d' Urschula woant an ganzen Tag, weil's da Vater net o'schaugt. Und jetzt gang's auf a neu's o, wenn i hoamkimm, und da Bua hat a solchen Nam'.«

»Ich weiß recht wohl, welcher Geist in Eurem Hause herrscht«, sagte der hochwürdige Herr Baustätter.

»Und desweng soll's it wieder auf a neu's Verdruß geb'n!« bat die Schullerin. »Beim Bauer is 's Feuer untern Dach, bal de G'schicht gar it aufhört, und bal Sie ins wieder a Schand' o'hängan.«

»Reden Sie nicht so daher! Das ist keine Schande, wenn dieses Knäblein den Namen erhält. Aber es ist eine Schande, daß es unehrlich gezeugt wurde.«

»Es hamm scho mehra Madeln Kinder als a lediger bracht. In Gott's Nama, wenn oans da is, muaß ma's hamm.«

»Wollen Sie, daß ich das Knäblein taufe?« fragte der Pfarrer kurz.

»Freili. I bitt' schö drum.«

»Dann widersprechen Sie mir nicht! Ich werde ihm den Namen Simplizius beilegen.«

»Na, Hochwürden! Geben's eahm an g'scheiten Nam'! Andreas muaß er hoaßen.«

Baustätter sah die zudringliche Frauensperson unwillig an und wandte sich zum Gehen.

Die Schullerin weinte.

»Warum gibt's denn g'rad bei ins solchene G'schichten? Und g'rad bei ins geht d' Schand' it aus. Dös is ja g'rad, als wenn mir de Allerschlechtesten waar'n. Wenn i hoam kimm, is beim Bauern ganz aus. I geh' do rechtschaffa in mei Kirch', und 's Madel ko aa nix dafür, daß Sie mit'n Bauern an Streit hamm. Tean's ins dös it o, Herr Pfarrer!«

»Ich tue, was ich für recht erkannt habe. Ledige Kinder werden nach den Heiligen ihrer Geburtstage benannt. Das gilt für alle, und bei Euch mache ich keine Ausnahme. Wenn Sie widersprechen, taufe ich das Kind überhaupt nicht.«

»I derf do it ja sag'n. I derf ja net.«

»Das geht mich nichts an.«

»Nacha geh' i halt hoam und sag's. Von mir aus! Nacha geht da Verdruß auf a neu's o!«

»Taufen S' den Buam halt Andreas!« sagte die Hebamme.

»Was geht das Sie an? Mischen Sie sich nicht hinein! Und Sie, gehen Sie nur heim! Aber das will ich Ihnen sagen, ich bleibe auf meiner Vorschrift bestehen, ob es dem Herrn Schuller recht ist oder nicht.

Und heute taufe ich überhaupt nicht mehr; da müssen Sie morgen wiederkommen. Wenn dem Knäblein bis morgen etwas zustößt, sind Sie verantwortlich für sein Seelenheil. Sie haben erfahren, was das bedeutet!«

Mit diesen Worten ging der Pfarrer.

Die Schullerin schaute ihm nach und wischte sich mit der Schürze die Tränen ab.

»Geh' ma halt!« sagte sie.

Wie sie durch den Friedhof schritt, blieb sie stehen und fing wieder heftig zu weinen an.

»Wo soll i jetzt hi' geh? Da Bauer is am Feld draußd' und kimmt vor auf d' Nacht net hoam. D' Urschula liegt im Bett, und i derf ihr's gar it sag'n, daß 's Kind an Spottnama kriag'n muaß. I woaß gar it, wo i hi geh' soll. 's liabste waar mir überhaupts, i waar scho g'storb'n. I kriag ja do koan Ruah nimmer, und da hätt' i do mein Ruah und wisset nix mehr!«

»Gehst vielleicht zum Pfarrer von Aufhausen umi, Schullerin!« sagte die Hebamme. »Der ko dir an Auskunft geb'n, ob's ös den Nama leiden müaßt's.«

»Wia ko denn i nach Aufhausen umi? De Deanstbot'n san allsammete am Feld, und es muaß do wer dahoam sei! Stallzeit is aa.«

»I gang gern für di, aba unseroana ko it viel red'n. Hoscht denn gar neamd, der dir den G'fallen tat?«

Die Schullerin besann sich.

»Höchstens da Haberlschneider«, sagte sie. »Bal er dahoam is.«

»Nacha gehst zu'n Haberlschneider. Der kunnt de G'schicht richti vorbringa.«

»I glaab it, daß's was helft. Und i plag' an Haberlschneider it gern.«

»Ja a no, balst sinst neamnd woaßt. Du tatst as ja aa für an andern.«

»Probier' i's halt!« sagte die Schullerin. »Aba, was tuast denn du derweil? Du ko'st it mitlaffa mit'n Kind, und hoam derfst aa net. Sinst spannt's d' Urschula.«

»Geh i halt in's Wirtshaus und wart' auf di. Dös is sinst aa der Brauch, daß ma nach da Tauf' ins Wirtshaus geht.«

»Vo mir aus. Trinkst a Halbe, i bleib' it lang' aus.«

Die Schullerin machte sich auf den Weg zum Haberlschneider, und die Hebamme ging ins Wirtshaus.

Es war niemand in der Stube. Bei dem schönen Wetter nahm sich kein Bauer die Zeit zum Trinken.

Die Hebamme legte das Kind auf einen Tisch, und die Kellnerin kam mit verschlafenen Augen hinter dem Ofen hervor.

»D' Haasin!« sagte sie. »Host a Tauf' g'habt? Kemma no mehra Leut'?«

»Na, i bin alloa.«

»Is denn koa Pat' it dabei?«

»Na. Es is ja a ledig's Kind! Von da Schuller Urschula.«

»Ja so. Von da Urschula? Is's a Madel.«

»Na, a Bua.«

»A Bua? Da Hierangl Xaver, sagen's, muaß an Vater macha. Was schaffst denn, Haasin? A Halbe Bier?«

»Ja, und an Kaas derfst mir aa bringa.«

Nach einiger Zeit kam die Kellnerin wieder und stellte das matt aussehende Bier vor die Hebamme hin.

Dann betrachtete sie das Kind, welches mit seinen runden Augen verwundert zur Decke hinaufschaute.

»So, so? Von da Urschula? Hat ma da scho was g'hört, ob da Hierangl Xaver guatwillig zahlt?«

»I woaß gar nix.«

»I moan allawei, da werd's an Streit geb'n. Da Xaver hat's faustdick hinter de Ohren. Aba a nett's Kind is! Und stark.«

»Ja, es is a g'sund, 's Kind.«

»Wie hoaßt's denn?«

»Gar it hoaßt's. Es is no it tauft.«

»Was? Für was schleppst d'as denn du nacha umanand?«

»Ja, mir san scho in da Kircha g'wen, aba da Pfarrer will eahm an Spottnama geb'n. Simpli oder Simpi, i woaß nimmer g'nau.«

»Für was nacha dös?«

»Ja, weil der Heilige auftrifft auf den Tag, wo 's Kind geboren is.«

»Geh! So was hab' i aa no net g'hört.«

»Es is scho oamal so a G'schicht g'wen«, sagte die Hebamme. »Es is net dös erst' Mal.«

»Da hab' i no nia was vernomma.«

»Du bist halt no it so lang' da z' Erlbach. Dös is vor a Jahr a drei g'wen. D' Elfinger Marie hat a Madel bracht; im August is g'wen. Dös hat da Pfarrer Bibiana tauft.«

»Bi-bi-ana!« wiederholte die Kellnerin. »Was dös für Nama san! Bi-bi-ana! Dös is ja g'rad, als wenn ma de Henna schreit.«

»Schö is der Nam' net. Aba no, da hat's it viel ausg'macht. 's Madel is a paar Tag' danach g'storb'n. Da is it viel g'red't wor'n davo.«

»Daß si d' Leut' dös g'fallen lassen müassen?«

»Ja no!«

»I lasset ma's durchaus it g'fallen«, sagte die Kellnerin. »dös möcht' i sehg'n, ob i da zuaschaug'n müaßt.«

»Selm waarst net dabei«, erwiderte die Hebamme und schob das letzte Stück Käse in den Mund; »selm waarst net dabei, und bal da Pfarrer amal sagt, es is sei Recht. Was willst macha?«

»I schimpfet scho so viel, i lasset ma's durchaus it g'fallen.«

»D' Schullerin war mit in da Kircha. De hat bettelt und aufbegehrt. Aba nacha hat da Pfarrer g'sagt, er tauft 's Kind überhaupts net.«

Dem kleinen Vöst wurde bänglich zumute, wie er so einsam auf der Tischplatte lag und hoch oben über sich die weiße Decke sah. Er drehte den Kopf unruhig hin und her und verzog sein faltiges Gesicht zum Weinen.

»Bscht! Bscht!« machte die Hebamme.

»Sei no staad, Kloana! Kriagst dein Ditzel scho!«

Sie steckte ihm den Schnuller in den Mund. Da begann der kleine Vöst zu saugen und wurde still.

Und sah wieder ernsthaft in die Höhe, als denke er reiflich darüber nach, ob er sich den heiligen Simplizius als Namenspatron gefallen lassen müsse.

Die Kellnerin zog eine Haarnadel aus ihrem Zopfe und stocherte damit in ihren Zähnen herum.

»A nett's Kind!« sagte sie. »Glaabst du, daß da Xaver am End' no d' Urschula heirat?«

»'s beste waar's. Sie is do a ganz a richtig's Leut'!«

»I glaab it, daß er's tuat. De Burschen sag'n, er will gar nix wissen von ihr.«

»Nacha muaß er halt brav zahl'n.«

»I glaab, dös will er aa net. Er behaupt', daß mehra beteiligt san.«

»Dös sagt a jeder hinterdrei. De Kerl' san ja allsammete schlecht. D' Madeln san dumm, daß sie si ei'lassen damit.«

»Wahr is. Magst no a Halbe, Haasin?«

»Ja, wenn'st d'as g'schwind bringst.«

Die Kellnerin ging in die Schenke und brachte das Glas frisch gefüllt zurück.

Die Hebamme schob es ihr zu.

»Trink, Zenzl! Heut' hast it viel Leut'.«

»Na, bereits gar neamd. Bei dem Wetta kimmt aa koana. Höchstens no da Geitner.«

»Der hat allawei Zeit«, sagte die Hebamme.

»Ja, er is viel bei uns. Du, Haasin, was für an Nama hätt' da Pfarrer dem Buab'n geben wollen? I hab's wieder vagessen.«

»Simpi oder Simpl oder so. I woaß's selm net g'nau.«

»Geh! Daß 's überhaupts solchene Nama gibt! Und Bi-bi-ana. Bi-bi! G'rad, als wenn ma de Henna schreit!«

»Du, i muaß zahl'n«, unterbrach sie die Hebamme, »da kimmt d' Schullerin über d' Straß' uma. Fünfadreiß'g Pfennig, gel?«

»Zwoa Halbe und an Kaas und a Brot, san fünfadreiß'g, ja.«

Die Kellnerin schob das Geld ein, und die Haasin nahm den kleinen Vöst von der Tischplatte weg.

Unter der Türe stieß sie auf die Schullerin.

»I bin scho firti, Bäu'rin. I halt' di net auf.«

»Nacha geh' ma hoam.«

»Hast an Haberlschneider troffa?«

»Ja; er geht heunt no umi.«

»Gel, i hab' d'as g'sagt? Und paß auf, da kriagt er scho an Auskunft.«

»Vielleicht. Geh a bissel g'schwinder, daß ins neamd o'red't!«

Die Schullerin ging eilig voran und sah vor sich hin auf den Boden. Ihr Gesicht war noch rot vom Weinen und von der Aufregung. Sie wollte nicht, daß es jemand bemerkte.

Daheim schickte sie die Hebamme zur Ursula.

»Gehst aufi dazua und sagst nix. Sie braucht's it z' wissen.«

»Bal's mi aba fragt, ob 's Kind tauft is?«

»Sie fragt net. De denkt do it drauf, daß's da was geb'n hat. Höchstens, daß's fragt, warum ma so lang' ausg'wesen san. Nacha sagst halt, daß da Pfarra so lang' it in 'd Kircha kemma is.«

Die Schullerin zog sich um und ging in den Stall.

Sie stellte den Melkstuhl hinter die erste Kuh und nahm den Eimer zwischen die Knie. Zuerst wollte sie an ihre Sorgen denken, aber die Arbeit leidet es nicht, daß man den Kopf bei anderen Dingen hat.

Da vergaß sie ihren Gram und strich aufmerksam die Milch in den Eimer.

Es dämmerte stark, als der Schuller vom Felde heimkam. Er war müde und rief zur Küche hinein, daß er gleich essen und zeitig ins Bett gehen wolle.

»Heut' muaßt no a bissel aufbleiben«, sagte die Bäuerin. »Da Haberlschneider kimmt no her.«

»Jetzt is do koa Zeit zum Hoamgarten.«

»Er muaß dir was sag'n.«
»Mir? Was denn?«
»Ja, weil er zum Pfarrer nach Aufhausen umi is.«
»Was geht denn dös mi o?«
»Laß d'as halt verzähl'n. Z'weng'n da Urschula ihr'n Kind is er umi.«
»Um dös kümmer' i mi gar nix. Dös geht mi nix o.«
»Di geht's nix o? Da hoscht recht. G'rad i derf mi kümmern.«
Und der Schullerin fielen alle Unbilden ein, die sie am heutigen Tage erfahren hatte; sie kamen ihr noch größer vor, weil sie jetzt sogar daheim Härte und Ungerechtigkeit sehen mußte.
Und sie weinte so heftig, daß der Schuller umkehrte.
»Was hoscht nacha?« fragte er.
»Ja, was hoscht! Allsammete treten auf mir rum, und du sagst, es geht di nix o! Da freut oan 's Leben nimma.«
»I hab' da's g'sagt, um der Urschula ihr Sach' kümmer' i mi nix.«
»I ko do aa nix dafür, daß sie so dumm g'wen is! Und gar so schlecht is 's Madel aa net! Und mit Füaßen braucht ma'r it drauf rumtret'n!«
»Red halt!«
»Ja, red'! Da Pfarrer hat's Kind it tauft!«
»Is *der* scho wieder im G'spiel? Net tauft hat er 's Kind? Warum it? Zweg'n meiner?«
»Na. Lus halt zua!«
Und die Schullerin fing schluchzend ihre Erzählung an.
»Wia ma'r in d' Kircha ganga san, is er recht lang' it kemma, und nacha hat er g'sagt, er muaß dös Kind Simpel oder so taufen, hat er g'sagt, weil's am zwoaten März gebor'n is, sagt er. Und nacha hab' i g'sagt, dös derf i net leiden, daß er an Kind an Spottnamen gibt, dös waar ja a Schand' für uns aa, und nacha hat er g'sagt, auf dös paßt er it auf, und bal's mir net recht is, nacha tauft er's überhaupts gar it, und dös is amal Vorschrift, daß da Bua Simpi hoaßen muaß.«
»Was hoscht na du to?«
»I hab' g'sagt, dös derf i alloa net erlaub'n, da muaß i z'erscht dahoam frag'n. Und jetzt sagest du, es geht di nix o, und du kümmerst di gar nix drum!«

»Hör mit'n Woana auf! Dös is für gar nix. Also is 's Kind it tauft wor'n?«

»Freili net. Mir san wieder a so hoam.«

»Und was hat da Haberlschneider dabei z'toa?«

»D' Haasin hat g'moant, i soll zum Pfarra von Aufhausen umi. Der saget ma's g'wiß, ob ma de Tauf' verweigern derf. Da bin i zum Haberlschneider und ho' mir denkt, vielleicht schickt er wen umi. Aba er hat g'sagt, er geht liaba selm, weil er an Herrn Pfarra Gabler kennt.«

»Was soll denn dös helfen?«

»Ja no, daß mir halt hör'n, ob dös sei' derf oder net.«

»Sei' derf! Hoscht du scho g'spannt, daß *der* aufpaßt, was G'setz und Recht is? Bal er net derf, tuat er's mit Fleiß. Aba i schaug nimma zua. I nimma!«

Die letzten Worte schrie der Schuller mit lauter Stimme. Er nahm einen irdenen Topf vom Herd und warf ihn auf den Boden, daß die Scherben klirrten.

Die Bäuerin wehrte ihm erschrocken ab.

»Schrei do net so! Hör'n di ja d' Leut' bis auf 'd Straßen außi!«

»Vo mir aus! De hör'n no mehra. Bin i a Hund, den ma tratzt, daß 's an Spaß gibt? Wenn alles erlaubt is und gar nix verbot'n, nacha probier' i's aa und schlag' den Kerl, daß er verzagt!«

»Sei do staad!«

»Net bin i staad. Der Herrgottsakrament, der will's it anderst! Der gibt koan Ruah, bis mir z'viel werd, bis i'n schlag'!«

»Sag do so was it!«

»Du werst scho sehg'n, ob i dös it tua! Und dös mirkst da, tauft werd 's Kind net!«

»Z'letzt muaß halt do tauft wer'n!«

»Auf den Nama net!«

»Dös werd scho recht wer'n. Wart no, bis da Haberlschneider kimmt!«

»Dös geht mi nix o, was der von Aufhausen sagt. Des sell g'schiecht amal net, daß ins da Pfaff an Spottnama aufhängt. Eh'nder muaß d' Urschula aus'n Haus und aus'n Dorf. Nacha ko sie ihr'n Bankert wo anderst tauf'n lassen.«

»Bal i dös g'wißt hätt, daß du so narret werst! Da waar's mir liaba, i hätt' nix g'sagt!«

»Da werd's no viel zum sag'n geben! Hätt' dös Weibsbild de Schand' it herbracht! Moanst vielleicht, daß nix mehr nachkimmt? Da Pfaff hat o'g'schoben, und der Hierangl schiabt nach!«

»Grüaß Good beinand!« sagte eine tiefe Stimme. »Ös habt's an laut'n Diskurs.«

»'ß Good, Haberlschneider. Weil'st no da bist! Da Bauer is ganz ausanand.«

»Ja no, dös helft aa nix. Wia geht's, Schuller?«

»Dös woaßt scho. An ganz'n Tag schinden und plag'n und auf d' Nacht an Verdruß. So geht's bei mir.«

»Dös kimmt scho wieder anderst aa.«

»Bei mir net. I derf ja koan Ruah hamm. Wenn's a Zeitlang staad is, fangt da Pfaff 's Hetzen o.«

»Hoscht an Aufhauser troffen?« fragte die Schullerin.

»Ja, er is dahoam g'wen.«

»Was sagt er? Müassen mir dös leid'n?«

»Da Herr Gabler sagt, inser Pfarrer hat dös Recht net«, erzählte der Haberlschneider in seiner ruhigen Art. »Er hat an Kopf beutelt, wia'r i eahm de Sach' g'sagt hab', und nacha hat er g'moant, dös gibt's net, daß inser Pfarra dös Kind anderst hoaßt, als sei Muatta will.

Allerdings, sagt er, ma soll's im Guat'n abmacha, natürli, weil ma'n an Pfarra net mit'n Schandarm zwinga ko, daß er 's Kind tauft. Dös müaßt 's Ordinariat o'schaffen, und dös dauert vielleicht z'lang.«

»Aha!« rief der Schuller, »geht's wieder a so? G'rad so hamm's g'red't, selbigsmal. Eigentli hat er 's Recht net, und uneigentli kann er toa, was er mag.«

»Dösmal richt'n ma's scho«, erwiderte der Haberlschneider.

»I net. I geh' net von da bis über d' Straß' umi weg'n dera Sach'.«

»'s Kind kriagt sein richtigen Nam', werst sehg'n!« tröstete die Schullerin.

»Was pass' i auf dös auf! Du muaßt it moan, daß i mi z'weg'n dem Kind ärger! Aba daß der scheinheilig' Tropf wieder o'fangt geg'n mi, und bohrt und hetzt. Da wer i narret. Weil er moant, i muaß wieder dasitzen und all's ei'schiab'n!«

»Du hoscht dir dös ander aa'r a bissel z' hart ei'bild't, Schuller. I hab' oft mit dir reden woll'n, aba du nimmst nix o und arbet'st di g'rad allawei mehra in d' Wuat eini.«

»Und du red'st di leicht, Haberlschneider. I bin net so wehleidig, dös woaßt, und i bin net glei ob'n außi. Mi hat scho oft oana beleidigt, und i hab's net g'acht und hab' mir denkt: Geh zua, desweg'n bin i do, was i bi. Aba jetzt bin i ja nix mehr, als wia'r a Hadern, an den si jeder sei dreckate Hand hiwischt.«

»Laß dir amal sag'n...«

»Dös Trösten hat koan Wert. Dös macht's net anderst. Probier's du und laß dir an Unrecht g'schehg'n, und du glaabst, es braucht nix, als wia d' Lug aufdecken, und nacha mirkst, daß d' nirgends außi find'st, daß dir d' Händ' bunden san! A jed's Wort von dir is nix, und der ander schaugt dir zua, wia'st zappelst, und lacht di brav aus! Und du muaßt's runterfressen, und bal'st derstickst! Mach dös amal durch, und nacha sag' no mal, daß i mir's z' hart ei'bild'!«

»I glaab da's, daß 's di verdriaßt.«

»Ja, verdriaßt! Seit an Vierteljahr geh' i umanand, und jed'n Tag werd's ärger. Was bin i denn? A Lausbua, der red'n derf, was er mag, und koa Mensch paßt auf. Wenn d' Arbet net g'schehg'n müaßt, i tat koana mehr; freu'n tuat's mi nimma.«

»So plagst di g'rad selm. Es waar g'scheiter, du tatst as amal vergessen.«

»Dös laßt si net o'schaffen. Wann i wirkli bei der Arbet drauf vergiß, brauch' i bloß ins Dorf eina kemma und de spöttischen G'sichter sehg'n.«

»Es gibt Leut' g'nua, de auf deiner Seit'n san.«

»Dös müassens recht hoamli sei, i spann' nix davo.«

»Du gehst ja nirgends hi und hörst d' Leut' net red'n.«

»Is scho recht. Und was willst denn? Wann i wirkli den Brokken abi g'schluckt hätt', nacha gibt ma ja der Pfaff' an neuen z' fressen!«

»Dös vo heunt werd no guat. Dös braucht di net z' kümmern.«

»Net, moanst? Daß er si dös überhaupts traut hat? Daß er mir zoagt, er derf si d' Stiefeln an mir o'putzen? Aba paß auf! Lang' treibt er dös nimma! Und jetzt geh'n i ins Bett. Guat Nacht!«

»Du hoscht ja no gar nix g'essen!« sagte die Schullerin.

»I mag nix mehr.«

Er ging und zog die Türe hinter sich zu.

Die Bäuerin seufzte.

»Er is wieder ganz aus'n Häusel.«

Der Haberlschneider schaute schweigend vor sich hin.

Nach einer Weile stand er auf und sagte:

»Dös is amal g'wiß, daß er an Vormunder net macha derf. Wann er da Verhandlunga hätt' mit'n Pfarra und danach mit'n Hierangl, dös waar it guat. Da kunnt was passier'n.«

»Jessas Marand Josef! I kimm nimmer aus der Angst.«

»Jetzt red'st mit eahm nix mehr d'rüber, und an Vormunder mach' i. I bin kälter bei dera Sach' und ko's eh'nder richten.«

»Da tuast ma'r an großen G'fallen.«

»Dös sell g'schiecht gern. Morg'n schaug i wieder her zu dir, und für heunt guat Nacht, Bäurin!«

»Guat Nacht und schön' Dank!«

Als die Schullerin allein war, setzte sie sich neben den Herd und schaute in die Glut.

Warum das alles über sie kam?

Jetzt ging die Kümmernis nicht mehr aus, als wenn es ihr so aufgesetzt wär'. Sie wollte nicht viel vom Leben. Von Kind auf war es nur Arbeit, und erst recht wieder Arbeit, wie sie Schullerin wurde und ihrem Bauern das Haus in Ordnung hielt. Sie hatte nicht lauter Schönes gehabt und die Hände nicht oft in den Schoß gelegt. Aber so war sie zufrieden damit, und so war es ihr recht.

Es waren Sorgen, die sich jedes gefallen läßt.

Aber das, was jetzt über sie kam, scheuchte den Frieden aus dem Hause und nahm ihr den Mut zur Arbeit.

Eine weinende Kinderstimme tönte von oben herunter. Erst leise, dann immer stärker. Da war niemand bei der Ursula, der das Kind zur Ruhe bringen konnte!

Die Schullerin seufzte noch einmal, und dann ging sie müde und schwerfällig die Stiege hinauf.

SIEBZEHNTES KAPITEL

Als Sylvester in Nußbach ausstieg und mit langsamen Schritten den Bahnhof verließ, sagte er sich die Rede vor, welche er seit Monaten ausgedacht hatte. Sie sollte die Kraft haben, die alte Veronika Mang von ihren Wünschen abzubringen. Darum war sie sehr lang, hatte eine schöne Einleitung und einen guten Schluß und war auch mit Beispielen und Beweisen ausgestattet.

Sylvester hegte oft Vertrauen zu den wohlgefügten Sätzen, und ebensooft verzweifelte er an ihnen.

»Ich habe dir eigentlich schreiben wollen, aber ich meinte, es läßt sich besser mündlich sagen. Ich habe einen Entschluß gefaßt, der für mein Leben entscheidend ist, und du mußt das Vertrauen zu mir haben, daß ich ihn gut überlegt habe.«

Wenn er so anfing, was würde die Mutter tun? Wahrscheinlich erschrecken über den feierlichen Ton und schon nach den ersten Worten den Kopf verlieren und nichts von dem verstehen, was später käme.

Oder wenn er ihre Hand in der seinigen hielt und sagte: »Gelt, Mutter, ich war dir alleweil ein folgsamer Sohn, und du weißt, daß ich dir dankbar bin, und daran mußt du denken, wenn ich dir etwas gestehe.«

Dann würde sie hastig sagen: Ja, ja, und um Gottes willen, ist dir was geschehen?

Und aus allen Worten und Beweisen würde sie nur das eine heraushören, daß ihre geträumte Welt der Herrlichkeiten versinke.

»Aber, wenn nur der Anfang gemacht war!« dachte Sylvester. Ihre Vorwürfe wollte er gerne hinnehmen, und er würde sie überzeugen, daß sein Glück nicht ihr Unglück machen könne.

So ging er in Gedanken verloren über den Nußbacher Marktplatz zum Sternbräu. Er bat den Hausknecht, daß er ihm den Koffer an der Bahn abhole und mit einer Gelegenheit nach Erlbach schicke.

»Is scho recht«, sagte der Martin. »Woll'n Sie net nausfahren? Der Haberlschneider is herin; der hätt' g'wiß an Platz.«

»Dank' schön; ich geh' lieber bei dem Wetter.« Sylvester lüftete den Hut und schritt in den schönen Tag hinein. Er sah nicht rechts und nicht links und nicht auf die Stelle, wo Jakobos Prantl stand.

Der sah ihm mit finsterer Miene nach.

»Aha! Grüßt mich auch nimmer!« sagte er. »No, von mir aus!«

Und doch tat es ihm leid, daß dieser Jüngling achtlos an ihm vorüberging.

Denn er hatte eine freundschaftliche Neigung zu ihm gefaßt. Vor Jahren, als der Gymnasiast Mang in seine Werkstätte kam und sich das Maß zu einem Paar Stiefel nehmen ließ.

Damals hatte er zum Erstaunen des Lehrlings lateinische Worte mit ihm gewechselt. Er fragte ihn nach der altitudo, wie hoch er die Schäfte haben wolle, und nach der latitudo, wie breit die Absätze sein sollten.

Als er merkte, daß der junge Mensch über so viel Gelehrsamkeit staunte, sagte er: »Ego eram discipulus.« Auch ich war ein Schüler.

Und er zeigte ihm die erste Seite des Maßbuches, worauf mit griechischen Buchstaben geschrieben stand: *Ιακοβος Πραντλ, σχουστερ.*

Wenn es schön ist, in den Augen eines andern zu lesen: »Du bist verkannt und gehörst an einen besseren Platz«, so genoß damals Prantl diese bittersüße Freude, und er hielt sie fest bis zum Schlusse.

Bis Sylvester mit einer höflichen Verbeugung die Türe öffnete und er ihm nachrief: »Vale, amice!«

Leben Sie wohl, mein Freund!

Seit jenem Tage blieb Prantl dem Erlbacher Gymnasiasten ein wohlgeneigter Gönner. Wenn dieser in die Ferien ging oder aus den Ferien kam, führte ihn sein Weg durch Nußbach, und da niemand durch Nußbach gelangte, ohne dem gelehrten Schuhmacher zu begegnen, so hatte Prantl oft Gelegenheit, Sylvester nach dem Stande der Wissenschaft zu fragen.

Und jetzt ging dieser junge Mensch ohne Gruß vorbei und tat, als hätte er sich niemals treffliche Ratschläge von ihm erholt.

Natürlich, weil er Geistlicher wurde und den Haß teilte, mit dem alle Kleriker den Nußbacher Volksmann heimsuchten.

»Aber mir is wurscht!« sagte Prantl.

Er steckte die Hände in die Hosentaschen und schaute über den Marktplatz.

Aus dem Amtsgericht kamen Leute; etliche Burschen, die sich lärmend unterhielten.

Einer sagte: »Dem Weibsbild hon i's hing'sagt. De hat g'schaugt! De hat g'moant, es braucht nix, wia klag'n.«

Es war der Hierangl Xaver mit seinen Freunden.

Prantl achtete nicht auf ihn; er sah einen Bekannten, den Haberlschneider von Erlbach.

Der kam auch aus dem Amtsgericht, und neben ihm ging ein junges Frauenzimmer.

Prantl grüßte.

»Du, hast net Zeit? I hab' was z' reden mit dir.«

Der Haberlschneider sagte zu dem Mädel:

»Gehst zu'n Sternbräu eini, Urschula; i kimm glei nach.«

Und dann fragte er den Schuster.

»Was willst?«

»Was is denn mit eurer Markgenossenschaft? Hamm sie neue Leut' eing'schrieben?«

»Net, daß i woaß. Jetzt is koa Zeit für so was. Hat a jeder z' viel Arbet.«

»Ja no, i hab' aa Arbet! Und da Schuller? Is er no net dabei?«

»Na, mit dem is jetzt nix z' macha.«

»Er is do von de Bündler zum Bürgermoasta g'wählt wor'n!«

»Dös is er nimmer. Du woaßt, was da geb'n hat.«

»Warum hat er die Sach' net der Presse übergeben?«

»So was hängt koana an de groß' Glocken.«

»Das is eben. Überhaupts is die Stimmung zu lau. Hast mein' Artikel g'lesen?«

»Welchan?«

»Über die politische Gleichgültigkeit des Bauernstandes. Daß darin die ganze Macht des Klerus liegt.«

»Dös hab' i net g'lesen. I les' jetzt koa Zeitung. Für dös is der Winter do.«

»Mit solchene Ansichten soll ma was ausrichten!«

»Dös muaßt ei'sehg'n, Prantl, bal du den ganzen Tag g'ackert hätt'st, mög'st auf d' Nacht aa nix mehr lesen.«

»Was soll aber dös wer'n? Mir könna net in a paar Monat den Einfluß des Klerus bewältigen. Für was schreib'n denn mir de Artikel?«

»De andern lesen aa nix; de, wo schwarz san.«

»Da Klerus braucht die Presse nicht, der hat d' Kanzel und an Beichtstuhl.«

»Ja no!«

»Und daß da Schuller koa Vertrauen auf die Presse hat! Mir hamm do de G'schicht mit dem Kind' sofort durchgedrückt.«

»Du moanst dös weg'n da Tauf'?«

»Ja. Hat der Pfarrer vielleicht net nachgeben?«

»Dös hat er scho müassen. De Obern wer'n's eahm g'muckt hamm.«

»Und de Obern fürchten eben die öffentliche Meinung.«

»Vielleicht hast recht. Jetzt pfüat di; i muaß zu'n Sternbräu eini.«

»Was hast denn für a Weibsbild dabei?«

»Dös is an Schuller sei Tochter.«

»Von der dös Kind is? Da sollt' i eigentli mit ihr reden. Vielleicht schreib' i no was ins Wochenblatt!«

»Na, tua dös it! Da is scho g'nua drin g'standen.«

»Wenn'st net willst, laßt's as bleib'n! I hab' nix davo. Höchstens d' Arbet.«

Prantl sah dem Haberlschneider nach.

»Dös san bornierte Dickschädel!« sagte er. »Da hat der Klerus freili a leicht's Spiel.«

Der Haberlschneider traf die Ursula in der Gaststube. Sie saß am hintersten Tisch und hatte ihren Korb neben sich hingestellt.

»Hast scho was o'gschafft?«

»Na; i hab' ma denkt, i wart'.«

»Nacha zwoa Halbe, Kellnerin! Und für a jed's a paar Stockwürscht!«

Er setzte sich.

»Da wer'n ma no öfter eina fahr'n müassen, Urschula«, sagte er.

»Ja.«

»Der gibt it nach, bis er net verurteilt werd.«

»Na.«

»An Advokat'n nimmt er, hat er g'sagt.«

»Ja.«

Die Kellnerin brachte Bier und Würste.

Ursula schnitt bedächtig eine Scheibe nach der andern ab.

»Mir wern sehg'n, was ma tean«, sagte der Haberlschneider. »Bal sei Advokat recht aufdraht, nehma mir aa oan.«

»Ja.«

Eine Zeitlang schwiegen alle zwei.

Ursula trank ein paarmal und schaute nach jedem Schlucke geradeaus.

Sie überdachte jetzt, was ihr den Vormittag geschehen war. Und wurde redseliger.

»Wia'r a sag'n ko, daß i's mit'n Zwerger Hans g'habt ho? Dös is ganz ausg'schamt. Über de falsche Anschuldigung muaß er g'straft wer'n. I hon überhaupts mit'n Zwerger Hans nia nix g'habt.«

»Und an Strixner Peter hat er aa o'geb'n«, sagte der Haberlschneider.

»Mit dem bin oamal von der Tanzmusi hoam ganga. Dös is aber scho a halb's Jahr g'wen, vor da Xaver ans Kammerfenschta kemma is. Und überhaupts hon i mit'n Strixner Peter gar nix sellas it g'red't. I hab' dös it denkt, daß i mi ei'laß mit oan. Mit'n Xaver aa net, bal er mir's Heirat'n it g'hoaßen hätt'. Er is unter mein Fenschta g'stanna und hat pfiffa, und i hab' außa g'schaugt und hab' g'fragt, wer is denn? Sei staad, hat er g'sagt, i bin's, und bal'st ma'r aufmachst, hat er g'sagt, nacha brauchst di gar nix bekümmern, und 's Heirat'n is da g'wiß, und bei da Hollerstaud'n hat er g'sagt, i brauch' mi durchaus gar nix bekümmern, und jetzt bracht er an Strixner Peter daher und an Zwerger Hans!«

»De müassen schwören, Urschula. Und da wer'n mir nacha scho sehg'n, ob da Xaver dös behaupten derf.«

»Er ko gar nix behaupt'n. Und dös hat er aa fürbracht, daß mi d' Weßbrunner Dirn' bei der Dunkelheit g'sehg'n hat am Schneiderhölzl mit an Mannsbild. Und sie hat g'sagt, sie hat mi kennt an mein' roten Spenser. Dös is ganz frech. I hab' überhaupts koan rot'n Spenser gar nia g'habt. Dös muaß sie aufweisen, ob i scho amal an roten Spenser g'habt hab'.«

»Jetzt zahl' i; mir müassen fahr'n, Urschula.«

»Soll ma net no 'mal aufs G'richt umi und dös sag'n, daß i koan roten Spenser it hab'? I hätt's scho glei g'sagt, aba i hab' mi nimmer auskennt, weil da Xaver gar so unverschämt g'log'n hat. Moanst it, mir soll'n umi geh' und dös schreib'n lassen, daß i koan roten Spenser überhaupt it hab'?«

»Dös hat jetzt koan Wert it.«

»Net?«

»Dös ko'st bei da Verhandlung fürbringa, da hoscht no Zeit g'nua.«

»D' Muatta ko's aufweisen und der Vater aa.«

»Den laßt aus 'n G'spiel!«

»Aba er kunnt do an Zeug'n macha, ob er mi scho amal g'sehg'n hat mit an roten Spenser.«

»Moanst, der stellt si mit'n Xaver vors G'richt? Na, mei Liaba, und wann i du waar, redet' i dahoam ganz weni von da Verhandlung.«

»Bal d' Weßbrunner Dirn' so frech is und sagt, sie hat mi kennt an mein' roten Spenser!«

Der Haberlschneider zahlte, und bald rasselte sein Wagen über das Nußbacher Pflaster.

Beim Unterbräu saßen Leute am Fenster. Sie wandten die Köpfe, als sie das Fuhrwerk hörten.

Einer öffnete das Fenster und pfiff gellend durch die Finger.

Die anderen schrien und lachten.

»Dös is da Xaver g'wen«, sagte Ursula.

»I hab'n scho g'sehg'n«, erwiderte der Haberlschneider, »den Lausbuab'n. Schaug' it um, sinscht plärren's no besser!«

Er ließ seinen Schimmel einen guten Trab anschlagen und hielt fleißig Umschau, wie die Wintersaat keime.

Die Ursula hielt ihren Korb auf dem Schoße und dachte darüber nach, wie ihr der Xaver jetzt allen Spott antue. Und allmählich kamen ihre Gedanken wieder auf die Weßbrunner Dirn, die gar so frech log und gewiß eine Absicht dabei hatte.

Hinterhalb Pettenbach holten sie einen städtisch gekleideten Mann ein.

»Dös is ja der Herr Mang«, sagte der Haberlschneider. »Öh, brr!«

Er wartete, bis Sylvester herankam.

»Grüß Gott! Mögen S' net aufsitzen?«

»Ich dank' schön, Haberlschneider, es is nimmer weit.«

»Wie S' moana. Nacha adje!«

Als Sylvester auf die letzte Höhe kam und Erlbach vor sich liegen sah, ging er frischer voran.

Beim ersten Haus grüßte er den Weiß Flori, der im Garten arbeitete.

Dann bog er in die Dorfgasse ein.

Es war ihm, als hätte er seit Jahren die Heimat nicht mehr gesehen.

Alles war so, wie er es vor wenigen Monaten verlassen hatte, und doch schien es ihm gänzlich verändert.

Da vorne war das Schulhaus; an der Gartentüre standen zwei Männer.

Wie er näher kam, erkannte er sie; den alten Lehrer und Herrn Sitzberger. Jetzt sahen sie ihn. Stegmüller winkte ihm; der Kooperator aber wandte sich um und ging eilig in die Nebengasse.

»Ja, grüß Gott, Herr Sylvester! Sieht man Sie auch amal wieder?«

»Grüß Gott, Herr Lehrer, und wie geht's Ihnen?«

»Wie's halt geht, wenn man alt ist. D' Mutter hat's auch bös g'habt, gelt?«

»War sie krank?«

»Hamm Sie das net g'wußt?«

»Nein, kein Wort.«

»Sie brauchen net erschrecken, es geht ihr schon wieder besser, aber eine Zeit war's net gut d'ran.«

»Ja, dann entschuldigen...«

»Ich darf Sie net aufhalten. Adieu und b'suchen S' mich die nächsten Tag'!«

Sylvester eilte weg.

Die Nachricht hatte ihn bestürzt.

Die Mutter schrieb ihm so selten, daß er sich keinen Gedanken darüber machte, als in der letzten Zeit die Briefe ganz ausblieben.

Da hatte er jetzt immer um sich gesorgt, und derweil lag seine alte Mutter schwer krank daheim.

Scham und Angst überkamen ihn, und sein Herz schlug rascher, als er in das kleine Haus trat und die Stubentüre aufklinkte.

»Ja, kimmst du jetzt daher?«

Die Mutter stand schwerfällig vom Stuhle auf und ging ihm entgegen.

»I hab' mir denkt, du kimmst auf'n Abend mit der Post?«

Die Stimme hatte den alten Klang nicht mehr; und wenn die Augen auch lachten, konnte sie doch die Müdigkeit nicht verbergen.

»Mutter, warum hast mir keine Nachricht geben?«

»Wegen der Krankheit? Ach, geh! Dös is scho wieder rum. Bist z' Fuaß raus ganga, weil d' Stiefel so staubig san?«

»Ja. Aber setz' dich doch! Warum hast mir nicht schreiben lassen?«

»Es is ja wieder gut wor'n. I bin froh, daß d' net früher kemma bist; da hätt' i dir gar it recht Grüß Gott sag'n kinna.«

»Von fremde Leut' muß ich hören, daß du krank warst!«

»Es is ja nix g'wesen. Des sell hon i scho öfter g'habt, daß mir d' Füaß aufg'schwollen san. Heuer is halt a bissel stärker g'wen. Jetzt sag amal, hast koan Hunger?«

»Nein, Mutter. Und was sagt denn der Doktor? Darfst du schon aufsein?«

»Freili. Im Bett bin i überhaupts bloß zwoa Wochen lang g'legen, und wenns Wetta schö g'wen is, hab' i mi außi setzen derfen.«

»Du schaust aber so müd' aus.«

»Dös vergeht scho. Mit sechz'g Jahr' bringt ma r'a Krankheit net so schnell weg.«

Die Weberin trat ein.

»'ß Good, Herr Sylvester, dös is recht, daß S' da san. Was sagen S' zu der Muatta?«

»So schwach kommt's mir vor.«

»Dös hoaßt jetzt nimmer viel, aber vor drei Wocha hätten S' as sehg'n müassen!«

»Geh, red it a so daher!« unterbrach sie die Mangin, »muaßt du's no ärger macha? Hamm mir nix dahoam zum Essen? Er is z' Fuaß außaganga.«

»I müaßt eahm halt an Schmarr'n kocha.«

»Dös tuast.«

»Aber ich brauch' wirklich nichts, Mutter.«

»Du magst scho was. Geh zua, Weberin, und schleun' di a bissel!«

Wie sie nun wieder allein war mit ihrem Sohn, sagte die alte Veronika:

»So, Bua, jetzt setz di her zu mir! Wia geht's dir denn? Es kimmt mir g'rad so vor, als wenn'st no g'wachsen waarst. Und so ernst bist wor'n. Es feit dir do nix?«

»Nein, Mutter, was soll mir fehlen?«

»Junge Leut' könna aa krank wer'n, und studieren hast aa fleißi müassen. Z' Weihnachten hast gar it hoam derfen.«

Sylvester wurde rot.

Da meinte die Mutter, es sei ihm doch recht warm geworden beim Gehen. Und ob er sich nicht erhitzt habe.

So fragte sie ihn weiter, und aus jeder Frage klang die herzliche Freude, daß er nun dasaß, ihr gegenüber in der kleinen Stube.

Sie legte ihre Hand auf die seine, und Sylvester sah traurig, wie sie abgemagert war.

Aber sie wehrte seine Fragen ab und ließ es nicht gelten, daß ihre Krankheit gefährlich war.

»Und bist no allaweil guat aufg'hoben bei da Frau Rottenfußer? Und der Herr wohnt aa no dort, von dem's d' ma g'schrieb'n hast? Der a Freund vom Herrn Held g'wen is?«

Wie hätte Sylvester jetzt sein Geständnis ablegen können? Er dachte nicht mehr daran. Über den Sorgen um die Mutter hatte er die eigenen vergessen. Und wie er nun allmählich die Hoffnung schöpfte, daß sie wirklich auf dem Wege der Besserung sei, überkam ihn ein rechtes Behagen an der Heimat.

Und eines fiel ihm auf.

Die Mutter erkundigte sich nach allem; aber was sonst ihre erste Frage war, ob er nun bald die Weihen erhalte und wie lange es noch dauere bis zur letzten, die ihn zum Priester mache, die Frage stellte sie heute nicht.

Ja, manchmal schien es ihm, als vermeide sie es absichtlich, davon zu reden.

Er hütete sich vor jedem Wort, das darauf hinführen konnte, und freute sich der Stunde, die ihm die Liebe seiner alten Mutter zeigte.

»Und jetzt laß dir's schmeck'n, Bua«, sagte sie, als die Weberin das Essen brachte. Er griff tüchtig zu. Der Marsch hatte ihm Hunger gemacht. Wie er fertig war, lachte sie fröhlich.

»No, vergelt's Gott, Bua, an guat'n Appetit hast allawei no.«

Die Weberin mahnte sie, daß ihr der Doktor ein paar Stunden Schlaf für den Nachmittag verordnet habe, und Sylvester bat eifrig, sie müsse folgen. Er wolle im Dorf herumgehen und Bekannte grüßen. Am Abend könnten sie wieder miteinander reden.

Die Mutter gab nach, und Sylvester ging.

Als er durch den Garten schritt, lief ihm die Weberin nach.

»Heut' is sie guat beinand«, sagte sie, »aber Obacht muaß's geb'n, hat der Doktor g'sagt. 's Herz is so schwach.«

»Aber er sagt, sie wird wieder?«

»Ja. Bal's im Fruahjahr so weitergeht, ko sie si z'sammklaub'n, sagt er.«

»Ich geh' morgen zu ihm und frag' ihn selber.«

»Und reden S' der Muatta recht zu, daß's folgt! Sie will's allawei net glaub'n.«

»Warum haben Sie mir keine Nachricht geben?«

»I hätt' an Herrn Stegmüller bitt', daß er Eahna schreibt, aber sie hat's durchaus net erlaubt.«

»Hat sie Schmerzen ausstehen müssen?«

»G'sagt hat's nix. Sie is überhaupts so dasig g'wen.«

»Müd' sieht sie aus.«

»Gel? So verzagt! D' Bäcker Ulrich Marie moant, de Nachricht, wo ihr der Herr Sitzberger geb'n hat, hätt's so verzagt g'macht.«

»Welche Nachricht?«

»I bin net dabei g'wen, natürli. Aber von Eahna soll er g'red't hamm.«

»Von mir?«

»Ja, daß Sie nimmer geistli wer'n.«

»Das hat der Herr Kooperator gesagt?«

»I hab's selm net g'hört, aber er is öfter im Haus g'wen, und d' Bäcker Ulrich Marie sagt, sie woaß's g'wiß.«

»Und was hat meine Mutter g'sagt?«

»Zu mir nix. Sie hat bloß so für si hin g'red't, aber staad, daß i nix g'hört hab'. Is denn dös wahr, bleib'n Sie net dabei, Herr Sylvester?«

Die Weberin erhielt keine Antwort.

Sylvester ging weg, stillschweigend und ohne Gruß.

Jetzt wußte er, daß seine Mutter mit Absicht die Frage vermieden hatte. Wollte sie an der Hoffnung festhalten und sie nicht zerstören lassen? Und meinte sie, das sei nur eine vorübergehende Laune von ihm, und wenn man nicht davon rede, komme er selbst davon ab?

Der Gedanke ließ ihn nicht los. Ohne es zu merken, ging er zum Dorfe hinaus, immer weiter die Weblinger Höhe hinauf.

Da setzte er sich auf den Rasen und blickte herum.

Hier war er vor Jahren mit seinem Freunde gestanden. An dem schönen Sommertag.

Er sah wieder alles lebendig vor seinen Augen. Wie sich die Halme im Winde beugten und wie der alte Held so fröhlich auf den reichen Segen blickte.

Und er hörte die leise Stimme neben sich.

»Heute verstehst du mich nicht, parvule. Später einmal, wenn du weißt, daß aus dem Fluche ein Segen wurde. ›Im Schweiße deines Angesichts sollst du dein Brot essen.‹«

Lag nicht Reue in seinen Worten? Hatte nicht der Alte am Abend seines Lebens gemeint, es wäre ihm besser gewesen, wenn er seine Tage in Arbeit verbracht hätte? Sylvester holte tief Atem. Ihm selber drückten die Worte eine Sehnsucht aus, über die er nicht mehr Herr werden konnte.

Er wußte, daß er mit schaffen wollte. Daß er kein Glück darin fand, wie ein Fremder neben den Menschen zu wandeln, über ihren Mühen und Sorgen zu stehen und sie zu vertrösten auf eine andere Welt.

Nicht unehrerbietig dachte er darüber. Aber sein Herz schlug dem Leben entgegen, und nichts in ihm redete von Verzichten.

Hier, so mitten in der Heimat, stand ihm der Entschluß klar vor der Seele; losgelöst von heimlichen Gedanken.

Nicht ungewisse Hoffnungen durften ihm die Zukunft gestalten. Er handelte frei und tat das Notwendige.

Und das wußte er hier.

Sylvester stand auf. Die Bangigkeit hatte er überwunden.

Er dachte nicht mehr daran, zögernd um die Wahrheit herumzugehen, als hätte er Schlechtes im Sinne.

Gewiß mußte er Rücksicht haben auf seine alte Mutter. Aber die zu allererst, daß er offen mit ihr redete.

Er trat rüstig den Heimweg an.

Vor dem Dorfe holte er einen Mann ein, der hinter seinen Pferden herging.

»Grüß Gott, Schuller! Alleweil' g'sund?«

»Tuat's scho.«

»Wie geht's daheim?«

»Muaß scho toa.«

Sylvester wunderte sich über den abweisenden Ton. Er war in früheren Zeiten häufig beim Schuller eingekehrt.

»Die Ursula hab' ich heut' g'sehen«, begann er wieder. »Sie is an mir vorbeig'fahren.«

»So?«

»Was haben Sie denn, Schuller?«

»Nix. Derf i Eahna an Rat geb'n, Herr Mang? Gengan S' alloa und lassen S' Eahna mit mir net sehg'n. Mir passen net zuanand.«

»Ich versteh' Sie nicht.«

»Sie wer'n mi scho no versteh'. I bin so oana, dem a Geischtlicher aus 'n Weg geh' muaß. Und Sie g'hören do dazua.«

Er hielt die Pferde an und machte sich am Geschirr zu schaffen.

Sylvester ging kopfschüttelnd weiter.

Die Mutter hatte ihm einmal geschrieben, daß es beim Schuller

Verdruß gegeben habe und daß er als Bürgermeister hätte abdanken müssen.

Damals hatte er flüchtig darüber weggelesen. Jetzt erinnerte er sich daran.

Aber warum war der Schuller so unfreundlich gegen ihn? Das verstand er nicht.

Es brannte schon Licht in der Stube, als er heimkam. Die Mutter saß am Tische und lachte ihm freundlich zu.

Er schaute sie ängstlich an. Beim Kerzenschein sah ihr Gesicht leidender aus als am Tage.

Und er fragte sie:

»Hast du gut g'schlafen?«

»Ja, ganz guat. Und wo bist du derweil g'wen?«

»Auf der Weblinger Höh'.«

»Hast koan B'suach g'macht? Beim Lehrer?«

»Nein, ich bin lieber ins Freie hinaus.«

»Da hast recht g'habt. 's Wetter is ja so schö.«

»Du, Mutter, ich muß dich was fragen.«

»Was nacha?«

»Der Kooperator hat dir was erzählt von mir?«

»Woher woaßt du dös?«

»D' Weberin hat mir's g'sagt.«

»De hat do ihre Ohr'n überall!«

»Aber es ist wahr?«

»Ja.«

Beide schwiegen, und es war still in dem kleinen Zimmer.

Nur die Uhr hörte man ticken.

Nach einer Weile sagte die Mutter:

»Magst it wart'n bis nach'n Essen? Sunst kimmt d' Weberin wieder eina, und de paßt oamal z'viel auf.«

»Hast du noch nicht gegessen?«

»I scho. I kriag bloß a Supp'n auf d' Nacht. Aber du!«

»Ich kann nichts essen.«

»Nacha sag's der Weberin. Sie is in der Kuchel.«

Sylvester ging hinaus. Als er zurückkam, saß die Mutter unbeweglich und schaute nachdenklich in das Licht.

»Er hat dir erzählt, daß ich nicht mehr dabeibleiben will?«

»Dös hat er g'sagt, ja. Und daß du heirat'n willst und daß d' Musiker werst und zum Theater gehst.«

»Wie kann er so lügen?«

»Net so laut! D' Weberin hört ins.«

»Ja, und du, Mutter?«

»I hon net all's glaabt, g'rad, weil er soviel daher bracht hat.«

»Nicht alles, aber das vom Weggehen?«

»Dös scho. Weil i's scho lang' kennt hab', daß 's di net freut.«

»Du hast das g'wußt?«

»Ja; wia's d' im Herbst dag'wen bist, hon i's kennt. Und davor scho. Du hoscht oft so g'spaßig drei'g'schaugt, wenn i g'red't hab', wia's amal werd. Und du hoscht mir nia recht o'geb'n.«

»Warum hast du nie was g'sagt?«

»Ja mei'! Selbig'smal hon i's glaabt und hon's net glaabt. I hab' mi selber vertröst' und hab' mir denkt, du b'sinnst di vielleicht wieder anderst. Nacha hat mir da Herr Sitzberger dös g'sagt.«

»Hast d' dich in deiner Krankheit so kümmern müssen!«

»Nix leicht's war's mir it, Bua! Aber je mehra, daß i d'rüber nachdenkt hab', desto besser hon i's ei'g'sehg'n, daß dös erst recht nix waar, wenn's d' net gern dabei waarst. Jetzt is's no koa Sünd', bal's d' weggehst. Aber danach waar's oane, wenn's d' amal ausg'weiht waarst.«

Sylvester schwieg. Da war nun die Stunde, die er so lange gefürchtet hatte. Und seine Mutter machte ihm keine Vorwürfe. Er hatte die Freiheit gewonnen ohne Kampf. Und er konnte sich nicht darüber freuen.

Die schlichten Worte erschütterten ihn.

Wie manche Nacht hatte die alte Frau keinen Schlaf gefunden, bis sie ihrem Herzenswunsch entsagte!

Und jetzt sagte sie nur, es sei ihr nicht leicht geworden.

Sie unterbrach die Stille.

»Warum hoscht net früher was g'sagt?«

»Ich hab' es selber nicht gewußt. Das ist so gekommen, nach und nach.«

Er griff nach ihrer Hand, und sie ließ sie ihm.

»Schau, Mutter! Ich wär' dabei geblieben, dir zulieb. Aber es geht nicht. Ich kann nicht.«

Er legte den Kopf auf den Arm und weinte.

Sie zog sachte ihre Hand aus der seinen und strich ihm liebkosend über das Haar.

»Geh, Bua!«

Aber sie ließ ihn gewähren und dachte, das täte ihm gut. Junge Leute weinen sich die Sorgen und Schmerzen weg.

Als Sylvester sich wieder aufrichtete, sagte er noch einmal: »Dir zulieb' hab' ich dabei bleiben wollen.«

»Dös hätt' i gar it mög'n. Wia'r i so da g'leg'n bi, hon i oft denkt, du bleibst am End' dabei, so lang' i leb', und bal i amal g'storb'n waar, gangst du weg. Dös hätt' mir koa Ruah it lassen.«

Und dann fragte sie:

»Was hoscht nacha jetzt im Sinn?«

Sylvester erzählte ihr von seinen Plänen. Erst stockend und unsicher. Allmählich wurde er lebhaft. Die Freude an der tätigen Zukunft regte sich, und er schilderte sie in rosigen Farben.

Er komme schon bald zum Verdienst, sagte er. Der alte Schratt habe ihm eine Stellung verschafft in einem großen Handelshause in Frankfurt. Das habe Niederlagen in allen Ländern, und wer sich tüchtig zeige, komme bald vorwärts.

Und wie wollte er arbeiten! Keine Mühe sollte ihm zuviel sein, und je mehr es zu schaffen gäbe, desto lieber wäre es ihm. Er könne die Zeit kaum mehr erwarten, und er wolle der Mutter beweisen, daß sie der Entschluß nicht reuen dürfe. In zwei, drei Jahren wäre er so weit, daß er sie unterstützen könne, viel leichter, als wenn er Geistlicher würde. Die müßten warten, bis sie an die Reihe kämen, aber in einem solchen Geschäft brächte einen die Arbeit vorwärts, und weil er das wisse, sei ihm keine Arbeit zuviel.

Die Mutter hörte ihn aufmerksam an. Sie konnte sich nicht alles zurechtlegen und sah den Weg nicht klar vor sich, den er gehen wollte. Aber sein Eifer überzeugte sie, und sie ging daran, sich ein neues Bild von der Zukunft auszumalen.

Im goldgestickten Gewande würde ihr Sylvester nicht vor dem Altar stehen, und in einem Pfarrhof würde er nicht sitzen.

Das war vorbei. Aber einen großen Kaufladen würde er haben, einen größeren noch als der Kramer Schießl in Nußbach. Bei dem es nach der Kirche immer gesteckt voll war und der sich das Geld haufenweise verdiente. Und das war doch wahr. Bis einer Pfarrer würde, dauerte es lange, und als Kooperator hatte einer kaum genug zum Leben und mußte sich um sein Essen mit den Pfarrerköchinnen streiten.

Wenn man alles betrachtete, hatte ihr Sylvester eigentlich das bessere Teil erwählt. So gewann ihre Vorstellung allmählich Form und Gestalt, und sie unterbrach den Eifrigen mit Fragen. Ob der Frankfurter Kramer ihn schon bald in ein Geschäft setzen würde? Und an einen größeren Ort, vielleicht wie Nußbach oder Pfaffenhofen? Und an einem schönen Platz neben der Kirche? Weil solche Geschäfte den besten Besuch haben.

Und zuletzt fragte sie:

»Was is nacha dös für a Madel?«

»Welches Mädel?«

»No dös, wo der Herr Kooperator g'sagt hat, daß du heirat'n sollst.«

Sylvester wurde rot bis über die Ohren und lachte verlegen.

»Geh, Mutter! Was dir der g'sagt hat!«

»Da Herr Stegmüller hat aber aa'r amal a solchene Andeutung g'macht.«

Sylvester sah, daß seine Mutter ernsthaft an diese Sache gedacht hatte, und er meinte, sie habe es wohl verdient, daß er ihr alles Vertrauen schenke.

Und er erzählte ihr, wie er das Mädchen kennen gelernt hatte, wie gut und brav es sei, wer die Eltern wären und wie er in dem Hause aufgenommen wurde.

Aber er habe nicht ans Heiraten gedacht, sagte er; denn eine solche Hoffnung wäre ganz töricht.

Die Mutter hörte zu und sagte nichts.

Sie ergänzte im stillen ihr Bild.

Und darin stand jetzt Sylvester im Kaufladen des reichen Herrn Sporner als Schwiegersohn und als der Mann der einzigen Tochter, der einmal alles erben und kriegen mußte.

»Es wird no alles recht wer'n, Bua!« sagte sie. »Und jetzt gut' Nacht!«

ACHTZEHNTES KAPITEL

Am Gründonnerstag kamen drei lustige Soldaten ins Dorf. Der Zwerger Jackl und ein Knecht vom Lochmann und dem Schuller sein Ältester.

Sie marschierten singend die Nußbacher Straße herein, und wenn ihnen ein Mädel in den Weg kam, schrien sie ihm kecke Worte zu, wie man sie beim Militär lernt. Beim Zwerger nahmen sie kurzen Abschied voneinander, und der Schuller Sepp ging im Geschwindschritt heim. Als er nahe am elterlichen Hause war, dachte er, es wäre ein guter Spaß, wenn er seine Leute überrasche. Er schlich um den Stadel herum und schaute zur Küche hinein. Die Mutter stand drinnen am Herd und färbte Ostereier, rote und gelbe. Sie nahm sie vorsichtig aus der Pfanne und legte sie in eine Schüssel.

Da klopfte der Sepp ans Fenster, und sie fuhr erschrocken zusammen.

»Jessas, aber du hoscht mi derschreckt!«

Er lachte, daß man alle Zähne sah.

»Servus! Da kumm i g'rad recht zu die Osteroar. Gib no glei a paar her, Muatta!«

»Geh no z'erscht ganz eina und sag mir Grüaß Gott!«

»Ja, was moanst denn, wia 'r i Kohldampf schiab!«

»Laß di amal o'schaug'n mit der Uniform! Broater bischt wor'n.«

»Dös kimmt vom G'wehr schmied'n; dös treibt oan ausanander.«

Die Schullerin sah mit rechter Zufriedenheit auf ihren Sohn. Er war um ein weniges kleiner als der Vater, aber seine Schultern waren breiter, und wie ihm die blitzblaue Uniform prall ansaß, war er ein Bild von derber Kraft. Und das frische, kecke Wesen stand ihm gut.

»Jetzt gib ma glei a paar Osteroar, weil i's so guat troffen hab'«, wiederholte er.

»Muaßt denn du g'farbte hamm? De g'hören zu der Weich.«

»So lang' kann i net wart'n. I friß de mein ung'weicht.«

»Da nimm da halt oa!«

Sie schob ihm die Schüssel hin, und er holte sich etliche heraus.

»Wia lang' hast denn Urlaub, Sepp?«

»Sieb'n Tag. Am Mittwoch muaß i wieder ei'passier'n.«

Er kaute mit vollen Backen.

»Wo is denn der Vata?« fragte er.

»Er is it dahoam.«

»Was? Er werd do it arbet'n an die Kartäg?«

»Na, er is zum Haberlschneider umi. Da Herr Mang is do g'wen, und nacha san's mitanand furt.

»O mei, was da scho wieder geb'n werd!« setzte sie hinzu.

Sepp überhörte ihren Seufzer. Er klopfte ein Ei an der Tischkante auf.

»Und d' Urschula? Daß dir de it hilft?«

»Sie is beim Kind droben.«

Sepp tauchte das Ei ins Salz und schob es in den Mund.

»Ah so!« sagte er. »Da hon i jetzt gar it dro denkt. Ös werd's an schön' Verdruß g'habt hamm?«

»Es is net der oanzige g'wen, Sepp. Bei ins is all's anderscht worn, seit daß du furt bist.«

Und sie erzählte.

Wie der Vater zum Bürgermeister gewählt und wieder abgesetzt wurde, wie das Kind von der Ursula einen Spottnamen hätte kriegen sollen und wie es jetzt einen Prozeß gäbe mit dem Hierangl Xaver. Der Sepp hörte zu und aß nachdenklich weiter.

Wie die Rede auf den Xaver kam, sagte er, der sei alleweil ein Tropf gewesen, ein miserabliger, und er brauche es notwendig, daß man ihm einmal das Kreuz abschlage, und er wolle seinen Urlaub dazu hernehmen und den Xaver umeinanderschlagen, daß er am Leben verzagen müsse.

»Dös laßt du bleib'n!« sagte die Mutter. »Daß d' ma du aa no eini kimmst in de G'schicht'n!«

»Es braucht it viel«, meinte der Sepp und reckte sich in den

Hüften. »I hab' mit dem Bazi scho amal was z'toa g'habt; i hab'n beim Wirt so dumm an Of'n hi'g'schmissen, und bal mi da Zwerger it z'ruckg'halt'n hätt', waar's eahm schlecht ganga.«

»Sei froh, daß 's guat naus ganga is! Und dös muaßt ma versprech'n, daß d' in Urlaub nix o'fangst damit. Mir waar's g'nua.«

Er gab ihr das Versprechen und sagte, er habe das nicht so gemeint, daß er auf der Stelle zum Hierangl gehen wolle, sondern er hätte gemeint, bloß so, wenn es recht leicht ginge.

»Na, na!« wiederholte die Mutter. »Du derfst eahm gar nix toa! Magst it a paar Nudeln? De Oar müassen di ja im Mag'n drucka.«

»Es werd besser sei, bal i no a Nudel iß«, sagte Sepp. »Und an Kaffee kunnst d' mir aa macha.«

»Den ko'st hamm. Kriagst d' in da Kasern' aa'r oan?«

»So a braune Brüah geben's ins in da Fruah. Dös hoassens an Kaffee.«

»Du werst oft denk'n, daß 's dahoam besser is?«

»De erscht Zeit scho. Nacha g'wöhnt ma si an all's, und Hunger kriagt ma'r aa beim Kasernstopseln.«

»Bei was?«

»Beim Exerzier'n.«

»Hast d' as recht hart an ganzen Tag?«

»Und bei da Nacht aa. Da hoaßt's Posten brenna.«

»San's recht grob mit dir?«

»Na, i ko mi net beklag'n. Freili, bal si oana recht dumm stellt, nacha werd er scho g'schimpft. Aba bei meiner Kumpanie san lauter stramme Teufeln, und bei da Vorstellung san mir weitaus de bessern g'wen.«

Er kam ins Erzählen.

»Dös hätt'st sehg'n soll'n, wia ma da aufg'ruckt san. Und z'sammganga is, g'rad nobl! Da Feldwebel hat ins lob'n müassen, und da Hauptmann hat g'sagt, die junge Mannschaft macht ihre Sache sehr gut, ich bin sehr zufrieden damit, und da Feldwebel hat g'sagt, daß de jungen Grasteufeln viel besser san als wia die alte Blasen. Da hat er aa recht g'habt. Woaßt, beim alt'n Jahrgang, da san Leut' dabei, ganz eiskalte. De tean g'rad, was s' mög'n, und bal's eig'sperrt wer'n, dös is dena ganz wurscht.«

»Di hamm's no nia eig'sperrt, Sepp?«

»Na. I laß mi net dawischen.«

»Auf dös derfst di aba net verlassen.«

»Ah was! A bissel schlau muaß ma sei, nacha geht's scho. Z'nachst bin i um elfi auf d' Nacht im Wirtshaus g'hockt und hab' koa Erlaubnis net g'habt. Auf oamal kimmt d' Patrouill' daher. An Unteroffizier von der fünften Kumpanie. Wia 'r a vorn bei da Tür eina is, bin i hint' bei da Schenk' außi. Er nach wia da Teufi, i außi in Hof und übern Zaun umi. G'sehg'n hat er mi, aber kennt hat er mi net. In der Wirtschaft hat's eahm oana g'stochen, daß der betreffende Soldat vom zwölften Regiment war; bloß d' Kumpanie hat er net o'geb'n könna.

Jetzt hamm's in da Früah bei jeder Kumpanie g'fragt, und hamm g'sagt, der Mann soll sich melden, weil er erkannt worden ist.«

»I bin aba net so dumm g'wen.«

»Bal's di aba 'rausbracht hätt'n!«

»De bringen nix raus, bal ma schlau is. De hamm g'moant, es war oana von der alten Mannschaft. Da Feldwebel hat g'sagt: Ich weiß schon, das ist die alte Blasen, die glaubt, sie darf sich recht viel Kraut rausnehma. Aber wenn ich den Betreffenden ausfindig mache, den leg' ich fünf Tag auf die Latten, den Herrgottsakrament, hat er g'sagt.«

»Der Ertl Hans hat hoam g'schrieb'n, daß er si halt gar it ei'g'wöhna ko bei der Militari?«

»Was will denn der sag'n, z'Münka drin? Der müaßt erst was spanna, wia's bei uns is. De wissen ja gar nix in da Stadt drin, de Grasteufeln!«

Der Sepp war ein martialischer Soldat und ein treuer Anhänger des zwölften Regiments.

Und seine Mutter hörte ihm aufmerksam zu, während sie die Eier ins sprudelnde Wasser legte.

Da klangen rasche Schritte im Gang, und der Schuller trat ein.

Sein Gesicht verriet eine starke Aufregung, aber keine traurige; seine Augen blitzten, um den Mund lag ein freudiges Lachen, und die Stimme klang kräftig wie schon lange nicht mehr, als er den Sepp begrüßte.

»Bist da? Dös is recht. Da Schnurrbart is dir g'wachsen. Jetzt kannst 'n scho bald aufdrahn.«

»Ja, was hoscht denn du?« rief die Schullerin.

»Nix Schlechts net. D' Lumperei kimmt auf!« Und er patschte kräftig auf seine Knie.

»Woast, Sepp, i hon a schlechte Zeit g'habt, aba jetzt geht's wieder besser.«

»D' Muatta hat ma's g'sagt.«

»Hat's da's g'sagt? Woaßt, sie hätt'n mi ganz schlechtg'macht mit lauter Lug'n, und i waar gar nix mehr g'wen. Aba jetzt is de G'schicht offenbar wor'n.«

»Was hat's denn geben? Erzähl halt amal!« drängte die Bäuerin.

Und der Schuller erzählte.

Sepp mußte sich wundern über den Vater. Der war immer so ernst und wortkarg gewesen; jetzt redete er hastig, als könne er die Worte nicht schnell genug herausbringen, und schlug mit der Faust auf die Tischplatte oder wischte sich mit dem Ärmel über die Stirne, weil es ihm heiß wurde vor lauter Lebhaftigkeit.

»Er is ganz anders, als früherszeiten«, dachte Sepp.

Es hatte sich aber etwas Merkwürdiges ereignet; und das war so: Den dritten oder vierten Tag nach seiner Ankunft ging Sylvester zum Lehrer Stegmüller und sagte ihm, welchen Entschluß er mit Billigung seiner Mutter gefaßt habe.

Stegmüller wußte das Hauptsächlichste bereits aus den Prophezeiungen des Herrn Kooperators und der Bäcker Ulrich Marie; er war nur überrascht, daß Sylvester nicht zum Theater gehen wollte.

Sitzberger hatte es feierlich versichert, und er hatte es geglaubt. Einmal wegen der schönen Stimme und dann wegen der Anziehungskraft der freien Kunst, die er selbst in seiner Jugend verspürt hatte.

Nun war es ihm doch lieb, zu hören, daß der junge Mang sich nicht auf den schwanken Boden stellen wollte.

Er lobte ihn darum und bezeigte ihm aufrichtige Anerkennung, weil er sich so gefaßt und unbekümmert seine Zukunft selber aufbauen wollte.

Wie hätte sich wohl der Pfarrer Held über seinen Schützling gewundert! Er hätte sicherlich den Entschluß gebilligt und gesagt, jeder müsse tun, was er für recht erkenne. Der jetzige Pfarrer urteile wohl anders.

Und da war Stegmüller in ein Gespräch geraten, das er mit großer Vorsicht, aber doch gerne pflegte. Mit unterdrückten Seufzern und halben Andeutungen gab er Sylvester zu verstehen, daß sich vieles geändert habe und daß die Neuerung nicht gerade eine Besserung bedeute. Und dabei kam er auch auf den Schuller zu sprechen. Er erzählte Sylvester, welche schlimmen Kränkungen den Mann angegangen hätten, eine nach der andern; aber freilich, die schwerste Beschuldigung stamme von Held her. Und er beschrieb den Vorfall mit ausführlicher Breite.

Sylvester sagte, das glaube er nicht. Der alte Herr hätte so etwas nicht getan.

Stegmüller zog die Achseln in die Höhe.

Ihm sei es ja auch sonderbar vorgekommen, aber man müsse es wohl glauben. Ihm tue es leid um den Schuller.

Und ihm noch mehr um das Andenken Helds, sagte Sylvester. Wie man ihm das nachsagen könne! Wenn der etwas Schlechtes von einem gewußt hätte, dann hätte er ihm gründlich die Wahrheit gesagt, aber nicht heimlich eine Anklage geschrieben.

Das sei früher auch seine Meinung gewesen, versicherte Stegmüller. Aber...

Und gerade beim Schuller, unterbrach ihn Sylvester, da sei es nun ganz unmöglich. Held habe einmal gesagt, wie unrecht es sei, verächtlich von der Hartherzigkeit und dem Eigennutz der Bauern zu reden. Wer das tue, wisse nicht, wieviel man der zähen Art der Bauern verdanke; wie sie unser Volkstum unverfälscht von Geschlecht zu Geschlecht vererbten und aus den Trümmern immer wieder das alte Vaterland aufgebaut hätten.

Und da habe Held den Schuller als Beispiel angeführt. Das sei so einer, der sich nicht beugen lasse und der mit unverdrossenem Fleiße seine kleine Welt in Ordnung halte.

Wie könne man dieses Lob übereinbringen mit der heimlichen Anklage? Und wer dürfe glauben, daß Held den Mann schwer schädigte, dessen Tüchtigkeit ihm so viel galt?

Das sei alles recht schön, meinte Stegmüller. Aber vielleicht habe Held seine gute Meinung später geändert.

Nein, sagte Sylvester, denn dieses Lob habe er in der letzten

Zeit von Held gehört. Und wenige Monate später sei der alte Herr gestorben.

Dann habe er den Zettel vielleicht früher geschrieben und habe erst nachträglich eine bessere Meinung vom Schuller erhalten, erwiderte der hartnäckige Stegmüller.

Jedenfalls sei der Zettel da, und er möchte Sylvester nicht raten, solche Zweifel auszusprechen. Überhaupt müsse man froh sein, wenn die Sache nach und nach einschlafe. Das sei auch für den Schuller das beste.

Sylvester war nicht zu ängstlich auf seiner Hut, und es mochte wohl sein, daß die Weberin einiges hörte, von der es wieder die Bäcker Ulrich Marie und auf diesem Umwege der Herr Kooperator erfuhr.

Vielleicht kam die Kunde auch auf andere Weise in den Pfarrhof; jedenfalls ließ Baustätter den Herrn Mang um seinen Besuch bitten.

Sylvester dachte, er wolle mit ihm Rücksprache nehmen wegen seines Abschiedes vom geistlichen Berufe und fand sich zur festgesetzten Stunde im Pfarrhof ein.

Der Gang war ihm nicht lieb. Er hatte es nach jenem ersten Besuche vermieden, mit Baustätter zusammenzutreffen. Aber er gestand dem Pfarrer das Recht zu, in dieser Angelegenheit von ihm selbst die Wahrheit zu erfahren, und er hielt es für gut, wenn er mit einer bündigen Erklärung den Klatsch aus der Welt schaffte.

Baustätter empfing ihn wohlwollend.

»Ah, der Herr Studiosus! Wollen Sie Platz nehmen?«

Sylvester musterte mit einem raschen Blicke den Raum, der ehedem so behaglich war und von dessen Wänden jetzt aufdringliche Frömmigkeit auf ihn herunterstarrte.

»Setzen Sie sich doch!« wiederholte der Pfarrer.

»Ich danke, wenn Sie erlauben, stehe ich lieber.«

»Wie Sie wünschen. Ich habe Sie um Ihren Besuch gebeten, Herr Mang, weil mir verschiedenes berichtet wurde. Sie wollen dem priesterlichen Stande entsagen?«

»Ja, Hochwürden.«

»Ich habe Ihnen keinen Vorwurf zu machen. Sie werden sich geprüft haben, warum Sie diesem erhabenen Stande nicht angehören wollen.«

»Ich habe es lange überlegt.«

»Wer nicht allem absagt, kann nicht mein Jünger sein, steht geschrieben. Wenn Sie die weltlichen Interessen höher achteten, dann war es besser, daß Sie zurücktraten.«

»Ich habe keine rechte Freude dazu. Und die muß man doch haben!«

»Gewiß! Man muß sich vom Weltgeiste losschälen. Nisi quis renuntiaverit omnibus. Aber haben Sie überlegt, was Sie aufgeben wegen dieser verkehrten Welt? Wird nicht eines Tages die Stunde kommen, wo Sie den Tausch bitter bereuen?«

»Ich glaube nicht, Hochwürden.«

»Und ich hoffe es nicht. Wie gesagt, ich mache Ihnen keinen Vorwurf. Als ich von Ihrem Entschlusse hörte, habe ich Sie in mein Gebet eingeschlossen. Und ich dachte, wenn ihn nur kein niedriger Beweggrund veranlaßt hat!«

»Nein, Herr Pfarrer.«

Sylvester begegnete den Blicken Baustätters. Die waren stechend auf ihn gerichtet. Jetzt huschten sie weg und senkten sich auf die fleischigen Hände, welche wie zum Gebete gefaltet waren.

»Es ist mir gesagt worden, daß Sie wegen eines Mädchens auf Ihrem Wege umkehrten.«

»Wer hat das gesagt?«

»Man hat es allgemein behauptet. Aber ich glaubte es nicht. Ich konnte mir nicht denken, daß ein ehrbares Mädchen seine Wünsche auf einen richtet, der sich zum priesterlichen Berufe vorbereitet.«

Sylvester fühlte, wie ihm die heiße Röte ins Gesicht stieg.

Wieder begegnete er dem lauernden Blick. Es lag etwas Feindseliges in diesen Augen. Sie verrieten Gedanken, die nichts zu tun hatten mit den salbungsvollen Worten.

»Und Sie haben sich ausgesöhnt mit denen, welche eigentlich ein Recht haben auf die Vollendung Ihrer Studien?«

»Es hat keine Aussöhnung gebraucht. Meine Mutter wollte mich überhaupt nicht zwingen.«

»Das ist gewiß vernünftig. Aber es gibt noch jemand, den Ihr Entschluß sehr nahe angeht. Ihren Vetter.«

»Ich habe ihm geschrieben.«

»Und er hat Ihnen schon geantwortet?«

»Nein. Ich glaube auch nicht, daß er mir schreibt. Vielleicht kommt er an den Feiertagen herüber.«

»Sie wissen also noch nicht, wie er über die Sache denkt?«

»Nein.«

»Mein Kooperator war gestern zufällig in Pasenbach. Er hat mit Ihrem Herrn Vetter gesprochen.«

Baustätter machte eine Pause. Er wollte sehen, wie diese Mitteilung wirkte. Sie wirkte nicht stark.

Sylvester kannte den hochwürdigen Herrn Sitzberger, und er kannte darum auch den Zufall, der ihn nach Pasenbach geführt hatte.

»So, er hat meinen Vetter getroffen?« fragte er gleichmütig.

»Ja, und ich muß Ihnen zu meinem Bedauern sagen, daß der alte Mann sehr unglücklich ist und sehr entrüstet.«

»Das tut mir leid, Herr Pfarrer. Vielleicht kann ich ihn beruhigen, wenn ich selber mit ihm rede.«

»Das glaube ich nicht. Er sagte, daß er elf Jahre das Geld für Ihre Studien hergegeben habe, bloß auf das Versprechen, daß Sie Geistlicher werden. Und Sie hätten ihn getäuscht. Vielmehr betrogen, sagte er. Er gebrauchte nämlich sehr starke Ausdrücke.«

In Sylvester stieg der Zorn auf.

»Wenn mein Vetter das wirklich gesagt hat, dann weiß er nicht, was er redet.«

»Sie zweifeln doch nicht daran? Wenn Sie wünschen, kann Ihnen mein Kooperator das selbst bestätigen.«

»Ich danke, Herr Pfarrer. Ich meine, darüber habe ich eigentlich nur mit meinem Vetter zu verhandeln.«

»Gewiß. Aber Sie dürfen dem alten Manne nicht zürnen. Bedenken Sie doch, wenn er wirklich das Geld nur in dieser Hoffnung gegeben hat! Und wenn man ihm diese Hoffnung gemacht hat!«

»Solange ich Geld von ihm genommen habe, wußte ich nichts anderes, als daß ich Geistlicher werde.«

»Sie dürfen mich nicht falsch verstehen, Herr Mang. Ich erzählte Ihnen nur, wie Ihr Vetter das aufnimmt. Und begreiflich ist es am Ende doch, daß er sich getäuscht fühlt.«

»Niemand hat ihn getäuscht. Aber vielleicht ist ihm das jetzt so hingestellt worden.«

»Das ist ein harter Vorwurf gegen meinen Kooperator!«

»Der Herr Sitzberger hat schon bei meiner Mutter Schwätzereien gemacht. Ich kann mir denken, daß er bei meinem Vetter noch stärker aufgetragen hat. Ich nehm' ihm das nicht übel, weil ich nichts danach frage. Ich meine bloß, daß es ihn nichts angeht.«

»Persönlich nicht. Aber als Priester muß er es bedauern, daß Sie keine größere Liebe zu unserem Stande zeigten.«

»Deswegen braucht er keine Geschichten herumzutragen.«

»Sagen Sie es ihm doch selbst!«

»Das ist mir nicht der Mühe wert, Herr Pfarrer.«

»Sie sind sehr stolz geworden. Aber eins muß ich Ihnen doch sagen. Warum machen Sie selbst Schwätzereien, wenn Sie dieselben verdammen?«

»Ich?«

»Ja, Sie, Herr Mang. Und darüber muß ich mit Ihnen noch reden.«

»Bitte!«

»Es ist mir mitgeteilt worden, daß Sie für den Schuller Partei nehmen und überall erzählen, es sei ihm unrecht geschehen.«

»So hab' ich es nicht gesagt.«

»Also haben Sie doch darüber gesprochen? Was wissen Sie eigentlich von der ganzen Sache?«

»Ich weiß nur, was mir erzählt worden ist.«

»Und das genügt Ihnen, mich anzugreifen? Was Sie im Vorbeigehen aufschnappen, paßt Ihnen, wenn es gegen mich geht!«

»Gegen Sie habe ich kein Wort gesagt.«

»Nicht? Gegen wen sonst? Das ist eine merkwürdige Verdrehung der Wahrheit! Sie taugen allerdings nicht zu einem Priester.«

»Sie werden mir keine Lüge nachweisen können.«

»Wenn Sie überall herum erzählen, daß man den Schuller verleumdet hat, gegen wen richtet sich das? Wen greifen Sie damit an? Da wollen Sie sich ausreden, daß Sie meinen Namen nicht genannt haben? Was wissen Sie denn überhaupt von der Sache?«

Baustätter stand mit blitzenden Augen vor Sylvester und erhob seine Stimme zum Schreien.

»Sie kommen dahergeschneit, schnappen etwas auf und erfrechen sich...«

»Herr Pfarrer!«

»Jawohl, erfrechen sich, gegen mich zu hetzen. Aber wenn Sie es noch so heimlich machen, ich erfahre es doch! Ich weiß alles.«

»Sie wissen gar nichts.«

Sylvester sagte das in so barschem Tone, daß Baustätter einen Augenblick inne hielt.

»Sie wollen es leugnen?« fragte er.

»Ich sage Ihnen noch einmal, ich habe nichts zu leugnen. Sie könnten sich genauer erkundigen, bevor Sie mir Grobheiten machen.«

»Ich mache Ihnen keine Grobheiten.«

»Sie haben mir Frechheit vorgeworfen.«

»Ich sagte nur, es wäre frech, wenn Sie behaupten, daß ich dem Schuller unrecht getan habe.«

»Ich habe mich gewundert, daß man solche Anklagen gegen ihn erhebt, und...«

»Sie haben sich gewundert, und Sie haben es jedem gesagt oder überall durchblicken lassen, daß Sie es für unwahr halten.«

»Darf ich ausreden, Herr Pfarrer?«

»Nein. Schweigen Sie!« schrie Baustätter. »Ohne Beweis fallen Sie über mich her! Natürlich, nur ich bin schuld. Ich habe Anklage erhoben gegen den braven Schuller! Was wissen Sie davon? Wer hat ihn angeklagt? Da! Da ist der Ankläger!«

Baustätter öffnete mit einer heftigen Bewegung das Pult und warf ein Blatt Papier vor Sylvester auf den Tisch. »Da ist der Ankläger! Ihr verehrter Herr Pfarrer Held! Wollen Sie den auch verdächtigen?«

Sylvester nahm das Blatt langsam auf. Er las die ersten Worte mit Widerstreben. Dann las er die Schrift hastig durch und las sie wieder.

»Wollen Sie jetzt noch bei den Leuten herumerzählen, daß dem Schuller unrecht geschehen ist?«

Sylvester antwortete dem Pfarrer nicht. Er fragte mit erzwungener Ruhe:

»Von wem haben Sie den Zettel?«

»Im Kirchenbuch war er.«

»Legen Sie ihn nicht mehr hinein, Herr Pfarrer.«

»Was soll das heißen?«

»Der Zettel ist falsch! Die Schrift ist gefälscht!«

»Sie wagen, mir das vorzuwerfen?«

»Das ist nicht die Schrift des Herrn Held!«

»Geben Sie das Blatt her! Sofort geben Sie es mir!«

Sylvester legte es auf den Tisch, und Baustätter riß es ungestüm an sich. Er kreischte, daß ihm die Stimme überschlug.

»Sie setzen Ihrer Frechheit die Krone auf! Ich will sehen, ob Sie mich einen Fälscher heißen dürfen!«

»Das habe ich nicht getan.«

»Lügen Sie nicht!«

»Ich habe gesagt, daß die Schrift gefälscht ist. Und das kann ich beweisen.«

»Sie wollen es wieder herumdrehen! Das will ich sehen!«

Sylvester nahm seinen Hut und ging ohne Gruß aus dem Zimmer. Als er den Pfarrhof verlassen hatte, regte sich erst sein Zorn über den Auftritt. Er war nicht zufrieden mit sich. Warum hatte er nicht schärfer geantwortet auf die Beschimpfungen? Er hätte wenigstens sagen können, daß diese sinnlose Wut verdächtig sei.

Wenn der Pfarrer den Zettel wirklich gefunden habe, könne es ihm nur recht sein, daß die Fälschung entdeckt wurde, daß man das Unrecht wieder gutmachen konnte. Und wie plump das gefälscht war!

Im Texte war die Schrift nicht einmal nachgemacht; nur der Namenszug war ähnlich. Daneben war das Siegel aufgedrückt, als wenn so etwas eine amtliche Bestätigung sein könnte.

Sylvester blieb stehen. Das war ihm nicht gleich eingefallen, das Siegel war ja ein Beweis, daß der Pfarrer den Zettel gefälscht hatte!

Wer hätte sonst das Amtssiegel benutzen können? Er ging wieder rasch vorwärts. Was sollte er jetzt tun? Die Wahrheit mußte heraus, und war es nur dem alten Herrn zuliebe.

Zum Lehrer gehen und ihn um Rat fragen? Der würde nur abmahnen und den lieben Frieden predigen. Und bitten, daß man ihn aus dem Spiele lasse.

Oder die Mutter ins Vertrauen ziehen? Sie würde sich ängstigen.

Das Einfachste war, es dem zu sagen, der ein Recht auf die Wahrheit hatte.

Und ja, das wollte er tun.

Sylvester eilte durch das Dorf und kam erhitzt in den Schullerhof. Die Bäuerin stand unter der Tür.

»Ist der Schuller daheim?«

»In der Stub'n hockt er. Aber sagen S' no mir an Grüaß Good, Herr Mang!«

»Ja, ja! Ich hab' jetzt keine Zeit.«

»Wo brennt's denn?«

Sie erhielt keine Antwort; Sylvester war schon in der Stube. Der Schuller schaute über seine Zeitung weg auf den Eintretenden.

»Was geit's?« fragte er kurz.

»Ich muß Ihnen was Wichtiges sagen.«

»Was nacha?«

»Ich hab' den Zettel gesehen, wegen dem Sie so viel Verdruß gehabt haben.«

»So?«

»Der Herr Pfarrer hat ihn selber hergezeigt.«

»Dös is nix Sonderbar's. Der hat'n scho viel Leut' zoagt. Bloß mir net.«

»Der Zettel ist falsch, Schuller.«

»Dös woaß neamd besser, wia 'r i, daß dös verlog'n is.«

»Verstehen Sie mich recht! Die Schrift ist gefälscht.«

»G'fälscht?«

»Jedes Wort und die Unterschrift dazu.«

Der Schuller faßte Sylvester mit einem derben Griffe am Arm.

»Sie, Herr Mang, i kenn' Eahna do guat und glaab net, daß Sie an Spott über mi hamm. Was is dös, was Sie da sag'n?«

»Ich sag' Ihnen, daß der Herr Pfarrer Held kein Wort über Sie geschrieben hat. Daß man seine Schrift nachgemacht hat.«

»Nacha waar ja dös offenbar, daß alles mit Fleiß derlog'n is?«

»Ja, daß es erfunden ist. Und daß man den alten Held dazu hergenommen hat.«

»Aba, ko ma dös beweisen?«

»Das ist gar nicht schwer. Das sieht jeder, der die Schrift kennt.«

»Und dös is g'wiß und wahr, Sylvester? Sie hamm Eahna net täuscht?«

»Eine Täuschung ist gar nicht möglich. Was ich Ihnen gesagt habe, vertrete ich vorm Gericht.«

»Ja, Herrgott!«

Schuller stand von der Bank auf und packte Sylvester an beiden Schultern und schüttelte ihn herzhaft.

»Ja, Herrgott! Manndei! Was sag'st ma denn du? Gel, du lügst it? Manndei, was sagst d' ma denn du?«

Er setzte sich wieder.

»Sie müassen ma 's nomal g'nau sag'n. So schnell versteh' i dös net.«

Sylvester erzählte nun ausführlich, wie er im Pfarrhof war, wie ihn Baustätter zur Rede stellte, und wie alles kam.

Der Schuller unterbrach ihn oft.

»Z'erscht recht freundli, gel? Und giftig bei da Freundlichkeit, und nacha auf oamal in da Wuat? Ja, i kenn' an Herrn Baustätter!«

Und als Sylvester beschrieb, wie der Pfarrer den Zettel vor ihn auf den Tisch warf, patschte sich der Schuller auf die Knie und lachte aus vollem Halse.

»Er hat 'g'moant, Sie verstengan nix davo. Aba Sie hamm's glei kennt?«

»Gleich, wie ichs gelesen hab'.«

»Es is halt do was Schön's bal oana studiert hat. Oft hab' i mir denkt, wenn i Eahna g'sehg'n hab', es is eigentli schad', daß so a Mannsbild wia Sie a Stubenhocker werd, aba jetzt is 's do für was guat g'wen.«

Und dann wurde der Schuller wieder ernst.

»I bin Eahna viel Dank schuldig, Sylvester«, sagte er. »Aba wissen S', d' Hauptsach' kummt erst. Dös müassens S' mir auf Ehr' und G'wissen sag'n, ob Sie fest steh' bleib'n auf dem, bal mir scharf zum Streit'n o'fanga.«

»Ich steck' nicht um, Schuller. Sonst hätt' ich Ihnen lieber nichts gesagt.«

»Und bal i Eahna bitt'n tat, daß Sie jetzt mit mir zum Haberlschneider gengan?«

»Ich bin dabei.«

»Und nacha san mir zwoa beim Haberlschneider g'wen«, erzählte der Schuller. »Und da Sylvester hat de G'schicht akkurat a so vorbracht, wia bei mir, und da Haberlschneider sagt, jetzt glaabt er selm, daß i dös Spiel g'winn, und daß 's nimmer ausko. Jetzt werd er schaug'n, der Herr Baustätter!«

»Paß auf, daß dir net no mal falliert!« mahnte die Bäuerin. »Da Verdruß waar glei ärger, wia beim erstenmal.«

»Wia soll denn dös fallier'n? Da Sylvester steht vor, und wissen tuat er's g'nau. Er hat a paar Brief vom Held, und a Büachl hat er, wo der alt' Pfarrer was nei g'schrieb'n hat.«

»Warum hat denn da Herr Mang den Zettel net glei b'halten?«

»Dös hat er net derfen.«

»Aba besser war's g'wen.«

»Na, Alte. Dös vastehst du z' weni. I will mei Recht. Dös müassens mir geben vor alle Leut' beim hellicht'n Tag. Und weil i dös will, derf i selber nix toa, was geg'n 's G'setz is.«

»Bal's dir no so 'nausgeht, Andrä!«

»Es geht mir scho naus. I hab' de G'wißheit in da Hand, und am Samstag kriag' i mei Recht. Da Sylvester fahrt mit eini ins Bezirksamt.«

Er streckte die Arme aus und lachte fröhlich.

Und dann unterhielt er sich noch lange mit seinem Sepp über das Soldatenleben.

Wie es zu seiner Zeit war, und wie es jetzt anders geworden ist.

NEUNZEHNTES KAPITEL

»Begreifen Sie das nicht? Es ist doch so einfach!« sagte der Bezirksamtmann Otteneder und richtete ungeduldige Blicke bald auf Sylvester und bald auf den Schuller. »Ist das so schwer zu begreifen?« wiederholte er.

»Ja, und ich werde es nie verstehen«, sagte Sylvester.

»Dann will ich es Ihnen noch einmal sagen, obwohl ich eigentlich keine Zeit habe. Sie sagen mir, daß die Angaben des Pfarrers Held gefälscht sind, das heißt, daß sie nicht von ihm geschrieben wurden.

Also was ist jetzt? Glauben Sie, daß ich meinen Beschluß umstoßen und den Vöst zum Bürgermeister machen soll? Das geht nicht und ist überhaupt unmöglich. Außerdem, woher wissen Sie, daß ich wegen der Beschuldigungen, die auf dem Zettel standen, die Bestätigung verweigerte?«

»Das steht im Beschluß«, sagte Sylvester.

»Nein; lesen Sie ihn doch genau! Es heißt: ›Diese Beschuldigungen liegen weit zurück und sind nicht bewiesen.‹ Also ich habe keinen Wert darauf gelegt. Aber – jetzt hören Sie zu! – aber der Glaube an diese Behauptungen hat gezeigt, daß der gewählte Bürgermeister der Achtung entbehrt, nicht bei allen, aber bei vielen Gemeindemitgliedern. Und das ist nicht zulässig, denn Autorität und Achtung gehören zusammen.«

»Wenn aber jetzt...«

»Einen Augenblick! Außerdem habe ich hervorgehoben, daß der Glaube an diese Beschuldigungen bereits Auswüchse gezeitigt hat, die wiederum ganz unverträglich sind mit der Stellung eines Bürgermeisters. Es ist sogar zu Raufereien gekommen. Sehen Sie, deshalb habe ich die Bestätigung verweigert, und das steht im Beschlusse.«

»Derf i jetzt amal reden?« fragte der Schuller.

»Ja. Ich hab' Sie überhaupt noch immer angehört.«

»Sie sag'n, daß der g'fälschte Zett'l für Eahna koa Bedeutung net g'habt hat. Da muaß i Eahna scho sag'n, Herr Bezirksamtmann, Sie reden heut' anderst, als wia beim erstenmal. Wia'r i dös erstmal herin g'wen bi, da hab' i Eahna g'fragt, warum Sie mi abg'setzt hamm. Und Sie hamm g'sagt, weg'n de bekannt'n Tatsachen, weil i Ärgernis geb'n hab', weil i mein Vata mißhandelt hab'. Dös hamm Sie ausdrücklich g'sagt.«

»Sie waren damals so erregt, daß Sie mich nicht verstanden haben.«

»Na, na! I hab' Eahna guat vastand'n. Weg'n de bekannt'n Tatsachen hamm Sie g'sagt, und da Flori is dabei g'wen. Der ko's beweisen.«

»Sie tun so, als ob ich etwas ableugnen wollte. Ich brauche Ihre Zeugen nicht. Was ich gesagt habe, das vertrete ich schon.«

»Sie sag'n aba jetzt, daß dös koa Bedeutung g'habt hätt'!«

»Es war nicht maßgebend, sage ich. Natürlich habe ich von dieser Beschuldigung gesprochen, weil sie beim Akt liegt.«

»Dös war aba d' Hauptsach'. Sie hamm no zu mir g'sagt, i derf den Zett'l gar it anzweifeln.«

»Im Beschlusse steht ganz deutlich, warum ich Ihre Wahl umgestoßen habe. Sie müssen jetzt nicht mit Geschichten daherkommen.«

»Weil's wahr is. Weg'n de bekannt'n Tatsachen, hamm Sie g'sagt, und weil i Ärgernis geb'n hab'.«

»Das habe ich geglaubt, und Ihre Mitbürger glaubten es auch. Sie haben die Leute nicht ruhig widerlegt, sondern haben geschimpft und gerauft. Und wer das tut, wird nicht Bürgermeister. Punktum!«

»I will ja gar koana sei; net g'schenkt.«

»Was wollen Sie dann überhaupt von mir?«

»Mei Ehr' will i hamm!«

»Hab' ich sie Ihnen genommen?«

»Jawohl, dös hamm Sie!«

»Sie regen sich auf, Schuller!« sagte Sylvester. »Das hilft nichts. Herr Bezirksamtmann, erlauben Sie noch eine Bemerkung! Der ganze Streit ist doch damit angegangen, daß der Herr Pfarrer den Zettel hergezeigt hat!«

»Ja, und?«

»Und wenn jetzt bewiesen wird, daß der Zettel gefälscht ist, und daß die Beschuldigung erfunden ist, dann muß doch alles rückgängig gemacht werden!«

»Was soll man rückgängig machen?«

»Ich meine, die Verleumdung muß widerrufen werden.«

»Von wem?«

»Vom Herrn Pfarrer, weil er sie verbreitet hat.«

»Gut! Verlangen Sie das von ihm!«

»Der Schuller meint, Sie sollen es ihm amtlich befehlen.«

»Wie soll ich denn das machen?«

»Er hat Sie doch getäuscht!«

»Angenommen, er hätte mir die Unwahrheit gesagt, warum soll ich ihn zum Widerruf zwingen? Das tut doch immer der Beleidigte!«

»Wenn er Ihnen amtlich eine Fälschung vorgelegt hat!«

»Es ist haarsträubend!« sagte Otteneder. »Sie reden immer, als wenn gerichtlich eine Fälschung festgestellt wäre. Das ist doch bloß Ihre Behauptung! Was fange ich damit an? Wenn ich sie weiter gebe, verklagt der Pfarrer mich. Das darf ich doch nicht.«

»Dös derfen Sie net?«

»Nein! Ich werde mich hüten.«

»Aba geg'n mi, da hamm Sie scho derfen? Da hamm Eahna Sie net g'hüat!«

»Schreien Sie mich nicht so an!«

»Da hat's koan Beweis braucht, gel? Da hamm S' all's weiter geb'n derfen? Jetzt is anderst, weil der Fälscher koa Bauer is!«

»Was erlauben Sie sich denn?«

»Ja so! Sie san ja a Herr Beamter! Da müaßt i eigentli Respekt hamm vor Eahna! Aba da feit's weit! Und i gab' mi net her zu dem, was Sie to hamm. Gengan S' zua, Herr Mang! Mir hamm nix mehr verlor'n da herin.«

»Schuller!«

Aber der war schon zur Türe hinaus, und Sylvester stand allein vor dem erzürnten Bezirksamtmann.

»Was haben Sie sich eigentlich hineinzumischen?« herrschte ihn Otteneder an. »Sie könnten was Besseres tun, als diesen rabiaten Menschen aufreizen.«

»Ich weiß, daß ihm unrecht geschehen ist.«

»Sie sind schnell fertig mit dem Wort! Wie Sie im Handumdrehen eine Fälschung entdecken wollen, das ist ein starkes Stück. Nehmen Sie sich in acht!«

»Ich fürchte mich nicht.«

»Nur nicht zu heldenhaft! Sie könnten sich die Finger einmal bös verbrennen.«

Sylvester verbeugte sich höflich und wandte sich zum Gehen.

Da sagte der Bezirksamtmann noch:

»Richten Sie dem Vöst aus, daß ich ihn nicht belangen werde wegen seines Benehmens. Ich denke mir, er war nicht zurechnungsfähig.«

Im Stiegenhause wartete der Schuller.

»Ist es Ihnen recht, wenn wir ins Amtsgericht gehen?« fragte Sylvester.

»Was toa?«

»Sie müssen Ihr Recht suchen.«

»Na, Herr Mang, dös suach' i nimmer. I fahr' hoam.«

»Aber warum?«

»Weil all's umsunst is. De hamm 's Recht so guat vasteckt, daß 's i meiner Lebtag' net find'. Und wenn i's g'funden hätt', nehman's ma's weg unter da Hand.«

»Sie müssen nicht gleich die Hoffnung aufgeben!«

»Glei! I hab's net glei aufgeben. Sie wissen dös net. I hab' mi ei'g'spreizt mit Händ' und Füaß', und zwinga muaß i's, hab' i g'moant, und nacha – ah was!«

Er nahm den Hut ab und wischte sich mit dem Ärmel über die Stirne.

»Es muß gehen«, ermunterte Sylvester.

»Sie san no jung und mögen's net glaab'n, daß ma mit'n Recht nachgeb'n muaß. Aba es is do a so. Mir fahr'n hoam, Herr Sylvester.«

Ostersonntag.

Man läutete mit allen Glocken, und das Hochamt war zu Ende.

Die jungen Burschen eilten zuerst aus der Kirche und standen in Gruppen beieinander.

Es gab noch etwas zu sehen, wenn die Mädeln in hochbepackten Körben das Geweihte heimtrugen.

Da lagen obenauf die buntgefärbten Eier, daneben saftige Schinken, Brot, Fleisch und Salz, und wer ein übriges tun wollte, setzte auf die schmackhaften Dinge ein schneeweißes Osterlamm aus Zuckerteig. Die Burschen musterten die Körbe und ihre Trägerinnen, und sagten jeder etwas Lustiges. Die älteren Leute schritten langsam durch den Friedhof; die Männer sahen über die Mauer weg auf die Felder, deren Saatfurchen sich in langen Reihen die Hügel hinaufzogen.

Unter den Letzten kamen die Honoratioren von Erlbach. Der Lehrer, der Schulgehilfe, der Postexpeditor und der Stationskommandant mit seiner Frau.

Sie redeten von dem Verlaufe des Hochamtes, und Herr Stegmüller fragte, ob man nichts gemerkt habe, daß die Schallmaier Zenzi beim Kyrie eleison viel zu spät eingesetzt habe. Er könne ihr das nicht abgewöhnen, denn sie habe eigentlich kein gutes Musikgehör. Die Frau Kommandant sagte, sie habe es wohl bemerkt, und sie glaube auch, daß es dem Herrn Pfarrer aufgefallen sei, denn er habe seinen Kopf umgedreht und zum Chor hinaufgeschaut.

Und schad' sei es, sagte der Hilfslehrer, daß der Herr Mang nicht mitgesungen habe. Im vorigen Jahr' habe es so schön geklungen, das Solo beim Agnus Dei. Er selber habe es lang' nicht so gut herausgebracht.

Das ließ die Frau Kommandant nicht gelten, und ihr Mann stimmte bei, daß der Herr Hilfslehrer ebenfalls eine ausgezeichnete Stimme habe.

Aber warum der Herr Mang weggeblieben sei?

»Ich weiß 's net«, antwortete Stegmüller. »Gestern abend is er zu mir kommen und hat g'sagt, er wär' net aufg'legt zum Singen.«

»Geht's seiner Mutter wieder schlechter?«

»Nein, die erholt sich recht gut.«

»Vielleicht mag er nicht, weil er geg'n den Herrn Pfarrer was hat«, meinte die Frau Kommandant. »Er war gestern mit'n Schuller in Nußbach.«

»Gestern?« Stegmüller blieb stehen. »Von dem hat er mir nichts g'sagt.«

»Mein Mann hat's erfahren, gelt, Karl?«

»Ja; er war im Bezirksamt, von meine Leut' hat'n einer g'sehen.«

»So, so?«

»Es g'fallt mir eigentlich nicht, daß er Partei nimmt«, sagte der Kommandant. »G'rad jetzt, weil er aus'treten is, schaut's a bissel sonderbar aus.«

Seine Frau stieß ihn an.

»Du, da grüßt dich ein Soldat!«

Der Schuller-Sepp stand bei den Burschen und machte Front vor dem militärischen Vorgesetzten und rührt euch, als dieser abwinkte. Und er machte es so stramm, wie man's lernt beim zwölften Regiment.

»Ein ordentlicher Bursch!« sagte der Kommandant. »Er macht sich gut beim Militär. Was is? Geh'n wir zum Frühschopp'n. Zu Ehren des Festes?«

Stegmüller und der Hilfslehrer waren einverstanden, und die Frau Kommandant sagte, sie gehe mit, aber sie müsse gleich wieder heim zum Kochen.

Die Wirtsstube war nicht so voll wie sonst an den Festtagen; denn Bauer und Knecht trachteten heim, um das Geweihte zu essen. Zwei Tische waren mit Gästen besetzt, und sie grüßten alle freundlich, als die Honoratioren an ihnen vorbei ins Nebenzimmer gingen.

Neben dem Ofen saß noch ein Mann allein.

Er hatte die Arme verschränkt auf den Tisch gelegt und sah nicht auf. Der Kommandant bemerkte ihn.

»Is das net der Schuller?« fragte er und schaute noch einmal aus dem Nebenzimmer zurück.

»Ich glaub', er war's«, antwortete Stegmüller.

Als die Kellnerin kam, fragte der Kommandant wieder.

»Gelt, der Schuller sitzt draußen?«

»Ja, er is scho seit a paar Stund' da und red't und deut' nix.«

»Er kommt sonst net oft zu Euch?«

»Scho seit a paar Monat is er nimmer rei' ganga. Heut' is er unter da Kirch' daher kemma. Und jetzt trinkt er oa Halbe nach der andern.«

»Der muß was B'sonderes haben«, sagte der Kommandant. »Also Prost, Herr Lehrer, aufs Wohlsein!«

»Wo gehst denn hi, Sepp?« fragte die Schullerin.

»Auf Webling umi.«

»Geh, bleib do und geh zu unsern Wirt abi!«

»Warum nacha?«

»Du tatst mir an G'fall'n. Da Vata hockt drunt scho seit in der Fruah. Dös woaß i net, so lang' ma verheirat' san.«

»Wenn's d' moanst, geh'n i halt abi. Aba daß du gar a so ängstli bist?«

»Jetz' is fünfi auf'n Abend. Und seit in der Fruah hockt er drunt'.«

»Es freut'n halt amal.«

»Na, weg'n da Freud' tuat er's net. Du woaßt, wia 'r a gestern hoam kemma is. Koa Wort g'redt, und heut' is er furt in aller Fruah. I hab' g'moant, er geht vors Dorf außi und schaugt drauß'd umanand. Derweil sagt ma d' Zwerger Marie, daß er beim Wirt hockt. – Und jetzt hon i gar koa Ruah nimmer.«

»Desweg'n brauchst net z' woana, Muatta!«

»Is ja wahr! Weil er dös no gar nia to hat! Jetzt trinkt er g'wiß in d' Wuat eini, und es kunnt eahm was g'scheg'n. Net amal zum G'weicht'n is er kemma.«

»I geh jetzt abi. Bal i dabei bin, feit si nix.«

»Aba g'wiß! Und schaug', daß er bald mit dir hoamgeht!«

Sepp machte sich auf den Weg ins Wirtshaus. Als er ins Gastzimmer eintrat, schlug ihm dichter Tabakrauch entgegen, und er schaute sich um, ob er in dem dichten Gedränge nicht den Vater sehen könne.

An jedem Tisch wurde er angehalten.

»Ah, da Sepp! Grüaß di Good! Hamm's di außa lass'n auf Urlaub? Da geh her! Trink amal!«

»Suachst g'wiß dein Vata?« fragte der alte Weiß Flori. »Dort hint' hockt a beim Ofa.«

Sepp sah hin.

Da saß der Schuller noch am nämlichen Platze wie in der Frühe.

Den Hut hatte er ins Genick geschoben, und er stierte mit gläsernen Augen vor sich hin.

Es waren viele Leute an seinem Tisch. Der Kloiber, der Zwerger und andere. Auch der Haberlschneider saß dort.

Sepp reichte seinem Vater die Hand über den Tisch hinüber.
»Grüaß Good, Vata!«
»Was? Ah, du bischt's! Bischt du aa do?«
»Freili. I hon amal schaug'n woll'n, wia's dir geht.«
»Was?«
»Wia's dir geht, hon i schaug'n woll'n.«
»Ja, mir geht's guat. G'rad luschtig bin i! Da, sauf aus! Herrgottsakrament!«
Er schlug mit der Faust auf den Tisch. »Kellnerin! No a Halbe! Heut' geh'n i net hoam.«
Er rückte den Hut in die Stirne und sang mit heiserer Stimme:

»A frische Maß Bier
Hat an Fam', an weißen
Und heunt' geh' ma net hoam,
Bis's uns außi schmeißen.«

Dann legte er sich mit verschränkten Armen weit in den Tisch hinein.
Der Haberlschneider gab Sepp einen Wink.
»Schaug', daß d'n hoam bringst!«
»Is scho recht.«
Der Schuller stierte nach der Stelle, wo Sepp gestanden hatte.
»Wo is denn da Sepp hi'kemma? Is er scho wieda furt?«
»I bin scho da, Vata.«
»Na, sauf' amal! Herrgottsakrament!«
»Moanst it, mir gengan hoam?«
»Was?«
»Besser waar's, wenn mir hoam gengan.«
»Mir? I geh net hoam.«
»D' Muatta is in der Angst, weil's d' it beim Essen g'wen bist.«
»Um mi braucht gar neamd an Angst hamm. Durchaus gar net. I verdirb no lang it, bal's aa hoaßt, daß i der Allerschlechter bi vo ganz Erlbach.«
Er schaute den Kloiber, der ihm gegenübersaß, starr an und schrie wieder:

»Um mi braucht neamd an Angst hamm. I verdirb no lang' it.«

»Dös behaupt' ja koa Mensch net«, beschwichtigte ihn der Haberlschneider.

»Behaupt'st du dös net? Aba, da gibt's g'rad g'nua, de dös behaupt'n. I kenn's alle mitanand, de Haderlump'n. Da verdirbt scho an anderner, aber i net.«

»I hab' g'sagt, daß d' Muatta in der Angst is«, fiel Sepp ein.

»Zu was denn? De braucht aa koan Angst net hamm.«

»Sie sagt, weil's d' net amal zum G'weicht'n kemma bischt.«

»I mag nix, was da Baustätter weicht. Der ko überhaupt nix weicha, der mit sein' g'fälscht'n Papier!«

»Schmeißt's 'n halt außi, bal er b'suff'n is!« schrie eine grobe Stimme vom nächsten Tische herüber.

Es war der Hierangl. Er stand halb von seinem Platze auf und schrie wieder: »Koa B'suffener g'hört da net rei'!«

Der Haberlschneider stellte sich vor ihn hin.

»Du bist staad, gel?« sagte er ruhig.

»Weg'n dir? Auf di pass' i gar it auf.«

»Bal's d' an Streit o'fangst, hast as z'erscht mit mir z'toa!«

Der Lochmann zog den Hierangl auf seinen Stuhl zurück. »Laß 's guat sei!« mahnte er.

»Was brauch'n denn mir den b'suffena Kerl da herin? An anderner wurd' scho lang außi g'schmissen.« Die letzten Worte knurrte der Hierangl vor sich hin; dann war er still.

»Was geit's?« fragte der Schuller. »Wer will mi außi schmeiss'n?«

»Es is nix g'wen, Vata.«

»Bin i vielleicht oan z' schlecht zum Dableib'n?«

»Dös sagt neamd.«

»I bi scho da Allerschlechtest vo ganz Erlbach. A jeder derf mi veracht'n.«

»Was is, Schuller?« mahnte der Haberlschneider. »I geh jetzt. Kimmst d' net mit?«

»Was?«

»Ob's d' it mitgehst? I hätt' mit dir was z' red'n.«

»Du? Möcht'st d' wieder sag'n, i soll aufs Bezirksamt eini? Aba i geh net. Vo mir aus bringan's lauter g'fälschte Papier' daher!«

»Geh mit!«

»Na, sag' i. Und ins Bezirksamt geh i nimma. Z'erscht muaß da Pfarra ins Zuchthaus! Und da Hierangl dazua!«

»Da g'hörst scho du nei, du ganz Schlechter!«

Der Hierangl schrie es herüber, und diesmal erkannte der Schuller die Stimme.

Er fuhr auf, daß der Tisch wankte und die Gläser umfielen.

»Bist du da? Du!«

Er wollte zur Bank hinaus, aber Sepp hielt ihn fest.

»Laß mi aus!« keuchte der Schuller. »Auslass'n tua mi!«

»Na, Vata! Bleib!«

»Auslass'!«

»Hau' eahm oane nei! Er hat's sein Vater'n g'rad a so g'macht!« schrie der Hierangl.

»Herrgott! Herrgott! Auslass'n tua mi!« Der Schuller rang wütend mit Sepp.

Der Tisch fiel um, alle sprangen auf. Von den anderen Tischen stürzten die Leute heran.

Abmahnende Rufe, gellendes Schreien und Schimpfen, ein ohrenbetäubender Lärm. Und alles übertönte die kreischende Stimme des Schuller.

»Laß mi aus!«

Sepp hielt ihn am rechten Arm, den andern hatte der Haberlschneider untergefaßt.

Der Wirt drängte sich durch. »Dös geht net! Der muaß außi!«

»Tua dei Hand weg!« schrie der Haberlschneider. »Er geht scho selm. Sei g'scheit, Schuller!«

Der wehrte sich schwächer und ging ein paar Schritte vorwärts.

Da höhnte der Hierangl noch einmal.

»Gel, Lump! Geht's dir aa net besser, wia dein Vata!«

Sepp wandte sich zornig gegen ihn. Und ein Ruck, und der Schuller war frei und packte einen Bierkrug.

Der Hierangl wich erschrocken zurück. Es war zu spät. »Hund! Da! Und da!«

So wuchtig schlug ihm der Schuller auf den ungedeckten Kopf, daß der Krug in Scherben ging.

Der Hierangl wankte und fiel schwer zu Boden. Sepp riß seinen Vater zurück.

Einen Augenblick war es still, dann erhob sich lautes Schreien.

»Er hat 'n umbracht! Herrgott, wia'r a bluat'! Wassa! Schnell a Wassa! Holt's an Schandarm! Er hat 'n umbracht!«

Der Haberlschneider wehrte ab.

»Helft's an Hierangl! Und laaft oana zum Bader! Und du führst dein Vata hoam, Sepp!«

»Holt's an Schandarm! Net außi lass'n!«

Der Schuller schaute finster vor sich hin; die Haare hingen ihm wirr in die Stirne herein, und sein Gesicht war verfärbt. »Laßt's mi geh'!« murmelte er. »I brenn' net durch.«

Er war nüchtern geworden. Als er ins Freie kam, blieb er stehen. An seiner rechten Hand rieselte Blut herunter; er hatte sich an den Scherben verletzt.

»Du bluat'st ja, Vata! Hat er dir aa was to?«

»Na! Und halt'n brauchst d' mi net!«

Er ging mit schwankenden Schritten vorwärts; Sepp blieb ihm dicht an der Seite. Ein paar Buben liefen ihnen voraus und raunten den Leuten zu:

»Da Schuller hat an Hierangl umbracht!«

Und wo der Schuller an einem Hause vorüberkam, versteckten sich Weiber und Kinder hinter der Türe und sahen ihm mit scheuen Blicken nach.

»Sei Hand is no bluati davo«, sagte die Weßbrunnerin.

So lief das Gerücht vor ihnen her, die Gasse hinunter, wie fressendes Feuer.

Und es drang in den Schullerhof, wo die Bäuerin noch immer mit angsterfülltem Herzen wartete. Da hörte sie die Botschaft und eilte auf die Straße hinaus.

Und wie sie die zwei von weitem kommen sah, wußte sie, daß ein Unglück geschehen war.

»Jess', Maria und Joseph! Was hast to?«

Der Schuller ging schweigend an ihr vorbei in seinen Hof.

Noch spät in der Nacht brannte die Lampe im Zimmer des Herrn Kommandanten Hermann.

Er hatte einen großen Bogen Papier vor sich und trocknete sorgfältig die Schrift mit dem Löschblatte.

»So, der Bericht is fertig«, sagte er.

»Wieviel Seiten sind's worden?« fragte seine Frau, die ihm gegenüber saß und strickte.

»Sechs a halb'.«

»Du hast kein' Feiertag das ganze Jahr«, seufzte sie. »Das war wieder ein schönes Ostern!«

»Leider, daß so was vorkommen is. Da kann ma nix mach'n.«

Er hielt das Schreiben gegen die Lampe und wandte in behaglicher Anerkennung seiner Arbeit die Blätter um.

Die Seiten waren von oben bis unten beschrieben, und eine Zeile stand schnurgerade unter der anderen. Wo ein neuer Abschnitt begann, war der erste Buchstabe schwungvoller geschrieben, und die Namen der Zeugen waren mit roter Tinte säuberlich unterstrichen.

»Ich les' dir den Bericht amal vor«, sagte der Kommandant. »Wenn dir was auffallt, sagst du's mir.«

Der Bericht begann mit der Schilderung der eigenen Wahrnehmung des Herrn Hermann.

»Als ich mich nach dem Hochamte in das unweit der Kirche gelegene Gasthaus des Johann Plöckl begab, bemerkte ich dortselbst den Täter Andreas Vöst allein am Tische sitzend und anscheinend einem reichlichen Biergenusse huldigend, was mir auch die Kellnerin mit den Worten bestätigte, er, der Täter, sei bereits mehrere Stunden anwesend und trinke eine Halbe nach der anderen. Als ich nach einiger Zeit das Gastzimmer beim Verlassen wieder durchschritt, saß Obengenannter noch immer an demselben Platze, ohne mich zu bemerken oder mich zu grüßen, was mir sofort auffiel und mich auf den Gedanken brachte, daß der Täter sich in einer schlechten Gemütsverfassung befand.«

»Du hast mir aber nix g'sagt, Karl!« unterbrach ihn seine Frau.

»Was g'sagt?«

»Daß dir das aufg'fallen is!«

»Denkt hab' ich mir's. Auf den Gedanken brachte, heißt's da.«

»Ja so.«

Der Kommandant las weiter. Es kam in ausführlicher Breite die Schilderung der folgenden Nachmittagsstunden, wie sie von den am nämlichen Tische sitzenden Ökonomen Zwerger und Kloiber gegeben wurde; es kam die Schilderung des beginnenden Streites, in dessen Verlaufe der Täter, welcher die ganze Zeit einem reichlichen Biergenusse gehuldigt hatte, durch diesen Zustand gereizt und auch in der Erinnerung an frühere Differenzen beleidigende Worte ausstieß.

Und dann folgte die lebensvolle Darstellung der Tat, welche von den Zeugen nicht übereinstimmend erzählt wurde. Denn, während der verheiratete Gütler Johann Geitner keinerlei beschimpfender Äußerungen seitens des Hierangl vernommen hatte, behauptete der Ökonom Haberlschneider ausdrücklich, daß der Verletzte immer wieder durch höhnische Zurufe den Täter zur Wut gebracht habe, so daß dieser sich auf ihn stürzte und ihn mit einem steinernen Literkruge dergestalt auf das linke Hinterhaupt schlug, daß der letztere bewußtlos zu Boden stürzte und bis jetzt nicht wieder in den Besitz seiner Geisteskräfte gelangte.

Dies alles las der Kommandant vor, und als er fertig war, sagte seine Frau:

»Es sind beinah' sieben Seiten, und so schön geschrieben! Was das für eine Arbeit war!«

»Mir tut es leid um den Vöst«, erwiderte er. »Er war ein richtiger Mann, bis die Geschichten gekommen sind.«

»Meinst d', er wird lang' ei'g'sperrt?«

»Das kommt d'rauf an.«

Der Kommandant steckte den Bericht achtsam in ein Kuvert.

»Das kommt d'rauf an, ob es mildernde Umständ' gibt. Und wie's dem Hierangl geht.«

Er gähnte laut.

»Es is Zeit zum Schlafen; zwölf Uhr hat's scho g'schlag'n.«

Sie löschte die Lampe aus, und nun brannte kein Licht mehr in Erlbach.

Oder nur eins.

Das flackerte unruhig in der Kammer des Hieranglbauern.

Als der Tag graute, pochte jemand beim Kommandanten an die Haustüre.

Hermann öffnete das Fenster und rief hinunter:

»Was gibt's?«

»I bin's! Da Bader!«

»Sie, Herr Fröschl? Steht's schlechter?«

»Er ist g'storben vor einer Viertelstund'.«

»Sakrament!«

»Er is überhaupt nimmer zum Bewußtsein kommen. Der Schlag hat ihm den ganzen Kopf z'trümmert.«

»Das is a böse G'schicht!«

»Ich hab' mir denkt, ich will's Ihnen gleich mitteilen. Und jetzt gut' Morgen, Herr Kommandant!«

»Gut' Morgen!«

Hermann schloß das Fenster und zog sich an.

Als er eine halbe Stunde später durch das Dorf schritt, tönte schrilles Läuten vom Turme. Dreimal setzte es ab. Es war die Sterbeglocke für den Hierangl.

Der Kommandant bog in den Schullerhof ein. Der Bauer kam ihm unter der Tür entgegen.

»I woaß, was Sie woll'n«, sagte er. »I hab's Läuten scho g'hört. Muaß i mit Eahna geh'?«

»Es ist meine Pflicht, Schuller. Ich muß Sie nach Nußbach führ'n.«

»I geh' mit, wia i da steh', bloß mein Huat hol' i.«

Er trat in die Stube, und gleich darauf hörte der Kommandant lautes Schreien.

»Jessas? Andrä! Muaßt d' furt! Jessas!«

Die Schullerin stürzte heraus und faßte ihn am Arme.

»Net! Net! Er ko nix dafür! Net furtführ'n!«

»Frau Vöst, machen Sie's Ihrem Mann nicht schwerer!«

»Na! Na! Um Gott'swill'n, net furtführ'n! Er ko nix dafür!«

Der Schuller zog sie sanft zurück.

»Geh zua! Dös muaß amal sei! An Kopf reißen's mir net ab.«

Er wandte sich um und ging rasch zur Türe hinaus. Und ging über den Hof.

Aber wie er auch seine Schritte beschleunigte, die jammernde Stimme tönte hinter ihm her.

Und als er bei den letzten Häusern war, hörte er sie noch.

»Andrä! Gibst d' koa Antwort mehr? Andrä!«

ZWANZIGSTES KAPITEL

In den Gerichtssaal fielen die Sonnenstrahlen und legten sich breit auf die strengen Mienen der Richter. Die schützten sich verdrießlich gegen den lichten Schein, und als sie ihn nicht abwehren konnten, mußte ein Diener die Vorhänge herunterlassen. Da waren die Sonnenstrahlen ausgesperrt.

Nur einer drängte sich durch die Lücke und huschte über die Bänke. Er fand zwei schwielige Hände, und die waren ihm so vertraut, daß er sich liebkosend an sie schmiegte. Die Hände öffneten und schlossen sich wieder, als wollten sie den zitternden Sonnenstrahl festhalten.

Der Mann, dem die Hände gehörten, freute sich über ihn. Er dachte, wie die Sonne wohl auf die Erlbacher Felder herunter scheine. Sie hatten heute gewiß gemäht, und auf allen Wiesen lag duftendes Gras. Sie konnten es bei der Wärme zu Mittag wenden und am Abend einfahren. Den Leuten draußen war die Sonne eine freundliche Helferin.

Ein breiter Schatten fiel über den Boden, und der Sonnenstrahl war verschwunden.

Der Schuller sah auf. Da stand Baustätter mitten im Saale und verneigte sich vor den Richtern.

»Herr Pfarrer, Sie kennen den Angeklagten?«

»Ja.«

»Es wird behauptet, daß Sie ihm feind seien.«

»Ich? Warum sollte ich ihm feind sein?«

Der Verteidiger erhob sich.

»Sie haben doch heftig gegen ihn agitiert? Und Streit mit ihm gehabt?«

Baustätter schüttelte den Kopf. Er verstand den scharfen Ton nicht.

»Ich habe Bedenken gegen ihn geäußert, wie es meine Pflicht war.«

Der Vorsitzende nickte ihm zu.

»Sie wollen sagen, daß Sie als Seelsorger an ihm Verschiedenes auszusetzen hatten, aber daß Sie keine persönliche Feindschaft gegen ihn hegen?«

»Ja, das wollte ich sagen.«

»Dann schildern Sie uns, bitte, den Leumund des Angeklagten.«

Baustätter redete. Mit Ruhe und ohne Leidenschaft. Er sagte, daß er allen Pfarrkindern ein offenes Herz entgegengebracht habe, daß er von jedem ursprünglich das Beste glauben wollte. Auch von Andreas Vöst. Nur mit Widerstreben habe er an diesem vieles bemerkt, was er als Seelenhirte rügen mußte. Verstöße gegen die kirchlichen Vorschriften, Unsittlichkeit im Hause, und manches, was Ärgernis erregte.

Baustätter sagte, daß er bessern wollte, und es half nichts, daß er mit Milde eingeschritten sei, und man habe mit Roheit geantwortet. Und er schilderte seine schmerzlichen Erfahrungen und die Gewalttätigkeit des Vöst.

Schuller hörte ihm zu. Es war immer das nämliche. Die Lüge so versteckt, so eingemengt in die Wahrheit, daß sie kein Mensch herausfinden konnte. Er hatte es versucht, er hatte gemeint, daß er das Gewebe zerreißen könne. Und es hatte ihn fester eingeschnürt, je mehr er sich wehrte.

Jetzt war er müde. Er hörte zu, als würde von einem andern gesprochen. Die sanfte Stimme ertönte gleichmäßig weiter und erhob sich erst gegen den Schluß.

Als Baustätter sagte, daß der bravste Mann in Erlbach, der Vater von vier Kindern, von diesem rohen Menschen gemordet worden sei.

Es war stille im Gerichtssaal.

»Vöst, haben Sie etwas zu erinnern gegen diese Aussagen?«

Der Schuller sah den Vorsitzenden an.

Ob er etwas zu sagen hatte gegen diese Lügen? Jedes Wort war falsch, von langer Zeit her ausgedacht, verdreht, zur Verdächtigung hergerichtet. Wie sollte er sie alle widerlegen mit ein paar

Sätzen? Wo sollte er anfangen und wo enden? Und er sagte nur:

»Der is schuld an allem.«

Die Richter sahen mißbilligend auf ihn herunter.

Es war doch wirklich kläglich, mit solchen Redensarten zu kommen!

Der Verteidiger trat vor.

»Man muß die Vorgeschichte kennen...«

»Das gehört nicht zur Sache!« sagte der Vorsitzende. »Das mit der Bürgermeisterwahl, das hat mit der Tötung des Hierangl nichts zu tun.«

Der Schuller setzte sich wieder. Er wußte es ja! Es war heute wie immer. Sie hörten ihn nicht.

Der Morgen darauf versprach wieder schönes Heuwetter.

Die Baumgipfel im Weblinger Wald waren schon vom Frühlicht beschienen. Da eilten die Leute mit der Arbeit. Solange der Tau auf den Gräsern liegt, ist gut mähen. Trockenes Gras macht die Sensen stumpf. Und jeder schwang die Arme schneller und griff weiter aus im Schritt. Als die Sonne über den Hügeln stand, war das meiste geschehen.

Der Haberlschneider schulterte die Sense und wartete auf den Zwerger, der den Feldweg herunterkam.

»Dös is wieder prachtvoll heunt!«

»Bal 's so weitergeht, bring' i de Woch' no mei Heu hoam.«

Bis zum Feldkreuz gingen sie miteinander. Da blieb der Zwerger stehen.

»Was sagst denn zum Schuller? Vier Jahr G'fängnis!«

»Daß er nimmer 'rauskimmt, sag' i. Den hat er g'liefert, unser Herr Pfarrer!«

Der Haberlschneider setzte sich bei den Worten auf den Feldrain. Seine jüngste Tochter mußte bald kommen und den Morgentrunk bringen.

»Den hat er g'liefert!« wiederholte er.

Und er sah nach Erlbach hinunter. Da lag das Dorf Haus neben Haus. Aus den Schornsteinen stiegen dünne Rauchsäulen in die Luft. In den Ställen brüllte das Vieh; der Wind trug den Schall herauf.

Und jetzt klangen im gleichen Takte starke Hammerschläge, Zimmerleute bauten an der Kirche ein hohes Gerüst. Der alte Turm wurde abgebrochen und ein neuer errichtet.

NACHWORT

von Bernhard Gajek

DIE LEBENSPHASE

Mitte November 1902 begann Ludwig Thoma einen Roman – »Titel und Inhalt unbekannt«;[1] er sollte zunächst »Der Pfarrer von Erlbach« heißen und wurde als »Andreas Vöst« am 23. April 1905 abgeschlossen.[1] Zwei Wochen später, am 6. Mai 1905, gab er – in seiner Anfang des Jahres bezogenen Münchner Wohnung, Franz-Joseph-Str. 9/II – ein Fest. Sein Verleger Albert Langen stellte ihm eine junge Dame vor: Maria Schulz, eine damals 25jährige Frau, die mit dem Berliner Komponisten und Schriftsteller David Georg Schulz (1865-1910) verheiratet war und in dessen Berliner Kabarett »Das Poetenbänkel. Im siebenten Himmel« als Tänzerin auftrat. Sie war in Quiapo in der Provinz Manila auf der Philippinen-Insel Luzón geboren und von exotischem Typus; der Tag der Geburt scheint ungewiß zu sein: 12. oder 25. Mai 1880. »Ihre Mutter hatte spanisches Blut, ihr Vater war Schweizer Konsul... Thoma war hingerissen von ihrem fremdländischen Temperament, dem schwarzen Haar und den dunklen Augen, von dem Unbürgerlich-Außergewöhnlichen, das aber kein Bohèmetum war«. Ihr voller Name lautete: Maria Trinidad de la Rosa; Thoma nannte sie »Marion«.[2]

Die von Albert Langen gewiß ohne Absicht vermittelte Bekanntschaft mit Marion leitete eine entscheidende Lebensphase Thomas ein. Sie fiel mit einem Höhepunkt seiner Autorenkarriere zusammen. Denn der »Andreas Vöst« wurde als der erste Roman eines Mannes gefeiert, der auf anderem Gebiet arriviert war. Man muß sich vor Augen führen, wie rasch und steil dieser Aufstieg Thomas vor sich gegangen war: Der »Agricola«, die erste Sammlung von Bauerngeschichten, kam im November 1897 heraus. Kurz zuvor – am 1. April 1897 – war Thoma von Dachau nach München (in das Gartenhaus der Augustenstraße 19/I) übergesiedelt. Seine Anwaltstätigkeit begann er in einer Kanzlei am Marienplatz 26/II. Dort mag es ihm wie in Dachau gegangen sein: In der Zeit, da er auf Klienten wartete, notierte er literarische Einfälle. Das damals begonnene Lustspiel »Witwen« (beendet im Dezember 1899) wurde allerdings zu des Autors Kummer von Albert Langen wie dem Regisseur Savits abgelehnt.[3]

Aber der Anschluß an die Künstler des »Simplicissimus«, die sich im Café Heck am Odeonsplatz trafen, hatte die wichtigeren Weichen gestellt. Im 3. Jahrgang jener Zeitschrift (1898/99) standen einige Geschichten und Gedichte Thomas, und im März 1900 trat er – nach anfänglichem Zögern und einem ersten, Mißklänge hervorrufenden Gespräch mit Albert Langen – in die Redaktion des »Simplicissimus« ein. Fortan bestimmte er dessen Entwicklung mit – dank einem nicht zu erschöpfenden Einfallsreichtum und durch planmäßige Verbesserung von Vertrieb und Absatz.[4] Im August 1901 wurde die Komödie »Die Medaille« am Münchner Residenztheater unter Jocza Savits uraufgeführt. Bald darauf begann die Arbeit an der »Lokalbahn« (1902).

Die Bauerngeschichte »Hochzeit« (1902), die Erzählungen »Assessor Karlchen« (Februar 1901), die Jägergeschichten »Wilderer« (November 1904), die »Simplicissimus«-Gedichte (1901, unter dem inzwischen zum Markenzeichen gewordenen Pseudonym »Peter Schlemihl«) und deren Fortsetzung (als »Neue Grobheiten«, 1903), die antiklerikale Satire »Der heilige Hies« (1904) und schließlich die »Lausbubengeschichten« (1905) hatten Thoma zu einem der meistgenannten (und -gekauften) Schriftsteller werden lassen.

Noch bekannter machten ihn die Zensur- und Beleidungsprozesse, die einzelne Texte oder Nummern des »Simplicissimus« auslösten. Am bekanntesten wurde jenes Verfahren, das sich an das Gedicht »An die Sittlichkeitsprediger zu Köln am Rheine« anschloß. Es erschien in der Nr. 31 des 9. Jahrgangs – am 25. Oktober 1904 – und brachte Thoma die Verurteilung und sechswöchige Gefängnisstrafe ein, was zur Vorgeschichte der Komödie »Moral« gehört.[5]

Außerdem war Thoma damals in eine Reihe von Künstler-Gruppen integriert. Mit dem Stammtisch in der »Regensburger Wurstküche zum Herz« (ab Ende 1893) hatte es begonnen; dort traf er den Redakteur der »Augsburger Abendzeitung«, Joseph Ritter, der die ersten Bauerngeschichten druckte.[6] Wochenlange Gruppenausflüge mit den »Simplicissimus«-Künstlern Reinhold Geheeb, Eduard Thöny, Rudolf Wilke, Bruno Paul oder Ferdinand von Reznicek hatten – als Radtour oder mit der Bahn – ein eigenes Klima. In der Kegelbahn des Münchner Künstlerhauses lernte er (am 9. Januar 1903) den aus dem Mainfränkischen stammenden Graphiker und Bildhauer Ignatius Taschner (geb. am 8. April 1871 in Lohr am Main) kennen – eine der für Thoma anregendsten und wertvollsten Beziehungen, die mit Taschners frühem Tod (am 25. November 1913) allzu schnell endigte.[7] Taschner und Thoma hatten ihrerseits Gruppenfeste organisiert – z. B. unter dem erfundenen Vereinsnamen »Pippinger Veteranenfest« (im Arzberger Keller am 8. Februar 1905).[8]

Dennoch kann man Thoma nicht der Münchner Bohème zuordnen; er hat sie übrigens – etwa in der Person Wedekinds – nicht geschätzt. Thoma und sein Kreis waren betont bürgerlich, liberal-bürgerlich im soziologischen wie politischen Sinn. Das ist gerade im Hinblick auf die »Simplicissimus«-Leute wichtig: man verstand sich als öffentliche, moderne und hart arbeitende Institution, nicht als randständige oder gegenkulturelle Gruppe wie die Bohème, die die Diskrepanz zum Bürgerlichen pflegte, ja von ihr lebte. Den Stoff für den Spott nahm man meist aus der Innen-, Außen- und Kulturpolitik oder griff auf eigene Erfahrungen zurück, die durch Tagesereignisse aktualisiert werden konnten. So kam vor allem bei Thoma manche verdeckte Beziehung zwischen Tagesschriftstellerei und poetischer Literatur zustande, und dies zeigte sich besonders bei seinem ersten Roman.

WIRKLICHKEIT UND ROMAN

Das Vorbild des Andreas Vöst: Peter Loder, der Scharlbauer in Puchschlagen

Der Geschichte vom Schullerbauern Andreas Vöst, der sich gegen einen ehrverletzenden Eintrag im Kirchenbuch seiner Pfarrei zur Wehr setzt, liegt ein Fall aus Thomas Anwaltspraxis zugrunde. Ende 1898 oder Anfang 1899 hat ein Mann namens Peter Loder, der Scharlbauer aus Puchschlagen, einem Dorf etwa 8 km nordwestlich von Dachau, Thomas Hilfe erbeten.[9] Es gehörte damals zur Pfarrei Kreuzholzhausen.

In der Kreuzholzhausener Kirche finden sich in den Bänken

auf der linken Seite noch alte ovale, schwarz auf weiß emaillierte Namensschilder; in der 10. Reihe tragen zwei davon den Namen »Loder«.

Den Namen und den Fall dieser Familie hat Richard Lemp entdeckt und geschildert. Auch die Fotos des Klienten sind ihm zu verdanken.[10] Über das von Lemp ausgewertete, im Thoma-Nachlaß erhaltene Material hinaus ist nichts Wesentliches mehr zu ermitteln.[11] Die Auskunft, die der Archivar des Erzbistums München und Freising, Sigmund Benker, unter dem 8. Juli 1983 dem Münchner Rechtsanwalt und Thoma-Kenner Otto Gritschneder gegeben hat, nimmt die Hoffnung auf weitere Funde: »Die Registratur des erzbischöflichen Ordinariates verbrannte restlos bei der totalen Kriegszerstörung des alten Ordinariatsgebäudes im Jahre 1944. Das verbrannte Schriftgut umfaßte etwa den Zeitraum 1860/70 – 1944, das betrifft auch die Personalakten. Die vorhandenen Auslaufregister, Eingangsbücher und Sitzungsprotokolle des Generalvikariates wurden erfolglos nach dem Brief Ludwig Thomas durchsucht. Die Nr. 868 kann nicht stimmen. Unter dieser Nummer sind im Einlauf- und Auslaufregister für 1899 ganz andere Vorgänge genannt. Auch unter dem 31. März 1899 findet sich kein Einlaufvermerk eines derartigen Schreibens.«[12]

Die unrichtige »Nr. 868« bezieht sich auf den Vermerk, den Thoma auf die Entwürfe einer – dritten – Eingabe an das Offizialat[13] geschrieben hatte – neben das Datum seiner vorausgehenden Anmahnung einer Antwort vom 8. Februar 1899: »Gen. Vik. N° 868«. Dies scheint nicht die Bearbeitungsnummer des Vorgangs in der Kirchenbehörde gewesen zu sein; Thomas Schreiben vom 8. Februar ist auch nicht als Entwurf erhalten.

Alle Entwürfe stammen von Thomas Hand; der erste (L 2404a) ist auf den 30. Januar 1899 datiert. Er hätte eine Reinschrift werden können, wenn nicht der letzte Abschnitt im Satz abgebrochen und verändert worden wäre:

An das hohe erzbischöfliche Ordinariat in München
München 30. Januar 1899.
Betreff: Beschwerde des Ökonomen Peter Loder in Puchschla-

gen, gegen einen Vermerk im Kirchenbuche des Pfarramtes Kreuzholzhausen.

Im Kirchenbuche des Pfarramtes Kreuzholzhausen findet sich die in Abschrift beiliegende Eintragung vom 15. März 1886. Der Ökonom Peter Loder fühlt sich durch die hier behaupteten Tatsachen in seiner Ehre höchlichst gekränkt und wendet sich durch den ehrerbietigst Unterfertigten an das hohe erzbischöfliche Ordinariat mit der Bitte, Abhülfe zu treffen.

Es wird dem derzeitigen hochwürdigen Vorstande des Pfarramtes leicht möglich sein, sich von der Unbegründetheit der schweren Vorwürfe zu überzeugen. Peter Loder hat seinen Vater bis zu dessen Tode in Ehren gehalten; es ist absolut unwahr, daß er sich unehrerbietig gegen ihn betrug, oder denselben schlug.

Ebenso unwahr ist, daß er aus dem Hause getrieben wurde.

In dem Eintrage ist weiter bemerkt, daß Loder mit »der ganzen Gemeinde Puchschlagen« in beständigem Hader liege. Der Gemeindeausschuß bestätigt aber, daß Loder bestrebt sei, mit Allen in Frieden zu leben.

Schon daraus läßt sich die Schlußfolgerung ziehen, daß die Charakterschilderung in der erwähnten Eintragung nicht eine wahrheitsgetreue ist, und daß sie durch eine feindselige Gesinnung verursacht wurde.

Dieß ergibt sich deutlich genug aus dem Satze, in welchem die Feindschaft des Peter Loder mit dem Pfarramtsvorstande erwähnt ist.

›Wenngleich die Beschuldigung nicht öffentlich gemacht wurde, hält es doch Loder für unerträglich, daß für alle Zeiten, und jedem späteren Pfarrer‹ (bricht ab).[14]

Wie Loder zu dem Wortlaut des Eintrages kam, wissen wir nicht. Dessen Inhalt und teilweiser Wortlaut sind aus Thomas Brief zu entnehmen: Loder habe seinen Vater nicht »in Ehren gehalten«, sich »unehrerbietig gegen ihn« betragen oder ihn geschlagen und »aus dem Hause getrieben«. Ferner liege Loder »mit ›der ganzen Gemeinde Puchschlagen‹ in beständigem Hader«, und es bestehe oder habe eine »Feindschaft... mit dem Pfarramtsvorstande« bestanden. Nach Loder sei der Eintrag die Folge einer »feindseligen Gesinnung« des Pfarrers, der entgegen den beweisbaren Tatsachen Loder nicht »wahrheitsgetreu« charakterisiere und auch in den Augen späterer Pfarrer verleumde. Dies alles wird im Roman zwar als Motiv und Stoff verwendet, aber der Eintrag selbst wird nur im ersten Entwurf, in jenem schwarzleinenen Notizheft (L 2450) wörtlich und zusammengefaßt ausgesprochen: »A. V. ist ein roher, gewaltthätiger Mensch; hat seinen gebrechl. Vater mißhandelt. –« [15]

Am 8. Februar wiederholte Thoma seine Eingabe. Das Offizialat antwortete unter dem 17. Februar. Weder Thoma noch Loder waren damit zufrieden. Am 31. März 1899 entwarf Thoma einen weiteren Brief (L 2404b-d), in dem er auf der ehrabschneidenden Wirkung des Eintrages beharrte, deren soziale, in Haus und Dorf spürbare Folgen einzeln darlegte und die Argumentation des Offizialates zu widerlegen suchte. Dieses bestritt offensichtlich nicht den Eintrag, sondern wollte ihn auf Grund der Umstände für bedeutungslos erklären: Der Eintrag sei nicht »im Kirchenbuche«, sondern »in den Registraturacten« und unterliege dem »Amtsgeheimniß«. Thoma führt dagegen die allgemeine Kenntnis im Dorf ins Feld und unterstellt »eine objektive Beleidigung«, die ein »Seelsorger« gegenüber »seinem Pfarrkinde« sich nicht zu Schulden kommen lassen dürfe. Die sozialen wie religiösen Folgen seien jetzt schon schwer, und schließlich droht er mit der Veröffentlichung des Falles. Der Wortlaut auch dieses Briefes ist für die Roman-Handlung ergiebig:

An das Ordinariat des Erzbistums München-Freising
München, 31. März 1899
Betreff: Beschwerde des Peter Loder, Oeconomen in Puchschlagen. Gen. Vik. N° 868.
In der nebenstehenden Beschwerdesache erlaube ich mir nochmals vorstellig zu werden.

Mit den Feststellungen, welche in dem Bescheide des hohen Ordinariats vom 17. Februar 1899 enthalten sind, ist die Berechtigung der Beschwerde nicht widerlegt. Ob der Eintrag im Kirchenbuche oder in den Registraturacten sich befindet, dürfte irrelevant sein. Das Amtsgeheimniß hat nicht gehindert, daß eine Reihe von Personen von der beschimpfenden Erklärung Kenntniß erhielt.

Die Kapuzinerpatres, welche vor 2 Jahren in Puchschlagen eine Mission abhielten, wurden davon verständigt u. gaben dieß auch zu erkennen.

›Privatpersonen, wie‹ Schumacher Felix Singer in Puchschlagen erzählte das Vorkommniß Jedem, der es hören wollte; heute weiß die ganze Pfarrei, daß Peter Loder von dem verstorbenen Pfarrer Josef Fehler an den Pranger gestellt worden sei.

Eingeweihte, insbesondere die älteren und besonnenen Männer wissen freilich, daß ›der Eintrag‹ diese Unwahrheit von Pfarrer Fehler aus Rachsucht in die Welt gesetzt wurden, die Heranwachsenden aber, welche Pfarrer Fehler nicht kannten, sind nicht in der Lage und auch nicht Willens, Wahres von Falschem zu unterscheiden.

Nachdem Loder einmal Kenntniß davon hat und weiß, daß jeder Pfarrer von Kreuzholzhausen ihn als rohen und lieblosen Sohn ansehen muß, ist er wohl berechtigt, um Remedur nachzusuchen.

Eine beleidigende Behauptung verliert den ehrverletzenden Charakter nicht dadurch, daß nur wenige von ihr Kenntniß nehmen.

Wenn Loder bloß von dem jeweiligen Pfarrherrn verächtlich gemacht wird, liegt in dieser Tatsache eine objektive Beleidigung.

Ich kann nicht glauben, daß ein hohes Ordinariat die Meinung, welche der Seelsorger von seinem Pfarrkinde hegt, als eine gleichgültige, und dem guten Namen unschädliche bezeichnen will.

Auch meine ich, daß eine Unwahrheit nicht in Kraft und Geltung bleiben darf.

Dem hochwürdigen Herrn Pfarrer ist die Möglichkeit geboten, durch Nachforschen die Wahrheit festzustellen.

Durch eine schlichte Erklärung in den Registraturacten kann er dann das begangene Unrecht aus der Welt schaffen.

Peter Loder ist gezwungen Klarheit zu schaffen. Seine Ehre und das Glück seiner Familie leiden ganz erheblich unter dem Drucke der Verläumdung.

Die Kinder müssen von ihren Altersgenossen Spottreden hören; wenn in der Schule gelesen wird, daß Kinder die Eltern liebevoll behandeln sollen, haben sie unter gehässigen Anspielungen zu leiden.

Die Dienstboten verlieren den Respekt, wenn sie die Schmähreden erzählen hören.

Peter Loder selbst ist 27 Monate der Kirche ferngeblieben, weil er unter dem Drucke der Lüge das Gotteshaus nicht besuchen will. So sind heute schon die Folgen der Schmähschrift ernstliche und ganz erhebliche. Es soll keine versteckte Drohung sein, wenn ich zum Schlusse bestimmt versichere, daß Loder wohl oder übel in der Öffentlichkeit die Entstehung jenes Eintrages und das Gebahren des verstorbenen Pfarrherrn schonungslos darlegen muß, wenn ihm die Abhülfe von Seiten eines hohen Ordinariates verweigert wird.

Dieß alles zusammengefaßt, wiederhole ich mein ergebenes Ersuchen vom 8. Februar ds. Jrs.

Ich lege noch eine Erklärung des Herrn Benefiziaten Spanaus bei.

Ehrerbietigst!
Rechtsanwalt [16]

Diesen Brief hatte Thoma seinem Mandanten unter dem 29. März 1899 angekündigt – als Reaktion auf den Brief des Ordinariats vom 17. Februar 1899, den er dem Schreiben an Peter Loder beifügte. Bemerkenswert ist der Schluß: »Ich habe nochmals Vorstellung gemacht, daß die Eintragung korrigiert werden *muß*, widrigenfalles Sie die Presse anrufen.«

Offenbar wurde Thomas Eingabe vom 30. März 1899 nicht beantwortet. Unter dem 29. Juni desselben Jahres mahnte er an:

Betreff: Beschwerde des Peter Loder Ökonom in Puchschlagen
In der nebenstehenden [Beschwerde]sache erbitte ich für P. Loder irgend welche Erklärung, ob, wie die Beschwerde vom 31. III. 1899 verbeschieden wurde.
Ehrerbietigst [17]

Auch dieses Manuskript (L 2404c) ist nahezu eine – eigenhändige – Reinschrift. Doch sind durch »F1.)« und »F2.)« zwei große Einschübe markiert, die mit wiederholten Sofortkorrekturen entworfen wurden (L 2404d). Der Entwurf des zuvor mundierten Briefes ist gleichfalls erhalten (L 2404b); auf ihm hielt Thoma einen Kopiervermerk »5/4 1899« und jenes verwirrende »Gen. Vik. No 868« fest. Außerdem findet sich am Kopf der ersten Seite dieses ersten Entwurfs (L 2404b) der Schluß eines Briefes an den Klienten Loder, mit dem Thoma den Bescheid des Offizialates übermittelte und an das angedrohte »Anrufen« der Presse erinnerte.[18]

Am Ende der letzten Entwurfseite zu den Einschüben »F 1.)« und »F 2.)« (L 2404d) notierte Thoma offenbar über ein halbes Jahr später: *»am 30/10 1899* Ges. (uch) an das Ordinariat des Erzbistums München-Freising um Zurückgabe der Beil.(agen) der früheren Eingaben gerichtet.«

Diese Notiz ist das letzte erhaltene Dokument. Offenbar hat Thoma den Fall weiter verfolgt, nachdem er die Anwaltspraxis an seinen Sozius Emil Göring (für 8000 Mark) verkauft hatte.[19] Weshalb er dann seine Bemühungen eingestellt hat, ist nicht bekannt; hatte der Klient die Kosten eines Prozesses gescheut? Man darf Thoma wohl glauben, was er in seinem »Offenen Brief« im Dezember 1905 schrieb: »Der verleumderische Zettel ist gegen den Andreas Vöst geschrieben worden, er liegt noch heute im Kirchenbuche eines altbayerischen Dorfes, und das Ordinariat hat ihn trotz eindringlicher Vorstellung nicht unschädlich gemacht.«[20]

»ehrlich erzähltes Menschenleben ohne Gschnas«

Durch Thomas Roman, also ab Sommer 1905, wurde die Sache auch im Dachauerland wieder gegenwärtig, und Peter Loder schien seine Literarisierung genossen zu haben. Als er starb, erinnerten die »Münchner Neuesten Nachrichten« am 10. Dezember 1911 an den Zusammenhang:

»D. ›Andreas Vöst‹. Wie man uns aus Dachau berichtet, wurde dieser Tage in *Puchschlagen* unter zahlreicher Beteiligung der Bauer Peter *Loder* zu Grabe getragen. Mit ihm ist ein edler kerniger Bauer heimgegangen, der insofern über die Heimatgrenze hinaus berühmt geworden war, als er für *L. Thomas* bekannten Bauernroman ›Andreas Vöst‹, der zuerst 1905 in den Münchner

Neuesten Nachrichten veröffentlicht worden ist, die Hauptperson, nämlich den Bauern Vöst, stellte. Loder erzählte gerne von der Entstehung des Romanes, der ursprünglich ›Pfarrer von Erlbach‹ getauft werden sollte und gab ab und zu auch als ›Andreas Vöst‹ sein Autogramm her; nur auf den Schluß des Romanes war er nicht gut zu sprechen, da er niemals mit dem Strafrechte in Konflikt geraten war. Kraftvoll hat Loder im Leben seinen Standpunkt gewahrt und konsequent hat er gehandelt, wenn er sich als Vöst letztwillig jede Trauerrede verbat.«[21]

Peter Loder war der Sohn von Josef und Elisabeth Loder, geb. Hof(n)er, und war in Puchschlagen am 25. September 1852 geboren worden. Dort starb er am 2. November 1911. Der neunte, 1887 geborene Sohn Peter übernahm den Hof.[21a]

Das Wirtshaus in Puchschlagen, wo die Romanfigur »mit dem Strafrechte in Konflikt geraten war«, ist wegen Mangels an Gästen zur Hälfte abgerissen und zu einem Wohnhaus umgebaut worden; auch manches andere Gasthaus im Dachauerland steht leer. Jenes in Puchschlagen befand sich am Anfang der Straße, die vor einigen Jahren »Andreas-Vöst-Straße« benannt worden ist. An ihrem Ende liegt, leicht erhöht, der Scharl-Hof; er trägt heute die Nr. 7. Damals war er Haus Nr. 9. Die Loders verkauften ihn in den zwanziger Jahren an die Turners, und von diesen erwarben ihn 1930 die Strassers; im November 1986 wurde er an den Sohn übergeben. Nach dem Zweiten Weltkrieg wurde der Hof auf den Fundamenten des vorherigen Vierseithofes erneuert und ist heute in bestem Stand. Die Geschichte des Andreas Vöst, seiner Frau und der Tochter Ursula beeinflußt die Erzählungen vom Schicksal der Familie Loder deutlich.

Aus den erhaltenen Kirchenbüchern lassen sich dem bisherigen Bild Loders und seiner Familie einige Züge hinzufügen; sie verdeutlichen den Abstand und die Nähe zwischen Wirklichkeit und Roman.

Im Archiv des Erzbistums München und Freising wird das Sterbe-Register der Pfarrei Kreuzholzhausen für die Jahre 1849–1930 verwahrt. Der fragliche Eintrag, der laut Antwort des Münchner Offizialats vom 17. Februar 1899 »in den Registraturacten« sich befunden haben soll, hat darin keine Spur hinterlassen. Die Einträge der in Frage kommenden Zeit rühren von der

Hand des Pfarrers Joseph Feller (Thoma – am 31. März 1899 – schreibt unrichtig: Fehler); er hatte wohl jene Verleumdung des Peter Loder niedergeschrieben. Joseph Feller war in Lauingen (an der Donau, Diözese Augsburg) am 25. März 1823 geboren und am 1. August 1847 zum Priester geweiht worden. Seit dem 31. Juli 1871 war er Pfarrer von Kreuzholzhausen, das zum Dekanat Dachau gehörte, und betreute die kleine Gemeinde Puchschlagen seelsorgerisch. Bis zum Spätherbst 1893 führte er das Sterbe-Register; schließlich stand er – am 24. 11. 1893 – selbst darin: »Herr Joseph Feller katholischer Pfarrer Influenza und Bronchitis... Starb nach nur 4tägiger Krankheit.«[22]

Auf den interimistischen Pfarrvikar Johann Rohrer, Pfarrer im etwa 15 km westlich von Dachau gelegenen Einsbach, folgte am 6. März 1894 Pfarrer Anton Schmid aus Langenpreising (d. h. dem »Holzland« zwischen Freising und Landshut an der Isar; geb. am 7. Juli 1885, Priesterweihe am 29. Juni 1886).[23] Gegen ihn richtete sich Peter Loders Beschwerde. Vielleicht hat dieser erst nach Pfarrer Fellers Tod, also nach dem 24. November 1893, von dem »Eintrag im Kirchenbuche« erfahren. Das würde zu der Chronologie im Roman passen, wo das Gravamen mit der Entstehung des Bauernbundes zusammengebracht wird. Daß Loder mit ihm sympathisiert haben könnte, darf man aus dem Nachruf der »Münchner Neuesten Nachrichten« schließen.[24]

Pfarrer Feller, der jene »Schmähschrift... aus Rachsucht in die Welt gesetzt« haben soll (so Thomas Eingabe vom 31. März 1899), hatte reichlich Gelegenheit, Geburten in der Familie Loder im Sterbe-Register zu vermerken. Als Eintrag »17-9« findet sich z. B. für 1882: »Maria Anna Loder / Bauerskind kath. / Puchschlagen b. Scharl / Kind / Gedärmeleiden Dr. Walser v. Sch(wabhausen) / 1882 25[t] Dezember 3 1/2 Uhr Nachm. / Beerd. 27[t] Dezember 2 Uhr Nachm. In Puchschlagen / 27 Wochen. Jos. Feller Pfarrer.« Ein dreiviertel Jahr später starb ein ebenfalls »Maria« genanntes Kind der Scharl-Bauern an »Brechdurchfall« mit zehn Wochen.[25]

Am »4[t] November (1885) 10 3/4 Nachts« tritt der Tod des »5 Jahr 4 Mon.« alten Jakob Loder durch »Luftröhrenentzündung (Croup)« ein – trotz der Behandlung durch den Arzt. »Ohne

Arzt« stirbt an Brechdurchfall der neun Tage alte Michael »1887 16. Okt. Morgens 4 Uhr«.[26]

Für die Familie Loder ist nicht zu belegen, daß eines ihrer zehn Kinder ungetauft geblieben wäre. Doch finden sich zwischen 1886 und 1888 zwei solcher Fälle für die Kinder des Gütlers Hechendorfer; das eine Kind kam tot zur Welt, das andere lebte »1 Stunde«.[27] Nottaufen sind häufig – auch bei den genannten Hechendorfers: »Anonyma Hechendorfer / In Folge der Zangengeburt... 1 Minute J. Feller Pfarrer / wurde von der Hebamme Ver. (onika) Bachhuber (aus Schwabhausen) notgetauft.«[28]

In Kreuzholzhausen sind die Trauungs- und Geburtsregister der Jahre 1841-1909 einzusehen. Darin ist der Name der Frau Loder: »Maria, geb. Glas, Bauerstocher von Handenshofen, kath.« festgehalten. Sie stammte vom Gerblhof in Unterhandenzhofen (Gemeinde Schwabhausen), etwa 4 km nordöstlich von Puchschlagen, wurde am 3. April 1854 geboren und heiratete Peter Loder am 7. Juli 1879 in Puchschlagen. Der Gerblhof – heute Haus Nr. 4 – ist immer noch im Besitz der Familie Glas.[29]

Außer den schon genannten, zwischen 1882 und 1887 früh gestorbenen vier Kindern wird der am 21. Mai 1884 geborene und am selben Tag gestorbene Sohn Peter verzeichnet. Nach ihm wurde das 1887 geborene neunte Kind Peter getauft; er übernahm den Hof. Zwei andere Kinder – Theresia, geb. 8. Oktober 1886; Joseph, geb. 15. März 1890 – erreichten ebenfalls ein höheres Alter.[30]

Keines der Loder-Kinder wird als ungetauft verstorben geführt. Thoma hat also die Familienverhältnisse der Scharlbauern Peter und Maria Loder auf *seine* Roman-Exposition hin umgedeutet – allerdings innerhalb der Verhältnisse, die ein Dorf im Dachauerland um 1894 aufwies. Den dort und überhaupt auf dem Lande (und in der eigenen, elterlichen Familie) vorhandenen Kinderreichtum stellt er hier wie in allen seinen Bauerndichtungen zurück und konzentriert die Eltern-Kind-Beziehungen auf typische Konstellationen; oft bleibt es bei Eltern, Sohn und Tochter. Aus der verbreiteten Kindersterblichkeit greift er einen harten, aber typischen Fall für den »Andreas Vöst« heraus.[31]

Thoma stützt sich also auf die Wirklichkeit. Doch er siebt das Zufällige aus, baut sie auf das Typische hin um und entfernt das Ergebnis vom Anlaß. Hier wie sonst setzt er die Personennamen in diesem Sinne ein. Beim »Andreas Vöst« ist die lebenslang geübte Literarisierung von Realität besonders aufschlußreich nachzuzeichnen, weil Richard Lemp in Thomas Bibliothek die wichtigste Quelle für die Namen und für die Rolle der Geistlichen entdeckt hat: die »Chronik von Weichs«. Sie ist von dem (wegen »einer bösartigen Brustkrankheit«) 1882 pensionierten Lehrer Johannes Holdenried für »Pfarrei, Benefizium, Hofmark, Spital, Schule, Häuser und Familien« des Ortes Weichs (15 km nördlich von Dachau an der Glonn) verfaßt. »Ludwig Thoma hat den ›quieszierten‹ Lehrer Holdenried wohl persönlich gekannt und vielleicht von ihm selbst oder aus seinem Nachlaß die Chronik erhalten, denn der Band, der sich in der Tuften fand, war das Handexemplar des Verfassers.« [32]

Auf den siebzehn Seiten der »Familien- und Häuser-Chronik« liest man »vom ›Schuller‹ und ›Spanninger‹, ›Haberlschneider‹ und ›Langgörgl‹, ›Schuhwölfl‹ und ›Glonschneider‹, ›Kloiber‹ und ›Paulimann‹«.[33] – Die Hofnamen »Haberlschneider«, »Kloiber« und »Schuller« hatte Thoma schon in der großen Erzählung »Hochzeit« (1901/02) verwendet. Das Motiv des Totschlags verbindet Thoma dort schon mit dem Schuller: Dessen Sohn, der Schuller-Barthel, bekommt vier Monate Gefängnis, weil er dem Metzgerbauern-Lenz den Maßkrug auf den Kopf geschlagen hat.[34] Aus dem »Paulimann« machte er in »Andreas Vöst« einen »angesehenen Bauern«, den der Schullerbauer als Zeugen gegen Pfarrer Baustätter einsetzen will.[35] In der »Magdalena« (1912) ist der »Paulimann« nur ein Gütler, der es aber an Mut und Selbstbewußtsein mit dem ganzen Dorf aufnimmt. Die Namensgleichheit zweier verschieden angelegter Figuren ist nur *eine* Verbindung zwischen jener Bauerntragödie und dem Roman. Thoma sah diesen als Keim der »Magdalena« an.[36] Selbst sein letzter Roman »Der Ruepp« (1921) lebt noch von einem Motiv aus dem »Vöst«: So wie hier Sylvester Mang mit der Theologie nicht glücklich werden kann, lehnt der Sohn des Ruepp sich gegen das väterliche Ansinnen, »geistlich« zu werden, erfolgreich auf. Und beidemale gibt ihnen der »gute« Pfarrer recht – im »Vöst« der alte Maurus Held und im »Ruepp« der Pfarrer Holderied, der nach dem Verfasser der »Chronik von Weichs« benannt wurde.[37]

Beide Figuren verkörpern den positiven Priester-Typ (zusammen mit dem Domkapitular Späth), während Pfarrer Baustätter, Kooperator Sitzberger und Dekan Metz den negativen bilden. Merkwürdig ist nur, daß Thoma die in der »Chronik« gefundenen Figuren und Namen vertauscht und ihre Charaktere umkehrt. In der »Chronik« ist von einem Pfarrer Johann Georg Baustädter die Rede; ihm setzt Holdenried ein kaum zu übertreffendes Denkmal: »Johann Georg Baustädter wurde 1833 Pfarrer von Weichs, erhielt 1844 das Benefizium und resignierte 1867. ›...Herrn Baustädter und seinem Nachfolger gebührt jedenfalls der Ehrenplatz unter den Weichsischen Pfarrherrn der letzten 100 Jahre. Sein charaktervolles Wesen, sein kluges und eifriges Wirken werden noch heute von seinen ehemaligen Pfarrkindern gerühmt... Seinen wohltätigen und gemeinnützigen Sinn bewies er durch mannigfaltige Stiftungen...‹ Unter Baustädters Amtszeit wurde 1863 ›die Turmuhr mit einem Viertelstundenschlagwerk versehen und die Kosten zumeist durch freiwillige Beiträge gedeckt.‹«[38]

Das Gegenteil teilt der Chronist über einen Vorgänger Baustädters mit: »Von dem Geistlichen Ignaz Maurus Held, der von 1805 bis 1815 Benefiziat in Weichs war, berichtet Holdenried, daß er ein streitbarer Herr und mit den Einkünften aus dem Benefizium höchst unzufrieden war. Er führte ständige Klagen gegen seine vorgesetzten Stellen und strengte sogar gegen die Hofmarksherrschaft Weichs im Jahre 1810 einen Prozeß beim Landgericht Dachau an.«[39]

»gütiger Priester« oder »Dorfpolitiker«?

Aus dem rühmenswerten Pfarrer Baustädter wird also der gleichnamige (wenn auch »Baustätter« geschriebene) Verleumder, der sein geistliches Amt moralisch und politisch mißbraucht. Selbst seinen Ehrgeiz, den Kirchturm zu erneuern, scheint Thoma vom »guten« Baustädter entlehnt zu haben. Dessen historisches Vorbild Joseph Feller, der mutmaßliche Verfasser jenes Eintrags ins Kirchenbuch, hat *einen* Bau durchgesetzt – »den St. Josephs-Hort und das Marienheim mit der geschmiedeten und glasverkleideten Lourdes-Kapelle... 1950 wurde diese Kapelle abgerissen und wiedererrichtet.« »In der Kapelle gab es ein wundertätiges Brünnlein. – Nach dem Tode des Erbauers wurde es bald stiller um Grotte und Kapelle. – Der begonnene Bau eines Kreuzweges wurde nicht mehr fortgeführt, und zehn Jahre später mußten die Bauten, deren Baugrund sich als feucht und nachgiebig zeigten, abgebrochen werden. – Verblieben ist nur die Kapelle, die heute noch steht.«[40] Im Roman machte Thoma aus Baustädters Baulust das Symbol: die Kirche muß das Höchste im Dorf bleiben. Daß eine alte Mutter wie die Schullerin ihr Erspartes dafür dem Pfarrer vermachte oder der greise Linnersteffel und der Hanrieder »etliche tausend Mark für den Bau ins Testament einsetzten«, war wohl nicht selten und brauchte nicht erfunden zu werden.[41] War auch der Name »Baustätter« ein Omen?

Thoma pflegt hier und sonst die Spur zu tilgen, wenigstens zu verwischen. Meist ist sie ein Wink; hier weist er auf sein Vorbild *aller* Priestergestalten, auf jenen Geistlichen Rat nämlich, der den Autor am Tag der Geburt, am 21. Januar 1867, in der Oberammergauer Kirche getauft und den Thoma in den »Erinnerungen« (1917/18) »eine edle Persönlichkeit« und »das Urbild eines gütigen Priesters« genannt hat. Gemeint war Joseph Alois Daisenberger (1799-1883). »Er kümmerte sich nicht um Ansichten, sondern um das Schicksal eines jeden, er war Freund und Vater in jedem Haus.«[42]

Daisenberger war der »geistlich-Geistliche«, wie ihn sein Landshuter Universitätslehrer Johann Michael Sailer (1751-1832) gewollt hatte. Das Gegenteil war der »Dorfpolitiker«. Thoma beschrieb ihn einige Jahre nach dem »Vöst« für die »Simplicissimus«-Streitschrift »Gegen das Zentrum« (1911): »Der Mann, der immer außerhalb der Streitigkeiten seiner Gemeinde gestanden war, ist jetzt mitten darin, und es ist ihm geradezu verwehrt, Leidenschaften und Torheiten gütig zu beurteilen.

Die Partei, die vom ersten Tage an auf ihn Beschlag legt, ohne ihm die Freiheit des Entschlusses zu lassen, verlangt von ihm, daß er in seiner Gemeinde als Politiker Freunde und Feinde unterscheidet, daß er zu rein menschlichen Dingen eine engherzige Stellung einnimmt. Er muß sich in häusliche Geschehnisse einmischen, muß gegen sein besseres Verständnis Zwang ausüben, und wenn er auch heute noch Sünden wider die göttlichen Gebote verzeihen darf, so hat er doch nicht die Macht, Sünden gegen die Partei zu vergeben. Er soll die Gegensätze verschärfen und seine Religion unbedingt in den Dienst weltlicher Interessen stellen... In den schweren Zweifeln über sein Tun, das ihn von Nächstenliebe und Mitleid, und also von den Geboten des Heilandes, immer weiter abbringt, findet er nur schwachen Trost in dem Beispiele seiner geistlichen Obern...«.[43]

Baustätter und Metz im »Vöst« sind die scharf gezeichneten Beispiele dafür, und der Kooperator eifert ihnen nach. – In einem Entwurf zum »Ruepp« warnt der alte »geistlich-Geistliche« den jugendlich-eifernden Amtsbruder vor solchem Tun.[44] Was Thoma den Maurus Held im »Vöst« dem schwankend gewordenen Theologiestudenten Sylvester Mang sagen läßt, deutet vielleicht auf Gespräche, die Daisenberger mit Thomas Mutter und weiblichen Verwandten in Oberammergau geführt haben könnte. In dem autobiographischen Fragment »Kaspar Lorinser«, in dem Thoma sich im Februar und März 1920 noch einmal die eigene Lebensgeschichte vorstellen wollte, soll der Bauernbub nach Burghausen aufs Gymnasium, damit er »mit der Gotts Hülf ein hochwürdiger Herr« werde. Diese Absicht verkündigt die Mutter stolz dem Pfarrer. »Da lachte der Herr Geistliche Rat... ›das ist weit vorausgerechnet. Jetzt lassen wir ihn einmal mensa mensae deklinieren, nachher kommt vielleicht das amo amamus und sonst noch allerhand dazwischen. Tut's dem Buben den G'fallen und macht's net jetzt schon einen Primizianten aus ihm, wie's hie und da der Brauch ist... Den Speiszettel für die Primiz können wir allaweil noch aufsetzen...‹«[45]

Ein Beleg dafür, daß Ludwig Thoma hätte Pfarrer werden sollen, fand sich noch nicht. Doch ist in den Erzählungen das Motiv vom abgesprungenen Theologen häufig und wichtig – im »Vöst«, in den Entwürfen und der Druckfassung des »Ruepp«

und im »Kaspar Lorinser«; dieser sollte eine halb fiktionale, halb tatsächliche Jugendgeschichte werden. Das »Halb-und-halb« ist der Spurenverwischung zuzurechnen, deretwegen Thoma die Baustädter und Held im »Vöst« vertauscht hat. Vielleicht spielte die Rücksicht auf den Freund Ignatius Taschner mit, der mit dem unguten Pfarrer Ignaz Held nicht einmal den Vornamen gemeinsam haben sollte?

Das stellt nicht nur die sich widerstreitenden Priester-Typen des »Vöst« in den werkgeschichtlichen Rahmen. Es zeigt auch, daß Thomas Antiklerikalismus den Zentrumspolitiker im geistlichen Kleid, nicht den geistlichen Stand oder das Christentum angriff. Das muß man beachten, wenn man die Kritik an Pfarrern und an der Amtskirche, aber auch den Hader mit Gott beurteilen will, die der Autor der Titelfigur in den Mund gelegt hat.

Dabei geht es nicht nur um Thomas verborgene und persönliche Einstellung zu Religiösem. Gerade hier gilt – abgewandelt – das »Halb-und-halb«. So wie Thoma den Fall Peter Loder und dessen Aufbegehren gegen die Kirchenvertreter aus der Realität in eine Dichtung übersetzt, so dürfte er aus dem Roman »Ein Verrückter« (1894) seines ungeliebten Münchner Kollegen Josef Ruederer (1861-1915) Anregungen und Einzelheiten entnommen haben. Josef Hofmiller verglich die beiden Romane (und gab Ruederers Buch den Vorzug).[46] Obwohl die Hauptfiguren aus einem anderen Milieu kommen, sind die Konstellationen, vor allem der immer engere Handlungsspielraum vergleichbar; die Ursachen der Katastrophe werden bei Thoma wie Ruederer einem mitleidlosen Vertreter der Religion des Mitleids zugeschrieben.

Aber gehen Ruederer und Thoma nicht ebenso mitleidlos mit dem Geistlichen um? Ja und nein; der eine zielt auf etwas anderes als der zweite. Im »Andreas Vöst« wird Religiöses nicht nur angegriffen. Thoma geht es um Unterscheidungen, die freilich erst deutlich werden, wenn man die Absicht und die Mittel der Darstellung gegeneinander hält. Man braucht nur die Wirklichkeit weiter aufzugreifen, die im Roman erzählt wird.

»daß die ungetauften Kinder in einem gesonderten Platz zu beerdigen sind«

Das betrifft zunächst das Motiv, das die Handlung in Gang bringt: Ein Kind, das »nach einem viertelstündigen Leben« gestorben ist, muß außerhalb des Friedhofs begraben werden, weil es nicht einmal die Nottaufe erhalten hat. »›Es ist die Vorschrift unserer heiligen Religion‹«, sagt »Herr Georg Baustätter, Pfarrer in Erlbach und Kämmerer des Kapitels Berghofen«, zum Vater, der das reguläre Begräbnis seines Kindes mit einer Spende erkaufen will; der Pfarrer lehnt vor allem deshalb ab, weil in Vösts Hause »der Geist der Auflehnung« walte. Vöst hat diesen Canossa-Gang aus Rücksicht auf seine Frau angetreten; sie ist – anders als er – Brauch und Sitte, d.h. der öffentlichen Einschätzung gegenüber empfindlich.[47]

Konzentriert sich die Schilderung des Pfarrhausmilieus hier auf den gefühligen Wandschmuck (»An allen Wänden ist Frömmigkeit, nichts als Frömmigkeit«), so verzeichnet der Autor bei Vösts zweitem Besuch »die Bibliothek Baustätters«.[48] Zu ihr gehören die zwei Bände »Bestimmungen des bayerischen Staates über die Verwaltung des katholischen Pfarramtes diesseits des Rheines« (so der volle Titel), München 1879. Der Verfasser war Eduard Stingl; er bezeichnet sich als »Stadtpfarrcooperator in Straubing«.

In »Artikel 7. Beerdigungen. § 597.1.« führt Stingl eine oberstrichterliche Entscheidung vom 23. September 1876 an: »›Daß nach der Uebung sowohl der Katholiken als der Protestanten die Beerdigung von Angehörigen der betreffenden Kirchengemeinden stets als ein Ausfluß der pfarrlichen Rechte betrachtet worden sei, ist ohnehin keines Beweises bedürftig.‹«[49] In § 599.3.a. schreibt er: *»Der regelmäßige Beerdigungsplatz ist der Kirchhof«*; und in § 600.3.b. heißt es: *»Außerhalb des Kirchhofs* soll in der Regel Niemand beerdiget werden.«[50] § 605.7. behandelt den Casus, unter den das Kind der Vösts gefallen wäre: »Die Bestimmung, ob ein Verstorbener *kirchlich beerdigt*, oder ob ihm das kirchliche Begräbniß verweigert werden soll, ist einzig von der kirchlichen Behörde zu treffen... Das Civilstandsgesetz v. 6. Febr. 1875 kennt die Notwendigkeit der Gegenwart eines Geistlichen bei Beerdigungen nicht.« Das kirchliche Begräbnis gehöre »zum Gottesdienste«. Daher gelte auch: »*Todtgeborene* und *ohne Taufe* gestorbene *Kinder* sind im Friedhofe, können aber in einer eigens bestimmten Abtheilung desselben beerdigt werden, ›die Leistung kirchlicher Functionen bei der Beerdigung solcher in den Kirchenverband noch nicht aufgenommener Kinder kann von den Pfarrgeistlichen nicht gefordert werden.‹ (Minist.-Entschl. v. 20. April 1835.«).[51]

Ludwig Thoma war Jurist, und er dürfte Stingls Handbuch auch deshalb auf Baustätters Tisch gelegt haben, weil es für einen Rechtsanwalt im Dachauerland vor der Jahrhundertwende ein wichtiges Kompendium war. Mit Baustätter wollte er einen Geistlichen vorstellen, der die »Bestimmungen« kennt, sie jedoch engherzig, ja feindselig und ehrverletzend auslegt. Hier schaltet sich der Erzähler zum ersten Male ein: »Ich weiß nicht, ob der liebe Gott den unchristlichen Zustand eines Kindleins so hart beurteilt wie seine Geistlichen, aber das eine ist gewiß, daß es nicht in geweihter Erde ruhen darf, worein nur Christen liegen; darunter manche sonderbare.«[52]

Thoma intensiviert also die negative Schilderung des Pfarrers dadurch, daß er eine kirchenrechtliche Kann-Bestimmung aufgreift und sie ungünstig auslegen läßt. Darüber hinaus flicht er eine Verschärfung ein, die zur Zeit der Niederschrift des »Andreas Vöst« erörtert und kurz hernach rechtskräftig geworden war. Am 7. November 1906 meldeten die »Münchner Neuesten Nachrichten«: Bürgermeister und Magistrat der niederbayerischen Stadt Straubing hätten am 30. Oktober die »Leichen- und Friedhofsordnung... für vollziehbar« erklärt, die »nach Einvernahme des Bischöflichen Ordinariates Regensburg dahin abgeändert« worden sei, »daß die ungetauften Kinder in einem gesonderten Platz zu beerdigen sind. Die Beerdigung derselben auf dem Friedhofe sei nach dem katholischen Dogma nicht statthaft. Der Platz für die Selbstmörder« sei »durch eine Mauer von dem Friedhof für die ungetauften Kinder zu trennen.«[53]

Auf dem Hintergrund der zivil- und kirchenrechtlichen Diskussion um die Beerdigung ungetaufter Kinder schafft Thomas Roman also ein scharf gezeichnetes Beispiel für die menschlichen Folgen der härter gewordenen Bestimmungen. Das Problem war nicht neu, und der Volksglaube hat es auf seine Weise zu lösen gesucht. Das tot oder ohne Taufe gestorbene Neugeborene wurde etwa – geschmückt und auf lebendig geschminkt – zu einem Wallfahrtsort gebracht, wo es von der Gottesmutter für die Augenblicke einer Taufe zum Leben erweckt werden sollte, damit es als getauft begraben werden durfte. Dies ist in Niederbayern (für die Wallfahrtskirche Halbmeile bei Deggendorf, 1734) und in Tirol – hier ab etwa 1500 und im 17. und 18. Jahrhundert, trotz mehrfachem Verbot, dutzendfach – bezeugt; für Maria Trens (zwischen Sterzing und Brixen) ist der Brauch noch 1870 belegt. Er zeigt das Bedürfnis der Mütter an, ihr unschuldiges Kind nicht gestraft zu wissen.[54] Es ist auch in Vösts Frau lebendig. Deren Situation rückt der Erzähler jedoch nicht in einen volksgläubigen, sondern religionsgeschichtlichen Zusammenhang, indem er (mit 2 Chron. 26, 18) die Zurechtweisung zitiert, die der altjüdische König Ozias (Uzzia, Azarja, 785/4-747/6 v. Chr.) durch die Priester erhielt, weil er in ihre Rechte eingegriffen hatte. D. h. das menschlich berechtigte Unverständnis, das eine Mutter im Dachauerland gegenüber einem amtskirchlichen Verfahren hegt, gilt dem Erzähler als Wiederholung jener Auflehnung, die der König von Juda gegen die Priester des Tempels zu Jerusalem geübt hat. Damit scheint die Begründung Baustätters, im Hause Vöst walte »der Geist der Auflehnung«, gerechtfertigt.[55] Im Grunde weitet der Erzähler das Thema seiner Geschichte menschlich und religiös aus.

Die Namen unehelicher Kinder

Um ähnliches geht es bei den Schwierigkeiten, die bei der Taufe von Ursula Vösts unehelichem Kind dargestellt werden. In Stingls »Bestimmungen« zählt die Taufe zur *»Verwaltung der hl. Sacramente«* und ist *»ein Pfarrecht* sowohl nach dem canonischen als dem bayerischen Civilrecht.« Das »deutsche Reichsgesetz v. 6. Febr. 1875« stelle den Eltern die Taufe frei; bis dahin sei sie in Bayern eine »Notwendigkeit« gewesen.[56] Uneheliche Kinder seien nach den selben Rubriken und »ohne Absonderung lediglich der Zeitfolge nach in die allgemeinen pfarrlichen Geburtsregister« einzutragen; das schreibe schon der bayerische »Minist.-Entschl. v. 25. Juli 1825« vor. Das Reichsgesetz sehe jedoch in den Pfarrmatrikeln nur noch »reine Kirchenlisten, keine Civilstandsregister mehr«. Der »Geschlechtsname« (Familienname) der unehelichen Mutter gelte auch für das Kind; wenn der Vater standesamtlich, gerichtlich oder notariell beurkundet sei, dürfe er vermerkt werden.[57] – Nach diesen Anweisungen hat Pfarrer Joseph Feller, der den umstrittenen »Eintrag« ins Kirchenbuch von Kreuzholzhausen gelegt haben soll, die Geburtsregister seiner Pfarrei ordentlich geführt. Ob er oder sein Nachfolger Anton Schmid, gegen den Loders und Thomas Beschwerde sich richtete, »Straftaufen« vollzogen hat, ist nicht bekannt. Mit diesem Begriff sind Taufen gemeint, die das uneheliche Kind durch einen ausgefallenen oder leicht zu verunstaltenden Namen kennzeichnen sollten. Eine spätere Änderung des Vornamens (und des Familiennamens) war »nur mit Bewilligung der Districtspoliceibehörde« durchzusetzen.[58] Der dazu nötige Aufwand war für eine ledige Mutter auf dem Lande gewiß außerhalb jeder Möglichkeit. Ursulas Mutter, die Schullerin, wehrte sich aus persönlichen, nicht zivilrechtlichen Gründen dagegen, daß Pfarrer Baustätter das Kind nicht »Andreas«, sondern »Simplizius« taufen wollte; daraus würde »Simpel«, »und der Bub' hätte sein Leben lang das Gespött.«[59] Baustätter beruft sich hier auf seine »Vorschrift«, kraft deren er es so festgesetzt habe, »daß die ledigen Kinder die Namen der Heiligen tragen müßten, an deren Tagen sie zur Welt kämen.« – Da dies der 2. März war, ist mit »Simplizius« der Papst (468-483 n. Chr.), nicht der frühchristliche Märtyrer gemeint.[60] – Dieser Usus war kirchenrechtlich nicht gedeckt; doch ist er mündlich und vereinzelt auch literarisch belegt. In Ludwig Ganghofers Ende 1904 erschienenem Roman »Der Hohe Schein« wird ein Junge »Fazifanzerl« gerufen; ein Kaplan in Langental, »der's mit die sittlichen Zuständ a bißl scharf gnommen hat«, habe ihm eigenmächtig die Namen »Bonifazius Venantius« gegeben. »Und daß man die ledigen Kinder gleich kennt, hat er's allweil auf söllene Namen tauft: Marzellinus, Karpasius, Athanaserl, Eleutheria, Speriförgerl. Ja, söllene laufen gnug umanand bei uns.« Der jetzige Pfarrer habe »dö alte Mod« abgeschafft.

Den »Hohen Schein« hat Thoma im Dezember 1904 gelesen; im Tagebuch vom 21. 12. 1904 vermerkte er dies und fügte hinzu: »Ganghofer stimmt seinen ganzen Roman auf Eindrücke, die ihm Häckels Welträtsel machten. Vertiefung ist dabei sehr schwierig.«[61]

Weder ihm noch Thoma ging es darum, Geistliche überhaupt zu verunglimpfen. Im »Hohen Schein« wie im »Andreas Vöst« werden negative und positive Priesterfiguren bewußt einander gegenübergestellt. Thomas Kunstgriff, beide Typen auch durch deren Lektüre zu charakterisieren, macht die Konfrontation historisch.

Wahrscheinlich greift Thoma sogar eine aktuelle Diskussion auf. In der Passauer »Theologisch-practischen Monatsschrift« von 1896, dem »Central-Organ der katholischen Geistlichkeit Bayerns«, soll das Problem auf dem Hintergrund von Kirchenrecht und verbindlichem, katholischem Taufritual behandelt worden sein. Die vorgeschriebene Frage des Priesters an den oder die Taufpaten, wie das Kind heißen solle, sei ernstgemeint: »Indem der Taufende hiermit von der Kirche angewiesen wird, diese Frage an die Taufpaten zu stellen, die von den Eltern, bzw. von der Mutter des Kindes gewählt sind, spricht die Kirche es sehr deutlich aus, daß der Taufpriester nicht berechtigt sei, dem Kinde eigenmächtig einen Namen beizulegen. Übrigens beherzige man auch, welche Mißstände eine davon abweichende Handlungsweise für Eltern und Täufling herbeiführen kann... Besteht auch in einzelnen Diöcesen der Gebrauch, daß bei unehelichen Geburten der Pfarrer dem Kinde eigenmächtig den Tauf- und Rufnamen gibt, so muß dies entschieden als Mißbrauch bezeichnet werden; denn es ist ein Eingriff in das natürliche Recht der Mutter des Kindes... Es gibt keine kirchliche Bestimmung, die man für eine derartige Rechtsschmälerung anführen könnte, und schon das verurteilt den angeführten Gebrauch, so gut er auch gemeint sein mag.«[62]

E. und L. Merkle (S. 21f.) zitieren die »Straftauf«-Szene aus dem »Andreas Vöst« und fügen hinzu: »Das Vorbild für Jakob Baustätter war möglicherweise der Pfarrer Friedl, der 1862 anfing, in Ilmmünster zu taufen, und Kinder, die vaterlos zur Welt kamen, mit Namen wie Telesphorus, Zyprian, Liberata, Arsacius und auch Bibiana plagte.«[63] »Bibiana« hatte Thoma bei seiner Sammlung notiert.[64]

durch Bücher charakterisiert

Von Baustätters *geistlichen* Büchern nennt Thoma »›Die Schriften des hl. Thomas von Aquin‹« und »›Die Herrlichkeiten Mariä‹ von Alphons von Liguori« sowie »die Geschichte der Heiligen, herausgegeben zu Regensburg Anno 1672«.[65]

Der Dominikaner Thomas von Aquin (1225-1274) gilt als der bedeutendste Theologe und Philosoph des Mittelalters. Vielleicht hat Thoma seine Rationalität und Systematik im Sinn, d. h. des Aquinaten Prinzip, alle Einzelheiten auf wenige, ja einen Grundsatz zurückzuführen und damit alle Widersprüche aufzulösen. Ob die 1882 begonnenen »Opera Omnia« (Bd. 1-13, 1882-1929) oder eine deutsche Übersetzung wie die 1886 einsetzende von C. M. Schneider (»Die katholische Wahrheit oder die theologische Summe«. Bd. 1-9, 1886-1892) oder eine andere lateinische oder deutsche Ausgabe gemeint sein soll, bleibe dahingestellt.

In den »Herrlichkeiten Mariä« des Alfons Maria von Liguori (1696-1787) wird Thomas von Aquin nicht genannt; sie stehen für die marianische Volksmission, die Liguoris 1732 gegründeter Orden der Redemptoristen betrieb. Offensichtlich hat Thoma die Übersetzung im Auge, die der in Gars am Inn residierende Provinzial der bayerischen Redemptoristen, Carl Eduard Schmöger (1819-1883), besorgt hatte. Sie erschien 1871 als ein Band der »Sämmtlichen Werke« Liguoris und war verbreitet; 1891 lag bereits die 6. Auflage vor.[66] Zu dieser Zeit war der Orden aus Bayern und dem Deutschen Reich verbannt – auf Grund der vom Bundesrat am 13. Mai 1873 unterstellten »Verwandtschaft mit den Jesuiten«. Erst im August 1894 durfte er nach Gars zurückkehren. Die Vertreibung war ein Teil des Kulturkampfes, mit dem die Liberalen, die gemäßigten Konservativen und vor allem Bismarck dem politisch formierten Katholizismus ab 1872 zu begegnen suchten. An Stelle der Redemptoristen missionierten die Franziskaner; dies wird in Thomas Eingabe an das

Münchner Offizialat angesprochen.[67] Leo XIII. konnte den Konflikt mit Bismarck 1887 beilegen. Schmöger hat dies nicht mehr erlebt; zu Lebzeiten war er einer der aktivsten Redemptoristen des süddeutschen Raumes gewesen. Möglicherweise sah Thoma auch in ihm den entschlossenen, eifernden Kirchenmann verkörpert, dem er den »gütigen«, unpolitischen, nach J. A. Daisenberger geformten Priester gegenüberstellte. Liguori war übrigens 1839 heiliggesprochen und 1871 wegen seiner – heute umstrittenen – aszetischen, kasuistischen und moraltheologischen Schriften zum Kirchenlehrer erklärt worden. Seine »Herrlichkeiten Mariä« wirken im »Andreas Vöst« wie ein literarisches Analogon zu dem Wandschmuck, den Vöst im Pfarrhaus erblickt.[68]

Der »Sulzbacher Kalender für katholische Christen«, der ab 1841 im – evangelischen – Verlag von J. E. von Seidel im oberpfälzischen Sulzbach erschien, gehörte zu jener volkstümlichen, aus dem 17. Jahrhundert stammenden Gattung, die durch die katholische Spätromantik, die Schmöger fortzusetzen suchte, zum Mittel der religiösen Volkserziehung geworden war. Die Jahrgänge, die für die Zeit des »Andreas Vöst« in Frage kommen, bilden auf dem Haupttitel den damaligen, seit 1878 amtierenden Papst Leo XIII. ab, der den Katholizismus politisch gemacht, aber auch dessen Öffnung für die Moderne veranlaßt und die katholische Theologie und Philosophie auf die Lehren des Thomas von Aquin neu verpflichtet hatte. Tatsächlich hatte sich auch in München die Neoscholastik durchgesetzt, nachdem die historisch-kritische Schule nach Ignaz Döllingers Exkommunikation (1871) zurückgegangen war. »Die Dogmatik hatte sich im wesentlichen an den Beschlüssen der Konzilien und dem Lehramt, den päpstlichen Verlautbarungen, zu orientieren, und die Moraltheologie entwickelte das neuscholastische, kasuistische System, das Kleriker und Laien in eine fest konstruierte Ordnung stellte.«[69] Insofern ist es folgerecht, daß Thoma dem Pfarrer Baustätter die Werke Liguoris und des Aquinaten zuordnet.

Auf den eigentlichen Kalenderseiten finden sich in jedem Jahrgang die Heiligenfeste. Darunter sind nicht nur die von Ganghofer im »Hohen Schein« verwendeten seltenen Namen.[70] Auch Thoma dürfte von hier (oder aus einem ähnlichen Kalender) jene

Heiligen entnommen haben, die er in sein Notizbuch (L 2450) für den »Vöst« eingetragen hatte:[71] »Kanut« (19. Januar), »Bibiana« (2. Dezember), »Tiburtius« (14. April); daß unter dem 2. März »Simplicius P.(apst«) zu finden ist, versteht sich. Gegenüber jeder Kalenderseite steht eine kurze, durch einen nazarenisch-einfachen Holzschnitt illustrierte Heiligen-Vita – eine Kurzform jener »Geschichte der Heiligen, herausgegeben zu Regensburg Anno 1672«, die Pfarrer Baustätter »tags zuvor gegen die Wand geschleudert hatte«, im Zorn darüber, daß Vöst zum Bürgermeister gewählt worden war. – Ob »Pfarrer Kneipps Wasserkur« dazu diente, das aufbrausende Temperament abzukühlen? Im Jahre 1894 war das Buch in der 50. Auflage erschienen.[72]

Der Gegenfigur Maurus Held schreibt der Autor einen anderen Geschmack zu. Das Lieblingsbuch von Baustätters Vorgänger sind A. Forsteneichners »Naturbilder. Für Jung und Alt«, Schaffhausen 1865.[73] Das Titelbild zeigt keinen Papst, sondern den göttlichen Schöpfer der Natur. Die »Vogelwelt« wird »in der Schöpfungsharmonie« und »die Erde« als »ein Garten Gottes« vorgestellt. Doch »hart neben dem Natursegen liegt der Fluch«.[74] »Seit dem Falle des Menschen hat Gott die Spuren seines Zornes auf Erden zurückgelassen... den Fluch der Natur kann einzig wenden die segnende Hand vom Himmel.«[75] In gewissem Sinne nimmt Forsteneichner Darwinsches Denken vorweg: »*Je größer die Neigung einer Pflanze, zu erobern, je größer die Kraft, andere Pflanzengeschlechter zu beherrschen und zu unterdrücken, um so zahlreicher und kräftiger ist das Heer der ihnen entgegengestellten Feinde.*«[76] So der gesperrt gedruckte Extrakt des Kapitels »Industrie im Gottesstaate«.[77] Gerade darin bestehe die »Harmonie der Natur«, die »der Mensch nicht stören« dürfe – im Pflanzen- wie im Tierreich.[78]

Wie eine Mischung aus Adalbert Stifters Vorrede zu den »Bunten Steinen« (1853) und Christoph von Schmids »Biblischer Geschichte für Kinder« (Bd. 1-6, 1801) mutet die »treuherzige«[79] Erzählung des Zusammenhangs zwischen Naturentwicklung und Schöpfungsgeschichte an. Ob Thomas Anhänglichkeit an dieses Buch darauf zurückgeht, daß Daisenberger ihm sein Exemplar geschenkt hat, so wie Maurus Held den angehenden »Studenten« Sylvester Mang damit bedachte? Oder war es nur ein unerfülltes Verlangen nach solch einer geistig-väterlichen Wegleitung? Jedenfalls setzen Forsteneichners »Naturbilder« zwei Traditionen fort, und Thoma benützt sie zur Charakterisierung eines aufgeklärten, gebildeten Priesters: die Pflege der Naturwissenschaften durch Geistliche und besonders Ordensgeistliche des 18. Jahrhunderts in Bayern sowie die Entwicklung des naturkundlichen Lehr- und Sachbuchs für Jugendliche seit Joachim H. Campe, J. J. Bodmer oder J. J. Ebert.[80]

In Forsteneichners »herrlichem Buch« soll der junge Sylvester lesen, »wie brav es der liebe Gott meint mit unserer Welt«.[81] Wie sehr sich Thoma gerade hier den »Naturbildern« nähert, zeigt die Ähnlichkeit des dortigen Kapitels »Auf dem Felde«[82] mit dem Feldgang des Pfarrers Held und Sylvesters. »Wie schön ist heute das Kornfeld! ... heute gleicht's einem weichwellenden Meere. Welche Pracht! wenn die langen Kornwogen dunkellicht aufschlagen Hügel hinauf und Hügel hinab, und weiter ziehen, und die Fläche bald viollett, bald silbergrau schimmert – da ist's wohl, als sehe man *Christus segnend durch die Aehren wandeln*«.[83] Gewiß ist die Freude am wogenden Ährenfeld topisch, und Jesus, der durch das Getreide geht, war und ist auf vielen gedruckten Bildern auch im Dachauer Bauernhaus zu sehen. Aber die Szene im »Andreas Vöst« schließt sich unmittelbar daran an, daß Pfarrer Held seinem Schützling den Forsteneichner, mit einer richtunggebenden Widmung versehen, überreicht und nachdem Sylvester die »Prüfung«, ob er »Meister Forsteneichner« studiert habe, »mit Ehren« bestanden hat.[84] Die so vertraut Gewordenen gehen an einem Sonntag im August »über die Felder gegen Webling zu ... wo die Felder in den blauen Himmel ragten. Da nahm Maurus Held den Hut ab und sah mit leuchtenden Augen in die schöne Gotteswelt. ›So denke ich mir den Herrn Christus am liebsten‹, sagte er, ›wie er segnend durch die Felder wandelt. Und just so müßte sich das ansehen wie hier. Daß es wie ein Hauch geht über die Halme, die sich ehrfürchtig beugen vor des Menschen Sohn.«[85] Vielleicht will Thoma mit dieser Szene sogar dem Kampf der Getreide anbauenden und durch die Caprivischen Handelsgesetze in ihrer Existenz bedrohten Bauern zu einem religiösen Hintergrund verhelfen?

Jedenfalls geht Thoma mit einem inhaltsschweren Stichwort über Forsteneichner hinaus, wenn er den alten Held sagen läßt, Christus habe aus dem Fluch, den der Schöpfer auf die Arbeit gelegt habe, einen Segen gemacht.[86] Thoma geht es mit der besagten Szene also nicht um ein Naturbild, so sehr die Natureingänge seiner Kapitel hier wie in vielen Bauerndichtungen an das scheinbare Biedermeier Forsteneichners erinnern. Natur ist für Thomas Bauern der Ort von Arbeit, nicht Andacht. Der sperrgedruckte Satz, mit dem Forsteneichners Kapitel »Auf dem Felde« beschwörend schließt, findet sich bei Thoma selbst in Anklängen nicht: *»Nachspüren darf und soll der Mensch dem Weltenplane, aber bei der staunenswertesten Entdeckung demütig niederfallen«.*[87]

Nicht nur aus Sachliteratur, sondern auch aus Dichtung hat Thoma entnommen, was er für die Charakterisierung und damit für die Entwicklung der Handlung brauchte. Das eine Beispiel ist besonders ergiebig – für den Roman wie den Autor.

durch Lieder charakterisiert

Es gehört noch zur Exposition, daß der bäuerliche Theologiestudent Sylvester Mang und Gertraud Sporner, die aus der Hauptstadt stammende Bürgerstochter, beim Feuerwehrfest in Webling zusammentreffen. Ihre Verwicklung wird vom Autor ironisch angedeutet und dann mit einem Lied eingeleitet, das beiden teuer ist: Heines Gedicht »Das Meer erglänzte weit hinaus«. Sylvester singt es (in Franz Schuberts Vertonung) beim Abschied am Feldkreuz beim »Weblinger Holze«.[88]

Dieses Gedicht gehört zu Heines Zyklus »Die Heimkehr« (1823/24), an dessen Beginn die »Loreley« steht. Das Motiv von der wider Willen männerverderbenden Frau wird im ganzen, umfänglichen Zyklus vielfach ausgesprochen. Ob Thoma und seine Freunde vom »Simplicissimus« das »Ich weiß nicht, was soll es bedeuten« anstimmten, als sie »Vor St. Goar die Lurlei« sahen, hält das Tagebuch nicht fest.[89] Einige Jahre später, am 25. Januar 1905, als der »Andreas Vöst« schon bald abgeschlossen ist, vergleicht er im Tagebuch den »Simplicissimus«-Zeichner Thomas Theodor Heine mit dem Dichter: »Wie dieser ohne Kenntniß des Volkstumes, der Geschichte, der wirtschaftlichen Gesetze überträgt er das Triviale mit scharfem Verstande und großem Geschick in das Geistreiche.«[90] Der Vorwurf spiegelt Thomas Bemühen, mit dem »Vöst« jene Begriffe als wirksam und für die Kunst wichtig zu erweisen.

Muß man ihm nicht ähnliches vorhalten? Hatte Thoma nicht bemerkt, daß er den jungen Theologen, der sich zum ersten Mal verliebt und seiner Liebe ein Ständchen bringt, ein Lied mit dem Loreley-Motiv singen läßt?
Die vier Strophen lauten:

Das Meer erglänzte weit hinaus
Im letzten Abendscheine;
Wir saßen am einsamen Fischerhaus,
Wir saßen stumm und alleine.

Der Nebel stieg, das Wasser schwoll,
Die Möwe flog hin und wieder;
Aus deinen Augen, liebevoll,
Fielen die Tränen nieder.

Ich sah sie fallen auf deine Hand
Und bin aufs Knie gesunken;
Ich hab von deiner weißen Hand
Die Tränen fortgetrunken.

Seit jener Stunde verzehrt sich mein Leib,
Die Seele stirbt vor Sehnen; –
Mich hat das unglückselge Weib
Vergiftet mit ihren Tränen.[91]

Dieses Gedicht drückt die Situation der zwei jungen Leute nicht wirklich aus noch bildet es die Liebe vor; deren Erfüllung wird gegen Ende des Romans wahrscheinlich gemacht. Die Faszination, die die »belle dame sans merci« auf die Literatur um 1900 ausgeübt hat, wird hier eher an- als ausgeführt. Doch eine Nuance wirkt sich aus und bestimmt diesen Handlungsteil. So wie die vom Christentum zu Zauberinnen und Hexen gemachten Venusgestalten à la Loreley den Mann, den Ritter, an sich ziehen und zum »Übertreten der kirchlichen Gebote« verleiten,[92] so gibt Sylvester Mang auch um des angesungenen Mädchens willen den geistlichen Beruf auf, den er eben noch treuherzig »ideal« genannt hatte. Die antiklerikale Tendenz des Romans wird hier zwei Einzelfiguren, die dem Autor offensichtlich lieb sind, beigegeben.

Wie hält es Thoma aber sonst mit Heine? Er hat sich in den Tagebüchern, häufiger noch in Briefen über den jüdischen Dichter abfällig geäußert: er werde »zu einer fürchterlichen Bedeutung hinaufjournalisiert«, während man über Goethe »hie und da... eine Anekdote« erzähle. Heine sei »ein großer Lyriker«, aber er – Thoma – könne ihn »nicht leiden«; er habe »sehr gute Gedichte... und auch sehr schlechte« gemacht.[93]

Das der Nebenhandlung im »Vöst« eingefügte Gedicht »Am Meer« zählt Thoma offenbar zu den »sehr guten«. Er zeigt ferner seinen Musik-Geschmack, indem er Franz Schuberts Vertonung (1828) beansprucht; sie stammt aus einem der letzten Zyklen, den der Verleger »Schwanengesang« benannt hat. Die schmelzende, von Strophe zu Strophe zwischen Dur und Moll wechselnde Komposition läßt von dem negativen Ende einer Liebe mehr anklingen, als den jugendlichen Romanfiguren bewußt gewesen sein mag. Und der Autor selbst? Erlag er wie sie dem bewegenden Dreivierteltakt und dem innigen Melos?[94] Nahm er hier, ohne es wissen zu können, die »unglückselige« Begegnung mit Maria Schulz, seiner Marion, vorweg, die er bei der Feier zur Vollendung des »Andreas Vöst« zum ersten Male sehen sollte?

Außer dieser Probe des deutschen Kunstliedes setzt Thoma Bauern- und Kirchenlieder ein. »Dieses scheane Land, Es üst mein Heimatland«, singen die Bauernburschen, die zum Weblinger Feuerwehrball ziehen.[95] »Die jungen Leute in den Dörfern singen meist dummes, süßliches Zeug, das sie aus der Kaserne heimbringen oder in billigen Liederbüchern finden.«[96] Auch in der Stadt, in Sylvester Mangs Tanzstunde, ist derartiges zu hören: »Komm herab, o Madonna Theresa! Sieh doch, wie schön ist die Nacht!«[97] Beides bezeichnet den tatsächlichen Stand des volkstümlichen Liedgutes. Im kirchlichen Raum scheint es besser zu sein; aber auch mit den hier zu findenden Angaben charakterisiert der Autor die Figuren, die Verhältnisse und mittelbar sich selbst. »Den Brauch hatte vor vielen Jahren der Pfarrer Held so eingeführt«, daß nämlich in der Christmette nicht »lateinische Worte«, sondern »ein deutsches Lied« gesungen wird: »Es ist ein Ros entsprungen.«[98] Damit bringt Thoma das handlungsauslösende Motiv im menschlichen wie kirchlichen Bereich zum Zuge – nicht weniger innig als die Liebesmotivik zwischen Sylvester Mang und Traudl Sporner. Bei dem Vers »Und hat ein Blümlein bracht« mußte die Schullerin »an ihr eigenes Kind denken, das sie den letzten Herbst zur Welt gebracht hatte. Und das ihr der Pfarrer in ungeweihter Erde neben der Friedhofsmauer einscharren ließ, weil es nicht getauft war in dem Glauben dessen, der da drinnen in der Krippe so hilflos auf seiner Mutter Schoß lag. Es steht aber geschrieben: ›Acht Tage später wurde das Kind beschnitten und ihm der Name Jesus gegeben.‹ Eine ganze Woche später. Wenn da ein Unglück geschehen wäre, ob sie im Morgenlande gegen die Mutter auch so grausam gehandelt hätten?«[99]

»Auf mich wirkt am stärksten ein Kunstwerk«

Gerade in dieser ergreifenden und echten Szene geht der Autor »kunstmäßig« vor. Er läßt den personalen Erzähler die Weihnachtsbotschaft auslegen, wie es ein Priester seines Ideals getan hätte (und dies ist eine der zahlreichen Vorstufen zu der zehn Jahre später geschriebenen »Heiligen Nacht«): Das Jesuskind habe »den Menschen helfen« wollen, und es habe »in ehrfürchtiger Liebe an den Händen der Eltern die Ehrenmale der Arbeit« gesehen. – So hatte Pfarrer Held auch den durchs Korn gehenden Christus verstanden – als den Boten einer harten, aber gesegneten Arbeit, die dem Menschen die Erde zur Heimat mache. Dies war sein eigentliches Vermächtnis an den Theologen Sylvester, und es schloß die Freiheit ein, dort zu arbeiten, wo die Arbeit glücklich mache – in der Welt, wenn es in der Kirche nicht gehen sollte.[100]

Jene »Weihnachtspredigt« umkreist also Thomas Lieblingsthema. Sie ist nach einem Kunstwerk entworfen, dem eine ähnliche Wertschätzung arbeitender Menschen zugrunde liegt. Die detaillierte Beschreibung der Personen und der Krippe folgt einer Vorlage, und dies ist kein Zufall, sondern ein schöpferischer Grundsatz; am Tag, da die Buchausgabe des »Vöst« ausgeliefert wurde, beschreibt Thoma ihn so: »Auch eine literar-historische Bemerkung. Auf mich wirkt neben der Wirklichkeit am stärksten ein Kunstwerk, selten ein Buch... als ich an der Weihnachtsstimmung war, habe ich die Anbetung der Hirten von van der Goes in einer guten Reproduktion vor mir stehen gehabt und daraus viel Stimmung geholt.« [101]

Hugo van der Goes (1440-1482) war »der Hauptmeister der altniederländischen Malerei in der zweiten Hälfte des 15. Jahrhunderts. Dürer, der später in seinem Tagebuch nur drei niederländische Meister der Vergangenheit anführte, nannte ihn neben Jan van Eyck und Rogier van der Weyden.« Van der Goes malte das Weihnachts-Triptychon zwischen 1476 und 1478. Es gilt als sein größtes Werk und wird nach dem Stifter Tommaso Portinari, der das Haus Medici in Brügge vertrat, der »Portinari-Altar« genannt. »Auf der Mitteltafel... ist die ›Anbetung der Hirten‹ dargestellt. Die Flügel zeigen die Familie des Stifters im Schutz von Heiligen... Die innere Bewegtheit der Andächtigen wird im Augenblick der größten leidenschaftlichen Erregung aufgedeckt und durch porträthaft naturgetreue Darstellung, die jede Bartstoppel, Runzel und Zahnlücke liebevoll wiedergibt, unmittelbar packend gestaltet... Der Altar erregte das Aufsehen der Zeitgenossen. Auf die italienischen Künstler wirkte er wie eine Sensation; Domenico Ghirlandaio nahm ihn sich zum Vorbild.« [102]

Die »gute Reproduktion«, an der Thoma die »Weihnachtspredigt« ausrichtete, könnte er in Florenz oder in den Uffizien selbst erworben haben. Die Frühjahrstour 1903 – mit Bahn und Fahrrad – hatte ihn und die »Simplicissimus«-Zeichner Heine, Thöny und Wilke nach Florenz geführt. Sein Tagebuch verzeichnet nicht nur die Wohnung – »*Dienstag* 24. (März 1903) Mieten in Viale Carlo Alberto 5 ein« –, sondern meldet auch den Besuch der Museen: »Jeden Tag ein neues. In den Uffizien bewundere ich Van der Goes. – Bargello. Pitti. Es würde ermüden,

Einzelheiten hervorzuheben. Das Leben vergeht zwischen Arbeit & Schauen. Reisebriefe für die (Münchner) N.(euesten) N.(achrichten), Gedichte für den Simplic(issimus«).[103] – Das Stichwort »Arbeit«, das der Erzähler des »Vöst« mit dem Weihnachtsbild verbindet, beherrscht auch den Alltag des Autors und ist seine eigentliche Lebensmitte, die als beglückend empfunden wird, wenn sie das »Schauen«, d. h. das Kunsterleben und -hervorbringen, die passive und aktive Teilhabe an Kreativität gewährt.

Damit ist die anspruchsvolle Kunst gemeint. Das wird aus dem erzählerischen Einschluß des Heine-Schubert-Liedes wie des Portinari-Altars deutlich. Zwei literarische Beispiele kommen hinzu: Horaz und Goethe.

Gewiß ist das bekannte Horaz-Zitat aus I Oden 22[104] eine Bildungsfrucht, mit der der alte Schratt Sylvesters Verliebtheit der Vermieterin anzeigt und verbirgt: »Dulce ridentem Lalagen amabo, Dulce loquentem«.[105] »Die süß lächelnde Lalage werde ich lieben, die süß plaudernde«. Aber der Autor stellt Sylvesters Absicht, nicht mehr dem »idealen«, d. h. geistlichen Beruf, sondern einem realen, weltlichen, zuzustreben und irdisch statt himmlisch zu lieben, nicht nur in einen klassischen, sondern auch klassizistischen Rahmen. Schiller hatte ihn in den »Göttern Griechenlands« gezogen, und Thoma griff das Problem bald nach dem »Vöst« in den Vorarbeiten zur »Moral« wieder auf: Mit der Verachtung der diesseitigen Welt und der Sinnlichkeit soll es vorbeisein; das Heiligtum der Venus soll den Menschen wieder offenstehen. Das ist die mythologische Umschreibung für die Absage an die christliche Forderung zu entsagen und für die Aufforderung, sich der Erde zu erfreuen.

Kunst und Leben

Dies läßt der Autor in Schratts Empfehlung gipfeln: Sylvester solle »in ein Geschäft eintreten«, in dem er »gleich tüchtig arbeiten« müsse.[106] Arbeit ist Leben; Schiller wie Goethe haben das vorgelebt und gedichtet. Thomas Schiller- und Goethe-Kenntnis und -Verehrung war groß und lebendig genug, um sich auf beide Klassiker berufen zu können. Goethe gehörte zu jener Lektüre, die er sich als Anregung während der Niederschrift des »Vöst« zuführte.[107] Im einzelnen waren es die »Zahmen Xenien« und die »Sprüche in Reimen«, aus denen er sich am 20. und 21. Dezember 1904 vier ins Tagebuch abschrieb. Einen fünften Spruch übernimmt er als Schluß des Gesprächs zwischen Schratt und Sylvester, so daß dieser gleichsam mit Goethe in die weltliche Zukunft entlassen wird –[108] in jener Haltung, die Eugen Wolff den »Sprüchen in Reimen« unterstellte: »gesund, mannhaft, tatkräftig, rüstig, praktisch, dabei human und ethisch-religiös«.[109]

Die Neuausrichtung der Romanfigur wird mit einer Veränderung in deren Wohn- und Kunstgeschmack verbunden. Sylvester stellt sich sein künftiges Zuhause nicht mehr vor wie einen »Pfarrhof, mit dem gepflegten Garten nach vorne und den großen Stallungen rückwärts« und » gewölbten Gängen mit Hausaltären, brennenden Ampeln und heiligen Bildern«. (Das knüpft an das Puchschlagener Pfarrhaus an, wie Vöst es ebenfalls erlebt hatte.)[110] Das »Luftschloß« Sylvesters liegt nun in der Stadt und ist nach dem Vorbild von Sporners Geschäft gebildet, wo Soll und Haben die Existenz begründen. Die Anspielung an Gustav Freytags 1855 erschienenen, überaus erfolgreichen Roman (wir führen die 80. Auflage von 1913 an) soll mit dessen (von Julian Schmidt stammendem) Motto konkretisiert werden; es lautet: »Der Roman soll das deutsche Volk da suchen, wo es in seiner Tüchtigkeit zu finden ist, nämlich bei seiner Arbeit«. – Es lohnte sich, den Aufstieg des Anton Wohlfahrt über das Handelshaus T. O. Schröter in »Soll und Haben« mit der Entwicklung Sylvester Mangs zu vergleichen. Arbeitsethos, solide Ausbildung und zielstrebige Tätigkeit sind hier wie dort das Unterpfand für den an die Großstadt gebundene Selbstentfaltung.

Dies ist für die Gattungsbestimmung ebenso bedeutsam wie das Einflechten von Liedern verschiedener Stilhöhe oder das Umsetzen von Bildern. Mit dem erstgenannten Mittel beschreibt der Autor die Umwelt und Entwicklung Sylvester Mangs als der *einen* Hauptfigur. »Entwicklung« ist der angemessene Ausdruck auch für die Gattungsbestimmung dieses Handlungsstranges. Die Konzeption entspricht der des klassischen deutschen Entwicklungsromans, weil der Werdegang eines einzelnen sich beispielhaft aus der Auseinandersetzung mit ideellen, zeit- und herkunftbedingten Gegebenheiten und mit oder gegen gute und ungute Leitpersonen ergibt.

Erzähltechnisch hält Thoma sich auch hier an das naturalistische Verfahren; in seinen Worten lautet es: »Die Handlung fließt aus den geschilderten Charakteren.«[111] Daher kommt es, daß er die charakterisierenden Mittel so vielfältig und überlegt einsetzt. Dazu gehört das direkt und indirekt bezeichnete Verhältnis zur Kunst. Der Hang zur einfachen, klischeeartigen Kunst kennzeichnet die zu überwindenden Bereiche und Figuren. Die vorbildlichen Gestalten leben in der Berührung mit der guten, ja hohen Kunst – als Bäuerin, als Student oder als Bürgerfamilie in der Stadt.

»Die unvergeßliche Caprivizeit«

Sylvester Mang ist nur eine Nebenfigur, wenn auch die wichtigste: Mit dem Aufstieg zum Hauslehrer und dann zum Angestellten »in einem großen Handelshause in Frankfurt« eröffnet der Autor dem Sohn einer mittellosen Häuslerswitwe die Zukunft.[112] Die Hauptfigur ist Andreas Vöst. Er und die Männer, die im Erlbacher Gemeindeausschuß über den Neubau des Kirchturms entscheiden oder den Bürgermeister wählen, sind »Vollbauern«. Sie bewirtschaften Anwesen bis zu 100 ha und haben »sechs Roß im Stall stehen« und ein gutes Dutzend oder mehr Kühe.[113]

In Oberbayern herrschte im 19. Jahrhundert schon der mittelgroße Familienbetrieb vor – anders als in der Oberpfalz, in Oberfranken oder Ostelbien; er hatte sich aus der bayerisch-südostdeutschen Grundherrschaft entwickelt. »Im Mittelpunkt vieler Darstellungen des bayerischen Bauerntums steht deswegen der selbständig auf eigener Scholle wirtschaftende Vollbauer.«[114] Der stattliche Vierseitenhof des Peter Loder in Puchschlagen, der für den Schullerhof des Andreas Vöst das Vorbild war, und die anderen Anwesen in der Gegend belegen dies bis heute. Auch die Bauern, die Thoma in den Erzählungen und anderen Romanen in den Mittelpunkt stellt, sind nach diesem Muster beschrieben.

Diese Höfe betrieben im ausgehenden 19. Jahrhundert überwiegend Getreideanbau. Auf über 60% des Ackerlandes wurden Körnerfrüchte gepflanzt. Der Anteil von Weizen und Gerste nahm zu (um 15 bzw. 16% zwischen 1853 und 1863, bezogen auf die gesamte Anbaufläche). Roggen und Hafer nahmen ab. Auf die Kartoffel fielen um 1850 etwa 10% der Anbaufläche – weit weniger als in der Pfalz (49%). In der Dachauer Gegend galt die Kartoffel als Armeleute-Essen. Selbst nach dem Ersten Weltkrieg erreichte sie erst 14%.[115]

Mit der Bevorzugung des Getreide-, vor allem des Weizenanbaus behielt Oberbayern eine weit zurückreichende und früher ganz Europa kennzeichnende Form der Bodennutzung bei. »Für das Leben der meisten Europäer zwischen 1400 und 1799 war der Weizenanbau entscheidend. Der Wiederanstieg der Bevölkerungszahlen nach der großen demographischen Krise in der Mitte des 14. Jahrhunderts hat langfristig auch zur Verknappung und damit zur Verteuerung des Brotgetreides geführt: Bis zur Mitte des 16. Jahrhunderts betrug der Gegenwert für einen Doppelzentner Weizen weniger als einhundert Arbeitsstunden, danach lag er kontinuierlich darüber. In der Mitte des 16. Jahrhunderts etwa hat sich also der durchschnittliche Lebensstandard der Europäer deutlich verschlechtert. Dennoch blieb Weizen das relativ preisgünstigste Nahrungsmittel: Ein gleicher Kalorienwert kostete noch 1780 in Weizen elfmal weniger als in Frischfleisch, sogar fünfundsechzigmal weniger als in frischem Seefisch, neunmal weniger als in Flußfisch und noch sechsmal weniger als in Eiern.«[116] Das ist der agrar- und ernährungsgeschichtliche Hintergrund der eigenartigen Archaik, mit der Thoma seine Bauerngeschichten ausstattet.

Der Getreideanbau ist für den »Andreas Vöst« mehrfach wichtig – zunächst wegen der Vorgeschichte des Vater-Sohn-Verhältnisses. »Der alte Vöst hatte es nebenher mit dem Güterhandel probiert und viel Geld verloren.«[117] Nachdem sein ältester Sohn Johann früh gestorben war, mußte Andreas – offenbar das zweite männliche Geschwister von acht[118] – mit und gegen den Vater das Anwesen wieder »zusammenrichten«. »Es kamen gute Jahre. Zu derselbigen Zeit konnte sich einer noch herausreißen, denn Korn und Weizen hatten schöne Preise. Und wie alles wieder in Ordnung war, da durfte er, der Andreas Vöst, mit Stolz sagen, daß er das beste dazu getan hatte. Etliche Jahre später übernahm er das Anwesen und heiratete. Von der ersten Stunde an gab er dem Vater, was ausgemacht war, und zog ihm keinen Pfennig ab bis zu dem Tag, an dem sich der Alte zum Sterben hinlegte.«[119]

Zu diesem familiär-privaten Aspekt kommt der politische hinzu. Der Zusammenhang gilt auch für die anderen Vollbauern. Die Unruhe im Dorf und im bayerischen wie deutschen Bauerntum war im Verfall der Getreidepreise ab 1890 begründet. In Thomas 1901 geschriebener Erzählung »Hochzeit«, die der Autor für »ein treues Stück Kulturgeschichte« hielt,[120] wendet der erfahrene Schäfer Feichtl ein: »s Troad hot koan Preis... Es is nimma wie vor dreiß'g Johr, wo da Schaffel Woazen nach'm alten Geld achtadreiß'g und vierz'g Guld'n kost hat.«[121]

Die Ursache wird im »Vöst«, vor allem in dem Kapitel, das die Gründungsversammlung des »Bauernbundes« schildert, ausgiebig und erhitzt diskutiert.[122] Die Anschaulichkeit und Dramatik kommen nicht nur aus Thomas Begabung für den literarischen Dialog, sondern auch von seinem historischen Sinn und seiner Anteilnahme an der Politik. Die »unvergeßliche Caprivizeit« nannte er 1901 diese Jahre zwischen 1890 und 1894, und sein »allwöchentlich angehäufter Zorn« sei allenfalls durch Maximilian Hardens Artikel »erleichtert« worden.[123]

Gemeint ist Georg Leo Graf von Caprivi (1831-1899).[124] Am 20. März 1890 ernannte Wilhelm II. ihn zum Nachfolger Bismarcks. Im »Vöst« wird sein Name nicht genannt. In den »Erinnerungen« (1917/18) blickt Thoma auf Caprivis Kanzlerschaft und deren Folgen für die oberbayerischen Bauern zurück: Die alte Treue zum Klerus sei in »grimmigen Haß« umgeschlagen, und die Geistlichen »kannten dieses Volk nicht mehr... Auch ein dachauer Herr mußte daran glauben.«[125] Das 13. Kapitel im »Vöst« dürfte also die Stimmung wirklichkeitsgetreu wiedergeben.

»Im Reichstag herrscht Aufregung & Lärm. Zolltarif.«[126]

Diese gründliche, ja revolutionäre Veränderung hängt mit dem Sturz Bismarcks und der Ernennung Caprivis zum Nachfolger zusammen. »Der Kanzlerwechsel hatte einen innen- und außenpolitischen Kurswechsel zur Folge... Entgegen Bismarcks Erwartungen strebte Caprivi eine Innenpolitik der Versöhnung an: Er wollte die Arbeiterschaft durch Fortschreiten in der Sozialpolitik mit der Monarchie aussöhnen. Im Gegensatz zu Bismarck wollte er sich nicht einseitig auf die Parteien der Rechten stützen, sondern auch das Zentrum und die Linksliberalen heranziehen. Diese Politik des inneren Burgfriedens wurde durch einige bedeutsame Gesten gegenüber der bisherigen Opposition anschaulich gemacht: Der katholischen Kirche wurden 16 Millionen Mark staatlicher Unterstützung nachgezahlt, die während des Kulturkampfes einbehalten waren«.[127] Das war *ein* Grund für den politischen Katholizismus, Caprivi zu stützen. Der andere war die Furcht, Bismarck könnte nach einem Sturz Caprivis ins Kanzleramt zurückkehren.[128]

Im »Vöst« wird die Unruhe unter den Bauern durch Caprivis Wirtschaftspolitik ausgelöst, obwohl diese sozial- und außenpolitische Ziele verfolgte. »Die deutsche Industrie mußte mehr exportieren, wenn sie ihre Produktionshöhe halten oder steigern wollte. Davon hing auch die Arbeitsmöglichkeit für die wachsende Reichsbevölkerung ab. Caprivi brachte vor dem Reichstag diese Notwendigkeit auf die einprägsame Formel: ›Wir müssen exportieren: entweder wir exportieren Waren, oder wir exportieren Menschen.‹ Eine Exportsteigerung war aber nur möglich, wenn man den Ländern, in die der deutsche Export gehen sollte, den Import nach Deutschland erleichterte. Daher wurden 1891-1893 Handelsverträge mit Österreich-Ungarn, Italien, Belgien, der Schweiz und Rumänien geschlossen, in denen diese Länder die Einfuhrzölle für deutsche Industrie-Erzeugnisse senkten, während Deutschland die Einfuhrzölle für Vieh, Holz, Weizen und Roggen senkte (die Getreidezölle wurden von 5 auf 3,50 Mark je Doppelzentner gesenkt.) Durch die Ermäßigung des Getreidezolls konnte auch der Brotpreis verringert und damit die Lebenshaltung der Arbeiterschaft verbilligt werden. Neben diesen wirtschafts- und sozialpolitischen Zielen verfolgte die Handelspolitik Caprivis auch außenpolitische Ziele. Caprivi wollte durch die engere wirtschaftliche Verflechtung den Dreibund stärken und in diesen Wirtschaftsblock auch die beiden neutralen Staaten Schweiz und Belgien einbeziehen. Schließlich hat Caprivi auch daran gedacht, durch wirtschaftliche Verflechtung die außenpolitischen Gegensätze zu mildern. Diesem Ziel diente der Handelsvertrag, der im Frühjahr 1894 nach einem kurzen, heftigen Zollkrieg mit Rußland abgeschlossen wurde. Dieser Zollkrieg hat freilich die Ratifikation der russisch-französischen Militärkonvention beschleunigt. Gerade bei den Handelsverträgen trug Caprivis Politik des sozialpolitischen Ausgleichs die ersten Früchte: Die Verträge wurden im Reichstag auch mit den Stimmen der Sozialdemokratie angenommen; es war das erste Mal, daß sie für eine Regierungsvorlage stimmte! Andrerseits führten die Handelsverträge zum Bruch zwischen Caprivi und den Konservativen. Die Konservativen, die sich vornehmlich aus dem agrarischen Grundbesitz rekrutierten, sahen in der Ermäßigung der Getreidezölle eine schwere Gefährdung der deutschen Landwirtschaft. Bei den letzten Handelsverträgen stimmten sie, wenn auch ohne Erfolg, gegen die Regierung. Die Reaktion der Agrarier auf die Handelsverträge war die Gründung des ›Bundes der Landwirte‹ (1893)... Die Getreidepreise fielen 1894 tatsächlich gewaltig: 1891 kostete eine Tonne Roggen durchschnittlich 208 Mark, 1894 nur noch 110 Mark; aber dieser Preissturz war nicht eine Folge der Zollsenkung, sondern der Überschwemmung des Weltmarktes mit Getreide aus Nord- und Südamerika, wo es mehrere Rekordernten nacheinander gegeben hatte.«[129]

Gleichzeitig sanken die Viehpreise, und die Belastung durch »steigende Löhne, Sozialabgaben und wachsende Besteuerung« nahm zu. Das Zentrum, »in Bayern mehrheitlich die Partei der Bauern, (stimmte) im Reichstag manchen wirtschaftspolitischen Maßnahmen zu, die von den Bauern selbst abgelehnt wurden; auch stand das Kleinbauerntum dem starken Einfluß von Adel, Geistlichkeit und Agrariern im Zentrum kritisch gegenüber; überhaupt wurden von der Zentrumsführung im Zusammenhang des Kulturkampfes wirtschaftspolitische gegenüber kulturpolitischen Fragen vernachlässigt. Diese Voraussetzungen, wie überhaupt die Tendenz der neunziger Jahre zu schärferer Geltendmachung materieller Gruppeninteressen durch Begründung großer Interessenverbände führten 1893, kurz nach Gründung des norddeutschen ›Bundes der Landwirte‹ und in Konkurrenz mit den ›Christlichen Bauernvereinen‹ zur Gründung des ›Bundes der niederbayerischen Landwirte und Gewerbetreibenden‹ als Wahlvereinigung, als politische Partei. Dieser errang noch im gleichen Jahr in betontem Gegensatz zum Zentrum drei Reichstagsmandate und sieben Mandate in der bayerischen Zweiten Kammer. Ebenfalls noch 1893 wurden der ›Oberbayerische Bund der Landwirte und Gewerbetreibenden‹ und der ›Fränkische Bauernbund‹, 1894 der ›Schwäbische Bund der Landwirte und Gewerbetreibenden‹ gegründet.«[130] Während diese alle sich am 2. März 1895 in Regenburg zum »Bayerischen Bauernbund« zusammenschlossen, wollte der oberbayerische Bund selbständig bleiben; er trat erst am 26. September 1897 der gemeinsamen Sache bei, die seit 1895 als »Bayerischer Bauern- und Bürgerbund« auftrat.

Der Vachenauer: Georg Eisenberger

Dessen Satzung zieht der Hauptredner Vachenauer im richtigen Augenblick aus der Tasche, weil er hofft, »daß si a jeder selber dös Büachl kaaft, und den Aufnahmsschein, der wo drin ist, unterschreibt. Aber dös erste les' i enk vor, vom Zweck des Bauernbundes. Da hoaßt's: ›Der Zweck des bayerischen Bauern- und Bürgerbundes ist *Einigung* der in Parteien zerspaltenen bäuerlichen und bürgerlichen Volksklassen behufs Erhaltung des schwer bedrohten Mittelstandes und behufs Selbstschutzes aller noch selbständigen oder nach Selbständigkeit ringenden Volkselemente.‹«[131] Darüber hinaus wurde gefordert: »Aufrechterhaltung der bayerischen Eigenstaatlichkeit, Verstaatlichung des gesamten Schulwesens, Abschaffung der Ersten Kammer, Wahlrechtsreform, was alles einer betont föderalistischen, demokratischen und antiklerikalen Tendenz vor allem der altbayerischen Bauernbündler entsprach. Überwiegend aus Mittel- und

Kleinbauern bestehend, lehnte der Bund auch eine engere Zusammenarbeit oder gar die Vereinigung mit dem (norddeutschen) ›Bund der Landwirte‹ zumeist entschieden ab.«[132]

Es ist erstaunlich, wie organisch und überzeugend Thoma all dies in individuelle und soziale Handlungsantriebe umsetzt und mit dem persönlichen Zwist zwischen Bauer und Pfarrer verflicht. Die Gründungsversammlung, die im »Vöst« der bayerische Bauernbund in Nußbach (Dachau) abhält, bringt die Einzelheiten und deren Gründe zur Sprache und macht aus den differenzierten Aktionen und Reaktionen der einzelnen ein charakteristisches Bild der Zeit – zusammengefaßt und konkretisiert auf die tatsächlichen Probleme des Dachauer Landes, wo man nicht nur den Mittelstand und die verbliebenen Eigenrechte Bayerns verteidigt, sondern auch gegen die Berliner »Weltmachtspolitik« und den preußischen »Militarismus« wettert und sich gegen den Vorwurf der »Religionsfeindlichkeit« wehrt. »Das Zentrum legt bereitwillig Millionen auf den Altar des preußischen Kriegsgottes«, behauptet der preußenfresserische Gutspächter Wanninger auf jener Versammlung.[133]

Historisch richtig ist, daß ein Mann »aus dem fernen Gebirge« die Dachauer Landwirte in Gang bringt. Thoma nennt ihn »Peter Vachenauer« und führt ihn mit Sympathie ein:

»Fast alle Bergbauern verstehen es, vor der Öffentlichkeit ohne Scheu aufzutreten. Sie haben Lebhaftigkeit in der Bewegung und eine leichte Art zu reden. Rasche Auffassung und große Schlagfertigkeit ermöglichen ihnen, mit geringen Kenntnissen Wirkungen zu erzielen.«[134]

Der »Vachenauer« ist Georg Eisenberger, der am 28. März 1863 in Hutzenau bei Ruhpolding geboren wurde. 1892 hatte er das elterliche Anwesen übernommen und war über die Teilnahme an der Gemeindeverwaltung zum Bauernbund gekommen. Seit 1893 gehörte er dem Ausschuß an; 1899 wurde er Beigeordneter und 1905 – bis 1919 – Erster Bürgermeister in Ruhpolding. Von 1900 bis 1930 leitete er den Bauernbund und dessen Nachfolger; 1905-1918 und 1919-1920 vertrat er ihn und sie im bayerischen Parlament. Eisenberger bereiste Österreich, Frankreich, Belgien und die Schweiz. 1919 war er in der Weimarer Nationalversammlung, und von 1920 bis Mai 1924 und von Dezember 1924 bis Juli

1932 gehörte er dem Reichstag an.[135] »Wenn der Hutzenauer redete, strömte das Bauernvolk in den Wirtschaften zwischen Salzach und Iller, zwischen den Alpen und dem Fichtelgebirge zusammen, um den zu hören, der sich seiner Bauernsprache nicht schämte, und in den Plenarsälen gab es jedesmal ein volles Haus, sobald der hagebuchene Gebirgler ans Rednerpult trat. Er nahm sich kein Blatt vor den Mund und sagte, was er sich dachte, auf gut bayerisch.«[136] Als französische Agenten ihn für die Loslösung Bayerns vom Reich zu gewinnen suchten, soll er sie vom Hof hinausgeworfen haben. Den Doktor Josef Goebbels, der ihm am 14. April 1930 tausend Mark für eine Abstimmung gegen den Zentrums-Kanzler Heinrich Brüning (und damit für eine Mithilfe zu dessen Sturz) geboten habe, habe er »Rotzbua, drekkate« und »Saukrippe« geschimpft und ihm »a Trumm Fotzn« angedroht.[137]

Fritz Meingast schreibt (ohne Beleg), Eisenberger und Thoma hätten sich in Traunstein 1890-1893, als Thoma dort am kgl. Amtsgericht praktizierte, »öfters« getroffen, und im Februar 1893 »bei a Bauernbundsversammlung in Giebing, im Dachauer Hinterland« wiedergesehen; Eisenberger habe sich daran erinnert: » Da hab i vor 600 Bauern gredt und der Koprater von Vierkircha war da und der Pfarrer von Hohenpercha. De sand mit hängata Ohrn abzogn nach der Versammlung. Und der Thoma hat de ganze Zeit mitgschriebn bei meiner Red. I hab net recht gwußt, warum. Aber wia i an ›Andreas Vöst‹ glesn hab, is mir a Liacht aufganga, warum der Thoma beim Reischlwirt in Giebing war. Er hat mi ganz guat dawischt mit dem Vachenauer. Ko nix eiwendn dagegn.«[138]

Das wäre also – neben Peter Loder – die zweite Person, die sich in Thomas Roman wiedererkannt hat. Allerdings ist der Wortlaut von Eisenbergers Erinnerungen in Meingasts Fassung fiktiv; er soll aber auf Erzählungen und Notizen Eisenbergers beruhen. – Übrigens hat Thoma sich später – in der wirren Zeit nach 1918 – mit (dem erst am 1. Mai 1945 in Ruhpolding gestorbenen) Eisenberger politisch angelegt.[139]

DEUTUNG

Sitte – Religion – Ehre

Auf der Gründungsversammlung des Bauernbundes tritt Vöst nicht auf. Die von ihm ausgehende Handlung, die Haupthandlung, verläuft in einer anderen Bahn, und sie wird von der politischen Gegnerschaft zwischen Bauernbund und Zentrum nicht unmittelbar beeinflußt, allenfalls politisch und historisch umrahmt. Daß Vöst nicht Bürgermeister werden darf, nimmt ihm nicht die Existenzgrundlage. Deren Verlust schreibt der Erzähler (wie der Autor) etwas anderem zu – nicht der »Feindschaft mit dem Pfarrer... die gab es zu allen Zeiten, voraus jetzt, wo sich die Bauernbündler zusammentaten. Aber wer sich von Herkommen und Brauch losmacht, verliert den Boden unter den Füßen.« [140] Was der Erzähler nun erklärt, zeigt einen scharfen Verstand und eine Einsicht, die wie ein Urteil über die Hauptfigur gelesen werden kann; doch bereitet der Erzähler nur die entscheidende Wendung vor, und er legt sie mit dem Christfest als einem Höhepunkt kirchlich-dörflicher Sitte zusammen: »Die Sitte ist älter als die Menschen. Und sie ist stärker. Weil sie das nüchterne Leben segnet, ist sie ehrwürdig, und weil sie ehrwürdig ist, kann sie keiner ohne Schaden verletzen. Sie ehrt die Arbeit, sie gibt der Fröhlichkeit und der Trauer Bedeutung. Absonderlich der Bauer hängt mit zäher Treue an ihr. Sie begleitet ihn von dem Tage an, wo der Göd seinen Einbindtaler dem Täufling in die Windeln steckt, bis zu der Stunde, wo ehrsame Nachbarn seinen Sarg dreimal auf die Schwelle des Hauses niederlassen, bevor sie ihn auf die Schultern heben.« [141]

Stilistisch hebt sich diese Stelle aus dem Erzählfluß heraus. Der Leitbegriff »Sitte« wird aufgefächert, in beweisartige Sentenzen weitergeführt und mit sicherem Griff in die Handlung eingefügt. Man könnte den Ton einer Doxologie heraushören, so wie der Apostel Paulus die Liebe gepriesen hat (1 Kor. 13). Die Annäherung an religiöses Sprechen ist klar: »Weil sie das nüchterne Leben segnet...«

Doch verhindert eben das Religiöse, daß die Vereinzelung des Andreas Vöst aufgehoben wird. Das Religiöse, hier der oberbayrisch-ländliche Katholizismus um 1900, erschwert eine Differenzierung; ja es ist Mittel und Teil der Sitte und damit zum ausnahmslosen Gesetz geworden, ob es nun die Beerdigung eines ungetauften Kindes oder die Versöhnung eines heftig fühlenden Mannes gilt. Vöst ordnet sich dem unter, als er den Vorschlag des klugen Domkapitulars Späth, der »die Sache noch mit Güte beilegen« möchte, zurückweist; dabei gebraucht er drei gewichtige Begriffe: »Bal i koa Recht it finden ko, is trauri; ko G'nad mag i net. Und mit der Güte is bei mir gar nix mehr.«[142] Von dem »Ehrabschneider« Baustätter nehme er kein Sakrament mehr. Als Späth ihn warnt: »Versündigen Sie sich nicht an unserem heiligen Glauben!«, sagt Schuller sich im Trotz – und auf das ihm immer wieder vorgehaltene Stichwort ansprechend – endgültig von der Kirche und damit von der Sitte los: »Heilig! Ja, der is heilig, der Glaub'n, der solchene Lehrer hat! San ma staad über dös! I bin firti damit! Adjes!«.[143]

Schuller wiederholt damit vor dem Vertreter der Kirchenbehörde, was er früher schon dem Lehrer Stegmüller in einem unter Freunden geführten Religionsgespräch vorgebracht hatte. Es geht darum, daß es in jeder Religion und »bei'r a jeden Sach' guate und schlechte Leut« gebe, daß aber die Sache selber, die Religion, grundsätzlich gegen das Schlechte, Böse und Unmenschliche eingestellt und tätig sein müsse: »da is d' Religion schuld, wenn ma solchene Unterschied macht, ob jetzt oans g'schwind tauft is, oder net.«[144] Stegmüller beharrt darauf, daß man auch dann sich zur Religion »bekennen« müsse, wenn man nicht alles billigen oder verstehen könne, was in ihrem Namen geschehe. Doch der Schuller bohrt bis zum entscheidenden Punkt: »Wia's oana o'schaugt, Herr Lehrer! Man siecht viel, was oan it g'fallt. Daß a schlechter Mensch oft dös größt' Glück hat und a braver geht z'grund. Da sagt ma nacha, ma woaß it, was inser Herrgott in Sinn hat. Es is eine Zulassung Gottes. Vo mir aus, i woaß's a net besser. Aba, daß oana von seine Geistlichen d' Religion ausnutzt als Mittel zu da Schlechtigkeit, des sell durft er it zualassen, Herr Lehrer! Sinscht kunnt's amal sei, daß d'Leut allssammete irr wer'n.«[145]

Der Schullerbauer von Erlbach fragt also nach der Rechtfertigung des Unrechts und des Bösen in der Welt angesichts der

Lehre und des Glaubens, daß Gott grundsätzlich gütig und gerecht sei. Daß dieses Religionsgespräch beim Feldkreuz am Weblinger Holz geführt wird, steigert den Gehalt der Szene – so wie die Weihnachtskrippe in der Erlbacher Kirche den räumlichen, bildlichen und gefühlsmäßigen Hintergrund jener »Weihnachtspredigt« und des hohen Liedes auf die Sitte bildet.

Der Kern von Vösts Problem mit der Religion ist die Unterscheidung von Gut und Böse und die Beziehung beider Begriffe auf den christlichen Gott. Theologisch gesprochen, handelt es sich um die Theodizee, die Rechtfertigung Gottes angesichts des Übels und des Bösen in der Welt. Der Jurist und Katholik Thoma war wegen der rechtsphilosophischen wie religiösen Problematik mit dem Begriff vertraut. Er greift mit dem Konflikt des Schullerbauern jene Frage auf, die Gottfried Wilhelm Leibniz zweihundert Jahre zuvor zu beantworten versucht hatte und die seit Hiob oder Epikur literarisch faßbar ist.[146]

Vösts Ausweglosigkeit ist psychologisch schlüssig motiviert. Sie hätte durch eine beiderseitige Kompromißbereitschaft oder aber durch Mitleid, das sich über die Regularien hinwegsetzt, überwunden werden können – vorausgesetzt, Vöst als der einzelne und schwächere hätte darin weder eine Rechtsverweigerung noch eine Demütigung gesehen. »Der mitleidigste Mensch ist der beste Mensch«, sagte Lessing. Der wichtigste Theoretiker des poetischen Naturalismus, der Franzose Emile Zola, sah (vor allem in seinen Spätschriften) im Mitleid die psychologische Möglichkeit, die vom Naturalismus grundsätzlich anerkannte, vollständige Fremdbestimmtheit des Menschen erträglich zu machen. Und Thomas Lieblingsphilosoph Arthur Schopenhauer hielt Mitleid für »die Grundlage der Moral«. Die so benannte Abhandlung studierte Thoma im Stadelheimer Gefängnis; er notierte unter dem 31. Oktober 1906: Schopenhauer »geht von der Ansicht aus, daß die alleinige Quelle uneigennütziger Handlungen und deshalb die wahre Basis der Moralität... das Mitleid sei.« Diese »wirkliche Moral« sei »unseren Pfaffen fremd«.[147]

Die Fähigkeit zu unbehindertem Mitleid und vorbehaltlosem Erbarmen, die alle Konventionen überschreitende Teilnahme am Jammer des anderen fehlen im »Andreas Vöst« gerade den Geistlichen, deren Beruf es ist, den allgütigen und gnädigen Gott zu verkündigen. In der »Weihnachtspredigt« übernimmt es der Erzähler zu sagen, was Mitleid mit den Menschen sei: nicht nur das Nachempfinden fremden Leidens, sondern der Antrieb zu helfen. Die Kritik, die Thoma an den Vertretern der Kirche anbringt, zielt auch auf die Institution: Die historisch so gewordene und juristisch verfaßte Einrichtung brauche, so kann man aus einem weiteren Stadelheimer Eintrag Thomas folgern, das Opfer, den »Sündenbock«, um sich selbst zu erhalten.[148]

Diese Konsequenz kann allenfalls durch Gnade aufgehoben werden. Sie ist die theologische Möglichkeit für ein vorbehaltloses Mitleid mit dem Opfer. Daß beides nicht wirksam werden kann, obwohl diese Zentralbegriffe der christlichen Erlösungslehre auch die volkstümliche Verkündigung durchdringen, ist der eigentliche Grund dafür, daß Vöst am Christentum verzweifelt. Gnade ginge über Recht, und sie würde auch die Ausschließlichkeit der Sitte mildern. Daß Thoma dies nicht zufällig oder absichtslos figuriert, beweist seine Bauerntragödie »Magdalena« (1912). Dort wie im »Andreas Vöst« zerbricht der Einzelne an der Gnadenlosigkeit von Sitte und Religion. Erstaunlich ist freilich, daß jener hymnische Lobpreis der Sitte den Erzähler in eine ebenso große Nähe zum Autor zu rücken scheint wie die ergreifende und theologisch ernstzunehmende »Weihnachtspredigt«. Es scheint dem Autor Thoma vor allem darum zu gehen, ein Exempel zu entwickeln, einen »Fall« aus bestimmten Voraussetzungen abzuleiten und bis zum denkbaren Ende durchzuhalten. Insofern lebt der »Andreas Vöst« (wie die »Magdalena«) von Grundsätzen des literarischen Naturalismus. Der theologische Gehalt ist zu mächtig und zu stimmig, als daß er mit Bezeichnungen wie »Antiklerikalismus« oder »Atheismus« abzutun wäre. Und das Historische und Politische ist der Stoff, mit dem das Problem exemplifiziert und nachprüfbar gemacht wird.

Historisch und nachprüfbar ist, wie eingangs gesagt, der Fall des Puchschlagener Bauern Peter Loder, den Thoma 1899 gegenüber dem Bischöflichen Offizialat der Erzdiözese München-Freising vertreten und der das Muster für die Andreas-Vöst-Handlung abgegeben hat. Beidemale wird der Konflikt des Sohnes mit dem Vater vom Ortsgeistlichen unterstellt.[149]

Im Roman wird dieses Motiv entfaltet und durchgehalten. Der zugrunde liegende Vorwurf ist für Pfarrer Baustätter das Mittel, Vöst und seiner Familie öffentlich zu schaden; er setzt ihn als Waffe in einem Konflikt ein, der dem gefälschten Eintrag vorausging: Vöst hatte Baustätters Baupläne im Gemeinderat zu Fall gebracht.[150] Die Auflehnung gegen den Willen des Pfarrers ist der religiöse Hintergrund der Unterstellung, Vöst habe sich gegen seinen Vater, d. h. gegen seinen Erzeuger und Schöpfer, erhoben. Damit wäre das Vierte Gebot übertreten: »Du sollst deinen Vater und deine Mutter ehren, auf daß du lange lebest in dem Lande, das dir der Herr, dein Gott, gibt.«[151] Versteht man die Zehn Gebote als den Willen eines Vatergottes, so ist jeder Verstoß und nicht nur der gegen das Vierte Gebot letztlich eine Absage an den göttlichen Vater und Schöpfer. Das ist der Kern der jüdischen und christlichen Sündenlehre.[152]

Insofern berührt Vösts – unterstelltes – Vergehen das Zentrum der jüdisch-christlichen Moral. Vösts »Sünde« fördert die Verwicklung deshalb, weil sie nicht besteht und als Mittel der Verleumdung eingesetzt wird. Sie kann also weder nach kirchlichem noch weltlichem Recht gelöst werden. Indem er »das Gewebe zerreißen« will, stößt er an die Grenzen der Kirche wie der Justiz. Vöst wie die ihm gut gesonnenen Bauern sehen in Pfarrer Baustätter denjenigen, der die Ausweglosigkeit konstelliert hat. »Der ist schuld an allem«, lautet Vösts Schlußwort vor Gericht. Und am Feldkreuz beim Weblinger Holz stellt der Haberlschneider sarkastisch, doch ohnmächtig fest: »Den hat er g'liefert, unser Herr Pfarrer!«[153]

Vösts sachlich wie menschlich begründeter Aufstand richtet sich also gegen den Pfarrer und gegen die Kirche, wie sie ihm gegenübertreten, und er verzichtet vor Gericht darauf, sich und seinen Fall abschließend zu erklären – in dem Empfinden, daß die Vorgeschichte vom geltenden Recht weder erfaßt noch gewürdigt würde. Als sein Verteidiger zum Schlußplädoyer anheben will: »Man muß die Vorgeschichte kennen…«, fährt der Vorsitzende dazwischen: »Das gehört nicht zur Sache! Das mit der Bürgermeisterwahl, das hat mit der Tötung des Hierangl nichts zu tun!«[154]

Die »Vorgeschichte« reicht in der Tat weiter zurück. Sie beginnt mit der Konfrontation der Bauern mit der Kirche und mit der Reaktion des Pfarrers. Das wäre – nicht nur vor dem Nußbacher Amtsgericht im Jahr 1895 – kaum in ein Totschlagsverfahren einzubringen gewesen. Vöst muß also einsehen, daß die »Vorgeschichte« seinem Recht eher schaden würde, daß sie sein Unglück begründet hat, und daß er ihretwegen ideell und sozial »machtlos, ganz machtlos« geworden ist.[155] Die Skepsis des Gütlers Florian Weiß hat recht behalten: »Weil du allawei glaabt hoscht, du ko'st um dei Recht streit'n.«[156] Selbst der aufsässige Knecht weiß, wie es um den Herrn des Hofes steht: »i geh'a so und schaug mir um an richtigen Deanst in an richtigen Haus… A jeder Mensch sagt's, daß ma bei dir it bleib'n soll. Du bist ja gar koa Christ! Du bist ja gar neamd.«[157]

Andreas Vöst – »ein bayerisches Michael-Kohlhaas-Schicksal?«

Man hat die verzweifelte Rechtssuche des Andreas Vöst immer wieder »ein bayerisches Michael-Kohlhaas-Schicksal« genannt – Edgar Hederer folgend.[158] Aber: Der Pferdehändler Kohlhaas geht gegen das Unrecht vor, das ihm mit der Einbehaltung zweier Rappen angetan wird. »Ein richtiges, mit der gebrechlichen Einrichtung der Welt schon bekanntes Gefühl« läßt ihn institutionelle wie persönliche Mittel versuchen; dazu gehört die mißglückende Petition seiner Frau beim Kurfürsten von Brandenburg. Als der »Roßkamm« sich zum »Statthalter Michaels, des Erzengels«, aufwirft und die Tronkenburg und die Stadt Wittenberg einäschert und brandschatzt, kommt es zu einem heimlichen Gespräch zwischen Martin Luther und dem Rebellen, und Luther erwirkt beim Kurfürsten von Sachsen eine Amnestie. Der erneuerte Prozeß scheint Kohlhaas seinem Recht näher zu bringen, erweist sich aber als Gelegenheit, ihn einzukerkern. Dennoch steigt der Fall rasch die Instanzen hinauf: Selbst der Kaiser in Wien wird wegen des Beispielswertes angerufen. Schließlich bekommt Kohlhaas Recht, wenn auch unmittelbar vor seiner rechtmäßigen Verurteilung wegen vielfachen Landfriedensbruchs, Brandschatzung und Mordes. Die Rappen werden im früheren, glänzenden Stand vorgeführt, und Kohlhaas läßt sich – vollauf befriedigt und in der Überzeugung, sein Recht durchgesetzt zu haben – hinrichten. Den Kurfürsten von Brandenburg hat sein Kampf um das Recht so beeindruckt, daß er Kohlhaasens Söhne zu Rittern schlägt und auf seine Pagenschule schickt.

Kohlhaas stirbt also, nachdem er sein Recht gefunden hat und ihm Genugtuung zuteil geworden ist. Er erkennt seine Strafe als etwas an, das aus dem Recht notwendig folgt, wenn es überhaupt Recht gibt. Sein Tod ist ein frevlerisches, aber letztlich positives Martyrium und Blutzeugnis für das Vorhandensein und die allgemeine Gültigkeit von Recht und Gesetz. Günter Blöcker hat Kohlhaas daher den »Erneuerer des Gesetzes aus dem Ungesetzlichen« genannt.

»I will mei Recht«[159]

Auch Andreas Vöst handelt im Grunde in Notwehr. »Die mangelhafte staatliche Organisation weist den Einzelnen auf sich selbst an oder läßt ihn Schutz nur in eng begränzten Kreisen wie Familie und Gemeinden finden... Daß aber der Staat den Rechtsschutz nur da ausschließlich für sich in Anspruch nehmen kann, wo er ihn wirksam zu leisten vermag, ist eine Forderung der Vernunft. Wo seine Hülfe fehlt oder zu spät käme, geht seine Machtbefugniß auf den Einzelnen über.« So hatte 1891 der Doktorand Ludwig Thoma in seiner Erlanger Dissertation die »Lehre von der Notwehr« entwickelt. Das Problem war ihm also von früh an vertraut; es kehrt im »Wittiber«, der »Magdalena« wie dem »Ruepp« wieder und wird in den Beiträgen zum »Miesbacher Anzeiger« leidenschaftlich erörtert.[160]

Vösts Verzweiflung spielt sich nicht extensiv, sondern intensiv ab; er versteift sich auf die Wiederherstellung seiner Ehre. Sie ist der Kern seines Kampfes, und Rechtssuche und Konflikt mit kirchlicher und weltlicher Obrigkeit erklärt der Erzähler ausdrücklich als Mittel in diesem Sinne. Deshalb beschränkt sich Vöst zunächst: »I will mei Recht. Dös müassens mir geben vor alle Leut' beim hellicht'n Tag. Und weil i dös will, derf i selber nix toa, was geg'n 's G'setz is.«[161]

Die Entscheidung für ein legitimistisches Vorgehen läuft den Grundsätzen des Bauernbundes, die Vachenauer verkündete, gleich, und Vöst scheint selbst in der Resignation dabei zu bleiben, »daß ma mit'n Recht nachgeb'n muaß.«[162] Aber er rebelliert dann doch. Der Alkohol, den er am Ostersonntag übermäßig konsumiert, anstatt das Hochamt zu besuchen und dann das von Pfarrer Baustätter »G'weichte«, d. h. das geweihte »Brot, Fleisch und Salz« mit der Familie zu essen,[163] macht den Weg zur »Notwehr« frei. Daß Vöst den Hierangl, der an seiner Stelle Bürgermeister geworden ist, erschlägt, trifft nicht nur den persönlichen Feind, sondern zielt auch auf den erreichbaren Repräsentanten jenes Systems: Obrigkeit, Staat und Kirche, das in Vösts Augen zur Gerechtigkeit und Menschlichkeit unfähig und nicht mehr gut ist und daher vernichtet werden soll.

»der einzelne im Kampfe gegen Institutionen«

Das hatte der Bezirksamtmann Otteneder erkannt: »Da war nun dieser Fall Andreas Vöst kontra Pfarrer Baustätter, also kontra Kirche, Obrigkeit, Staat. Von vornherein der einzelne im Kampfe gegen notwendige und nützliche Institutionen.«[164] Otteneders Formulierung trifft zu. Für Vöst gibt es zuletzt keinen Wert mehr außer ihm selbst und seiner Ehre, der er alles nachordnen und unterwerfen will.

Ist Vöst ein Revolutionär? Will er die vorhandene Ordnung umkehren? Oder will er die Herrschaft von Menschen über Menschen und jeden Zwang, gleich ob er von Gesellschaft, Staat oder Kirche ausgeht, abschaffen? Das wären die Kriterien des Anarchismus. Das Wort fällt im »Vöst« nicht, und der Schullerbauer kann ein derartiges Ziel nur negativ umschreiben – am deutlichsten in jenem Gespräch über die Theodizee, das er in ihm und der Sache angemessenen Worten mit dem Lehrer führt. Aber Vöst ersetzt die darüber hinausgehende Theorie durch sein Handeln, dessen Folgen freilich der Erzähler und nicht eine Romanfigur ausspricht: »Das Ansehen wurde ihm gemindert, in der Gemeinde, wie im Hause.«[165]

Dennoch will Thoma nicht die Geschichte eines bäuerlichen Wirrkopfes berichten. Für eine Deutung Vösts auf Revolutionär hin spricht die Lektüre, die er um der schöpferischen »Stimmung« willen ausgewählt hatte.[166] Während der Arbeit am Roman studierte Thoma den Klassiker der positivistischen Geschichtsphilosophie, dessen Lehre von den »trois forces primordiales« der europäische Naturalismus zum Kernsatz der künstlerischen Beschreibung von Wirklichkeit gemacht hat. Hyppolite Taines Buch »Die Entstehung des modernen Frankreich«[167] fesselte ihn »außerordentlich, insbesondere durch die glänzende Zusammenstellung des statistischen Materials. Geschichte soll zwischenhinein geschrieben werden, wie ein Lehrbuch der Mathematik. Was ist die sogenannte glänzende Darstellung gegen die Sprache der Zahlen?«[168]

Taine hatte versucht, den Zusammenbruch des Kaisertums in Frankreich aus der sozialen, kulturellen und politischen Vergangenheit zu erklären, und war von der These ausgegangen, die Kräfte, die die Geschichte eines Volkes bestimmten, seien dieselben, die das Schicksal der einzelnen lenkten. Sein Buch war unter dem Eindruck des deutsch-französischen Krieges und vor allem des Pariser Kommune-Aufstandes begonnen worden. Die Analyse der Vorgeschichte seit dem Ancien Régime sollte die Katastrophe der Gegenwart erhellen und eine neue Zukunft eröffnen.

Im Januar und Februar 1905 trug Thoma mehrfach Lesefrüchte aus Taine oder Kritik an dessen Darstellung ins Tagebuch ein – so am 7., 12., 17./18., 31.1. und 2.2.1905.[169] Als Gegenautorität diente ihm Heinrich von Sybels »Geschichte der Revolutionszeit 1789-1795« bzw. - 1800[170] und offenbar auch Alphonse de Lamartine – möglicherweise dessen »Geschichte der Girondisten« (1847).[171] Die Lektüre Taines und Sybels ist besonders für die Zeit bezeugt, da Thoma am Kapitel 13 (Bauernbund-

Versammlung) arbeitet.[172] So wie Taine und Sybel die Französische Revolution von 1789 beschrieben, so sollte der »Andreas Vöst« die Erhebung der Bauern in Bayern festhalten und auf das Dachauerland konzentrieren. Jene Versammlung in Nußbach ist der Anfang der Revolte, und sie ist, wenn man dem Bericht des Georg Eisenberger trauen darf, wirklichkeitsgetreu geschildert.

»für sich allein nach eigenen Gesetzen leben«

Doch der Roman handelt nicht allein davon; in seinem Mittelpunkt steht ein Bauer, der an der Revolution seiner Standesgenossen nur am Rande teilnimmt, dafür aber zu einer bedingungslosen Auflehnung vordringt, die er mit dem Leben bezahlt. Vöst will autark sein, indem er »für sich allein nach eigenen Gesetzen« lebt.[173] Die Einkleidung dieses Kampfes um die Selbstherrlichkeit eines einzelnen in einen historischen Stoff macht den »Andreas Vöst« auch zum Zeitroman, weil er ein zutreffendes Bild jener Jahre gibt. Dieses »Hereinziehen anderer Lebenskreise« und die Mischgattung warf Josef Hofmiller dem Autor vor: »Was man für künstlerisch durchdachte und in den Gesamtorganismus sich einfügende breite Lebensschilderung gehalten hatte, zeigte sich am Ende als eine Reihe äußerst lose zusammenhängender Skizzen. ... Das Schlimmste an der Fabel jedoch ist ihr kriminalistischer Kern. Die dem Pfarrer imputierte Fälschung ist von unglaubwürdiger Plumpheit; auf solch schwachem Grunde errichtet man nicht das Gebäude eines Romans! ... Der Pfarrer ist ohne den geringsten menschlich versöhnenden Zug gezeichnet: er ist ein Dämon des Hasses, ein Scheusal voll Falschheit, ein Satan der Heuchelei, – er ist kein Mensch mehr.«[174]

Selbstdeutung: der Autor an seinen Kritiker

Hofmillers Kritik lockte den Autor aus der Zurückhaltung. Thoma gab den Namen, der den »kriminalistischen Kern« gebildet hatte, nicht preis. Aber er entwickelt die grundsätzlichen Fragen anhand jenes Falles:[175]

»Offener Brief.

München, Dezember 1905.

Sehr geehrte Redaktion!

Es ist mir in manchen Besprechungen meines ›Andreas Vöst‹ der Vorwurf gemacht worden, daß ich mit dem Romane eine Tendenz verfolgt habe. Die Absicht fehlte mir. Ich kann auch nicht finden, daß sich von mir ungewollt eine Tendenz eingeschlichen hat. Worin sie erblickt werden soll, das sehe ich. Und da streift das Urteil Erscheinungen, über die ich im öffentlichen Interesse reden will. Über Wert oder Unwert meines Romans kann ich dabei schweigen. Man sagte, die Fabel des Buches, ganz besonders aber die Schilderung des Dorfpfarrers Baustätter sei tendenziös. Ich habe ein Erlebnis geschildert; in ihren großen Umrissen ist die Fabel wahr. Doch weiß ich wohl, daß auch die Erzählung einer Tatsache tendenziös sein kann. Sie ist es, sobald das vereinzelte Geschehnis mit Unrecht verallgemeinert erscheint, oder wenn die handelnden Personen einem Zwecke zuliebe verzeichnet sind. Wenn aber Verlauf und Folgen einer Handlung die innerliche Begründung in wahr geschilderten Charakteren finden, dann darf man nicht von Tendenz reden, auch nicht, wenn sich ein Stand oder eine Partei getroffen fühlt. Nun wirft man mir vor, die Gestalt des Pfarrers sei verzeichnet, sei schwarz in schwarz gemalt; politische Gegnerschaft habe mich irregeleitet, und zu dem billigen, darum auch wenig künstlerischen Mittel geführt, der lichten Gestalt des Helden einen Fälscher, einen Verbrecher, ein karrikiertes Scheusal gegenüberzustellen. Dagegen will ich mich äußern. Ich sage, der Pfarrer Baustätter lebt in vielen Exemplaren, er ist ein Typus. Den Beweis sehe ich nicht in *einem* Geschehnisse, ich sehe ihn nicht einmal in vielem, was ich erlebte, sondern darin, daß Erziehung und Leben schlecht veranlagte Menschen in dieser Stellung zu ›Baustätters‹ heranbilden *müssen*. Und ich sage, daß die niedrige Handlung, welche ich den Mann begehen lasse, nicht unmöglich ist, daß sie vielmehr charakteristisch ist. Gerade so, wie ich sie schilderte, so heimlich, feige und rachsüchtig. Baustätter ist kein Scheusal. Er ist ein kleinlicher Mensch mit anerzogenem Hochmute und falschem Ehrgeize. Wie so viele hat er ohne inneren Beruf zum priesterlichen Amte die Theologie als Brotstudium betrieben. Hätte er Frische, Warmherzigkeit, hätte er Eigenart besessen, er würde sie bald verloren haben im Geist verkrümmender Seminare. Aber hier ist nicht etwa eine schöne Seele verbildet worden. Das Dutzendkerlchen taugte nichts, als es den Alumnenrock anlegte. War herzlich nüchtern und berechnend und kalt, sah nichts als Äußerlichkeiten, lernte nichts, als Formeln und Verstellung. Mußte sich tausendmal ducken, mußte lügen und lügen, bis es aus dem Model kam und ein Ämtlein erhielt. Und da war nun der Herr Baustätter, von Beruf ein Heiliger und Menschenfreund, und in Wahrheit nichts von alle dem. Ohne Menschenkenntnis, darum ohne Liebe, ohne Verständnis, darum ohne Verzeihung. Aber hochmütig; ein leerer Mensch, der viele Rechte und wenig Pflichten sieht; der mit äußerlichen Mitteln sein Ansehen wahrt, weil es in ihm selber keinen Halt hat. Ein Mensch, der Freund, Berater, Tröster sein soll, und dem alles Mitgefühl fehlt. Der sein Amt treibt wie ein Handwerk. Aber das Handwerksmäßige zerstört den priesterlichen Beruf, es macht ihn zur Lüge. Und nichts färbt schlimmer ab, als Unwahrheit. So werden die Baustätter – nicht Verbrecher, – sie werden Heuchler. Die Macht, – und wahrlich keine kleine, – welche ihnen über die Herzen gegeben wird, ist ihnen eine rein äußerliche, eben weil sie innerlich nicht in ihren Eigenschaften begründet ist. Deswegen verstehen sie sie nicht, sie überschätzen sie, sie mißbrauchen sie in allen kleinen Erscheinungen ihres Lebens. Ihnen geht kein Streit um die Sache, immer um die Person. Alles, auch die eigene Schwäche ist ihnen sakrosankt durch den Heiligenschein, den Tradition und Verehrung um ihren Stand gewoben haben. Widerspruch erscheint ihnen als Feindseligkeit und zugleich als Verletzung ihrer Würde. Es wäre vieles zu erzählen von den heimlichen Kriegen, welche im Dorfe geführt werden; von all dem Unfrieden, der in Gemeinde und Wohnhaus von den Dienern Gottes getragen wird. Ein anderes kommt hinzu. Der unreife Kleriker wird beim ersten Schritte in das Leben systematisch davon abgehalten, sich mit Ruhe die Kenntnis menschlicher Dinge anzueignen. Er ist beim Beginne seiner Laufbahn vor allem Politiker; ein Mensch, der dazu abgerichtet wird, einseitig zu urteilen; der in Bestrebungen verwickelt wird, die zum mindesten außerhalb seines Berufes liegen. Es soll einer den Schaden ermessen, der entstünde, wenn alle jungen Beamten dazu erzogen würden, den ganzen Kreis der ihnen noch unbekannten Pflichten ausschließlich vom Standpunkte einer politischen Partei kennenzulernen, und sie dann als geschworene Gefolgsmänner dieser Partei zu erfüllen. Will man mir bestreiten, daß eine solche Erscheinung zum Beispiele unsern Richterstand von Grund auf zerstören müßte? Und welches Moment kann uns die Gefahr für den priesterlichen Beruf geringer erscheinen lassen? Ich glaube, sie ist größer, je weiter ab die priesterliche Tätigkeit von Streit und Hader und von materiellen Interessen liegen müßte. Haben wir Lebenden nicht gesehen, wie dieser Beruf, der segensreich wirken müßte, durch politische Streberei vergiftet wurde? Vielleicht nie deutlicher, – ich rede hier als Altbayer – wie in der Zeit der Bauernbewegung, deren Anfänge ich im ›Andreas Vöst‹ schilderte. Als sich unsere kleinen Dorfpäpste in ihrem Besitzstande bedroht sahen, da setzten sie ihr theoretisches Politisieren in die Praxis über. Sie kämpften, wo sie lehren sollten; sie hatten politische Feinde, wo sie nur anvertraute Seelen haben sollten. Und sie bewiesen gegen ihre Feinde wahrhaftig keine Duldung. Seelsorge, Lehramt, die Religion waren ihnen Waffen zur Erringung weltlicher Siege. Waffen werden aber nicht bloß schartig im Streite; wenn sie recht sicher töten sollen, muß man sie vergiften. Und unsere Ultramontanen *haben* sie vergiftet. Wirklich, die Mittel, welche mein Pfarrer Baustätter anwendet, sind nicht einzig in ihrer Niedertracht. Es sind schlimmere gebraucht worden. Dafür fände ich Zeugen in jedem Bezirksamte. Ich hatte es nicht nötig eine ungeheuerliche oder unmögliche Fabel zu erfinden. Der verleumderische Zettel ist gegen den Andreas Vöst geschrieben worden, er liegt noch heute im Kirchenbuche eines altbayrischen Dorfes, und das Ordinariat hat ihn trotz eindringlicher Vorstellungen nicht unschädlich gemacht. Und mir schien, daß der Krieg gegen den Andreas Vöst nicht der typischen Merkmale entbehre, die zur Wahrheit einer Schilderung notwendig sind. Ich glaubte daneben, es sei in dem Buche vieles enthalten, was deutlich zeigt, daß es nicht etwa religiöses Empfinden angreifen will. Auch nicht den geistlichen Stand. Ist dieser für alle Zeiten so verwachsen mit der Agitation, daß immer den Priester meint, wer auf den zornmütigen Parteimann schlägt?

Ludwig Thoma.«

DIE ENTSTEHUNG

Diese Geschichte wurde erst einige Jahre hernach zum literarischen Stoff. Bis dahin – bis zum Spätherbst 1903[176] – hatte sich der Autor mit Lebens- und Schaffensumständen geplagt; aber so staute sich die Sache bis zum fruchtbaren Überlauf. Die Tagebücher lassen dies verfolgen.[177]

»Am liebsten nie mehr für die Bühne arbeiten«

Im Herbst 1902 notierte Thoma, daß er sich in Traunstein – dem »Dornstein« der am 11. August, also kurz zuvor abgeschlossenen Kleinbürger-Satire »Lokalbahn« – nicht mehr heimisch fühle. »Die neugierigen, blöden Spießer ekeln mich an... Der altbayrische Kleinstädter ist eines der unangenehmsten Lebewesen.«[178] »*Dienstag* 9. Sept. Zurück nach München; ich habe richtig aufgeatmet. Abds Monachia, wo ich 2 Lieder von mir höre & mich schäme. Diese Schlemihliaden sind Gassenkunst, wirkliche Gassenkunst, und undeutsch. Ich sehne mich nach vertieften & durchdachten Arbeiten. Einen guten Roman. Jörn Uhl von Frenssen hat mich darin bestärkt. Das ist ein feines Buch. Viel Storm & Raabe, aber gut.« Der Ärger darüber, daß die »Lokalbahn« vom Deutschen Theater in Berlin und den Bühnen in Wiesbaden und Nürnberg abgelehnt wurde, kam hinzu. »Langeweile & nervös. Überdruß & Zweifel. Am liebsten würde ich nie mehr für die Bühne arbeiten«, heißt es unter dem 9. Oktober.

Der Ekel an der Krähwinkeliade und der gereimten Satire und ausdrücklich das Lesevergnügen an dem Bauernroman des Dithmarsischen Pastors mischten sich mit dem Degout am Theater. »Jörn Uhl« war 1901 erschienen; sein Erfolg war begehrenswert. Aber ein Vorbild wurde er nicht. Die Geschichte des nachgeborenen Sohnes eines groben Vaters und einer feinfühligen Mutter, der das durch Trinken und Spielen verschuldete Anwesen wieder hochwirtschaftet, es durch einen Brand endgültig verliert und schließlich Landvogt wird, gehört eher in die Nähe des »Ruepp«, den Thoma zehn Jahre später anfing und 1921 beendete.[179] Auch stilistisch paßte Thoma sich nicht an die moralisierende, redselige und episodenreiche Darstellung Frenssens an, wenn auch die Gespräche des Vöst mit dem Lehrer oder die des Sylvester Mang mit dem alten Sporner thematisch vergleichbar sind und die Mundart ähnlich selbstverständlich den dörflichen Figuren in den Mund gelegt wird.

Die Ausrichtung auf eine größere Prosaarbeit wurde durch den Erfolg der Komödie eher verstärkt. »Am Sonntag 19. Oktober (1902) war hier (im Residenztheater München) die Premiere meiner Lokalbahn. Die Kritiken sind eingeklebt. Ich habe keine rechte Freude am Erfolge. Die Aufführung zeigte mir das Unzulängliche der Bühnenkunst. Was bleibt, wenn die Stimmung des Milieu verloren geht? Doch herzlich wenig. Warum wird alles Intime zu Grunde gerichtet auf den Brettern? Ist es wirklich notwendig, daß auf dem Theater das Künstlerische und Wahrhaftige dünn erscheint, & daß nur der gewisse hohle Pathos voll zur Geltung kommt.«[180] Die Stuttgarter Aufführung (am 29. Oktober 1902) wird nur vermerkt, aber die Zwillingsbrüder Conrad und Friedrich Haußmann werden als Gewinn hervorgehoben: »beide famose Leute, die ersten ›Volksmänner‹, welche mir bei näherer Bekanntschaft gefielen.«[181] Conrad Haußmann wurde zum wichtigsten Gesprächspartner für den Roman – in poetologischer wie politischer Hinsicht. Die Bildung und der offene, ja kämpferische Bürgersinn des liberal-demokratischen Landtags- und Reichstagsabgeordneten ließen den Muff des Kleinstädtischen wie das Kunsttreiben der Großstadt unwichtig werden.

»Ich beginne jetzt einen Roman«

Unmittelbar nach der Erwähnung der »Volksmänner«, ebenfalls am 16. November 1902, steht der Entschluß: »Ich beginne jetzt einen Roman. Titel und Inhalt unbekannt. Doch ist mir die Einleitung gelungen. Das Ding muß sich von selber entwikkeln…« (aaO.) Das könnte in jenem schwarzleinenen Notizbuch erhalten sein; die ersten Einträge lauten: »Andr. Vöst's Anwesen beschreiben, der Streit des Pfarrers. – *Sonntag. Predigt.* – Gemeindeversammlg; Wahl des Bürgermeisters; der Schullehrer. – – –«[182]

Dafür spricht, daß in diesen mit Blei rasch hingeworfenen Notizen das Sterben der alten Schullerin noch fehlt. Die Szene dürfte durch den Tod der greisen Viktor Pröbstl, Thomas Kinderfrau und Haushälterin, ausgelöst worden sein; sie hatte sich bei der Premierenfeier der »Lokalbahn« in München erkältet und starb am 21. November 1902 in Allershausen.[183] Das Tagebuch enthält ein Jahr später folgenden Eintrag: »*Mittwoch 25.* (November 1903) Viktorls Jahrtag. Messe… *Donnerstag* 26. (November 1903) Kalter Wind. Schneetreiben. Will heute endlich den Roman beginnen. – Roman begonnen. Liegt jetzt klar vor mir, wird aber lange Arbeit kosten.« Erst am 12. Dezember 1903 findet sich ein weiterer Beleg: »Kalt. Abends am Roman gearbeitet.«[184] Im selben Monat, vom 21. bis 23. Dezember 1903, schob Thoma die Satire »Der heilige Hies« ein, deren Antiklerikalismus dem Problem, aber nicht dem genüßlich-höhnenden Ton nach zum »Andreas Vöst« paßt.[185]

Im Frühjahr 1904 ruhte wohl der Roman. Vom 30. März bis Ende Mai war Thoma mit den »Simplicissimus«-Malern Rudolf Wilke und Eduard Thöny über Bern, Lyon, Avignon, Nîmes nach Marseille mit Bahn und Rad gefahren, von dort nach Tunis übergesetzt und hatte das Hinterland bis Biskra und Constantine durchstreift. – Auf ähnlichem Wege reiste zehn Jahre später ein Maler der Expressionisten-Generation, August Macke, nach Tunis; in Marseille vereinigte er sich mit Louis Moillet und Paul Klee. (Daß Macke vom 31. Oktober 1909 an für zwei Jahre in Tegernsee in der Villa Brand, also unweit von Thomas Haus auf der Tuften gewohnt hat, scheint Thoma nicht wahrgenommen zu haben.) Macke und seine Freunde kamen Anfang April 1914 nach Tunis und sahen das Land mit den Augen der Franzosen Delacroix, Chassériau und Fromentin – als Verwirklichung eines Paradiestraumes.[186] – Ludwig Thoma empfand jedoch nicht, wie jene Maler, »die Sonne von finsterer Kraft« und »die farbige

Klarheit am Lande« – so Paul Klee – als den verwandelnden Eindruck, sondern – auf der Rückreise – die klassische Vergangenheit Italiens. »Museum. Homer, Agrippina, sitzend, ganz famos«, trägt er am 27. April 1904 in Neapel ins Tagebuch ein. »Pompei. Eindruck ganz großartig... *Vesuv*. Herrlicher Tag... Schinderei. 12^h oben, dann zur Soca; Stiefel & Hände zerschunden. 4^h wieder in Pompei«, heißt es unter dem 27., 29. und 30. April. »Früh 3^h auf. Nach Paestum. Das Schönste. Unvergeßlicher Eindruck Neptuntempel. Leider kurze Zeit... Neapel gehe sofort wieder ins Museum, Manches anders, nachdem ich nun Pompei kannte. Cabineto secreto.« Am 5. Mai 1904 trafen die Freunde in Rom ein.[187]

Auf der im Jahr zuvor gemachten Italienreise hatte ein Holländer ihn beeindruckt: »In den Uffizien bewundere ich Van der Goes«. Dessen Weihnachtsbild diente ihm dann als Vorlage für die Krippenschilderung im »Andreas Vöst«:[188] »Ich will gute Stimmung suchen. Bauern-Weihnachten. Die Idee der Armut; Hirten also Bauern sahen zuerst das Kind. Im Stalle kam es zur Welt. Das Bild van der Goes' soll mir dabei Stimmung geben. Harte Hände die sich zum Gebete falten. Schwielen. Die schlichte Mutter. Das alte Lied: Es ist ein Ros' entsprungen«, so heißt es dann unter dem 16. Januar 1905, als das 14. Kapitel erreicht war. – Das 11. war am 20.12.1904 beendet; zwei Tage später wurde das 12. »begonnen und gut vorwärts gemacht«. Am 7. Januar 1905 geht es mit dem 13. Kapitel »etwas langsam... Die Bauernversammlung. Es ist schwierig, das zusammenfassende Bild zu geben.«[189]

Am 13. Februar ist das Weihnachtskapitel fertig. Tags darauf empfängt Thoma den »Besuch von F. Zanoli«, »empfohlen« von »Frau Ehrmann«. »Mittwoch Abend merkte ich die Folgen, & begebe mich Donnerstag, 16. in Behandlung. Das hindert mich nun auch in der Arbeit.«[190] Vom Honorar des Romans mußte auch die Vermittlerin bezahlt werden.[191] »Ich kriege Herzklopfen vor Ungeduld, endlich den Roman fertig zu haben. Das soll mir etwas Freiheit bringen.«[192] »Heute habe ich das 16. Kapitel wieder umgeschmissen. Ich glaube, daß jetzt die letzten 4 oder 5 aus einem Gusse kommen. Ich muß sie stark zusammenhalten, gerade so, als bildeten sie eine Geschichte für sich. Dann kann ich die vorhergehenden zufeilen.«[193] »Ich hoffe in dieser Woche zwei Kapitel des Romanes zu schreiben. Das 16 & 17. Mir liegt jetzt die Schilderung des Dorfes wieder, nach der etwas süßlichen Abschweifung in den Garten von Sylvesters Liebe.«[194] »Das 16. Kapitel schreitet vor & ist gut. Die Stimmung ist mir gelungen«, lobt sich der Autor unter dem 24. März 1905 für die Darstellung des Frühlings in und um Erlbach, da die Vöst-Tochter ihr lediges Kind gegen die Anmaßung des Erlbacher Pfarrers verteidigen muß und Vöst sich außerhalb jedes Rechts meint. Doch der Abschluß macht Mühe. »Im Romane Stockung. Ich wollte die Veronika Mang sterben lassen, aber das wird mir zu süß. Die letzten Kapitel müssen dramatisch bewegt sein. Ich versuche es so daß ich sie behandle, als stünden sie für sich allein. Vielleicht bringe ich damit die Steigerung heraus. Ohne sie wirkte der Roman zu lang.«[195]

Im 18. Kapitel kann Sylvester Mang nun der Mutter gestehen, daß er nicht um ihretwillen Geistlicher werden möchte, und die Mutter achtet dies. Anfang April kommt Albert Langen und liest im Roman. Am 10. April geht »das 18 Kap. frisch von statten«; fünf Tage später will er das 19. anfangen.[196] Dem Schriftsteller Franz Servaes schreibt er am 15. April nach Wien und bittet ihn, »hierher zu kommen & den Roman im Original zu lesen« – wohl auch um die Wiener »Neue Freie Presse« für einen Vorabdruck zu gewinnen.[197] Ein Brief aber belegt, daß Haußmann empfohlen hatte, den Titel zu ändern. Thoma ging darauf ein: »*Der Pfarrer von Erlbach. (Vöst)*... Am Titel des Pfarrers hänge ich nicht. Allerdings steht das Priestertum im Vordergrund; es wird in 4 Exemplaren (Pfarrer, Kooperator, Abgeordneter und Student) geschildert. Erlbach ist ein guter Dachauer Dorfname. Über den Titel können wir ja beraten.«[198] Auch den Schluß verdankt Thoma einer »glorreichen Erfindung« Haußmanns; wahrscheinlich war es dies: »Die Erzählung, die nach der Ernte begonnen, endet im Heuet, als grad' der neue Kirchturm aufgerichtet wird.« So charakterisiert Haußmann lobend das Ende des Romans, das »kurz und ... schroff, scheinbar unfertig« wirke.[199]

Der Autor sorgt sich schon um den Vorabdruck, den am 25. Mai die »Münchner Neuesten Nachrichten« für 8000 Mark übernehmen. »Frau Ehrmann erhielt 830 Mark.«[200] »Ich trage eine nervöse Unruhe in mir herum; nun beginnt das Geschäftliche. Man will bestimmte Termine mit Abschreiben einhalten u.s.w.«[201] Am Ostersonntag (wie im Roman, wo allerdings Ostern 1895 gemeint ist), d.h. am 23. April 1905, ist es so weit: »Nachmittag 3 3/4h. Soeben meinen Roman Andreas Vöst fertig geschrieben... Gestern Abend ist Haussmann wieder zurück.« Das »Schruppen«, d.h. das Ausarbeiten ist nun zu Ende, nun kommt das »Feilen«, dessen zweiwöchige Dauer ebenfalls vermerkt wird: »Soeben 4 1/2h das Wort ›Ende‹ unter die korrigierte Abschrift meines ›Andreas Vöst‹ gesetzt.« Es ist die unten beschriebene Handschrift (L 2380). – Am selben Tag, Samstag, 6. Mai 1905, fügt der glückliche Autor hinzu: »Heute bei mir Einladung. Lerne Marietta de Rigardo kennen. Frau von G.(eorg) D.(avid) Schulz.« »Das Fest endete mit einer Geldstrafe von 10 Mark für Thoma, da er nachts 2 1/4 Uhr in seiner Wohnung lautes Singen seiner Gäste duldet.«[202]

Die Handschriften: »Schruppen« und »Feilen«

Die polizeiwidrig laute Feier krönte eine Schreibtischarbeit, deren Anfang und Schluß aus den Handschriften hervorgehen. Die Zwischenstufen scheinen verloren zu sein. Außer jenem schwarzleinenen Notizheft und einer vollständigen, durchgebesserten Niederschrift sind keine Werkmanuskripte erhalten.[203]

1. Das Notizheft[204] enthält eine Stichwortsammlung, deren erste Sätze wir anführten.[205] Auf der zweiten Umschlagseite notierte Thoma zu dem Komplex »Bauernbund«: »Zeitg. Bericht von einer Rede, die der (Bader) Schumacher Haselböck gehalten hat.« Auf der ersten Seite des Heftes ist von Vösts »Streit« mit dem Pfarrer und der »Wahl des Bürgermeisters« die Rede. Auch der Peter-Loder-Stoff wird schon auf den Schullerbauern bezogen: »Im Kirchenbuche ist [ein] der Eintrag enthalten. A. V. ist ein roher gewaltthätiger Mensch; hat seinen gebrechl. Vater mißhandelt. –« Es folgt, von zwei gestrichenen, die Bauernbewegung betreffenden Passagen umrahmt, die Weiterführung des »Streits«: »Nach der Szene. Im Hause Vöst's. Seine Beschwer-

den gegen die Frau, gegen den Sohn; die alte Mutter. Er schwört, daß er niemehr in die Kirche geht; Lamentieren seiner Angehörigen.« (S. 5) »*Adel u. Geistlichkeit, Bodenzins.*« (S. 6) Die Rückseiten der Blätter bleiben meist frei – offenbar für Nachträge.

Bis zur Seite 47 ist alles mit Bleistift notiert. Es folgen zwei Seiten (48 und 49) mit Tinte, dann wieder mit Blei die Seiten 50–53. Seite 54 ist halb mit Blei, halb mit Tinte beschrieben. Der Beginn der Tintenschrift könnte eine neue Textstufe sein. Von hier (S. 48/49) an finden sich Exzerpte (S. 48: »Kalendergeschichten S. 22«); dazu kommt eine mit dem »9. Kapitel. Die Eingabe« beginnende Einteilung. Sie nimmt zahlreiche Motive der vorausgehenden Seiten auf und geht – in Bleistiftschrift – über sechs Seiten (S. 50–55) bis zum »14. Kapitel«, zu dessen Stichwort – mit Tinte – nachgetragen wird: »*Weihnachtslied*, Schilderung des Christabend«. »Schilderung der Stimmung. Der Contrast. Schneelandsch.(aft) Frieden der Weihnacht« stand bereits da. (S. 55) Die »Straftaufe« an Ursulas ledigem Kind beschäftigte den Autor schon hier. Er hielt ausgefallene Vornamen und den kirchlichen Festtag fest: »*11. August.* Tiburtius oder Gangerich *2. Dez. Bibiana 19. Januar* Kanut 2. 3. Simplicius 16. 3. Tatian 14. 4. Lidwina« (S. 51 und 70f.).[206]

Die Innenseite des rückwärtigen Einbandes trägt – wie die des vorderen – Bemerkungen zur Dorfpolitik: »*Gem. November – Dezember.* Gemeindeausschuß stellt die Liste für die Bürgermeisterwahlen auf«. Die letzten vier Wörter sind – wie zahlreiche Passagen hier und in anderen Werkhandschriften in Kurzschrift gehalten. Es ist die des Münchners Franz Xaver Gabelsberger, der sein Zeichensystem 1819 entwickelt und 1831 ein Stenographenbüro für die bayerische Kammer eröffnet hatte. Von W. Stolze und F. Schrey verbessert, wurde »die Gabelsberger« erst durch die »Einheitskurzschrift« (1924 bzw. 1936 und 1968) abgelöst. Thoma wandelte sie für sich so ab, daß auch heutige Kenner der Gabelsberger-Schrift sie nicht vollständig entziffern können.

Auf einem nicht genau zuzuordnenden Zettel heißt es: »bes. Anlaß zum Zorn, der Knecht... Verweigert nicht bloß den Gehorsam... Grimmiger Verdruß *über die Tochter.*« Auch hier sind mehrere Zeilen stenographiert.

Das Notizheft könnte, wie gesagt, an jenem Donnerstag, dem

26. November 1903 begonnen worden sein, als Thoma ins Tagebuch schrieb: »Roman begonnen. Liegt jetzt klar vor mir, wird aber lange Arbeit kosten.«[207]

2. Diese Vorarbeiten reichten wohl kaum aus für die vollständige Niederschrift[208], die weitgehend in die endgültigen Kapitel gegliedert ist und durch eine abschließende, wenn auch mehrstufige Korrektur den endgültigen Wortlaut erbrachte. Zwischenstufen sind jedenfalls nicht erhalten.

Die Papiersorte ist verschieden. Geschrieben hat Thoma überwiegend mit Tinte, seltener mit Blei. Das Schreibmaterial wechselte beim »Feilen«, d. h. bei der letzten Überarbeitung, die er offenbar zwischen dem 23. April und 6. Mai 1905 vornahm. An den vier und mehr Korrekturschichten sind die Übung, die Sammlung und die Selbstkritik abzulesen, die Thoma die Hand führten: Mit blauer und roter Tinte (diese nur bis S. 19), mit dünnem und dickem Blei- und dickem Blaustift raffte er die Sätze, strich Bei- und Umstandswörter; er überklebte Seiten ganz oder zum Teil mit neuem Text und teilte die Kapitel mitunter nachträglich erst ein. »Superlative hinausschmeißen und Fremdworte totschlagen«, das gehörte zum »Feilen«.[209]

Die Umschrift der ersten beiden, besonders gründlich durchgebesserten Seiten zeigt, daß Thoma auf den knappen, doch flüssigen, »phrasenlosen« Ausdruck hinarbeitete. Er praktizierte hier wie immer seinen Grundsatz der anschaulichen, die Vorgänge, Menschen und Dinge herausstellenden Einfachheit und des organischen Rhythmus. So verfuhr er in den ersten Bauerngeschichten des »Agricola« (1897),[210] der bürgerlichen Komödie »Moral« (1906),[211] den Lausbubengeschichten um »Tante Frieda« (1906/07),[212] der Bauerntragödie »Magdalena« (1912),[213] dem Großstadtroman »Münchnerinnen« (1920/21)[214] ebenso wie im letzten, kurz vor dem Tode und genau 16 Jahre nach dem »Andreas Vöst« abgeschlossenen Bauernroman »Der Ruepp« (1921).[215]

Der Titel lautete zunächst »Der Pfarrer von Erlbach«. Er wird mit Blei gestrichen und durch »Andreas Vöst« ersetzt. »Erstes Kapitel« ist mit hellerer Tinte nachträglich eingefügt. Die in vier Ansätzen korrigierten ersten beiden Seiten zeigen den geschilderten Stilwillen:[216]

(S. 1) Es war ein schöner Herbsttag.
Die Sonne war [so] gelb wie eine Butterblume
und sah freundlich auf die abgeräumten
Felder herunter
[Es hatte den Anschein,] als betrachte
sie behaglich die Arbeit, welche sie den
Sommer über gethan hatte.
Und [(1) es (2) das] war [(1) eine (2) ein schönes Stück Arbeit]
die [nicht wenig] nicht gering.
[gewesen,] [denn selten] Selten war eine Ernte
besser geraten und [(1) die Sonne (2) sie] die Sonne hatte
an vielen Tagen ihre Strahlen herunter
schicken müssen, bis die schweren
Ähren gereift waren
(S. 2) Und wieder hatte es Wochen gedauert, bis
die Halme [geschnitten waren] am Boden lagen und bis
[all] die hochbeladenen Wagen ihre Lasten
[glücklich] in die Scheune gebracht hatten.
Nun war es geschehen, und [überall aus] in
allen [Dörfern klangen im Takte] Tennen schlugen die
Dreschflegel den Takt; [in manchen Höfen oder]
hier und dort trotteten geduldige
Pferde an [G] den [Göpelmaschinen] Göpeln im
Kreise herum, und im Hofe des
[Scheckbauern von Erlbach] Hierangl fauchte und
pfiff eine [amerikanische] Dampfmaschine.
Überall war [ein] fleißiges Treiben.[217]

Die Leidenschaft des Besserns ließ bis zum letzten Blatt nicht nach. Auch wurden viele Seiten energisch durchgestrichen und nicht immer ersetzt.

Anhand dieser vollständigen Niederschrift dürfte eine Schreiberin oder ein Schreibbüro die Satzvorlage gefertigt haben. Thoma bediente sich häufig solcher Hilfen. Das »Abschreiben« wird im Tagebuch schon am 21. April 1905 erwähnt.[218] Später ließ er das Manuskript in großporiges, hellbraunes Schweinsleder binden und trug in den ersten der drei kräftigen Bände ein: »seinem lieben Verleger Albert Langen. München, Nov. 1908 Ludwig Thoma.«

Der Verleger leitete den Druck unverzüglich ein, und der Autor kümmerte sich noch vor der letzten Korrektur um einen »guten Buchumschlag«. Ignatius Taschner, der Bildhauer und Graphiker, sollte ihn entwerfen. »Nur eine gute Bauernschrift und in der Ecke eine echte Landschaft dh. Dorf, oder Dorfkirche mit ein paar Häusern«, wünschte sich der Autor und hielt dies in einer Skizze fest. Am 8. Juni wiederholte er seine »dringende Bitte«: »Format: ›Lausbubengeschichten‹. Sehr deutliche Schrift Andreas Vöst. Ein Bauernroman von Ludwig Thoma. Dieß müßte links oben sein dann etwas ganz einfaches & sehr altbayrisch ernstes darunter; vielleicht ein Bauer, der am Pflug geht, oder auch ein strenges Kopfporträt.« [219]

Taschner hielt sich nicht an Thomas Vorschläge, und dieser wurde noch einmal vorstellig. Man spürt, wie sehr dem Autor das Buch angelegen war; aber auch die Übung und Erfahrung, womit Thoma als »Simplicissimus«-Redakteur allwöchentlich die Übereinstimmung von Bild und Text und die Wirkung auf den Betrachter und Leser beurteilte, werden deutlich: »Das Bild steht etwas abseits und draußen, und mir kommen Schrift und Bild zu abgeteilt vor. Es wäre vielleicht doch besser wenn sich links herein das Bildliche etwas verlaufen würde. Dazu wäre am Ende das beste ein Dorf, Hügel und Ackerland. Vielleicht in der Ferne einen Kerl, der ackert oder sät... Du & ich und noch ein Paar werden gewiß in dem feinen Kerl, der die Sense schärft, genug bäuerliche Art sehen, aber für das große Publikum sagt er zu wenig... Darf ich mir auch in der Farbe einen Vorschlag erlauben? Was sagst Du zu einfachem Schwarz auf schönem Gelb, mit ein paar weißen Tönen. Nemlich blau fällt nicht so auf, falls nicht kräftige Farben darauf sind, & zweitens wir haben es zu zweit schon beim hlg. Hies genommen & drittens Gelb ist nicht bloß selten, sondern auch sehr bäuerlich. Ich denke zb. an ein Gelb wie bei Schulfibeln. Das Schwarz geht so schön hinein, kann wie ein alter Druck aussehen.« [220]

Nun kam Taschner dem Freund entgegen und gruppierte im Mittel- und Hintergrund zwei Kirchen, deren Form und Lage an die der Kirchen von Kreuzholzhausen und Puchschlagen als die realen Orte der Peter-Loder-Handlung erinnern. (Jene ist dem hl. Kreuz, diese dem hl. Castulus geweiht.) Damit scheint Taschner einen Vorschlag Thomas aufgenommen zu haben: »Im ganzen Buch spielt eine nicht unbedeutende Rolle die Kirche mit dem Friedhof. Ich kenne von Dir einen feinen Stich oder Radierung, der alte Kerl beim Friedhof. Gefiele es Dir nicht so einen hochgelegenen Gottesacker mit Kirche zu machen; vielleicht eine Bäuerin, die heraus geht?«[221] Auch für den Umschlag zur »billigen Volksausgabe« von 1908 berücksichtigte er großenteils Thomas Vorschlag, den Einband »so wie einen landwirtschaftlichen Kalender herzurichten... gelblich-weißes Büttenpapier. Ganz schlicht die Schrift, wie die größte Märzschrift... Darunter ein altes Kalenderemblem z. B. Pflug & Ährenbündel wie man sie auf alten Kalendern sieht.«[222] Taschners Entwurf ging in der Druckerei Simhart verloren und mußte wiederholt werden.[223]

ZUM TEXT

Die Volksausgabe war mit dem Erstdruck seitengleich; sie scheint vom selben Satz abgezogen worden zu sein. Der Erstdruck lag am 1. August 1905 vor. Er wurde am 22. August im »Simplicissimus« ganzseitig angezeigt – das »geheftete« Exemplar zu »6 Mark«, das »gebundene« zu »7 Mark 50 Pf.«.[224] Sieben Tage später hieß es im selben Blatt: »Soeben erschien das 6.-10. Tausend... 5000 Exemplare in 3 Tagen vergriffen.«[225] Am 3. Oktober wurde für das 10. Tausend geworben und wurden Kritiken aus Berlin, Wien, Stettin, Hamburg und Brünn eingerückt. 1923 wurde das 35. Tausend angezeigt.[226]

Der Vorabdruck in den »Münchner Neuesten Nachrichten« hatte dem Erfolg vorgearbeitet. Vom 2. Juni bis 28. Juli 1905 war der Roman dort zu lesen gewesen.[227] Gegenüber der ersten Buchausgabe unterscheidet er sich nur vereinzelt in Schreibung, Zeichensetzung oder Absätzen; mitunter wurden die Relativpronomen »welcher, welche, welches« in »der, die, das« verwandelt. Wahrscheinlich hat Thoma nicht die Fortsetzungen in der Zeitung, wohl aber die Buchausgabe selbst korrigiert. Daß er diese später verändert hätte, ist nirgends belegt. Daher wird dieser Neuausgabe zugrundegelegt:

Andreas Vöst. Bauernroman von Ludwig Thoma. München: Albert Langen 1906, 434 S.[228]

Schreibung und Zeichensetzung wurden belassen. Nur der veraltete Gebrauch des »th« und »Th« in den Mundartteilen wurde in »t« bzw. »T« verändert.

Die im Nachlaß erhaltenen Werkhandschriften und Tagebücher wurden für die Textgeschichte und die Deutung ausgewertet. Für die Druckerlaubnis sei dem Leiter der Monacensia-Abteilung der Münchner Stadtbibliothek, Dr. Fritz Fenzl, gedankt. Für viele Hinweise und die Durchsicht des Typoskripts danke ich Alois Angerpointner, Richard Lemp und Christian Hartwig Wilke; ihm sowie Sabine Keinholz und Margit Reil danke ich auch für die Hilfe bei der Korrektur.

ABKÜRZUNGEN UND SIGLEN

AL	Ludwig Thoma. Vom Advokaten zum Literaten. Unbekannte Briefe. Hrsg. und kommentiert von Richard Lemp. München: R. Piper Verlag 1979.
BF	Ludwig Thoma/Ignatius Taschner. Eine Bayerische Freundschaft in Briefen. Hrsg. und kommentiert von Richard Lemp. München: R. Piper Verlag 1971.
Fs	(Festschrift) Ludwig Thoma zum 100. Geburtstag. Hrsg. von der Stadtbibliothek München 1967. Bearb. von Richard Lemp u. a. München 1967.
GW	Ludwig Thoma, Gesammelte Werke. Bd. 1-6. München: R. Piper Verlag 1968.
Hofmiller	Ludwig Thoma, Ausgewählte Briefe. Hrsg. von Josef Hofmiller und Michael Hochgesang. München: Albert Langen 1927.
KLL	Kindlers Literatur Lexikon. Begr. von Wolfgang von Einsiedel. Darmstadt 1974.
Kosch	Deutsches Literatur-Lexikon. Biographisch-bibliographisches Handbuch, begründet von Wilhelm Kosch. Dritte Auflage. Hrsg. von Bruno Berger, Heinz Rupp u.a. Bd. 1 ff., Bern/München 1968 ff.
LB	Ludwig Thoma. Ein Leben in Briefen (1875-1921). Hrsg. von Anton Keller. München: R. Piper Verlag 1963.
Lemp	Richard Lemp, Ludwig Thoma. Bilder, Dokumente, Materialien zu Leben und Werk. München: Süddeutscher Verlag 1984.
Theater	Ludwig Thoma, Theater. Sämtliche Bühnenstücke. Hrsg. von Hans-Reinhard Müller. München: R. Piper Verlag 1964.
[...]	Streichung durch den Autor.
^{r}	recto, d. h. Vorderseite.
^{v}	verso, d. h. Rückseite.

SEKUNDÄRLITERATUR (Auswahl)

Josef Martin Bauer, Die Erhebung des Bayerischen zur großen Sprache durch Ludwig Thoma. In: Bayerische Literaturgeschichte in ausgewählten Beispielen. Hrsg. von Eberhard Dünninger und Dorothee Kiesselbach. Bd. 2: Neuzeit. München 1967, S. 336-352.

Siegfried Beyschlag, Ludwig Thomas Romandichtung. In:Euphorion 47, 1953, S. 79-96.

Hermann Boeschenstein, Zu Ludwig Thomas »Andreas Vöst«. In: Germanic review 11, 1936, S. 207-213.

Eva Cornelius, Das epische und dramatische Schaffen Ludwig Thomas. Diss. Breslau 1939.

Rupert Englmaier, Altbayerische Mundartdichtung. Diss. Würzburg 1975.

Fritz Fenzl, Ludwig Thoma. Ein bayerischer Dichter der Jahrhundertwende. Diss. München 1983.

Edgar Hederer, Ludwig Thoma. München 1941.

Walter L. Heilbronner, Ludwig Thoma as a social and political critic and satirist. Diss. Michigan 1955.

Walter L. Heilbronner. A reappraisal of Ludwig Thoma. In: German quarterly 30, 1957, S. 247-253.

Fritz Heinle, Ludwig Thoma. Mit Selbstzeugnissen und Bilddokumenten dargestellt. Reinbek 1963. [2]1985.

Rudolf Lehner, Das epische Werk Ludwig Thomas. Diss. München 1953.

Rudolf Lehner, Der Moralist Ludwig Thoma. In: Handbuch der Literatur in Bayern. Hrsg. von Albrecht Weber. Regensburg 1987, S. 359-371.

Anton Porhansl, Ludwig Thoma und seine bäuerlichen Romane. Diss. Wien 1937.

James Paul Sandrock, The art of Ludwig Thoma. Aspects of Thoma's art in representative works. Diss. Iowa City 1961.

Anna Stark, Die Bauern bei Ludwig Thoma mit besonderer Berücksichtigung der Dachauer Bauern. Diss. München 1937.

Bruno F. Steinbrucker, Ludwig Thoma. Boston 1978.

ANMERKUNGEN

1 Tagebuch, 16. 11. 1902. L 2467/77. – Vgl. hier S. 332.
2 Lemp, S. 22 und 96f.; Heinle 97f.
3 Lemp, S. 18f., Theater 658 – Erst am 5. August 1958 wurde es – nach einer Bearbeitung durch Georg Lohmeier – am Residenztheater in München uraufgeführt.
4 Lemp beziffert die Anzahl von Thomas Beiträgen mit 798: vgl. Lemp, Nr. 432-1229.
5 Vgl. Die Neuausgabe in der Serie Piper (SP 297). München 1983.
6 Lemp, S. 17.
7 Lemp, S. 20 und 84–89.
8 Lemp, S. 21.
9 Der Hofname »Scharl« ist nicht nur für Puchschlagen, sondern auch für das übrige Dachauerland belegt, so für Röhrmoos. Vgl. Klaus Kiermeier, Wie's war im Dachauer Land. Dachau 1979, S. 84: »Der ›Scharlbauer‹ von Röhrmoos hoch zu Roß um 1914.«
10 AL 188-194. Lemp, S. 94f.
11 Lemp Nr. 85: L 2404. Wir bezeichnen die Entwürfe der Chronologie entsprechend: 2404a = Entwurf der Eingabe vom 30. 1. 1899; 2404b = Entwurf der Eingabe vom 31. 3. 1899; 2404c = Reinschrift von 2404b; 2404d = Einschübe »F 1.« und »F 2.« zu 2404c; 2404e = Entwurf der Eingabe vom 29. 6. 1899.
12 Angeführt nach der Kopie des Briefes, die bei Thomas »Andreas-Vöst«-Handschriften liegt.
13 L 2404b und c
14 Der mit Bleistift gestrichene letzte Absatz wurde durch – ebenfalls mit Bleistift – angefügte fünf Zeilen in Kurzschrift ersetzt (L 2404).
15 Vgl. hier S. 322, 330 und 334f.
16 L 2404b
17 darunter zwei Zeilen Stenogramm mit Bleistift. L 2404e.
18 Dieser kurze Begleitbrief ist in AL 191 ganz abgedruckt.
19 Vgl. Lemp. S. 18.
20 Vgl. Süddeutsche Monatshefte 3,1. 1906, S. 102 und 104. – Vgl. hier S. 328ff.
21 Münchener *Neueste Nachrichten* 64, 1911, Nr. 577, 10. 12. 1911, S. 2. – Vgl. AL 192.
21a Für freundliche Nachweise danke ich Alois Angerpointner. Vgl. Anm. 31 und hier S. 286.
22 Eintrag 1893-8.
23 Alle Personalangaben nach: Schematismus des Erzbisthums München und Freising für das Jahr 1893, München 1893, S. 7; für das Jahr 1894, München 1894, S. 7 und 203; für das Jahr 1895, München 1895, S. 7; für

das Jahr 1827, S. 11,158. – Für die Nachweise danke ich Werner Chrobak.

24 Vgl. hier S. 285 f.

25 Eintrag 1883, 11-7.

26 Eintrag 1887, 11-8.

27 Einträge 1886, 8-3 und 1888.

28 Eintrag 1884, 2-4; ähnliche Einträge: 1882, 18-10; 1885, 5-6; 1889.– Im Eintrag 1883, 4-14, findet sich auch der Name Pröbstl für Puchschlagen belegt. Ob dies auf eine entfernte Verwandtschaft mit Thomas Kinderfrau und Haushälterin während der Dachauer Zeit deutet, ist ungewiß. Viktoria Pröbstl stammte aus Schongau und war die Tochter des dortigen Stadtgärtners und Bürgermeisters. (Lemp, S. 42.).

29 Eintrag 1883, 8. – Für sachkundige Hinweise danke ich Alois Angerpointner. (Vgl. Anm. 31).

30 Einträge 1884, 6; 1886, 15; 1890, 7. – Der Kinderreichtum der Familie Peter und Maria Loder entspricht also dem der Eltern des Andreas Vöst.

31 Für freundlich gewährte Einsicht in die Kreuzholzhausener Kirchenbücher und für die Hinweise auf die heutigen Verhältnisse in Puchschlagen danke ich Pfarrer Josef Eggendinger und Kreisheimatpfleger Alois Angerpointner.

32 AL 183 und 186.

33 AL 186f.

34 Lemp, S. 19, und Nr. 350; vgl. GW III, 101 und 155.

35 GW V, 112-122, vgl. hier S. 89ff.

36 Vgl. die Neuausgabe der »Magdalena« in der Serie Piper (SP 428). München 1985, S. 88-91.

37 Vgl. die Neuausgabe des »Ruepp« in der Serie Piper (SP 543). München 1987, S. 193-199.

38 AL 193f. – Vgl. die kunstgeschichtliche Beschreibung der Kirchen von Kreuzholzhausen und Puchschlagen in: Die Kunstdenkmale des Regierungsbezirks Oberbayern. Bearb. von G. v. Bezold und B. Riehl. I. Teil. Stadt und Bezirksamt Ingolstadt. Bezirksämter Pfaffenhofen, Schrobenhausen, Aichach, Friedberg, Dachau. München 1895 (Nachdruck München/Wien 1982), S. 304f. (Kreuzholzhausen) und S. 316 (Puchschlagen). – Einige Daten der historischen Personen Baustädter und Held: Johann Georg Baustädter, geb. 8.11.1776 in Rennertshofen. Priesterweihe am 30.5.1801. 1829 2. Kooperator in Scheuern. Um 1833 am Pfarramt St. Georg in Freising als Prodekan, Pfarrer und Distriktsschulinspektor. Gest. 25.4.1872 als Benefiziat in Weichs. – Ignaz Maurus Held, geb. 4.11.1755 in St. Nicola bei Landshut. Priesterweihe 17.12.1785. Gest. 10.12.1824 als Pfarrer in Kollbach. – Vgl. den in Anm. 23 angeführten Schematismus 1833 und 1825. – Für freundliche Hinweise danke ich Rosemarie Weinberger.

39 AL 194.
40 AL 193f. – Vgl. Münchner Merkur (Dachauer Nachrichten), Nr. 236/1950, 16./17.9.1950, und die Aufzeichnungen des Ortshistorikers Ernest Bauer über Kreuzholzhausen, Juli 1977, S. 2. – Beide Zitate verdanke ich Alois Angerpointner.
41 GW I, 43.
42 GW I, 65.
43 »Dorfpolitiker«. GW I, 559.
44 Vgl. die Neuausgabe des »Ruepp« in der Serie Piper (SP 543). München 1987, S. 210f.
45 GW I, 23 und 26.
46 Vgl. Josef Ruederer, Ein Verrückter. Kampf und Ende eines Lehrers. München 1894. – Vgl. Josef Hofmiller, Ruederer. In: Süddeutsche Monatshefte 3, II. 1906, S. 46. – Vgl. ferner die Regensburger Magister-Arbeit von Claudia Müller: Josef Ruederer (1984), S. 32-54, 70-72 und 143-160. – Thomas Nachruf auf Ruederer beginnt: »Wir mochten einander nicht...« GW I, 269-272. – Ruederers Erzählung »Der Totengräber« (1897) muß – wegen des Vater-Sohn-Konflikts – bei der Deutung von Thomas zweitem Bauernroman »Der Wittiber« (1911) herangezogen werden. Vgl. den Band »Hochzeiter und Hochzeiterin« innerhalb der genannten Ruederer-Werkausgabe. S. 105-178. – Für freundliche Hinweise danke ich Claudia Müller und Gertrud Rösch.
47 GW V, 38-41f.
48 GW V, 39 und 105.
49 Stingl, S. 706f.
50 AaO., S. 711f.
51 AaO., S. 718f.
52 GW V, 37f.
53 Münchner Neueste Nachrichten 59, Nr. 519, 7.11.1906, Vorabendblatt, »Deutsches Reich«. – Für freundlichen Hinweis danke ich Richard Lemp.
54 Für Halbmeile vgl. Rudolf Kriß, Die Volkskunde der Altbayrischen Gnadenstätten. Bd. II Niederbayern, südliche Oberpfalz und österreichisches Innviertel. München 1955, S. 128f. – Für Tirol vgl. Gustav Gugitz, Österreichs Gnadenstätten in Kult und Brauch. Bd. 3. Tirol und Vorarlberg. Wien 1956, S. 1–225. – Diese Nachweise verdanke ich Konrad Köstlin.
55 GW V, 41.
56 Stingl, § 549f., S. 637f.
57 AaO., Art. 7,7 §§ 212f., S. 203f.
58 AaO., § 215, S. 206f.
59 Thoma nannte einen seiner Hunde »Simpl« (statt »Caro«. Vgl. BF 116.
60 GW V, 230ff.

61 Vgl. Ludwig Ganghofer, Der Hohe Schein (1904). Vollständige Originalausgabe in 2 Bänden. München 1986, S. 48f. – Tagebuch, 21. 12. 1904, L 2467/79. – Im »Andreas Vöst« bestätigt die Hebamme: »Es ist net dös erst' Mal.« (GW V, 235) – Für freundliche Hinweise danke ich Eleonore Nietsch, Karl Josef Benz und Karl Hausberger.

62 Angeführt nach: Elli und Ludwig Merkle, Vornamen in Bayern von Alois bis Zenzi. München 1981, S. 23. – In der Theologisch-praktischen Monats-Schrift, Bd. 6, 1896 (die E. und L. Merkle als Quelle angeben), war der zitierte Artikel jedoch nicht zu finden. – Für freundlichen Hinweis auf E. und L. Merkle danke ich Gerhard Koß.

63 AaO., S. 24.

64 Zu der entsprechenden Szene in Ganghofers »Hohem Schein« vgl. Merkle, S. 24f.

65 GW V, 105.

66 Originalausgabe: Neapel 1750 – Sämmtliche Werke des Alphons Maria von Liguori. I,1. Bd. 4. Die Herrlichkeiten Mariä. Neu aus dem Italienischen übersetzt von C. E. Schmöger. Regensburg [6]1891. – Zu Liguori vgl. LThk (1986) I, 330-333.

67 Vgl. Otto Weiß, Die Verbannung der Redemptoristen aus Bayern 1873-1894. Ein Beitrag zur Geschichte des Kulturkampfes. In: Unbekanntes Bayern, hrsg. von Peter Kritzer. Bd. 11. Politik, Staat und Kirche I, München 1980, S. 127-140, bes. 129; vgl. auch S. 61-73. – Zur Ansiedlung der Redemptoristen durch Bischof Heinrich Hofstätter von Passau, ihrer Vertreibung und zur Kapuziner-Mission nach 1873 vgl. Helmut Witetschek, Die katholische Kirche seit 1800. In: Handbuch der bayerischen Geschichte. 4. Bd., Das neue Bayern. 1800-1970. Hrsg. von Max Spindler. München 1975, S. 934f. – Thomas Eingabe an das Offizialat vom 31. 3. 1899 erwähnt »die Kapuzinerpatres, welche vor 2 Jahren in Puchschlagen eine Mission abhielten...«. Vgl. hier S. 283.

68 Vgl. GW V, 39, hier S. 9f. Das Pfarrhaus und dessen Garten sind nach dem Vorbild des – alten – Pfarranwesens in Kreuzholzhausen geschildert. – Zu Daisenberger vgl. die Regensburger Zulassungsarbeit von Beate Seibold (1987). – Im Kreis um Forsteneichner war J. M. Sailer ein Begriff. Auf ihn beruft sich Forsteneichners Münchner Confrater im Nachruf: Hermann Geiger, Cooperator Anton Forsteneichner. Ein Lebensbild. In: Jugendblätter für christliche Unterhaltung und Belehrung. 1866, S. 241–280, bes. S. 270. – Zu Sailer vgl. hier S. 291.

69 Vgl. die in Anm. 67 genannte Arbeit von H. Witetschek, S. 929f.

70 Vgl. hier S. 297. – »Speriförgerl« könnte aus »Sperifankerl« (»Teufel«) verballhornt sein. Vgl. J. A. Schmeller, Bayerisches Wörterbuch, Bd. 1/1. München [2]1872-1877, Sp. 732. – Ferner Grimm, DWb. III, 1317f.

71 Vgl. hier S. 337.

72 GW V, 105 und 94. – Vgl. Sebastian Kneipp, Meine Wasserkur. Kempten und München 1886. ^{50}1894. ^{80}1909.

73 Wir behandeln die 1. Auflage von 1865. Die 2., von Otto von Schaching »umgearbeitete« Auflage (Regensburg 1893) hätte das »Urbild des gütigen Priesters», der 1883 gestorbene J. A. Daisenberger, nicht mehr erlebt. C. H. Wilke nimmt an, daß Schaching das Buch antidarwinistisch verändert habe. – Darwins 1859 publiziertes, grundlegendes Werk »On the Origin of Species by Means of Natural Selection« war zwar schon 1860 von H. G. Brown verdeutscht worden. Doch seine Anthropologie (»The Descent of Man, and Selection in Relation to Sex«) erschien erst 1871. Darwins Evolutionstheorie wurde in Deutschland vor allem durch Ernst Haeckel ab 1868 bekannt. – Zu Otto von Schaching (Ps. für Otto Denk, 1853-1918) vgl. Kosch, 3. Bd., ^{3}1971, Sp. 93 ff.; die Forsteneichner-Bearbeitung fehlt dort. – Mit Haeckels »Welträtseln« war Thoma vertraut, vgl. hier S. 298. – Forsteneichners Buch ist nicht in Thomas heutiger Bibliothek. – Vgl. das in Anm. 108 genannte Verzeichnis von Richard Lemp.

74 AaO., 210.

75 AaO., 211.

76 AaO., 151.

77 AaO., 141-160.

78 AaO., 153 f.

79 GW V, 137.

80 Vgl. Hans E. Giehrl, Kindersachbuch. In: Kinderliteratur in der Bundesrepublik Deutschland. Hrsg. vom Arbeitskreis für Jugendliteratur e. V. München 1983, S. 31 ff.

81 GW V, 137.

82 Forsteneichner, S. 42-51.

83 Forsteneichner, S. 42.

84 GW V, 137.

85 GW V, 138.

86 GW V, 138.

87 Forsteneichner, S. 51.

88 GW V, 48 und 51 f. – Der Name »Sporner« wird unter dem 12. 11. 1903 im Tagebuch (L 2467/78) genannt: »Soll heute Sporner... sehen... Sporner langweilig.«

89 Vgl. Tagebuch, 28. 4. 1901 (L 2467/76).

90 Vgl. Tagebuch, 25. 1. 1905 (L 2467/79).

91 Vgl. Heinrich Heine, Sämtliche Werke. Hrsg. von Manfred Windfuhr. Bd. 1, 1. Bearb. von Pierre Grappin. Hamburg 1975, S. 224 f.

92 Vgl. Horst S. und Ingrid Daemmrich, Themen und Motive in der Literatur. Stuttgart 1987, S. 136. – Vgl. GW V, 48 und 53.

93 An Albert Langen, 18. Juli 1900. LB 51 f.

94 Vgl. etwa die Aufnahme: Franz Schubert, Winterreise. Die schöne Müllerin. Schwanengesang. Dietrich Fischer-Dieskau, Bariton. Gerald Moore, Klavier. Emi Electrola C 175–01764/66. – Für freundliche Hilfe danke ich Warren Kirkendale.
95 GW V, 44f.
96 Bauernerotik und Bauernfehme. (1911). GW VI, 616.
97 GW V, 213.
98 GW V, 206.
99 GW V, 207.
100 Vgl. GW V, 137f., hier S. 115ff.
101 An Georg Habich, 1. August 1905. LB 180. – Vgl. hier S. 321.
102 Kindlers Malerei Lexikon im dtv, Bd. 5. München 1976, S. 102 und 104; dort auch eine »gute Reproduktion«.
103 Vgl. Tagebuch, 24. März 1903 (L 2467/8ª).
104 GW V, 153.
105 GW V, 153.
106 GW V, 154.
107 Vgl. den in Anm. 101 genannten Brief an Georg Habich, 1. August 1905, LB 180, worin Thoma auch den holländischen Maler van der Goes erwähnt.
108 Thoma besaß – nach Richard Lemps im Mai 1987 erstelltem Verzeichnis »Die Bibliothek im Ludwig-Thoma-Haus in Rottach am Tegernsee«, S. 1 und 5 – mehrere Goethe-Ausgaben. Für die »Sprüche in Reimen« kommt in Betracht: »Goethe's Werke. Vollständige Ausgabe letzter Hand«. Stuttgart/Tübingen 1828-1835. (Signatur Th 339/1-24). – Vgl. die neuere Jubiläumsausgabe, Stuttgart/Berlin o. J., Bd. 4, S. 21. Die im Tagebuch exzerpierten Sprüche dort S. 8, 10 und 11.
109 Vgl. Goethe-Handbuch, hrsg. von Julius Zeitler. Bd. 3, Stuttgart 1918, S. 354.
110 GW V, 152 und 39f.
111 An Maidi von Liebermann, 9.9.1919. LB 389.
112 GW V, 256.
113 So der Anfang der Erzählung »Der heilige Hies« (1903). GW III, 220.
114 Vgl. Pankraz Fried, Die soziale Entwicklung im Bauerntum und Landvolk. In: Handbuch der bayerischen Geschichte. 4. Bd. Das neue Bayern. 1800-1970. Hrsg. von Max Spindler. München 1975, S. 755.
115 Vgl. Adolf Sandberger, Die Landwirtschaft. AaO., S. 732f.
116 Vgl. Herfried Münkler, Vom Alltag im alten Europa. (= Besprechung von: Fernand Braudel, Sozialgeschichte des 15.-18. Jahrhunderts. Bd. 1. Der Alltag. München 1985.) In: Frankfurter Allgemeine Zeitung. 8.10.1985, S. L 14.
117 GW V, 122.
118 GW V, 54.

119 GW V, 123.
120 An Albert Langen, 29.10.1901. LB 92.
121 GW III, 102; vgl. den Preis für einen 17 Zentner schweren Stier: 615 Mark. GW III, 105. Vgl. auch hier S.46.
122 Kap. 13, GW V, 173-196, bes. 178-194.
123 An Maximilian Harden, 28.10.1901. LB 91.
124 Vgl. NDB III, Berlin 1957, S. 134f.
125 GW I, 160f.
126 Tagebuch, 29.11.1902. L 2467/77. – Im »Simplicissimus« werden der Bauernbund und das Verhältnis von Handel und Landwirtschaft ebenfalls des öfteren behandelt, so in Jg. 3, Nr. 12, S.96, und Nr. 43, S.337 (1898) bzw. Jg. 6, Nr. 24, S. 185 = Titelseite (1901).
127 Vgl. Karl Erich Born, Von der Reichsgründung bis zum Ersten Weltkrieg. In: Gebhardt, Handbuch der deutschen Geschichte. Neunte, neu bearbeitete Auflage, hrsg. von Herbert Grundmann. Bd. 16, München 1973. S. 176.
128 Vgl. Born, aaO., S. 177.
129 Born, aaO., S. 179f.
130 Dieter Albrecht, Von der Reichsgründung bis zum Ende des Ersten Weltkrieges (1871-1918). In: Handbuch der bayerischen Geschichte. 4. Bd., S. 312f.
131 GW V, 182.
132 Albrecht, aaO., S. 313.
133 GW V, 189-192, bes. 189f.
134 GW V, 178.
135 Vgl. Amtliches Handbuch der Kammer der Abgeordneten des Bayerischen Landtages, hrsg. vom Bureau der Kammer der Abgeordneten. München 1900ff., S. 183f. – Hanns Jörg Bergmann, Der Bayerische Bauernbund und der christliche Bauernverein 1919-1928. München 1986, S. 372f. – Anton Hochberger, der eine Dissertation über den Bayerischen Bauernbund in der Zeit von 1893 bis 1914 vorbereitet, danke ich für freundliche Hinweise.
136 Fritz Meingast, Der Volkstribun mit dem Gamsbart. Gedanken und Erinnerungen an Georg Eisenberger, Land- und Reichstagsabgeordneter, Bauer in Hutzenau Post Ruhpolding. München 1973, S. 9.
137 Meingast, aaO., S. 12 und 141.
138 Meingast, aaO., S. 65 – Zu den Ortsangaben: Giebing liegt 15 km nördlich von Dachau; Vierkirchen und Hohenbercha (so) liegen 4 bzw. 6 km westlich bzw. östlich von Giebing. Von dort stammen Dekan Metz und der »Gottesleugner Meisinger«. Vgl. hier S. 157.
139 Meingast, S. 11 und 168. – Zu Thomas Kontroverse mit Georg Eisenberger vgl. Ludwig Thoma, Ein offener Brief. Rottach, 18.2.1918. In: München-Augsburger Abendzeitung Nr. 98, 22.2.1918. Lemp,

Nr. 1696. (= ein Nachdruck aus dem »Miesbacher Anzeiger«!). Für freundlichen Hinweis danke ich C. H. Wilke.

140 GW V, 208f.

141 GW V, 209.

142 GW V, 201.

143 GW V, 202.

144 GW V, 87.

145 GW V, 88.

146 Vgl. Gottfried Wilhelm Leibniz, Essais de théodicée sur la bonté de dieu, la liberté de l'homme et lorigine du mal. Amsterdam 1710.

147 GW I, 320.

148 GW V, 320.

149 Vgl. hier S. 279–285.

150 GW V, 43.

151 2 Mose 20,12. Vgl. hier S. 90ff. – Anfang 1905, als Thoma das 13. Kapitel (»Die Bauernversammlung«, vgl. hier S. 333f.) schrieb, brachte der »Simplicissimus« (Jg. 9, Nr. 48, S. 474, 1905) eine Zeichnung von Wilhelm Schulz; sie zeigt russische Soldaten, die auf Zivilisten, d.h. wohl hier auch ihre Angehörigen, schießen. Der (möglicherweise von Thoma stammende) Text lautet: »Das vierte Gebot. ›Du sollst deinen Vater und deine Mutter ehren!‹« Veranlaßt war dies durch den Schießbefehl, den Zar Nikolaus II. am »Blutigen Sonntag« (22. 1. 1905) gegeben hatte, um die Revolution zu unterdrücken. Die Parallele zur Erhebung der Bauern im »Andreas Vöst« ist zufällig, aber sinnvoll. Im Tagebuch (23. 1. 1905, L 2467/79) erörtert Thoma die »überraschenden Nachrichten aus Petersburg« ausführlich.

152 Die Etymologie von »Sünde« ist schwierig; sie gehört nicht zu »sondern«, »absondern«. Kluge-Mitzka, Etymologisches Wörterbuch der deutschen Sprache. Berlin 1960, S. 765, schreiben: »Alle Versuche, *Sünde* aus dem Germ. zu deuten, sind mißlungen... Möglich bleibt allein frühe Entlehnung aus lat. *sons*, Gen. *sontis*, ›schuldig (seiend)‹. Dies ist Part. zu *es(se)* ›sein‹.«

153 GW V, 287f.

154 GW V, 287.

155 GW V, 202.

156 GW V, 173.

157 GW V, 211.

158 Edgar Hederer, Ludwig Thoma. München 1941, S. 38.

159 Michael Sailer, Die Weisheit auf der Gasse. (1810). Neuausgabe: Nördlingen 1987, S. 73.

160 Das Manuskript der ungedruckten Dissertation liegt im Nachlaß (L 2444, Lemp Nr. 10. – Vgl. die Neuausgabe des »Ruepp« in der Serie Piper (SP 543). München 1987, S. 209f.

161 GW V, 271.
162 GW V, 275.
163 GW V, 275.
164 GW V, 168.
165 GW V, 209.
166 LB 180.
167 Hyppolite Taine, Les origines de la France contemporaine. 1876-1894. Deutsch von L. Katscher. Bd. 1-3, Leipzig 1877-1891. [2]1893f.
168 An Conrad Haußmann, 30.12.1904. LB 166. – Vgl. zu Thomas »Magdalena« in der Neuausgabe in der Serie Piper (SP 428). München 1985, S. 102ff.
169 Vgl. Tagebuch L 2467/79.
170 Bd. 1-3, Düsseldorf 1853-1858 bzw. Bd. 1-2, 1872-1874.
171 Vgl. die Exzerpte im Tagebuch vom 17.1.1905, L 2467/79.
172 Vgl. Tagebuch, 7. und 12.1.1905. L 2467/79.
173 GW V, 208.
174 Vgl. Josef Hofmiller, Andreas Vöst. In: Süddeutsche Monatshefte 3,II. 1905, S. 570-574, bes. S. 573 und 571.
175 Offener Brief. In: Süddeutsche Monatshefte, 3.1.1906, S. 102-104. Lemp, Nr. 1233. – Vgl. GW I, 600-603.
176 Vgl. Tagebuch, 26.11.1903.
177 L 2467/77-89. Für die Einsicht in die Transkription danke ich Richard Lemp.
178 Vgl. Tagebuch, 8.9.1902. L 2467/77.
179 Vgl. die Neuausgabe in der Serie Piper (SP 543). München 1987.
180 Vgl. Tagebuch, 16.11.1902. L 2467/77.
181 Vgl. Tagebuch, 16.11.1902. L 2467/77.
182 L 2467/77. Vgl. hier S. 335f. Lemp Nr. 85, L 2450. S. 1^r.
183 Vgl. Lemp, S. 20, und Tagebuch, 29.11.1902, aaO.
184 L 2467/78.
185 Vgl. Lemp, S. 21, und Nr. 355 und 1230.
186 Vgl. Ernst-Gerhard Güse, Skizzen als Vollendung – August Macke in Tunis. In: August Macke. Gemälde, Aquarelle, Zeichnungen. München 1986, S. 103-114, bes. S. 106 und 108; vgl. aaO., S. 160ff.
187 Vgl. Tagebuch, 2.-5.5.1904. L 2467/88.
188 Vgl. Tagebuch, 24.4.1903. L 2467/78^a. – Vgl. hier S. 306.
189 L 2467/79. – Vgl. Anm. 126.
190 Vgl. Tagebuch, 13., 11. und 20.2.1905. L 2467/79.
191 2.4. und 30.5.1905, aaO.
192 15.3.1905, aaO.
193 18.3.1905, aaO.
194 20.3.1905, aaO.
195 2.4.1905, aaO.

196 11. und 15.4.1905, aaO.
197 15.4.1905, aaO. – Vgl. LB 172. Auch Conrad Haußmann bekommt Einblick, während der Autor das letzte Kapitel beginnt. Vgl. hier S. 335.
198 An Conrad Haußmann, 9.11.1904. LB 163. – Erlbach ist ein Weiler in der Gemeinde Weichs, jedoch keine Pfarrei; Thoma dürfte den Namen der »Chronik von Weichs« entnommen haben.[199] Der Name »Erlbach« erinnert an Otto von Erlbach, das Pseudonym des Herausgebers der Münchner »Allgemeinen Rundschau«, Armin Kausen (1855-1913), der – zusammen mit Ludwig Kemmer – einer von Thomas Gegnern in Sachen Sittlichkeit war. Vgl. Kosch VIII, 977, [3]1981.
199 An Conrad Haußmann, 30.5.1905. Hofmiller, S. 67. – Vgl. Haußmanns vorzügliche Rezension »Andreas Vöst« in der Zeitschrift »Nation« 1905, Nr. 51, S. 811, und Thoma an Haußmann, 9.5.1905.
200 30.5.1905, aaO. Vgl. Lemp, S. 21.
201 21.4.1905, aaO.
202 Lemp, S. 22.
203 Vgl. Lemp Nr. 85, L 2450 bzw. L 2380.
204 L 2450.
205 Vgl. hier S. 332.
206 Vgl. hier S. 296f. und S. 217f.
207 Vgl. hier S. 332f.
208 L 2380.
209 An Conrad Haußmann, 17.4.1905. LB 172.
210 Vgl. die Neuausgabe in der Serie Piper, (SP 487). München 1986, S. 154-157.
211 Vgl. die Neuausgabe in der Serie Piper, (SP 297). München 1983, S. 86-92.
212 Vgl. die Neuausgabe in der Serie Piper, (SP 379). München 1985, S. 138-141.
213 Vgl. die Neuausgabe in der Serie Piper, (SP 428). München 1985, S. 77-88.
214 Vgl. die Neuausgabe in der Serie Piper, (SP 339). München 1984, S. 177f.
215 Vgl. die Neuausgabe in der Serie Piper, (SP 543). München 1987, S. 190-205.
216 Vgl. das Faksimile bei Lemp, S. 94.
217 Vgl. hier S. 7.
218 Vgl. hier S. 336.
219 BF 51f.
220 BF 52f.
221 Ludwig Thoma an Ignatius Taschner, 17.6.1905. BF 54. – Auf dem Foto »Feierliche Prozession in Kreuzholzhausen um 1927« in Klaus

Kiermeiers Bildband »Wie's war im Dachauer Land«. Dachau 1979, S. 44, gleicht der Kirchturm – allerdings mit der von dem historischen, »guten« Pfarrer Johann Georg Baustädter 1863 erneuerten Turmuhr – dem in Taschners Zeichnung. Vgl. AL 193.

222 Ludwig Thoma an Ignatius Taschner, 1.2.1908. BF 97. – Vgl. die Abbildung bei Lemp, Nr. 95. – Der Umschlag der Erstausgabe wurde für unsere Neuausgabe benützt.

223 BF 99 f.

224 Simplicissimus 10, 1905/06, Nr. 21 (22.8.1905), S. 252.

225 Simplicissimus 10, 1905/06, Nr. 22 (29.8.1905), S. 276.

226 So am Ende der unter Anm. 46 genannten Ausgabe von »Leute, die ich kannte«. Lemp, S. 245, gibt für 1922 schon »38 000« als Auflage an.

227 Münchner Neueste Nachrichten, 58 Jg., Nr. 257, 2.6.1905, bis Nr. 349, 28.7.1905. – Vgl. Fs 40.

228 Lemp Nr. 361.

Ludwig Thoma

Agricola
Bauerngeschichten.
Textrevision und Nachwort von Bernhard Gajek.
164 Seiten. Serie Piper 487

Ausgewählte Werke
729 Seiten. Geb.

Heilige Nacht
Eine Weihnachtslegende.
Mit Zeichnungen von Wilhelm Schulz.
64 Seiten. Geb. (Auch in der Serie Piper 262 lieferbar)

Josef Filsers Briefwexel
Nachwort von Helga Fischer.
Mit 29 Zeichnungen von Eduard Thöny.
188 Seiten. Serie Piper 464

Lausbubengeschichten – Tante Frieda – Josef Filsers Briefwexel
355 Seiten. Geb.

Ein Leben in Briefen
(1875–1921). 503 Seiten und 26 Fotos. Leinen

Ludwig Thoma

Magdalena
Ein Volksstück in drei Aufzügen.
Textrevision und Nachwort von Bernhard Gajek.
120 Seiten. Serie Piper 428

Mein Bayernland
Ausgewählt von Günther Lutz.
144 Seiten mit 12 Fotos. Geb.

Moral
Komödie in drei Akten.
Textrevision und Nachwort von Bernhard Gajek.
102 Seiten. Serie Piper 297

Der Münchner im Himmel
Satiren und Humoresken.
164 Seiten. Serie Piper 684

Münchnerinnen
Roman.
Textrevision und Nachwort von Bernhard Gajek.
209 Seiten. Geb. (Auch in der Serie Piper 339 lieferbar)

Nachbarsleute
Kleinstadtgeschichten.
163 Seiten. Serie Piper 741

Ludwig Thoma

Der Ruepp
Roman. Textrevision und Nachwort von
Bernhard Gajek. 247 Seiten. Serie Piper 543

Die schönsten Romane und Erzählungen
Jubiläumsausgabe in sechs Bänden. Herausgegeben von
Richard Lemp. 2053 Seiten. Geb.

Tante Frieda
Neue Lausbubengeschichten.
Mit 38 Zeichnungen von Olaf Gulbransson.
151 Seiten. Serie Piper 379

Der Wilderer
und andere Jägergeschichten
Textrevision und Nachwort von Bernhard Gajek.
119 Seiten. Serie Piper 321

Das Thoma-Buch
Von und über Ludwig Thoma in Texten und Bildern.
Herausgegeben von Richard Lemp.
511 Seiten. Serie Piper 641

Piper 6/5c

Karl Valentin

Die Friedenspfeife
Eine Auswahl aus dem Werk.
121 Seiten. Serie Piper 311

Gesammelte Werke
Band I: Monologe und Dialoge
Band II: Couplets – Szenen und Stücke 1
Band III: Szenen und Stücke 2
Band IV: Szenen und Stücke 3
Zus. 781 Seiten. Geb.

Gesammelte Werke in einem Band
Herausgegeben von Michael Schulte.
649 Seiten. Geb.

Die Jugendstreiche des Knaben Karl
Herausgegeben von Bertl Valentin-Böheim.
116 Seiten mit 70 Zeichnungen von Ludwig Greiner. Serie Piper 458

Riesenblödsinn
Eine Auswahl aus dem Werk. 159 Seiten. Serie Piper 416

Der Jaguar, der Jaguar
Illustriert von Janosch. 79 Seiten. Serie Piper 790

Das Valentin-Buch
Von und über Karl Valentin in Texten und Bildern. Hrsg. von
Michael Schulte. 535 Seiten mit 111 Abbildungen und Faksimiles.
Serie Piper 370

Piper 5/2b
PIPER

Karl Valentin
Mein komisches Wörterbuch

Herausgegeben von Dieter Wöhrle. 135 Seiten mit
24 Illustrationen von Borislav Sajtinac. Geb.

Daß er ein Meister war im Verdrehen des Wortes, im Querlegen des Sinnes, den der seiner eigenen Definition nach »gesunde« Menschenverstand diesem zuordnet, ist hinlänglich bekannt.
Karl Valentins verbale Grotesken, die heillosen Verwirrungen, die er auf dem Gebiet der vernünftigen Vokabeln angerichtet hat, mußten bisher allerdings mühsam aus seinem Werk herausgeklaubt werden – ein beschwerliches Unterfangen für Vereinsvorstände, Partyplauderer, für Feierabendkomiker und Kanzlerkandidaten. »Karl Valentins komisches Wörterbuch« macht diesem unhaltbaren Zustand nun ein Ende: Sorgfältig sortiert nach den Buchstaben des Alphabets findet der Leser hier eine quersinnige Definition nach der anderen – von »Abhängigkeit« (»Wir lassen uns das nicht gefallen, Sie sind auf uns nicht angewiesen, aber wir auf Sie, das müssen Sie sich merken!«) bis »Zukunft« (»Die Zeit war früher auch schon besser!«)
Gelockert wird die intellektuelle Anspannung, die das Verfolgen der valentinesken Querbeetereien erzeugt, durch die kongenialen Illustrationen von Borislav Sajtinac, der sich mit seiner surreal inspirierten Zeichenfeder als würdiger Adept Valentins erweist.
Dieses Buch gehört in alle Haushaltungen, als Ratgeber und Nachschlagewerk für alle Lebenslagen, denn: »Wissen Sie schon, daß mancher nicht weiß, was er wissen soll, obwohl er schon viel weiß und es selbst unbewußt nicht gewußt hat?«

Bayerisches Lesebuch

Von 1871 bis heute
Herausgegeben von Günther Lutz.
599 Seiten. Serie Piper 431

Über gut hundert Jahre, von Lena Christ bis Marieluise Fleißer, von Ludwig Thoma bis Herbert Achternbusch und Gerhard Polt, spannt sich der Bogen dieses Lesebuchs, das im Spiegel der bayrischen Literatur zeigen will, was sich tat und was sicht tut unter dem weiß-blauen Himmel, was sich geändert hat und was beim alten geblieben ist, seit die Bayern Anno 1870/71 auf ihre Eigenstaatlichkeit verzichteten. Ihre Eigensinnigkeit haben sie dem Deutschen Reiche damals mit Sicherheit nicht geopfert.
Aber nicht nur in der Abgrenzung nach draußen, auch im eigenen Lande schätzt der Bayer den Widerspruch als höchstes Formprinzip: Und so steht in diesem Lesebuch neben dem stillen Naturlyriker Georg Britting der Räterepublikaner Ernst Toller, treten neben den getreuen Chronisten bayrischen Brauchtums Georg Queri mit Heinrich Lautensack und Frank Wedekind die Barden der Schwabinger Bohème, gesellen sich zum schlicht-derben Ton der Mundartdichtung Karl Stielers die vertrackt philosophisch-linguistischen Eskapaden des Erzschelms Karl Valentin. Wie sich derartig konträre Elemente zu einer harmonischen Ganzheit von vollendeter Dissonanz zu fügen vermögen – dieses Geheimnis Bayerns ein wenig zu lüften ist Ziel der Sammlung.
Wenn sie dem Eingesessenen zu einem literarischen Brevier seiner Heimat wird, dem Landfremden eine Einladung, eine Verlockung zum Lesen und Reisen, dann hat sie ihren Zweck erreicht.

Piper 42/3

Uwe Dick

Sauwaldprosa

257 Seiten. Leinen

Uwe Dick, 1986 mit dem Marieluise-Fleißer-Preis ausgezeichnet, gestaltet mit dem gewaltigen »Wortwurzelwerk« seiner »Sauwaldprosa« einen Gegenentwurf zur fortschritts- und profitorientierten Gegenwart und schafft einen epischen Raum, in dem Sauen die Wälder gleichermaßen mit und neben den Menschen gedeihen können.

Theriak

13 Fügungen
Mit einem Essay von Eva Hesse: »Niemands Zeitgenosse«? Zur Gegenwart von Uwe Dick.
174 Seiten. Serie Piper 564

»Uwe Dick ist, soviel ich weiß, der erste Autor von Format im deutschen Raum, der den allgegenwärtigen stillschweigenden Verrat am Leben konsequent zur Sprache bringt ... Sein Werk ist insgesamt der Versuch einer Entlarvung von Lebenslügen mittels der Rückführung aufs Authentische, Ursprüngliche und Sinngefällige ...« So charakterisiert Eva Hesse in ihrem großangelegten Essay die Besonderheit des Lyrikers Uwe Dick – eine Besonderheit, die als Absonderlichkeit nur anzusehen vermag, wem die Zerstörung der Welt, unseres eigenen Lebens, gleichgültig ist. Ihm gelten Uwe Dicks Verse.

»Sein Werk wird durchweg vorangetrieben von der Einsicht, daß die ökologische Krise der Industriegesellschaft kein isolierter Teilaspekt des gegenwärtigen Spektrums ist, sonder ein Komplex, der zwangsläufig alle Ebenen unseres persönlichen, gesellschaftlichen und politischen Lebens erfaßt.«

K. H. Kramberg, Süddeutsche Zeitung

Siegfried Zimmerschied

Für Frieden und Freiheit

Ein Holzweg in vierzehn Stationen
128 Seiten. Serie Piper 552

Vierzehn Stationen benötigt der Hausmeister Wick Wimmer auf seinem »Holzweg«, der ihn unaufhaltsam zum aussichtsreichen Kandidaten einer christlichen Partei aufsteigen läßt – als »Alibiwurzelsepp«. Wie seltsam leicht sich alles fügt, wie die erwünschten Ehrenämter und öffentlichen Würden einem mit dem rechten Parteibuch und der passenden Gesinnung von selbst zufallen, das verblüfft Wick Wimmer genauso wie der jähe Sturz aus dem Himmel christlicher Politik, der ihn am Ende dieser Szenenfolge ereilt.
Siegfried Zimmerschied kennt das dargestellte Milieu aus eigener (leidvoller) Erfahrung – schon seit Jahren ist er die Laus im Filz der Passauer Heiligen Allianzen – mit seinem Wick Wimmer hat er eine Gestalt geschaffen, die exemplarisch Opfer wie Mittäter dieser allerchristlichen Union ist.

A ganz a miesa, dafeida, dreckada Dreck san Sie

Fotos und Gestaltung von Joseph Gallus Rittenberg
218 Seiten. Serie Piper 598